Die Affäre Mömpelgard

DIE AFFÄRE MÖMPELGARD

Die Abenteuer des Junkers Carl von Schack

Historischer Roman
von
Heiger Ostertag

Bibliografische Information der Deutschen Nationalbibliothek
Die Deutsche Nationalbibliothek verzeichnet diese Publikation in der Deutschen
Nationalbibliografie; detaillierte bibliografische Daten sind im Internet über
http://dnb.d-nb.de abrufbar.

Umschlaggestaltung: Stefan Schmid Design, Stuttgart, unter Verwendung von:
Jacques-Louis David. Porträt von Stanislas Potocki. 1780. © akg-images/Erich Lessing

© 2012 Konrad Theiss Verlag GmbH, Stuttgart
Alle Rechte vorbehalten
Lektorat: Berit Lina Barth, Mössingen
Satz und Gestaltung: Satzpunkt Ursula Ewert GmbH, Bayreuth
Druck und Bindung: : CPI – Ebner & Spiegel, Ulm
ISBN 978-3-8062-2579-2

Besuchen Sie uns im Internet: www.theiss.de

Elektronisch sind folgende Ausgaben erhältlich:
ebook (PDF): 978-3-8062-2581-5
ebook: (epub): 978-3-8062-2582-2

Meiner Frau Angelika

Danksagung:

Mein Dank geht an meinen Historikerkollegen Hans Vastag,
der mir mit vielfältigem Rat zur Seite stand.
Ein Dank auch an das Landesarchiv Stuttgart für die freundliche
Unterstützung und an meine Lektorin Berit Lina Barth.

Inhalt

Vorwort

Der vorliegende historische Roman spielt im Herzogtum Württemberg des Jahres 1776. Wir sind in einer Zeit der großen Umbrüche und Wandlungen. In Nordamerika beginnt der von Frankreich und seinem König Ludwig XVI. unterstützte Unabhängigkeitskrieg der Neuenglandstaaten gegen die britische Krone. Paris erlebt den Höhepunkt der Aufklärung, doch wirft die kommende Revolution erste Schatten voraus. In Preußen regiert noch immer Friedrich der Große und in Österreich Maria Theresia. Der zwanzigjährige Mozart ist Konzertmeister in Salzburg, Goethe hat seine Studien beendet und wird im Sommer des Jahres Mitglied des „Consiliums", des dreiköpfigen Beratergremiums des Herzogs von Sachsen-Weimar-Eisenach. Der junge Schiller beginnt mit ersten Skizzen für sein späteres Drama „Die Räuber", in England installiert man die erste einsatzfähige Dampfmaschine nach dem Wattschen Prinzip, und das Hauptwerk des schottischen Ökonomen Adam Smith, „Der Wohlstand der Nationen", erscheint.

Auf dem Hintergrund dieser Geschehnisse und im besonderen Flair der heimischen Geschichte Württembergs beginnt der Aufstieg des erst fünfundzwanzigjährigen Kammerherrn Carl von Schack, Kopf der herzoglichen geheimen Polizei. Zu seinen Aufgaben gehört es, politische Aufklärung zu betreiben und für Herzog Karl Eugen nützliche Verbindungen herzustellen. Sein Tun ist nicht ohne Brisanz, denn der Herzog ist kein einfacher Herr, und die Zeiten sind schwer. Schacks erster größerer Einsatz lässt ihn in den äußersten Südwesten des Herzogtums reisen und führt ihn in gefährlichen Abenteuern weiter durch Europa – mehr soll hier noch nicht verraten werden.

Den besonders Kundigen werden im vorliegenden Roman die da und dort versteckten literarischen Anspielungen erfreuen, die dafür sorgen, dass nicht nur die historischen, sondern auch die kulturellen Aspekte der damaligen Zeit vielfältig widergespiegelt werden. Folgen Sie nun Junker Carl von Schack bei seinem ersten Fall, der Lösung der **Affäre Mömpelgard**!

1

Hofgespräche und andere Intrigen

Der Juni des Jahres 1776 war im Lande Württemberg überaus gut geraten; die Tagestemperaturen lagen bei warmen, aber nicht zu heißen
zwanzig bis zweiundzwanzig Grad. Die Nächte waren angenehm frisch,
und es fiel mitunter ein kräftiger Regen. Die Bauern freute es, sie hofften
auf reiche Ernte im Herbst, und auch die landesherrlichen Gärten blüh-
ten und gediehen kräftig. Die Beete an den großen Prachtalleen der
Schlösser Solitude, Monrepos und Hohenheim prunkten in allen Blumenfarben und zeigten die vielfältigsten Formen. Ein besonderes
Schmuckstück aber war im neuen Ludwigsburg das frühere Jagdschloss
Eberhard Ludwigs, das seit dem Dazukommen der Kavaliersbauten und
der hochbarocken Schlosskirche längst sein altes Dasein hinter sich gelassen hatte und vom jetzigen Herzog Karl Eugen vor fünfzehn Jahren
zur Residenz erkoren worden war: Rosenfelder legten ihren schweren
Duft über die bekiesten Wege, zahlreiche große und kleine Brunnen plätscherten oder ließen Fontänen springen. Vielerlei Bäume säumten die
Symmetrie der Wege, und das satte Grün der französischen Taxushecken
lenkte die Blicke zum Zentrum, dem Südflügel des Schlosses.

Durch eben diesen Park schritten an einem warmen Juninachmittag
zwei adlige Herren, die, ganz ins Gespräch vertieft, mit keinem Blick die
sie umgebende Natur wahrnahmen. Beide zeigten sich leger gekleidet,
ohne die üblichen Hofspitzen und ohne die Pflichtperücken. Der eine
der Spaziergänger, ein Mann in den Dreißigern, sozusagen in den besten
Jahren, war von recht hagerer, fast düster wirkender Gestalt. Das Gesicht
mit den scharf blickenden Augen wirkte blass, was durch die samtblaue
Kleidung verstärkt wurde. Um seinen Mund lag ein mattes Lächeln, das
wie eingegraben schien.

Der andere Herr, dunkelblond, mit einem leicht kantigen Gesicht, deutlich jünger als der Erstere, war in hellen Farben gewandet. Seine offene, heitere Stirn war hochgewölbt; die Nase trat scharf aus dem Gesicht hervor. Die Lippen bildeten feine Linien, und in den Mundwinkeln lag ein kaum bemerkbares launiges Lächeln verborgen. Die braunen Augen blickten wach umher und betrachteten aufmerksam und freundlich Menschen und Dinge. Sie sahen aber, die starken Brauen unwillig zusammengezogen, durchdringend auf alles, was einen aufrechten Mann beleidigen mochte. Von mittlerer Statur, kräftig und regelmäßig gebaut, wirkte der Herr vom Auftreten sehr militärisch.

Gerade ergriff er das Wort: „Hört, werter Herr von Erlenburg", er richtete seinen schlanken Körper in die Höhe, „wir wollen einmal nicht von diesen geheimen Bündnissen und Artikeln plaudern. Ich will heute nichts davon wissen. Ständig seid Ihr am Pläneschmieden und Ränkeschlingen. Das ist doch alles nichts, jeder weiß doch, was im Lande los ist. Und der Herzog … aber ich will mich nicht an Karl Eugen versündigen: Bewahrt die Contenance, die Ruhe. Lassen wir derlei Themen, wenn Ihr derzeit davon nicht sprechen wollt – wobei es mich doch interessiert hätte, wie Ihr unsere aktuelle Lage im europäischen Kräftefeld beurteilt."

Erlenburg blickte ihn von der Seite an. „Werter Kollege von Schack, wir sind uns doch beide einig, auch nach dem Thronwechsel in Frankreich von dem fünfzehnten Ludwig zum sechzehnten wird sich unsere Haltung gegenüber diesem übermächtigen Nachbarn kaum ändern."

Der Angesprochene hob leicht eine Braue. „Ich teile Eure Ansicht, doch wenn Ihr an die aktuelle Finanzschwäche des Hofes zu Versailles denkt, da ist einiges möglich. Aber Geld ist auch hierzulande ein knappes Gut, die herzoglichen Eskapaden …" Er hielt mitten im Satz inne. „Nun ja, Ihr wisst Bescheid."

Der Jüngere schwieg, fuhr dann aber nach einer kurzen Pause, vom Gegenstand seiner Rede mitgerissen, fort: „Wenn wir gerade beim Thema sind, dürfen wir nicht die derzeitigen Unruhen in den amerikanischen Kolonien Englands übersehen. In den Staaten Neuenglands gärt es allenthalben und London verfährt recht ungeschickt mit dem Ansinnen seiner Bürger. Es sollte mich wundern, wenn König Georg mit der dortigen Revolte nicht noch größere Probleme militärischer wie wirtschaftlicher Art bekäme."

„Ihr meint", warf Erlenburg ein, „dass das englische Engagement auf dem Kontinent zwangsläufig zurückgehen wird?"

Schack führte eine Hand zum Kinn und überlegte kurz. „Tja, die Zeiten des Siebenjährigen Krieges sind dreizehn Jahre her, als englisches Geld Preußen gegen das übermächtige Bündnis gleichsam Resteuropas am Leben hielt. Das zähe Preußen behielt Schlesien, England dagegen gewann ganz Nordamerika und Indien. Ein guter Preis, gewiss. Aber, wie gesagt, Albions Einfluss geht stark zurück. Die Amerikaner scheinen unabhängig werden zu wollen. Und Englands Festlandsdegen Preußen ist ruhiger geworden, teilt sich heute sogar mit seinen damaligen Gegnern Russland und Österreich die fette polnische Beute."

„Maria Theresia und Friedrich", ergänzte der andere, „warten gemeinsam darauf, auch noch Bayern zu zerfleddern, wenn der alte Maximilian ohne Erben stirbt."

Beide schwiegen gedankenvoll. Sie standen an einem der Springbrunnen, betrachteten die fallenden Wasserstrahlen, die glitzerten und funkelten. An einer Stelle bildete sich ein schmaler Regenbogen.

Mit einem maliziösen Lächeln nahm Erlenburg das Gespräch wieder auf: „Wenigstens kann Letzteres unserem Herzog nicht passieren, ist es doch bereits die zehnte Verbindung, wenn man das so nennen will, die Karl Eugen eingeht."

Herr von Schack nickte zustimmend, ging aber nicht weiter auf das Gesagte ein.

„Der gute Leutrum hätte es sich kaum träumen lassen, dass seine Franziska einmal eine Gräfin von Hohenheim würde", sprach Erlenburg weiter. „Zunächst hat seine Durchlaucht ja beide an den Hof gezogen. Nachher wurde er deutlicher, und es war letztlich nur noch Frau von Leutrum selbst, die kommen durfte."

„Nun ja, sie war aber eher zurückhaltend und erst einmal nicht im Geringsten bereit, dem stürmischen Werben ihres allergnädigsten Herzogs ohne Widerstand einfach so nachzugeben", erwiderte Schack. „Und dem Hofzeremoniell gegenüber, Ihr wisst, welches ich meine, hat sich Franziska bis heute strikt verweigert!"

Erlenburg, der in formalen Dingen und im Hinblick auf die Hofetikette ein fast gutes Gedächtnis hatte, nickte und zitierte genüsslich: „Vermöge des neuen Hofceremoniels unseres allergnädigsten Herzogs, seiner Durchlaucht Karl Eugen, wird hiermit allen Frauenzimmern, die nicht zu der Fahne des Herzogs geschworen haben, auf das Strengste untersagt, am Hofe blaue Schuhe zu tragen, und im Gegentheil allen denen, die sowol jetzo als auch künftig gewürdigt werden, ihrem gnädigsten Landesherrn ihre Gunst und Neigung aufopfern zu dürfen, bei der höchsten Ungnade anbefohlen, niemals ohne dieses Unterscheidungszeichen der blauen Schuhe am Hofe zu erscheinen."

Erlenburg lachte laut auf. „Wie sich die Landesstände darüber wieder einmal das Maul verrissen. Die Franziska ist keine große Schönheit, wie ich finde", fuhr er fort, „trotzdem wurde sie die offizielle Mätresse des Herzogs. Sie kennt ihren Preis, erst wird sie Gräfin von Hohenheim, und wenn die Ehe Karls mit Friederike Elisabeth Sophie dann doch geschieden wird, möglicherweise Herzogin und damit neue Landesherrin!"

„Eine gewisse Natürlichkeit ist Frau von Leutrum nicht abzusprechen", erwiderte Schack. „Wenn sie auch keine Beauté nach dem Geschmack der Zeit ist, sprühen ihre Augen doch von Geist; vor allem scheint Franziska einen guten Einfluss auf Karl Eugen zu haben. Der Herzog ist längst nicht mehr so cholerisch und unüberlegt in seinem Tun und Lassen. Vielleicht schafft sie es ja noch, unseren wilden, unberechenbaren und verschwendungssüchtigen Landesherrn zu einem fürsorglichen Landesvater umzuerziehen."

„Still, still, Bester von Schack, hier haben selbst die grünen Büsche Ohren! Auch wenn wir in unseren Positionen vieles wissen, es muss ja nicht gleich alles ausgebreitet und erläutert werden", wehrte sein Gesprächspartner erschrocken ab. „Es geht mir übrigens nicht nur um ‚Ohren', ich mache mir derzeit grundsätzlich über die Sicherheit im Park einige Gedanken."

Erlenburg schaute sich aufmerksam um und fuhr dann in einem etwas leiseren Ton fort: „Ihr erinnert Euch noch des armen Tagelöhners aus Ludwigsburg, welcher, sonst verständig und fleißig, sich steif und fest einbildete, im Park lägen Granaten, und der zu jeder Freistunde hier eindrang, in den Alleen danach suchte, Kiesel und Quarz aufhob und betrachtete? Die Leute hielten ihn für harmlos verrückt, man ließ ihn daher, wenn nicht der Herzog im Schloss weilte, gewähren. Und eines Abends fand er in einem der dunkelsten Gänge, eifrigst auf Granaten erpicht, einen Sack mit Musketen, alle wohl geladen. Das Sonderbarste war, dass keiner wusste, wie diese dorthin geraten und was die Absicht der Lagerung gewesen war. Weder in der Waffenkammer des Schlosses noch im Zeughaus wurden Musketen vermisst, ein seltsamer Vorfall. Ihr seid doch mit derlei Dingen vertraut und beschäftigt, haben Sie eine Erklärung?", wandte er sich fragend an von Schack.

Schack schüttelte den Kopf. „Wisst Ihr, Verehrtester, ich glaube nicht an irgendwelche Verschwörungen. Unsere braven Schwaben ersterben alleruntertänigst vor den durchlauchtigsten Herrschaften und rufen Vivat, wenn diese in ihren Staatskarossen nach Monrepos, nach Ludwigsburg, Hohenheim oder sonst wohin zur Erholung von ihren anstrengenden Staatsgeschäften fahren. Die Bürger machen ihr tiefes Kompliment vor dem Wagen der schönen Hof-, Haupt- und Leibmätresse; der heidnische Mohr, welchen Serenissimus aus der sündhaften Wasserstadt Venedig mitbrachte, erregt ihr respektvolles Staunen. Nur, wie sie sich gegen uns Hofleute zu verhalten haben, wissen sie so recht nicht. Aber wir könnten unter Umständen sehr gefährliche Persönlichkeiten werden, also tut man am besten, auch vor uns tief den Hut abzuziehen. Welch seltsames Leben und Treiben in den Straßen und auf den Gassen! Welch treue Bürger, welch gelehrte Hofpoeten, stolze Hofmarschälle und kühne Heiducken."

„Bester Schack, Ihr beliebt, wieder einmal zu spotten. Unterschätzt unsere braven Schwaben nicht. Wenn wirklich einmal die Volksseele überkochen würde, nicht auszudenken."

„Ach, die Schwaben!" Schack lachte laut. „Die Schwaben sind doch ein biederes, putziges Völkchen." Er blieb kurz stehen. „Mein lieber Herr von Erlenburg, nirgends ist es ruhiger als bei uns in Ludwigsburg, Tübingen und Stuttgart. Mögen die Landesstände auch Klage führen, ja Klagen gewinnen. Die schwäbische Bürgerpflicht ist Sparsamkeit und Ruhe."

Die beiden Männer waren inzwischen nach Süden abgebogen und bewegten sich auf die Kavaliersbauten zu. Schack hielt inne. Auf der langen Chaussee, die hoch zur Solitude und der dortigen Jagd führte, kam langsam eine Kutsche in Sicht.

„Schaut, der Dannecker kommt, ohne Herzog offenbar, wen mag er bringen?"

Erlenburg blickte kurz hin, schien aber nicht weiter interessiert. „Keine Ahnung, wird schon jemand Rechtes sein, bändigt Eure Neugier. Heute Abend wisst Ihr sicher mehr. Wir sehen uns doch an der Tafel?" Und ohne die Antwort, die er zu kennen meinte, abzuwarten, verabschiedete sich der Kammerherr von Erlenburg, „Bis dann, lieber Freund", und schritt die Stufen zum Bau empor, in dem er sein Logis hatte.

Junker von Schack wartete indes noch ab. Er schaute zu, wie die Kutsche vorm Südportal vorfuhr und anhielt.

Dannecker sprang ab und öffnete behände den Kutschschlag. Eine dunkel gekleidete Gestalt stieg eilig aus der Kutsche, den Hut tief über das Haupt und die graue Perücke gezogen, mit der Hand wie unabsichtlich ein Schnupftuch vor das Gesicht haltend, und verschwand rasch in der Pforte.

„Wer mag das nur sein?", wiederholte Schack für sich.

Dannecker war für den Herzog, wie Schack wusste, fast eine Vertrauensperson. Karl Eugen protegierte sogar Danneckers Sohn Johann Heinrich. Vor fünf Jahren, im Alter von dreizehn, war dieser persönlich beim Herzog vorstellig geworden und hatte um die Aufnahme in die Pflanzschule auf der Solitude gebeten. Seinem Gesuch wurde stattgegeben. Bald erkannten die Ausbilder das künstlerische Talent Danneckers und er wurde in eine Bildhauerausbildung zu Adam Bauer und Johann Valentin Sonnenschein gegeben.

Sinnend stand Schack da, schüttelte dann den Kopf. Wohin manchmal die Gedanken eilten? Er stieg gleichfalls die Stufen zu der Tür empor, durch die sein Begleiter verschwunden war.

Carl von Schack saß an seinem Sekretär vor einem der Fenster seiner Privatgemächer. Er las konzentriert in verschiedenen Papieren und studierte intensiv eine vor ihm aufgerollte Karte, die das Herzogtum Württemberg mit all seinen Amtsbezirken zeigte.

Verglichen mit den Wohnungen der anderen Herren des Hofes war seine von geradezu luxuriöser Größe. Vier Räume, im Hochparterre gelegen, wurden von ihm bewohnt und genutzt. Wer die Tür zu seinen Gemächern öffnete, gelangte zunächst in einen schmalen Vorraum, welcher zur Ablage der Mäntel und Hüte diente und in dem meist der Bedienstete ruhte. Links führte eine Tür in ein kleines Schlaf- und Ankleidezimmer, dessen Fenster auf den Innenhof hinausging. Ein schmales Bett, ein großer Schrank und eine Truhe, an den Wänden ein paar Jagdstiche, mehr war darin nicht zu finden. Rechts gelangte der Besucher in eben den Raum, in welchem von Schack sich im Augenblick befand. Er war Arbeitszimmer und Bibliothek in einem.

Auf dem Boden und auf Hockern verteilt waren verschnürte, teils auch geöffnete Aktenbündel aufgeschichtet. Etliche juristische Codices und gelehrte Fachbücher lagerten am Fenster. Auch gab es in der einen

Ecke ein Behältnis mit weiteren Kartenrollen des Heiligen Römischen Reiches und anderer europäischer Territorien. In der Hauptsache aber enthielt der Raum Bücher, jedes Plätzchen war mit ihnen angefüllt. Wenn durch die Fenster die Mittagssonne drang, war es angenehm hell, sonst herrschte eher Dämmerlicht, das schon nachmittags das Entzünden verschiedener Kerzenkandelaber notwendig machte.

Am hinteren Ende der Wohnung lag ein weiteres Zimmer. Auch hier bedeckten Bücher in mächtigen Regalen alle Wände vom Boden bis zur Decke, es war in der Tat eine weitere, riesige Bibliothek. In der Dunkelheit, und weil eine Staubdecke sie gleichmäßig überzog, konnte man die endlos aufgetürmten Reihen selbst für Wände halten. In der Mitte des Raumes standen ein mächtiger Tisch und ein Sessel. Ein Schreibzeug stand auf dem Tisch, Federn, Löschsand, Papier und Tinte waren reichlich vorhanden, etliche Briefe lagen wie willkürlich verstreut.

Schack stand auf, durchmaß beide Räume mit großen Schritten. Am Tisch in der hinteren Bibliothek hielt er inne und griff dort nach einem der Schreiben, einem mehrseitigen Brief.

Er kehrte um und lief zu seinem Sessel am Schreibtisch, wo das Licht zum Lesen besser war, und setzte sich nieder. Herr von Schack drehte die Seiten in der Hand, er kannte den Inhalt, begann aber trotzdem erneut zu lesen:

Mein bester Carl!
Ich habe eine ganze Reihe von Briefen von dir erhalten, und wenn ich sie alle beantworten wollte, was hätte ich alles zu schreiben? Gerne wäre ich zum einen dir zu Diensten und gäbe dir mit Freuden die Information, nach der du in deinem Schreiben dringlich verlangtest.
Allein, ich habe keine Kenntnis von dem, was dir so sehr am Herzen liegt. Wo immer ich fragte und forschte, war es vergeblich, und so kann ich dir nicht geben, was dir fehlt. Zum zweiten ist allenthalben in den Köpfen viel Verwirrung und Unsicherheit über die Lage in deutschen Landen. Doch will ich versuchen, dir das zur Kenntnis zu bringen, was dich womöglich zu interessieren vermag. Denn du bist seit einiger Zeit im Herzogtum Württemberg im Dienste des Herzogs Karl Eugen tätig. Von dem Landhause eines Hagestolzes in das Schloss eines Landesherren, ein recht eigenartiger Lauf der Zeit, wie ich meine.
Nun, das Tun deines Landesherrn wird hier sehr wach betrachtet und vielfältig kommentiert; insbesondere sein Verhalten im Hinblick auf die Verlobung seiner Nichte. Ich hoffe nur, dass du dich nicht zu sehr mit seinem Geschicke verbunden

hast. Du weißt, auch wenn du bestens über die Dinge im Land Bescheid bekommst, eine Lenkung der Ereignisse ist fast ausgeschlossen. Aber, muss ich dir wirklich Vorsicht anraten?

Ich will den Blick auf mich selbst hinwenden. Hier im preußischen Sanssouci ist alles beim Alten – und dies ist gewiss wörtlich zu nehmen. Nach den langen Jahren des Krieges scheint König Friedrich jetzt doch schon länger geneigt, die Friedenstaube zu hegen und dem Lande Ruhe und neue Kraft zu schenken.

Der König hat endlich entdecket, was einem jeglichen Herrscher überhaupt gut ansteht, zu entdecken und folgerichtig umzusetzen: neues Land auf eine friedliche Art und Weise zu erobern!

Da ist die Odermelioration, die Urbarmachung und Eindämmung des Oderbruchs. Wenn sie gelinget, wird für über zweihundert Jahre Neuland gesichert sein. Siedler lockt Friedrich dazu aus allen Ländern, vor allem aus Holland und der Schweiz. Freie Bauern, eigentlich ein Unding in Preußen, wo der Grundherr seine alten Rechte fest bewahrt. Was daraus wohl werden wird?

Zum anderen scheint der „Alte Fritz", wie ihn das Volk zu nennen pfleget, auch die polnische Frage geschickt zu lösen gewillt. Die Teilung, über die du dich kürzlich mokiertest, hat durchaus ihren Sinn. Weg mit dem jahrhundertlangen Schlendrian und der ganzen polnischen Wirtschaft und her mit preußischer Zucht und Ordnung – du wirst sehen, wie das Land wieder aufblühen wird! Nur österreichische Schlamperei und die russische Knute – beide Staaten sind natürlich dabei und bedienen sich fröhlich mit – wollen mir in das Bild nicht passen.

Doch lassen wir die Tagesgeschäfte, ich schreibe dir zum Schluss noch eine verlässliche und wichtige Nachricht: Im späten Juni wird ein gewisser Caracanti mit dir Kontakt aufnehmen wollen. Offiziell reist er im Auftrage deines Herzogs, der Caracanti seit zehn Jahren, aus seiner Zeit in Venedig, kennt, durch die Lande als Konsistorialer umher, im Eigentlichen aber – doch erfahre es von Caracanti selbst, was ihm in Wahrheit zu tun obliegt.

Ich rate dir, nimm seinen Auftrag an, möglicherweise kommst du dann auch in eigener Sache weiter. Ein Treffen wird sich von selbst ergeben, sei nicht ungeduldig. Caracanti hat seine eigenen, oft eigenartigen Methoden, Kontakt herzustellen.

Ach, Carl! Uns beide treibt eine seltsame Laune des Geschicks; wohl uns, dass ein Punkt in unserm Denken ist, wo wir uns beide wiederfinden, die

Arbeit, denn im Äußeren sind wir für längere Zeit nicht in der Lage, zusammenzukommen.

Dein letzter Brief aus Ludwigsburg hat mir gezeigt, wie sehr du in die ganze Angelegenheit verstrickt bist, in dem du gar nicht aus dir selbst kömmst; du tappst mit deinen Überlegungen sehr im Dunkelen herum.

Es ist mir umso sonderbarer, da du meistens vergangene Dinge erzählst, die dich bewegten, als sie geschahen. Glaubst du wirklich an die Realität der Gefahren, die du anführst; oder ist es die Illusion der Darstellung, die mir manchmal für deine Nerven ein wenig bange macht?

Doch lass das gut sein; ich weiß nicht warum, aber ich hoffe das Beste für dich. Die Folge deiner Bekanntschaften und deiner geheimen Aktivitäten machen mir eine vollkommene Krise wahrscheinlich. Also, nutze das Treffen und ziehe aus dem, was Caracanti dir berichten wird, deine eigenen Schlüsse.

Ich grüße, oh trefflicher Freund,

Dein Vetter

Otto Friedrich Ludwig von Schack,

Leutnant wie Malteserritter

Allhier

Carl von Schack legte das seltsame Schreiben langsam beiseite. Otto Friedrich hatte schon Recht, seine Situation war eigen. Seit fünf Jahren war er nun im offiziellen Dienste des Herzogs, erst als Kammerjunker, dann als richtiger Kammerherr. Aber mit den eigentlichen Hofgeschäften, den ganzen Schranzendiensten und Liebhudeleien hatte er nichts zu tun. Denn die Aufgabe, die er wirklich zu erfüllen hatte, beschäftigte sich mit ganz anderen Dingen, als zu wissen, welche Strumpf- beziehungsweise Schuhfarbe am Hofe der offiziellen Verlautbarung des Herzogs entsprach oder welche seinen geheimen, ihm selbst oft nicht ganz deutlichen Wünschen am nächsten kam. Oder welches Bonmot, welche Petitesse der wirkliche Kammerherr Baron von Elritz beim letzten Cour des Dames seiner Begleitdame in das hübsche rosa Öhrchen flüsterte, nebst Duellfolgen am kommenden Freitagmorgen.

Obwohl, diese Dinge zu wissen, war ebenfalls recht nützlich – neben den genauen Kenntnissen über das öffentliche und private Geschehen im Lande; das Wissen über die zahlreichen Klüngeleien, Pläne und Plänchen der Landschaften – der Vertretung der Bürger –, der Ständegruppen, der Innungen und Zünfte, des Oberkonsortiums, der Pastoralbehörde und wie sie alle hießen. Denn Carl von Schack, wiewohl erst fünfundzwanzig Jahre alt, aber von bester württembergischer Familie, war so etwas wie der zentrale Kopf der herzoglichen geheimen Polizei – intern auch als Landesgeheimpolizei bezeichnet –, der Fachmann für politische Umtriebe im Inneren und für Ranküne und Geheimdiplomatie im Äußeren.

Carls Eltern waren früh verstorben, und er hatte die Jugendjahre bei entfernteren Verwandten in Mecklenburg verbracht – Abkömmlinge schwedischer Reiterführer, in deren Haus das Geschäft des Krieges in fast altritterlicher Manier hochgehalten wurde. So wurde Carl zum exzellenten Degenfechter, dem die spanischen und französischen sowie vor allem die berühmten Finten der Gascogne bestens geläufig waren. Leicht erlernte er Stoß, Parade, Finte, und bald führte Carl die ganze Schule richtig, und mit seiner blitzschnell zuckenden Klinge fast spielerisch, zur Befriedigung seines Lehrers durch.

Auch andere Künste lernte er rasch. Dem Oheim, der Baron hieß ebenfalls Carl, gehörte nebst anderen stattlichen Gütern ein größeres Gestüt. Carl saß daher seit frühester Jugend den ganzen Tag im Sattel und konnte seine natürliche Begabung für die Reitkunst voll entwickeln und ein kühner, ausdauernder Reiter werden. In Mecklenburg gab es zahlreiche Gewässer, Seen, Tümpel, kleine Flüsse, sodass Carl sogar in der wenig bekannten Kunst des Schwimmens bald zuhause war.

Der Major war ein Hagestolz gewesen. Die Stelle der Frau des Hauses hatte eine Tochter seiner älteren Schwester, eine verwitwete Freiin zu Baringdorf eingenommen. Tante Gritta, weit über vierzig und sehr fromm, hatte nachdrücklich, zwar mütterlich liebevoll, aber unerbittlich in den Forderungen dafür gesorgt, dass der junge Carl von Schack mithilfe von Privatlehrern in strenger protestantischer Religiosität erzogen, aber auch in der Kunst der Hofetikette unterwiesen wurde. Darüber hinaus lernte Carl von seinen Hofmeistern Französisch und Latein sowie etwas Englisch von einem alten Seemann, der bei dem Onkel sozusagen das Gnadenbrot genoss.

Sieben Jahre gingen ins Land. Der junge Herr, wie ihn die Bediensteten nannten, war ständig unterwegs, verfolgte aber auch mit Interesse die gutsherrliche Landwirtschaft – und las, ja verschlang Massen neuerer und älterer Bücher, was für einen Landjunker wahrlich erstaunlich schien. Er hatte sogar einmal die Messe in Leipzig besucht und stand seitdem in Kontakt mit der Weidmannschen Verlagsbuchhandlung.

Eines Tages verkündete der Oheim, er sei als Vertreter der mecklenburgischen Ritterschaft zum Hoffest nach Potsdam geladen. Anlass sei der siebte Jahrestag des Endes des Siebenjährigen Krieges, und Carl solle ihn begleiten. Nach einer einwöchigen Fahrt kamen sie in Potsdam an. Die Residenz war eine einzige Baustelle, zum Teil sah man noch immer die Schäden, die russische und französische Aufklärungskavallerie der Stadt zugefügt hatten. Überall zeigten sich in ihren blauen, recht abgerissenen Uniformen Soldaten und Invaliden. Die Bevölkerung war eher zurückhaltend als freudig oder im Siegestaumel. Zu lange hatte der Krieg gedauert und zu schwer fühlte man noch immer die Wunden.

Auf dem Empfang in Sanssouci, der Carl in seiner Einfachheit und Kargheit eher enttäuschte, war er in ein Gespräch mit den württembergischen Gesandten Graf zu Weilingen geraten. Dieser riet ihm, seine Talente doch dem Herzog von Württemberg, Karl Eugen, zur Verfügung zu stellen. Der baue gerade seine Armee auf und habe seine Residenz verlegt. Neuer Hof, neues Glück, dort könnte ein junger, begabter Sohn aus bestem Adel, denn der Name Schack habe in Württemberg einen guten Klang, seinen Weg nach oben gehen. In Preußen sei alles eher recht karg und – der Gesandte flüsterte – spartanisch!

Carl hatten weniger die Aussichten auf eine „Karriere" gereizt; er fühlte sich wohl mit seinem Stand, Land hatten seine Eltern ihm zur Genüge hinterlassen, und der Oheim war stets bereit, ihm finanziell beiseitezustehen. Nein, es war etwas wie Abenteuerlust gewesen, was den Junker berührt hatte und der Blick in die braunen Augen der noch sehr jungen, kaum vierzehnjährigen Tochter des Gesandten, deren schlanker Wuchs, die bereits hohe Gestalt und knospende Schönheit ihn mit einem neuen, berauschenden Gefühl erfüllte. „Kommt zu uns nach Württemberg! Bitte, ich würde mich freuen, Euch in meiner Nähe zu wissen", hatte sie ihm zugelispelt, als er ihr mit einer Verbeugung das Tuch überreichte, welches Aurelie, so hieß sie, entfallen war. Dann war sie mit ihrem Vater weitergeschritten; er hatte ihr verwirrt nachgestarrt, bis ihn der Oheim fragte, was ihm denn fehle.

Die nächsten Wochen überlegte Carl, was Aurelie von Weilingen wohl gemeint habe; dann entschloss er sich zum Handeln: Er wollte sein Glück im heimischen Württemberg suchen! Er sprach mit dem Oheim, doch es dauerte, bis dieser überzeugt und alles geregelt war. Ein gutes halbes Jahr nach dem Ball reiste Carl von Schack im Februar des Jahres 1771 endlich ins Herzogtum Württemberg ab.

Seine guten Empfehlungen und sein vorbildliches und offenes Auftreten nahmen den Herzog sofort für ihn ein. Er wurde in die Hofsuite eingereiht. Die nächsten zwei Jahre lebte Carl als einfacher Hofjunker, war sozusagen ein besserer Page und wurde rasch vertraut mit den Besonderheiten des württembergischen Hoflebens. Seine schnelle Auffassungsgabe und seine Wachheit ließen ihn vieles, was andere übersahen, wahrnehmen. Man erzählte dem stillen, ernsten Jüngling manches, was anderen verschwiegen wurde. Die eine oder andere Hofdame machte ihm dazu ernsthafte Avancen, aber Carl hielt sich zurück, vor seinem inneren Auge wachte stets das Bild Aureliens. Ab und zu sah er die junge Schöne und ihren Vater, doch meist von der Ferne, und es gelang ihm nicht, mit ihr allein ins Gespräch zu kommen und seine Gefühle für sie zu gestehen. Zwei Jahre vergingen auf diese Weise.

Eines späten Abends ritt Junker von Schack durch den Forst zwischen Stuttgart und der Solitude. Zu dieser späten Stunde waren die Wege einsam, bislang war ihm noch niemand begegnet. Da hörte er an einer Weggabelung plötzlich ein Lärmen und sah vor sich einen Menschenhaufen: Es mochten sechs oder sieben ziemlich verwahrloste Kerle sein, die mit Messern und Knüppeln auf eine haltende Kutsche eindrangen. Schack, die Übermacht nicht fürchtend, gab seinem Pferd die Sporen und sprengte auf die Gruppe zu.

Mit gezogener Klinge hieb er auf die Burschen ein. Plötzlich zog ein hagerer Kerl im schmutzig grauen Mantel ein Pistol. Der Schuss krachte, Schack blies es den Hut vom Kopfe. Das Überraschungsmoment war vorüber, der junge Held kam selbst in Bedrängnis und wäre in noch ärgere Not geraten, wenn nicht im letzten Augenblick ein Detachement herzoglicher Jäger erschienen und dem Retter zur Rettung gekommen wäre. Carl selbst fiel, als er eben sein Pferd wenden wollte, durch den Dolchstoß eines Räubers. Seine Wunde war indes nicht weiter bedrohlich, die Folgen des Geschehens zeigten sich allerdings recht vorteilhaft.

Der Lärm, den man im Lande von einem derartigen Überfall in der Nähe der Solitude erwartet hätte, unterblieb überraschender Weise. Dafür sorgte der eigentlich Überfallene, Graf von Gersdorf persönlich, dem als Leiter der herzoglichen Geheimpolizei an wenig Aufsehen gelegen war. Gersdorf ließ seine Verbindungen spielen, um Näheres über den jungen Mann zu erfahren. Die Informationen, die er bald erhielt, fanden sein Wohlgefallen. Schon eine Woche später wurde Carl von seinem

Pagendienst abgezogen und der seltsamen Welt des Geheimdienstes zugeteilt.

Was er dort erlebte, wäre weitläufig zu erzählen und soll an anderer Stelle dargelegt werden. Nur so viel: In vielen kleineren und größeren Affären stand der junge Schack dem Grafen geschickt und ideenreich zur Seite. Der viel Ältere gewöhnte sich allmählich daran, alles, was anlag, was sich ereignete und an Problemen auftrat, dem Jüngeren, seinem Lehrling sozusagen, zu erzählen, mit diesem gemeinsam Lösungswege durchzugehen und zu besprechen. Carl von Schack zeigte hierbei einen messerscharfen Verstand, eine Klarheit im Überlegen und einen schier unbändigen Mut wie starkes Gerechtigkeitsgefühl. Bald wurde er dem Grafen unentbehrlich.

In der Zeit geschah es, man schrieb bereits das Jahr 1774, dass es ihm endlich gelang, Aurelie allein zu sehen und zu sprechen. An einem schönen Sonnentag – in der Stadt feierten Adel und Volk den Venezianischen Markt – begegnete er der mittlerweile zur voll erblühten Schönheit herangewachsenen Jungfrau im Ludwigsburger Park. Carl bog um eine Rosenhecke – da stand Aurelie plötzlich vor ihm. Sie trug ein helles, oberhalb des Rockes leicht anliegendes Kleid, das lange, dunkle Haar war in sorgsame Flechten gelegt. Ihre braunen Augen, die kirschroten Lippen, der sanft gewölbte Nacken, der sich unter dem Tuche ihres Kleides abzeichnende Lilienbusen und ihre zarten Alabasterarme ließen alles in ihm aufbrechen, was so lange verborgen geblieben war. Er griff ihre Hand und gestand der Schönen seine Liebe. Mit niedergeschlagenen Augen erwiderte sie, dass er ihr gleichsam nicht gleichgültig sei. Carl zog sie an sich, da rief eine Stimme in der Ferne ihren Namen. Nach einem gehauchten Kuss entfloh Aurelie.

Seitdem hatte Carl Aurelie wieder nur von Weitem gesehen und keine Gelegenheit gefunden, auch nur ein einziges Wort mit der Angebeteten zu wechseln. Dann, gut ein halbes Jahr später, verschwanden sie und ihr Vater gleichsam über Nacht. Der Graf sei in England, sei in Paris, sei in Petersburg, hieß es, wenn er die Diplomaten vorsichtig befragte. Er schickte sich schweren Herzens drein. Der Tag, so hoffte Carl, würde bald kommen, wo er, nach Rückkehr des Grafen, im Hause Weilingen seine Aufwartung machen konnte. Doch die Rückkehr ließ auf sich warten und Schack konzentrierte sich ganz auf sein Tun. Bald sollte er Gelegenheit haben, dank seiner Fähigkeiten und entschlossener Tatkraft, einen Mordfall aufzuklären und den Täter festzunehmen.

Ein Böhme, der sich vor einiger Zeit in Stuttgart als Fechtmeister niedergelassen, sollte sein Weib, eine geborne Häferlin, aus Eifersucht meuchlerisch erstochen haben. Die Tat selbst war unbeobachtet geblieben, man wollte jedoch in Erfahrung gebracht haben, der Böhme, in dem man wegen vieler, durchaus schwerwiegender Indizien allen Grund hatte, den Täter zu sehen, jener also habe sich nach der Schweiz geschlagen. Andere wollten ihn, oder jemanden, der ihm zum Verwechseln gleiche, im Dienste eines Herrn von Chaumont gesehen haben. Man forderte nun Herrn von Chaumont auf, den Verdächtigen zu verhaften, den herzoglichen Bevollmächtigten ein erstes Verhör vornehmen und bei bestätigtem Verdachte den Schuldigen über die Grenze liefern zu lassen. Ein solches Schreiben, unterzeichnet und besiegelt von dem herzoglichen Amte in Stuttgart, ging mit von Schack als polizeilichem Amtsträger in die Schweiz ab.

In der Schweiz nun, in der Nähe von Basel unweit des Gutes des Herrn von Chaumont kehrte von Schack, da es Abend war und zu spät für einen Besuch im Schloss, mit seinem Diener Friedrich in einem Gasthofe ein. Er saß an einem Tisch in einer Fensternische, las in einem Aktenstück und blickte darüber nachdenkend aus dem Fenster zum Giebel des gegenübergelegenen Schlosses. Der Mond schien und in seinem Lichte sah er eine Gestalt, mit dem Auge leicht zu erfassen, die am Fenster eines Turmes beschäftigt war, ein Seil hinabzulassen. Es musste der Böhme sein – und entschlossen, den Übeltäter festzunehmen und der Gerechtigkeit auszuliefern, rief er Friedrich und eilte mit dem Bediensteten, jeder ein Pistol in der Hand, zum Abschluss der Giebelmauer unter die Kammer des Böhmen.

Zu spät, das Seil hing hinab, der Mann war bereits fort. Über die Bäume des Hofes weg – weit in der Ferne, wo sich der Weg um den Hügel wendete –, sahen sie einen Reiter galoppieren. Bei der Rückkehr zum Gasthof trat ihm ein Mann jammernd entgegen, er suche vergeblich sein Ross, welches er am hinteren Hoftor angebunden, während ihm selbst in der Küche ein Trunk gereicht wurde. Carl überlegte kurz und griff dann behände zu. Er hatte sich nicht geirrt, der Jammernde war in Wirklichkeit der gesuchte Böhme.

Ein Bote in völlig anderer Angelegenheit war vom Schlosse losgeritten und der Verbrecher, der von Carls Ankunft erfahren hatte, begab sich eilig durch einen Nebenausgang zum Gasthofe, um dort als angebliches Opfer des Pferdediebs im allgemeinen Durcheinander zu entkommen.

Allein Carl hatte auf die Zeit geachtet und die verschiedenen Entfernungen mit eingerechnet; die Geschichte fiel in sich zusammen, der Böhme ward arretiert, und Carls Erfolg ebnete seine weitere Laufbahn.

Graf von Gersdorf empfahl dem Herzog den Junker von Schack als seinen Nachfolger. Der Herzog stimmte zu, doch Gersdorf ahnte nicht, wie bald dies sein sollte. Denn kein Jahr später wurde der Graf eines Morgens in seinem Haus erdolcht aufgefunden. Von dem Täter gab es keine Spur. Ein Diener behauptete zwar, einen Fremden in den Tagen zuvor im Hause des Grafen gesehen zu haben. Die Beschreibung des mutmaßlichen Täters war aber eher vage. Es sei ein Mann von Anfang zwanzig gewesen, von blasser Gesichtsfarbe und mit einem schwarzen Schnurrbart, gab der Diener zu Protokoll. Ein derartiges Aussehen entsprach freilich dem vieler Männer.

Nun, Carl trat wie gewünscht die Nachfolge des Grafen an. Rasch arbeitete er sich ein, nächtelang saß er über Berichten, Akten und Dokumenten. Was er nicht wusste, machte er durch Einsatz wett. Der gesamte Dienst wurde gestrafft, die Abteilungen unmerklich vom Inneren weg auf das Äußere ausgerichtet. Carl hielt nichts von Denunziantentum; er sah seine Aufgabe hauptsächlich im diplomatischen Geheimspiel und in der Kriminalistik. Aus allen Schichten wurden fähige Helfer angeworben. Aufgrund seiner vielfältigen Informationen und seines Nachrichtennetzes – und nicht zuletzt seines Könnens – erzielte der Junker mehrfach außergewöhnliche Aufklärungsergebnisse und stärkte seine Position beim Herzog.

Nur eines war ihm bisher zu seinem großen Kummer nicht gelungen: den oder die Täter aufzuspüren, die seinen Mentor auf dem Gewissen hatten. Und es war ihm schier unmöglich, eine Spur vom Gesandten von Weilingen und seiner Tochter zu finden; von diesen beiden war seit der Zeit ihrer Abreise keine verlässliche Nachricht mehr in die Residenz gelangt. Auch die Akten gaben merkwürdig wenig her, zuletzt sollte Weilingen in Paris gewesen sein – oder eben auch nicht!

All dieses Geschehen war von Schack wieder in Bildern deutlich geworden, als er den Brief seines Vetters gelesen hatte. Über diese Angelegenheiten hatten sie einen breiten, teils sorgfältig kodierten Briefverkehr geführt. Sein Vetter war in einer ähnlichen Funktion bei den Malteserrittern beziehungsweise für die Schweden tätig. Vielleicht stimmte das, was Otto Friedrich ihm geschrieben hatte. Wobei er sich von Caracantis Auftreten wenig versprach. Der Herr war in Venedig eher ein Maître de Plaisir gewesen, ein sogenannter Schaumschläger. Doch man konnte nie wissen, vielleicht würde er heute Abend etwas Neues erfahren. Aber jetzt war es erst einmal an der Zeit, sich für den Abendempfang an der Tafel des Herzogs umzukleiden.

Im herzoglichen Festsaal war an diesem Abend nur für ein kleines Abenddiner gedeckt; seit der Hof im letzten Jahr nach Stuttgart zurückgekehrt war, schienen die Lichter des schwäbischen Versailles nur noch gedämpft. Dennoch, Karl Eugen legte unbedingten Wert auf eine stete Repräsentation seiner herzoglichen Würde. Für den heutigen Empfang hatte er sich auf die Jagdtradition des Schlosses besonnen und entsprechende Anweisungen erteilen lassen. Es gab vorwiegend Wildspeisen, wie immer vielfältig und opulent. Wildschweinragout, Fasanenbrust, Hirschlende, Hasenpfeffer, diverse Pasten, Pilzsaucen und exotische Früchte wurden geboten.

Die Tafel war Abbild eines mehr als dreißig Schuh hohen Tempels der Jagdgöttin Diana. Diesen bildeten vier Säulen mit darauf befindlichen künstlichen Statuen. Auf den gleichen Säulen ruhten vier Schwibbögen, deren jeder mit grünem Bindwerk, Festonen, Vasen, und Jagdtrophäen, auch mit Waldhörnern, an denen man den Württembergischen Jagdorden befestigt hatte, verziert war. Oberhalb des Tempels sah man die Göttin in Lebensgröße und in einer durchscheinenden Glorie gemalt. Noch weiter oben hing ein großer silberner Kronleuchter, in dem eine Vielzahl von Wachslichtern brannte. So war der ganze Aufbau durch eine Unmenge von gefärbten Kugeln und brennenden weißen Wachsampeln beleuchtet. Das helle Licht ließ die kostbare Kleidung der versammelten Damen wie Herren besonders zur Geltung kommen.

Die Dame von Stand trug anlässlich der Einladung das dreiteilige Grand Habit, welches aus einem schweren Mieder mit Walgräten, einem weiten, ovalen Reifrock sowie einer Schleppe bestand, deren Länge den Rang der Trägerin verdeutlichte. Dazu präsentierte die holde Weiblichkeit prächtig funkelnden Schmuck – Armreifen, schwere Ketten und eine Vielzahl von Ringen und Broschen. Ärmel und Mieder der Kleider waren mit mehreren Schichten aus Manschetten, Borten, Spitzen und Schleifen geschmückt.

Die eigentliche Kleidung der adligen Dame bestand aus einem Reifrock mit Unterrock und Überrock sowie einem Mieder und darunter, im Geheimen verborgen, einem Korsett. Zu dem offenen Kleid, welches im Alltag außerhalb repräsentativer Veranstaltungen und von jüngeren Damen gerne getragen wurde, gehörte lediglich das Mieder und ein vorne offener, angehängter Rock, der den Unterrock sehen ließ. Typisch für ein Hoffest war dagegen das Tragen des Panier genannten Reifrocks. Er hatte den Moden gemäß mehrfach seine Gestalt verändert und sich von einer ersten Kegel- zu einer Tonnenform entwickelt. Zur Zeit Ludwigs XV. setzte sich eine ovale Form durch – die Ausdehnung an den Seiten wurde durch zusätzliche Polster an den Hüften bewirkt. Mitunter erlangte das Kleid derartige Ausmaße, dass die Damen seitlich durch die Türen gehen mussten.

Der Anzug der Herren war einfacher und bestand aus der Kniehose, der Culotte, meist in dunklem Rot oder Blau. Dazu trug man eine ebenfalls dunkelrote oder -blaue Weste sowie einen Rock, das *Justaucorps*. Beine und Füße bedeckten natürlich weißseidene Strümpfe. Eine Halsbinde, eine Perücke mit Zopf und ein Dreispitz gehörten zum standesgemäßen Auftritt dazu. An der Seite des adligen Herrn durfte außerdem der Degen nicht fehlen, ein Utensil, welches dem Bürger selbstverständlich nicht erlaubt war. Das genannte Justaucorps, der Rock also, besaß kurze offene Ärmel mit aufwendigen Umschlägen. Durch Einlagen wurde ein weiter Umfang vorgetäuscht. Die Rockschöße wurden in der Taille zusammengenommen, und das Justaucorps reichte insgesamt bis an die Knie.

Über sechzig Jahre waren seit den Tagen des Sonnenkönigs, der in jeder Hinsicht die Mode der Fürstenhöfe und der Adelswelt bestimmte, vergangen, und es hatte sich ein gewisser Wandel der Kleidung vollzogen. Jetzt traten verstärkt Blumenmuster auf, die mitunter sogar dreidimensional dargestellt waren. Verschiedene Formen zierlicher Ranken und Blüten wurden auch direkt auf die Stoffe gemalt oder gedruckt. Neben weiteren Verzierungen, Schlangenlinien, Schnörkeln und Ornamenten waren auch schlichte Muster, Moiré oder einfache Streifen modern. Am Hofe Ludwig XIV. trug man meist leuchtende Farben. Zur Zeit der Handlung waren eher Pastelltöne an der Tagesordnung. Charakteristisch für die Zeit des jüngst verstorbenen Ludwig XV. war vor allem die Farbe Rosa gewesen, die Lieblingsfarbe seiner Mätresse, der Madame de Pompadour.

Im nichtssagenden Geplauder verging das Diner. Man aß und trank reichlich, lobte die Speise und warf Kennerblicke auf die anwesenden Damen. Schließlich ward die Tafel beendet und aufgehoben. Ein munteres Flanieren begann, welches reichlich Raum und Zeit zu weiterem offenen oder heimlichen Gesprächsaustausch bot. Im blauen Saal spielte die Hofkapelle ein Stück von Haydn, einen symphonischen Satz zum Tanzen, das sogenannte Menuett.

Auch hier hatte sich die französische Mode durchgesetzt, nach der Courante und der Gavotte war das Menuett der Hauptbestandteil der ständigen Tanzfolgen geworden. Es erfreute sich als Paartanz großer Beliebtheit und hatte sich rasch verbreitet und weiten Anklang gefunden. Das hing unter anderem mit der derzeitigen Rockmode zusammen. Durch das tänzelnde Wippen wurden die Füße und die Waden sichtbar, was als ungemein erotisch galt, und weshalb auch das Aussehen der Strümpfe eine wichtige Rolle spielte. Auch hier in Ludwigsburg gaben sich die Damen und Herren des Hofes fröhlich den Wonnen dieser tänzerischen „Freizügigkeiten" hin.

Von Schack stand am Rande des Tanzgeschehens mit seinem Freund Erlenburg, der das „Wippen" und die weißen Waden sichtlich genoss.

„Nun, mein Bester, wisst Ihr endlich, wer unser geheimnisvoller Gast von heute Nachmittag war?", fragte Erlenburg ihn gerade, während er seinen Blick über die tanzenden Paare gleiten ließ.

Carl hatte nicht mehr weiter darüber nachgedacht und schüttelte als Antwort leicht den Kopf.

„Ach, Ihr wisst einmal nicht alles, wie überaus erfreulich für uns Normalsterbliche", spöttelte Erlenburg. „Doch ich will Euch nicht länger auf die Folter spannen, schaut nach hinten, dort rechts das Paar. Drüben, der etwas düster scheinende Tituskopf mit grauer Perücke. Und sie, die grazile Nymphe mit dem Schönheitspflästerchen rechts neben dem Kinn mit dem allerliebsten Grübchen." Er hielt inne, musterte besorgt seinen Freund. „Aber, was ist Ihnen, Ihr werdet ganz blass, sollte die Hitze, der Lärm …?" Kammerherr von Erlenburg brach überrascht ab, denn sein Freund hatte sich mit einer fast springenden Bewegung in die von ihm gezeigte Richtung auf das tanzende Paar zu bewegt.

Seine Eile war auffällig. Fast rannte er, kam aber bald ins Stocken, die Tanzenden und die diese umgebenden Zuschauer sperrten sein Durchkommen. Der eine oder andere bemerkte seine unziemliche, ja außergewöhnliche Hast und nahm diese kopfschüttelnd und tuschelnd zur Kenntnis oder vermittelte sie weiter.

Carl musste stehen bleiben, das Paar war ihm aus den Augen geraten, er steckte im Trubel fest – und jetzt näherte sich ihm auch noch der Herzog. Nichts zu machen, er konnte nicht einfach weitereilen, er musste den Herzog gemäß des Hofzeremoniells begrüßen.

Seine Durchlaucht Herzog Karl Eugen war heute in besonders gnädiger Stimmung. Er hatte gut, aber nicht übermäßig gespeist, sodass der Leib ihm nicht rumorte. Seine Franziska hatte seinen jüngsten Erlass zur Förderung der Karlsschüler aus mäßig begütertem Hause sehr positiv gewürdigt und ihm versprochen, den Herzog bei seiner nächsten Venedigreise zu begleiten. Und es schien, als ob die Landschaft unter Umständen zu gewissen finanziellen Stützen bereit sei.

Solcherart wohlgestimmt sprach er Carl direkt an: „Ah, mein werter Kammerherr, Bester von Schack. Von Ihm hört man wie immer nur Rühmliches, weiter so, weiter so. Und die neuen Aufgaben wird Er sicher glänzend meistern. Ah, der Junker ist erstaunt? Wohl, wohl, warte Er ab, von Schack, Er wird bald Näheres erfahren. Und hör Er, dass Er mir rasch gute Ergebnisse bringt, Er weiß, ich schätze Ihn, auf Ihn ist Verlass, enttäusche Er mich nicht! Also, mein Bester, Ergebnisse, ich sehe, Er ist in Eile, geh Er nur zu. Diese wilde Jugend!"

Lachend wandte sich Serenissimus an sein Hofgefolge. Er war sicher, er hatte sich sehr gnädig gezeigt und wohlwollend gescherzt. Gut gescherzt, was das fröhliche Lachen seiner näheren Umgebung zu bestätigen schien. Der Herzog schritt munter plaudernd weiter.

Mit einer tiefen Verneigung entfernte sich Carl, etwas verwirrt von den Worten des Herzogs. Was redete dieser von neuen Aufgaben, von raschen Ergebnissen? Was für Merkwürdigkeiten erwarteten ihn? Der Herzog und seine Launen, ein Kapitel für sich.

Doch anderes beschäftigte Carl von Schack im Augenblick mehr. Die junge Frau, die mit dem Hageren getanzt hatte, war sie gewesen – Aurelie, die Tochter des verschwundenen Botschafters! Er war völlig überrascht, geradezu bestürzt, über das, was er gesehen oder zu sehen gemeint hatte. Aurelie! Ob ihn seine Augen getäuscht hatten? Sah er in jeder hübschen jungen Larve Aureliens Bild?

Es gab in dem Zirkel des Hofes Frauen, die für vollendet schön geachtet werden konnten, aber vor dem Bilde Aureliens in seinem Gemüte, vor ihrem tief ergreifendem Liebreiz verblasste alles zu unscheinbarer

Farblosigkeit. Doch wusste er überhaupt, wie Aurelie heute nach dieser langen Zeit der Trennung aussah? Und das Fräulein eben? Was hatte er von dem Fräulein, das er für Aurelie hielt, wirklich wahrgenommen? Ihr Gesicht, ihre Augen, das Lächeln ihrer Lippen? Wie sehr sich Carl von Schack auch mühte, er konnte sich an all dies nicht recht erinnern. Einzig ihr Kleid war ihm im Gedächtnis. Ein Kleid von raffinierter Schlichtheit, dabei berückend und fesselnd, als sei es eine Kreation im Stile bester Pariser Mode. Der Putz der Frauen, wusste Carl, übte einen geheimnisvollen Zauber aus, dem ein Mann nicht leicht widerstehen konnte.

In der tiefsten Natur der Weiblichkeit mochte es liegen, dass im Putz sich alles schimmernder und schöner entfaltete, so wie Blumen nur dann vollendet sich darstellen, wenn sie in üppiger Fülle in bunten glänzenden Farben aufgebrochen sind. War es also nur ein Kleid gewesen, das seine Sinne eingefangen hatte? Er musste sich zusammenreißen, ein einfaches Bild, ein Kleid – und er, der Kammerherr von Schack, heimlicher Herr über das Polizei- und Erkundungswesen des Herzogtums Württemberg, glaubte an Zauber!

Wenn sie es nun aber doch gewesen war? Er konzentrierte sich, besann sich auf den anderen Teil des Tanzpaares, den Herrn mit der grauen Perücke. War dieser jener Fremde aus der Kutsche? Verflixt, wo war sein Freund Erlenburg, der ihn erst auf diese Spur gebracht hatte? Der schien mehr zu wissen, er sollte ihm endlich Rede und Antwort stehen. Carl musste ihn unbedingt gleich befragen.

Er verließ den Saal und ging hinaus auf den Gang. Draußen trat ihm ein Herr entgegen. Dieser trug einen dunkelgrünen Rock ohne alles Tressenwerk, helle Reithandschuhe und in den hohen Stiefeln weiße Stiefelmanschetten. Ein starker Degen hing an seiner Seite; der Hut war nach Art der Offiziershüte aufgeschlagen.

„Mein Herr, ich darf Sie ersuchen, folgendes Billett zu lesen. Wenn es Ihnen genehm ist, ich warte auf Antwort." Der Offizier, es handelte sich zweifelsohne um einen solchen, salutierte mit dem Hut und trat in eine Nische zurück.

Carl von Schack nahm mit Ruhe das Blatt entgegen und öffnete rasch das Handschreiben: *Seid heute um Mitternacht auf der kleinen Insel Monrepos. C.*

Das war alles – kein Siegel, kein Hinweis, nichts. Merkwürdig, dachte von Schack, wer schreibt mir auf diese Weise und in dieser Form?

„Ihr kennt den Absender dieses Schreibens, mein Herr?", wandte er sich an den Offizier. „Aber halt, bevor Ihr antwortet, Ihr seid sicher zum Schweigen verpflichtet und dürft bei Eurer Ehre keine Antwort geben?" Der Offizier nickte schweigend.

„Sehr geheimnisvoll, findet Ihr nicht? Nun gut, ich werde Euren Auftraggeber nicht enttäuschen. Bitte vermeldet, dass ich pünktlich erscheinen werde. Ich danke, mein Herr!"

Der Offizier verbeugte sich erneut, grüßte und verschwand so rasch, wie er gekommen war.

Carl von Schack stieg langsam die große Schlossinnentreppe hinab und wandte sich dem Garten zu. Draußen war die Dämmerung hereingebrochen, die Nacht zog über den Hügel des nahen Wildparks auf. Carl versank in tiefe Gedanken. Was war das für ein geheimnisvolles Treffen? Um welche Angelegenheiten mochte es gehen? Konnte das Ganze womöglich eine Falle sein? Doch von wem gestellt und aus welchem Grunde? Und wenn es sich nicht um eine Falle handelte, was sollte diese Geheimniskrämerei? Ein Geheimauftrag, eine Anfrage, eine Bitte? Was auch immer, Genaueres würde er nur erfahren, wenn er sich um Mitternacht zum genannten Treffpunkt begab. Carl schaute hoch zum Himmel. Heute war Vollmond und der Mond stand längst nicht im Süden. Es mochte gegen elf sein, schätzte Carl, genügend Zeit bis Mitternacht. Eine ungenaue Schätzung, er wusste, wie oft es auf exakte Zeitangaben ankam. Da sollte doch dieser Geistliche, dem der Herzog die Pfarrei in Kornwestheim übertragen hatte, Hahn hieß er, eine Art von tragbarer Uhr erfunden haben. Diese Erfindung musste er sich bei Gelegenheit unbedingt einmal anschauen.

Mit dieser Überlegung ging Carl zurück in sein Domizil. Dort erwartete ihn sein Diener Friedrich. Friedrich stand bereits im fünften Jahr im Dienste Schacks und hatte seinen Herrn mehrfach in vielfältigsten Gefahren hilfreich zur Seite gestanden. Besonders die Schießkunst verstand Friedrich wie kaum sonst ein anderer. Carl gab dem Diener einige Anweisungen bezüglich der mitternächtlichen Situation. Friedrich sollte ihn zum Treffen begleiten und – wenn nötig – ihm zur Seite stehen.

Zunächst half Friedrich seinem Herrn beim eiligen Umziehen. Carl zog einfache, graue Beinkleider wie ein Bürgersmann an und wählte schwarze Handschuhe. Friedrich trug ohnehin seine schlichte, dunkelgrüne Arbeitskleidung. In der Nacht, zumal ohne Perücke und mit dunklen Hüten, würden sie derart gekleidet für spähende Beobachter schlecht zu erkennen sein. Beide Männer steckten ein Pistol zu sich. Carl trug seinen Degen, Friedrich zusätzlich einen breiten Hirschfänger. Während dieser Vorbereitungen klopfte es.

Die Tür wurde von Friedrich geöffnet. „Der Kammerherr von Erlenburg", meldete er.

Schon trat dieser in die Wohnung. „Bester Freund, Ihr seid so plötzlich verschwunden. Was war Euch?"

Ohne zu zögern erzählte Carl rasch von den Ereignissen und fragte Erlenburg, wer denn nun dieser Mann gewesen sei und ob er gleichfalls Aurelie von Weilingen erkannt habe.

Erlenburg verneinte letztere Frage. Er kenne die junge Grafentochter kaum, habe sie auch über Jahre, ähnlich wie Carl, nicht gesehen. Nein, er könne von Schacks Vermutungen kaum bestätigen. Ihm sei es vielmehr um den Tänzer der Dame gegangen. „Wisst Ihr nicht, bester Freund, das war Ihr Caracanti! Der Mann, den Ihr so heiß und innig erwartet! Der Mann, der Ihnen bestimmte Aufträge überreichen soll."

Carl entgegnete, dies könne er kaum glauben und von „Erwartung" könne gleichfalls keine Rede sein. Auch wisse er von keinen Aufträgen, wenn auch alle Welt, der Herzog inbegriffen, davon rede und sich in dunklen Anspielungen verlöre. Aber jetzt müsse er los, hin zu dem ominösen Treffen, von dem er erzählt habe.

„Dann begleite ich Euch, werter Kollega Kammerherr, ich denke, drei Männer vor Ort sind besser als zwei!"

Carl nahm Erlenburgs Angebot dankend an, wusste er doch, der Freund war ihm in der Degenkunst nahezu ebenbürtig und gleichfalls ein guter Schütze. Also ließ er ihm durch Friedrich eine weitere Waffe reichen. Die Herren hüllten sich in dunkle Mäntel und verließen das Schloss durch eine Seitenpforte.

Friedrich hatte bereits für die Pferde gesorgt. Sie folgten dem bekiesten Weg in Richtung Favoriteschlösschen, die Lichter des Hauptschlosses fingen indes an zu verlöschen, letzte Musik verklang, und es wurde nach und nach immer stiller. Die Nacht überdeckte schon die stillen Wälder, der Mond stand jetzt über den Hügeln auf der anderen Seite des Neckars.

Ihr Ritt ging schnurstracks nach Norden quer durch den Wald über eine Felsgruppe und an einigen Abhängen vorüber einen langen Seepfad hinab. Sie sprachen kaum ein Wort miteinander; ein Raunen und Flüstern oben in den Zweigen, ein Rascheln und Knistern in dem trocknen

Laub am Boden – das dumpfe Gebell eines Hundes aus einem fernen Dorfe. Ein Nachtvogel kam auf seinem wirren Fluge bis dicht an Carls Gesicht geflattert und schoss dann wieder davon. Sonst herrschte rings umher tiefe drückende Stille.

Keine Viertelstunde später erreichten sie Schloss Monrepos. Auch hier herrschte nächtliche Ruhe. Friedrich band die Pferde beim Seitentrakt an. Die drei Männer stiegen vorsichtig hinab zum See, wo am Uferrand Boote angebunden waren.

„Ich weiß nicht", raunte Erlenburg, „mir ist nicht wohl bei dem Gedanken, dass wir so offen über das Wasser rudern. Wir könnten gleich Friedrich mit unseren Karten vorausschwimmen lassen!"

„Wie kommen wir sonst hinüber?", flüsterte Carl zurück.

„Am besten, wir lassen das Boot am Rand treideln und steigen hinten bei den Büschen ein. Dort sind wir mehr im Sichtschatten und kommen vielleicht mit weniger Aufmerksamkeit übers Wasser", schlug Erlenburg vor.

Mit Friedrichs Hilfe schleppten sie das Boot am Ufer entlang, bis der Schatten erreicht war. Sie stiegen ein und stießen sacht vom Ufer ab. Mit nur wenigen Schlägen und ohne das Wasser beim Eintauchen der Ruder aufzuwirbeln, bewegte Friedrich den Kahn im Schatten der Bäume beinahe lautlos und sachte vorwärts. Etwa fünf Minuten später erreichten sie die Insel im See, auf der einst eine kleine Kirche errichtet worden war, von der es jetzt nur noch eine verfallene Ruine gab.

Es mochte bald Mitternacht sein, alles schien still und ohne Leben.

„Ihr bleibt hier, ich werde allein erwartet und ich werde allein gehen", befahl Carl flüsternd seinen Begleitern und stieg gewandt an Land.

Nichts war zu hören, über der Insel lastete ein düsteres Schweigen. Als er über den kalten Boden schritt, kam ein leichter Wind auf, und um ihn war nichts als die öde dunkle Nacht. Dann flogen zwei dicke Wolken auseinander – der helle Mond lag wie eine Silberkugel in einem weißen Wolkengebirge, und der Schein fiel in die Tiefe wie ein langer Strom und fand seinen Widerschein im Wasser.

Carl war wie vom Mondlicht übergossen und seine Silhouette hob sich deutlich von seiner Umgebung ab. Der Junker sprang rasch auf eine Baumreihe zu, um den Lichtbündeln und einer möglichen Beobachtung zu entgehen.

Sein Sprung gelang ihm keinen Augenblick zu früh. Der grelle Blitz eines Mündungsfeuers leuchtete in den Büschen auf, ein lauter Schuss krachte und eine Kugel pfiff knapp an Schacks rechter Seite vorbei. Wie zur Antwort waren zwei weitere Schussexplosionen zu hören, dann schrie jemand laut auf. Etwas – ein Tier, ein Mensch – hastete durch das dichte Buschwerk links vor Carl und verschwand.

Aus der Richtung des Bootes hinter ihm ertönten Kampfgeräusche. Carl zögerte nur kurz, er war sich sicher, seine Begleiter würden allein mit allem fertig werden. Der Junker eilte weiter, drängte sich mit gezogenem Degen furchtlos durch das Buschwerk und hatte bald die Kirchenruine erreicht.

Dort hielt er überrascht inne. Auf den zerbrochenen Eingangsstufen des Baus lag, den Kopf in den Nacken geworfen, eine gekrümmte Gestalt. Die Arme des Liegenden hingen schlaff über die Stufen herab. Carl von Schack trat vorsichtig heran, es mochte eine List sein, und spähte wachsam nach allen Seiten. Ein Geräusch ließ ihn herumfahren.

„Keine Sorge, ich bin es, in Begleitung von Friedrich." Erlenburgs schnarrende Stimme war unverkennbar. Er trat mit Friedrich auf Carl von Schack zu. „Bei uns haben zwei Männer versucht, das Boot zu kapern. Das ist dem einen nicht besonders gut bekommen! Der andere konnte leider entfliehen."

Erlenburg stutzte, als er den leblosen Körper auf den Stufen sah. „Wart Ihr das, Carl?"

Carl verneinte. Er wies Friedrich an, die Waffen neu zu laden und gut auf die Umgebung zu achten. Dann beugte er sich zu der Gestalt nieder. Er drehte den Kopf zur Seite und fuhr überrascht zurück. Aus dem Mund des Toten quoll Blut hervor – und, da war er sicher, es handelte sich bei dem Opfer um eine Frau!

„Du lieber Himmel, seht nur, ist das nicht die Frau, die Ihr für Aurelie hieltet?", rief Erlenburg.

Von Schack zwang sich, genauer hinzuschauen. Er betrachtete das zarte, durch Blut entstellte Gesicht der Toten. Als Lebende musste sie sehr schön gewesen sein. Ein Schönheitspflästerchen prangte rechts am Kinn. Es war in der Tat die junge Frau vom Abend und – Carl seufzte unwillkürlich auf – Aurelie war es nicht. „Ihr habt recht, das ist die Tänzerin, die ich vorhin für Aurelie hielt. Sie trägt das gleiche Kleid wie einstmals die Gräfin. Aber zum Glück ist sie es nicht. Die arme Frau. Wer hat ihr das angetan?"

Da sah Carl etwas Weißes aus der linken Ärmelspitze der Toten blinken. Er beugte sich vor und ergriff das weiße Teil.

Es handelte sich um eine Papierrolle. Eine Botschaft? Er zog das Papier aus dem Ärmel und rollte es auf, doch trotz des Vollmondes war es zu dunkel zum Lesen.

„Friedrich, schlag' ein Feuer an, ich sehe nichts!", befahl von Schack.

Friedrich entzündete rasch ein Talglicht, schützte das unstete Flackern der Flamme mit der Linken vorm Nachtwind und streckte es seinem Herrn entgegen.

Carl beugte sich vor und hielt den Zettel nahe an die Flamme. Auf dem Papier stand ein einziges Wort: *Montbéliard* ...

Montbéliard, das war der französische Name für die Grafschaft Mömpelgard. Von Schack steckte das Blatt ein. Er hielt es für besser, jetzt zu verschwinden. Unter Umständen kam der Entflohene mit großer Verstärkung zurück, und es konnte schwierig werden, sich im Dunkeln gegen eine Übermacht zu behaupten.

Die drei Männer eilten zum Boot, das zum Glück noch an der gleichen Stelle lag, und ruderten mit schnellen Schlägen quer über den See zum Anlegeplatz unterhalb des Schlosses. Auch ihre Pferde fanden sich am gleichen Ort, wo Friedrich diese festgebunden hatte. Sie bestiegen die Rosse und trabten zurück zum Ludwigsburger Hauptschloss.

Montbéliard, was mochte das bedeuten? Montbéliard, besser Mömpelgard, bildete das Herrschaftszentrum der linksrheinischen Besitzungen des Landes, zu denen auch Reichenweier und Horburg zählten. 1397 war das Gebiet durch die Heirat des noch minderjährigen Grafen Eberhard mit der ebenfalls minderjährigen Henriette von Mömpelgard unter württembergische Verwaltung gelangt und nach Henriettes Tod 1444 endgültig an Württemberg gefallen. Nachdem im 16. und 17. Jahrhundert Seitenlinien die Grafschaft regierten, wurde das Gebiet im Wildbader Vertrag 1715 an die Stuttgarter Hauptlinie abgetreten. Welche Rolle im Geschehen spielte die ferne, an der Lisaine gelegene Grafschaft südlich von Belfort?

2

Der geheime Auftrag

Es mochte gegen eins sein, als die drei Reiter ins Schloss zurückkehrten. Sie banden die Pferde in der Nähe von Carls Wohnung an. Friedrich öffnete die Eingangspforte und entzündete drinnen die Kerzen. Dann nahm er seinem Herrn und Erlenburg die Mäntel und die beiden Pistols ab und eilte wieder hinaus, um abzusatteln und die Pferde zu versorgen. Der Junker und Erlenburg zogen sich in das Schreibkabinett zurück und setzten sich. Die Degen kamen zur Seite und die Herren lockerten die Gürtel.

„Lasst uns das Erlebte besprechen", schlug Carl vor, „und überlegen, was weiter zu tun ist. Was haltet Ihr von dem Geschehen am See, werter Freund?"

„Wenn Caracanti hinter dem unheimlichen Mord steckte", überlegte Erlenburg, „wäre das eine höchst seltsame Art der Kontaktaufnahme. Doch ich glaube, die schöne Tote stand im Dienste des Venezianers und sollte Euch von diesem eine Nachricht zukommen lassen. Eine dritte Seite suchte dies zu verhindern und schreckte dabei vor Gewalt und Totschlag nicht zurück."

„Ich bin ganz Eurer Meinung, Erlenburg, dass jemand nicht wollte, dass der Kontakt zustande kam – und es ist ihm fürs Erste gelungen. Ich muss gestehen, dass ich mir nicht vorstellen kann, wer dahinter steckt. Wir sollten jedenfalls die Wache informieren und diese nach den beiden Toten sehen lassen. Morgen früh werde ich den Tatort genauer untersuchen."

Friedrich trat ein und meldete, die Pferde seien versorgt.

„Gut, Friedrich", lobte ihn Carl von Schack. „Eile jetzt zur Wache und überbringe dem wachhabenden Offizier Secondlieutenant von Neipperg eine Botschaft von mir." Carl griff zu Papier, Tinte und Feder, um eine

Anweisung an den Wachhabenden zu schreiben, dass dieser sogleich einen Trupp Soldaten zur Insel schicken solle, um dort nach dem Rechten zu schauen.

„Es könnte sein", schrieb Carl, „dass Ihr zwei Leichname findet. Ich bitte Euch, diese zu bergen und den Zugang zur Insel zu sichern."

„Während Ihr schreibt, soll Friedrich eine oder besser zwei Bouteillen Eures vorzüglichen Roten bringen. Die Kehle ist mir bei all dem recht trocken geworden", meinte Erlenburg.

Der Junker gab Friedrich einen kurzen Wink, und bald darauf brachte der Diener die gewünschten Flaschen nebst zwei fein geschliffenen Trinkpokalen. Er öffnete die erste Flasche und goss Carl und dem Gast ein.

Inzwischen hatte Carl das Billett fertiggestellt. Er siegelte es mit seinem Wappen und übergab die Nachricht Friedrich, damit dieser sie sofort bestelle. „Richte mir dem Secondlieutenant von Neipperg meinen vorzüglichen Gruß und Dank für die Mühen aus, um die ihn zu bitten ich zu dieser frühen Stunde gezwungen bin. Dann lege dich schlafen, ich bedarf deiner heute nicht mehr!"

Friedrich tat wie ihm geheißen und verließ den Raum, und die beiden Freunde hoben die Gläser.

„Auf Ihr Wohl, werter Freund, ich bin gespannt, wie sich die *Affäre Mömpelgard* entwickeln wird", sagte Erlenburg.

„Ob es sich wirklich um eine *Affäre Mömpelgard* handelt, muss sich zeigen", antwortete der Junker ernst. „Zurzeit kann ich nicht absehen, was sich hinter dem düsteren Geschehen auf der Insel verbirgt." Er stieß mit dem Freunde so kräftig an, dass die Pokale klirrten.

„Ein edler Tropfen", meinte Erlenburg mit einem genussvollen Seufzer. „Genau der richtige Ausklang eines gefüllten Tages."

In diesem Augenblick klopfte es an das Fenster des Zimmers, in dem sie saßen. Kammerherr von Erlenburg fuhr zusammen und verschluckte sich.

„*Mon Dieu*", stieß er hustend hervor. „Wer klopft um diese Stunde an Euer Fenster?"

„Das werden wir gleich wissen", rief Carl von Schack, stand auf und trat an das hintere Fenster, von dem das Klopfen gekommen war.

„Vorsicht, werter Freund, es könnte erneut ein Anschlag sein", warnte der Kammerherr. „Geht nicht so nah ans Fenster! Man sieht Euch sonst von draußen!"

„Unsinn", entgegnete Carl. „Ein Attentäter schießt ohne Anmeldung, er klopft nicht!"

Er öffnete die Flügel des Fensters und schaute hinaus. Draußen konnte er zunächst nichts erkennen. Der Mond war vor einer Weile untergegangen, und es herrschte nun stockfinstere Nacht.

Dann schälte sich ein Schemen aus den dunklen Schatten, und eine schwarz gekleidete Gestalt trat unter das Fenster. „Entschuldigt die Störung und die unkonventionelle Form meines Besuches, Junker von Schack", war eine junge Stimme zu hören. „Ich müsste Euch dringend sprechen. Aber, wenn es geht, lasst uns drinnen reden." Er blickte sich forschend um. „Hier draußen ist mir nicht ganz geheuer."

Carl von Schack, durch seine spezielle Tätigkeit an allerlei seltsame Begegnungen gewöhnt, lud den geheimnisvollen Fremden mit einer knappen Geste ein, hereinzukommen.

Gewandt zog sich der späte Gast am Fenstersims empor und sprang ins Zimmer.

Kammerherr von Erlenburg schüttelte missbilligend den Kopf, als die dunkle Gestalt durchs Fenster kam. „Ich hoffe, Ihr wisst, was Ihr da tut, werter Carl."

Carl schloss das Fenster. „Seht Ihr eine andere Möglichkeit, die Dinge zu klären, bester Freund? Nennt mir diese oder lasst mich nach meiner Art vorgehen!"

Erlenburg winkte ab und schenkte sich erneut ein.

Der Fremde, ein schlanker, braun gelockter Jüngling mit klaren Gesichtszügen, der kaum zwanzig Lenze zählen mochte, hatte während des kurzen Wortwechsels unruhig gewartet. Er blickte zu Erlenburg und dann zu Carl von Schack und hob fragend eine seiner Augenbrauen. Carl verstand die stumme Frage und beantwortete diese zugleich.

„Ihr könnt offen reden. Kammerherr von Erlenburg und ich sind gute Freunde und haben keine Geheimnisse vor einander. Auch", fügte Carl mit einem leichten Lächeln hinzu, „wenn wir da und dort anderer Meinung sein mögen." Er wies auf einen Stuhl. „Nehmt Platz und erzählt, was Euch zu dieser späten Stunde herführt und was Ihr so Eiliges zu berichten habt. Aber wartet, nehmt einen Becher dort von der Anrichte und schenkt Euch ein. Bei einem guten Wein lässt es sich freier reden!"

Der Fremde folgte seiner Aufforderung, holte sich den Becher, nahm Platz und schenkte sich ein. Er leerte den Becher mit einem durstigen Zuge. Dann hub er an zu sprechen. „Mein Name ist Alessandro, der

Vatersname tut nichts zur Sache, und ich stehe im Dienste des venezianischen Gesandten Conte Caracanti. Der Conte schickt mich, da er unerwartet abreisen musste, um Euch persönlich eine Botschaft auszurichten." Alessandro stockte und warf einen Blick auf Erlenburg.

„Caracanti ist uns bestens bekannt", beruhigte ihn der Junker daraufhin.

„Wenn auch nicht als Conte", warf der Kammerherr von der Seite ein, verstummte aber gleich, als er Carls scharfen Blick auffing.

„Entschuldigt, Alessandro, Herr von Erlenburg beliebt mitunter zu scherzen", erklärte der Junker. „Erzählt einfach weiter!"

„Conte Caracanti lässt Euch durch mich ausdrücklich warnen. Er fürchtet, dass jemand von dritter Seite an Euch herantreten werde und Euch vorzuspiegeln versuche, er handle im persönlichen Auftrage meines Herrn. Ziel sei es, Informationen hervorzulocken, die gegen Euch oder den Conte verwendet werden könnten. Kurzum, Herr Junker, Euch drohet große Gefahr!" Alessandro schwieg. Er griff zur Flasche und füllte wieder seinen Becher.

„Ihr entschuldigt, Alessandro", entgegnete Carl nach kurzem Überlegen, während dieser den Becher erneut leerte. „Wer garantiert mir, dass Ihr nicht selbst ein *Jemand* im Sinne der vorgetragenen Warnung seid und Euer Auftritt einzig allein dazu dient, Euch in mein Vertrauen zu begeben?"

Alessandro griff in das Innere seiner schwarzen Samtweste und zog ein gerolltes Schreiben hervor, das er mit einer Verbeugung Carl von Schack darbot. Dieser nahm die Rolle entgegen und wollte gerade anfangen zu lesen, da pochte es kurz an der Tür – diesmal war es Friedrich.

„Secondlieutenant von Neipperg", meldete er und direkt hinter ihm trat der Offizier in das Lesekabinett.

Secondlieutenant von Neipperg war von mittelgroßer, schlanker Gestalt. Sein noch bartloses, glattes Gesicht machte einen offenen, freundlichen Eindruck. Auffällig an Neipperg waren vor allem die feingliedrigen Hände, die man eher bei einem Dichter, denn bei einem Sohn des Mars erwartet hätte. Er trug zur gelben Uniformhose und Weste den roten Waffenrock der *Garde Noble* nebst Dreispitz mit Federbusch.

Die *Garde Noble* war im letzten Jahr als adlige Garde-Formation unter dem General der Kavallerie und Capitain aller Garden Graf Johann

Franz von Czabelinsky aufgestellt worden. Den eigentlichen Wachdienst des Schlosses bildete die 1. Compagnie der *Garde zu Pferd*.

„Seid mir willkommen, Lieutenant von Neipperg", begrüßte ihn Carl von Schack, steckte die Papierrolle ein und stand auf. „Ich hätte so rasch nicht mit Euch gerechnet. Nehmt Platz, Friedrich soll Euch ein Glas und uns zwei neue Bouteillen bringen. Dann berichtet. Kammerherr von Erlenburg ist Euch bekannt und dieser Herr", Carl zeigte auf Alessandro, „ist ein Bote des Contes Caracanti."

Von Neipperg begrüßte die drei mit kurzem Nicken und nahm seinen Hut ab. Dann setzte sich der Offizier.

Alessandro, der den Eintreffenden mit prüfendem Blick gemustert hatte, erhob sich. „Ihr erlaubt, Herr Junker, dass ich mich verabschiede. Die Botschaft des Contes habe ich Euch überbracht. Mich drängt die Zeit, ich muss noch heute Nacht aufbrechen und meinem Herrn folgen, da wir in acht Tagen an der Burgundischen Pforte sein wollen."

„Und Ihr Auftrag, Alessandro?", rief Erlenburg. „Was wollt Ihr uns mitteilen?"

„Alles, was Ihr wissen müsst", sprach der Bote weiter, ohne auf die Fragen des Kammerherrn einzugehen, „steht in jener Rolle, die ich Euch gab. Und jetzt entschuldigt mich, meine Herren." Und ohne auf eine Antwort zu warten, trat er ans Fenster, öffnete den Flügel und sprang hinaus in die Nacht. Der Kies knirschte, dann war Caracantis Bote in der Dunkelheit verschwunden.

Friedrich kehrte mit den Flaschen zurück. Auf einen Wink Carls schloss er die Flügel des Fensters. Anschließend füllte er die Gläser.

„Ein seltsamer Gast", meinte der Kammerherr kopfschüttelnd.

„Mancher liebt es zu eilen", meinte Carl nur und wandte sich dem Offizier zu.

Den Lieutenant schien der Vorfall nicht weiter zu stören. Er hatte ein kleines Oktavheft hervorgezogen und in diesem selbstvergessen geblättert und gelesen.

„Nun, Herr von Neipperg, was führt Euch zu uns?", fragte Carl.

Neipperg blickte auf. Er errötete wie ein Schulbub, steckte rasch das Heft ein und zog ein zweites hervor. Das schlug er auf und schaute Carl von Schack an.

„Die Schlosswache erhielt am späten Abend eine Nachricht, dass sich auf der Seeinsel beim Schloss Monrepos um Mitternacht eine geheime Verschwörergruppe treffen wolle. Leider konnte der Empfänger der Botschaft, Wachtmeister Isele, nicht lesen. Erst als ich die Wache um eins kontrollierte, fiel mir der Zettel ins Auge. Ich ließ satteln und ritt sogleich mit einem Trupp Reiter los, um die Bande auszuheben. Allein vergeblich, von Verschwörern oder sonstigen Personen war keine Spur zu finden. Wir kehrten zurück und trafen unterwegs Friedrich, der mir Eure Botschaft übergab."

„Lasst mich raten", sagte Carl. „Ihr habt auf der Insel auch sonst nichts entdeckt."

Secondlieutenant von Neipperg nickte. „Weder eine Spur der Verschwörer noch die von Euch beschriebenen beiden Toten – nichts! Doch ich schickte sofort nach Erhalt Eurer Nachricht drei Mann zur Insel zurück, um den Zugang zu sichern."

„Keine Spuren?", ließ sich der Kammerherr vernehmen. „Das war fast zu erwarten. Offenbar war das Ganze eine geschickt geplante Inszenierung, vielleicht gar eine Art von Falle."

„Zu welchem Zweck?", fragte von Neipperg verständnislos.

„Das, mein Bester, ist ein weites Feld", antwortete Carl. „Ich danke Euch jedenfalls, dass Ihr mich umgehend informiert habt." Er hob sein Glas und die Männer tranken.

„Ein guter Tropfen, Herr von Schack", lobte der Lieutenant den Wein. „Doch Ihr entschuldigt, ich muss zurück zur Wache und die Ablösung der Seewachen regeln."

„Ich will Euch nicht aufhalten", antwortete Carl. „Erlaubt mir aber die Frage nach dem, was Ihr eben laset, das Euch derart zu fesseln schien?"

Wieder errötete der junge Lieutenant. „Es ist nichts, nur ein paar Verse, die mir kürzlich zugetragen wurden."

„Ei", lachte Erlenburg. „Ihr werdet doch nicht auch dem Werther-Fieber verfallen sein. Eure Weste ist jedenfalls gelb genug!"

„Die Verse sind vom jungen Schiller, einem Eleven der Hohen Karlsschule und drüben in Marbach geboren", bemerkte der Secondlieutenant von Neipperg kühl und erhob sich. „Herr von Schack, Herr Kammerherr, mein Kompliment!" Der Offizier trat ab.

„Meine Güte, jetzt ist von Neipperg beleidigt, nur, weil ich ihm unterstellte, er lese dieses von Gefühlen überladene, unmoralische Büchlein des Herrn Goethe."

„Ihr solltet Neipperg nicht aufziehen, werter Freund", erwiderte Carl. „Er nimmt die Lektüre überaus ernst. Erst kürzlich sah ich ihn mit Jean-Jacques Rousseaus *Julie ou la Nouvelle Héloïse.*"

„Rousseau! Ein heilloser Schwärmer wie dieser Goethe. Ich halte von alledem nichts. Im blauen Frack mit Messingknöpfen, gelber Weste, braunen Stulpenstiefeln und rundem Filzhut umherrennen. Seinen Tee aus einer Werther-Tasse nehmen und sich in jede hübsche Larve, die Butterbrote schmiert, verlieben. Unfug! Und wie endet die ganze Liebelei? Im Selbstmord! Lessing hat völlig recht, wenn er schreibt, dass der Autor, wenn ein so warmes Produkt nicht mehr Unheil als Gutes stiften soll, eine kalte Schlussrede hätte schreiben müssen. Ein Paar Winke hinterher, wie Werther zu einem so abenteuerlichen Charakter gekommen sei, und jeder andre Jüngling, dem die Natur eine ähnliche Anlage gegeben, sich vor ähnlichem Schicksale bewahren könne."

„Ach, Erlenburg, wenn Ihr Euch nicht ereifern könnt!", meinte Carl. „Wollt Ihr einen Schriftsteller zur Rechenschaft ziehen und ein Werk verdammen, das, durch einige beschränkte Geister falsch aufgefasst, die Welt höchstens von einem Dutzend Dummköpfen und Taugenichtsen befreit hat, die gar nichts Besseres tun konnten, als den schwachen Rest ihres bisschen Lichtes vollends auszublasen?"

Beide Männer schwiegen einige Augenblicke.

Schließlich erhob sich der Kammerherr. „Wir wollen es genug sein lassen für heute, und morgen im hellen Licht des Tages über das nächtliche Geschehen auf der Insel und alles, was sich noch ereignet hat, ausführlich reden." Er gähnte dezent. „Für jetzt, mein Freund, gehabt Euch wohl. Ich bin rechtschaffen müde und wünsche Euch einen guten, erholsamen Schlaf."

Erlenburg ging und Friedrich, der noch immer auf war, schloss hinter ihm die Pforte.

Es war spät, dennoch fühlte sich Carl in keiner Weise müde, zumal ihm die Ereignisse und Bilder des Abends und der Nacht keine Ruhe ließen. Er hatte das Gefühl, dass er eine Ordnung in die Abläufe bringen müsste, um zu verstehen, was sie en détail bedeuten mochten. Der Junker nahm ein weißes Blatt sowie Tinte und eine frische Feder und begann zu notieren: Die Ankunft Caracantis, die junge Frau auf dem Ball. Das Treffen um Mitternacht und die Schüsse auf ihn. Der Tod der unbekannten Schönen und das spätere Verschwinden ihres Leichnams. Alessandro, der angebliche Bote Caracantis und die Warnung sowie der Bericht des Secondlieutenants von Neipperg. Die Papierrolle, die ihm Alessandro gegeben und die er bislang noch nicht gelesen hatte.

Er zog sie hervor und legte sie auf den Tisch. Dabei gähnte Carl und fühlte, wie ihn eine Müdigkeit, die er zuvor nicht verspürt hatte, auf einmal erfasste und umhüllte. Er beugte sich vor, um für einen kurzen Moment den Kopf auf die Arme zu legen – und war in Sekundenschnelle eingeschlafen.

Carl von Schack erwachte durch ein Rütteln an seiner Schulter.

Es war Friedrich, der sich bemühte, seinen Herrn wach zu bekommen. „Junker von Schack. Wacht auf, eine Botschaft des Herzogs."

Carl fuhr in die Höhe. Heller Sonnenschein fiel durch die Fenster in sein Zimmer. Es musste später Vormittag sein – er hatte den Morgen verschlafen. Er erhob sich und reckte sich. Schulter und Nacken schmerzten von der unbequemen Schlafstellung, die er innegehabt.

Sein Blick fiel auf Friedrich, der einen Schritt zurückgetreten war und ein Kuvert in der Rechten hielt, das er Carl von Schack entgegenstreckte. Dieser nahm das Kuvert und erbrach das herzogliche Siegel auf der Rückseite.

„Geht und bringt mir einen Eimer Wasser, Friedrich!", befahl er und las das Schreiben. Sein Inhalt war kurz. Seine fürstliche Hoheit Herzog Karl Eugen erwarte Junker von Schack zur Mittagsstunde im Schloss Solitude. Die Mittagsschokolade pflegte der Herzog gegen zwei zu sich zu nehmen. Jetzt musste es nach dem Sonnenstand gegen zehn sein. Zur Solitude waren es zwei württembergische Meilen bergan zu reiten. Mit einem guten Ross eine Angelegenheit von etwas mehr als einer Stunde. So wäre also noch genug Zeit, um mit Friedrich den See aufzusuchen und eine erste Untersuchung des Ortes, wo die Unbekannte ermordet worden war, vorzunehmen. Aber er musste sich eilen. Der Herzog schätzte es nicht, wenn jemand, den er zu sich beordert, verspätet eintraf – ungeachtet aller nur möglichen Gründe konnte Karl Eugen sehr ungnädig werden. Lieber wäre es Carl gewesen, wenn er den Ort des nächtlichen Abenteuers in größerer Ruhe hätte untersuchen können, allein des Herzogs Wille war Gebot.

Friedrich kam mit dem Eimer, und Carl löste sein Hemd und die Oberbekleidung und wusch sich mit dem eiskalten Nass. In seiner näheren und weiterer Umgebung war man, so man Kenntnis hatte von

Schacks morgendlicher Gepflogenheit, entsetzt über sein ungesundes Treiben. Wasser galt, äußerlich angewendet, als überaus schädlich und förderlich für Krankheiten aller Arten. Nach der Wäsche warf er sich in ein leichtes Reitgewand über, aß einen Teller Morgensuppe, die ihm Friedrich reichte, und begab sich anschließend zu den Ställen.

Friedrich und er bestiegen die Pferde, und sie ritten durch den Wildpark hinunter zum See. Wie in der Nacht lagen die Boote am Ufer. Nur dass heute ein Soldat dort Wache stand.

„Halt", rief der Mann und hob das Gewehr. Dann erkannte er Carl von Schack, nahm Haltung an und machte Meldung. „Alles in Ordnung, Junker Kammerherr."

„Sind die anderen Posten auf der Insel?"

„Ja, Herr. Ein Mann läuft Streife am Ufer. Der Zweite wacht an der Ruine."

„Danke, Soldat. Rührt Euch!"

Carl bestieg ein Boot. Friedrich löste das Tau und sprang hinterher. Schweigend ruderten die beiden Männer zur Insel.

Sie landeten am ungefähr gleichen Ort wie in der Nacht zuvor. Sofort eilte Carl zur Ruine, wo er vor Stunden die schöne Fremde gefunden hatte. Der Posten an der Kirche salutierte. Carl wies ihn an, zur Seite zu treten und unterzog, zusammen mit Friedrich, den Tatort einer raschen Untersuchung. Doch außer den Stiefelspuren der Soldaten und einigen abgebrochenen Zweigen vermochte Carl auf die Schnelle nichts zu entdecken.

Er wollte die Suche schon abbrechen, denn die Zeit drängte, da sah er in den Zweigen eines Busches etwas blinken. Er trat näher und zwängte sich in das Dickicht, um den Gegenstand greifen zu können.

Es war ein schmales, herzförmig gearbeitetes Medaillon, das an einer goldenen Kette befestigt gewesen war. Diese musste gerissen sein, denn nur ein kleiner Rest davon fand sich am Schmuck. Carl klappte das Medaillon auf. Im Innern war ein feines Miniaturbild eingelassen. Es zeigte das Bild einer Frau, die der schönen Toten entfernt ähnelte, doch älter als diese schien. Hatte die Ermordete das Schmuckstück verloren oder ein anderer, der am Tatort gewesen war? Carl von Schack wusste es nicht. Vielleicht würde er später darauf eine Antwort finden. Er warf einen Blick zum Sonnenstand, es wurde Zeit, aufzubrechen. Carl steckte das Medaillon in seine Brusttasche und wies Friedrich an, allein weiter zu prüfen, was an Spuren noch vorhanden sein mochte.

Ein Soldat ruderte den Junker ans feste Ufer. Dort bestieg Carl sein Pferd und ritt im raschen Trabe in Richtung der Solitude davon. Er passierte das Schloss und ritt weiter Richtung Süden. Es war ein angenehmes Reiten mitten durch die flache Hügellandschaft. In der Ferne ackerten Bauern, Schafshirten trieben ihre Herden vorüber. Die Sonne schien warm über die dampfende Erde, es musste am frühen Morgen geregnet haben. Frisch lockte das Grün der Bäume und des Grases, und überall waren Blumen zu sehen. Carl von Schacks Weg führte durch eine kühle Waldschlucht. Vor ihm ragte in nicht allzu weiter Entfernung hell der Bau der Solitude in die Höhe.

Da sah er etwas abseits des Weges unter einer hohen Eiche einen Jüngling sitzen, der mit einer Schreibarbeit beschäftigt schien und dabei laut rezitierte. Carl lenkte neugierig sein Pferd zur Seite und stieg ab. Er band das Ross an einen Baumtrieb und trat zu dem Jungen. Dieser bemerkte ihn nicht sogleich. Carl musterte ihn. Der Jüngling war schlank und gut gewachsen. Sein klar konturiertes Gesicht und die wachen Augen ließen auf einen hellen Geist schließen. Der Kleidung nach – blauer Rock, weiße Kniehose und weiße Gamaschen – musste es sich um einen Eleven der Karlsschule handeln, was Carl verwunderte. Im letzten Jahr hatte Herzog Karl Eugen die Anstalt nach Stuttgart verlegen lassen. Was mochte der Junge hier zu schaffen haben?

Der Eleve deklamierte gerade mit lauter, gefühlvoller Stimme:

Laß strömen sie, o Herr, aus höherem Gefühl,
Laß die Begeisterung die kühnen Flügel schwingen,
Zu dir, zu dir, des hohen Fluges Ziel,
Mich über Sphären himmelan gehoben,
Getragen sein vom herrlichen Gefühl,
Den Abend und des Abends Schöpfer loben,
Durchströmt vom paradiesischen Gefühl.

Doch da wurde er des Fremden ansichtig und brach mitten in der Rezitation ab. Eilig stand er auf und verbeugte sich vor Carl. „Ich grüße Euch, edler Herr, womit kann ich dienen?"

Carl neigte kurz den Kopf. „Warum sprecht Ihr nicht weiter?", fragte er. „Die Worte klangen gut!"

„Meint Ihr wirklich?", sagte der junge Mann und eine Röte überzog sein Gesicht. „Es ist nur ein schwacher Versuch, in Worte zu fassen, was mein Herz mit Gefühl und den Kopf mit Gedanken erfüllt."

„Ah, Ihr spracht Eure eigenen Verse!", erwiderte Carl voll Erstaunen. „Seid Ihr gar der junge Schiller, von dem mir der Secondlieutenant von Neipperg erzählte?"

„Des Johann Caspar Schillers Friedrich bin ich", sagte der Jüngling mit stolzer Stimme. „Doch ich bitt Euch", fügte er leiser hinzu, „erzählt nicht dem Herzog von meinem Hiersein und Dichten. Ich wollte die Eltern besuchen, aber …"

„Ihr durftet nicht?", fragte Carl mitleidig. „Wo wohnen Eure Eltern?"

„Mein Vater ist seit Dezember letzten Jahres Leiter der Hofgärtnerei und hat deshalb eine Dienstwohnung in der Solitude. Aber vierzehn Tage vorher wurde die Karlsschule nach Stuttgart verlegt", antwortete der junge Mann traurig und ließ den Kopf hängen.

„Nun, ich werde dem Herzog nichts berichten", versprach Carl, dem die Erziehungstyrannei Karl Eugens und die harte Hand des Stuttgarter Intendanten der Akademie, Hauptmann Seeger, wohlbekannt waren. „Aber ich rate Euch, macht Euch schnell auf und kehrt nach Stuttgart zurück. Der Herzog weilt auf der Solitude, und wenn er entdeckt, dass Ihr Euch von der Schule heimlich entfernt habt …"

Doch schon war der Jüngling aufgesprungen und davongeeilt. Zurück blieb nur eine Spur im Gras und das Heft, in dem der Junge geschrieben hatte.

„Halt, Schiller!", rief Carl. „Ihr habt Euer Büchlein verloren."

Vergeblich, der junge Schiller war verschwunden. Carl bückte sich und steckte das Büchlein ein. Dann kehrte er zu seinem Pferd zurück und ritt das letzte Stück hoch zur Solitude.

Trotz seiner kleinen Pause war Carl derart zeitig vor Ort, dass er zu warten hatte. Er übergab sein Pferd einem Stallknecht und nutzte die Zeit, einen Blick von der Veranda des Schlosses in Richtung Ludwigsburg zu werfen. Ein Blick ins weite Land: Weil im Dorf mit dem Gasthaus „Zum Ritter Georg", das Hofgut Korntal, das wohlhabende Kornwestheim und die Residenzstadt Ludwigsburg. Weit in der Ferne der Neckar, der sich kurvenreich durchs Land schlängelte.

Lautes Rufen ertönte, die Kutsche des Herzogs nebst Gefolge fuhr vor dem Schloss vor.

Kurze Zeit später wurde Carl von Schack von einem Lakaien in das Privatkabinett des Herzogs geführt. Der Diener meldete ihn und schloss die Tür. Herzog Karl Eugen und der Junker waren allein.

Carl setzte zur zeremoniellen Verbeugung an, aber der Herzog winkte ab. „Lass Er das, Schack, Er kennt mich. Wenn Er zu mir kommt, geht es um wichtigere Dinge als das Hofzeremoniell."

Karl Eugen, der an einem schmalen Sekretär gesessen hatte, erhob sich und begann mit schnellen Schritten im Raum auf und ab zu schreiten. Gekleidet war der kräftige Mann in einen blauen, pelzverbrämten Samtrock, der an den Ärmeln mit goldener Stickerei verziert war. In seinem glatten, vollen Gesicht mit der langen Nase und den geschwungenen Brauen funkelten die Augen listig.

„Nun, erzählt mir, was Er zu Caracantis Nachricht sagt. Wie sollen Wir uns verhalten? Das Ganze ist eine ungeheure Provokation des Hofes von Versailles. Seit Ludwig XIV. versucht Frankreich, die Gebiete des Reichs zu okkupieren. Mit der Besetzung Straßburgs im September 1681 begann alles. Und jetzt will sein Ururenkel mir durch eine Intrige Mömpelgard rauben! Obwohl wir im Siebenjährigen Krieg Bündnispartner waren. Welch eine Infamie!" Der Herzog schlug mit der Faust kräftig auf den Tisch. „Gut, dass mein Bruder Friedrich Eugen dort weilt, der Held von Reichenbach. Er wird es den Franzosen schon zeigen. Also, bester Junker, mach Er sich gleich morgen früh auf den Weg nach Étupes, wo meines Bruders Sommerresidenz liegt. Er weiß Bescheid, worum es geht. Ich vertraue Ihm, bei Ihm ist alles in guten Händen!"

Der Herzog klingelte, ein Lakai trat ein. Carl von Schack verbeugte sich tief – und war entlassen.

Carl atmete auf. Das war gerade noch gut gegangen. Warum hatte er auch nicht die Schriftrolle gelesen, die ihm in der Nacht gebracht worden war? Er hatte sie auf den Tisch gelegt und war dann plötzlich eingeschlafen. Ein Glück, dass der Herzog selten jemand zu Wort kommen ließ und sein Unwissen nicht bemerkt hatte. Über die herzogliche Argumentation, die Franzosen seien alte Bündnispartner, hatte Carl innerlich geschmunzelt. Die Württembergische Armee hatte sich im damaligen Krieg nicht gerade mit Ruhm bekleckert. Beim schnellen Rückzug von Köthen 1760 war die württembergische Vorhut vom erwähnten Bruder des Herzogs, General Friedrich Eugen, der in preußischem Dienste stand, angegriffen und in die Flucht geschlagen worden. Württemberg gegen Württemberg – eine zumindest eigenartige Situation, die der Herzog offenbar verdrängt hatte.

Das Pferd wurde gebracht und Carl ritt zurück. Morgen sollte er auf Befehl des Herzogs nach Mömpelgard reisen. Der Name der Grafschaft stand auch auf dem Zettel, den er bei der schönen Toten gefunden hatte. Langsam nahm die Geschichte Konturen an. Also Prinz Friedrich Eugen sollte er aufsuchen.

Der Prinz war der dritte Sohn des verstorbenen Herzogs Karl Alexander von Württemberg und seiner Frau Marie-Auguste von Thurn und Taxis. Im Alter von neun Jahren war er zur Ausbildung nach Berlin geschickt worden. Ursprünglich sollte er die geistliche Laufbahn einschlagen, entschied sich dann aber fürs Militär. Bereits mit siebzehn war er Oberst. Im bald ausbrechenden Siebenjährigen Krieg zeichnete sich der Prinz durch besondere Tapferkeit aus. Unmittelbar vor der Schlacht von Leuthen wurde er mit fünfundzwanzig zum Generalleutnant der Kavallerie befördert. Als solcher erwarb sich Friedrich Eugen große Verdienste in der Schlacht bei Torgau, in der er die Reiterei auf dem rechten Flügel befehligte. Dabei wurde er durch einen Säbelhieb am Kopf schwer verwundet. Nach dem unglücklichen Ausgang des Kampfes um die Festung Kolberg beteiligte sich der herzogliche Bruder 1761 in Schlesien an der Belagerung von Schweidnitz. Die Schlacht bei Reichenbach ein Jahr später entschied der Prinz durch einen heldenmütigen Reiterangriff. 1769 quittierte Friedrich Eugen den Dienst und zog mit seiner Familie in die Grafschaft Mömpelgard.

Carl von Schack war gespannt, worum es in der vom Herzog angedeuteten Intrige wirklich ging. Er spornte sein Pferd an, dass er rasch nach Hause käme und die Botschaft Caracantis endlich lesen konnte.

Eine halbe Stunde später erreichte er das Ludwigsburger Schloss. Carl ritt zu den Ställen und übergab sein Pferd einem Knecht. Dann wandte sich Carl in Richtung seiner Wohnung. Er öffnete die Tür und rief nach Friedrich. Doch er erhielt keine Antwort, Friedrich schien unterwegs zu sein. Wahrscheinlich war er noch auf der Insel mit Untersuchungen beschäftigt. Friedrich konnte in diesen Dingen sehr genau sein, und normalerweise hätte Carl dessen Tun begrüßt. Nur, wenn er morgen aufbrechen musste, war einiges zu besorgen, und er hätte Friedrich hier notwendiger gebraucht. Nun, der Diener würde sicher bald kommen.

Zunächst wollte Carl die Schriftrolle Caracantis lesen. Die Situation beim Herzog war peinlich gewesen, und wenn er am nächsten Morgen abreiste, sollte er die Details seines Auftrags kennen und wissen, was von ihm erwartet wurde. Carl betrat sein Kabinett und ging zum Tisch, auf dem er gestern Nacht die Nachricht abgelegt hatte. Der Tisch war leer, offenbar von Friedrich aufgeräumt. Aber wo hatte er die Rolle hingelegt? Carl unterzog seinen Schreibsekretär und die Ablagen einer schnellen Musterung – keine Rolle. Dann durchsuchte er die Regale und schaute auf und zwischen den Büchern nach – immer noch nichts. Langsam wurde der Junker ärgerlich. Es wurde Zeit, dass Friedrich kam und die Nachricht herbeischaffte.

Mittlerweile war später Nachmittag, und Carl verspürte Hunger und Durst. Am besten, er legte eine Pause ein, aß ein Brot und trank ein Glas vom Lauffener. Das würde die Nerven beruhigen. Carl begab sich in den schmalen Nebenraum, wo die Vorräte lagerten und es eine Feuerstelle gab, auf der Friedrich die Morgensuppe kochte. Dort führte eine Steintreppe in ein weites Gewölbe, das dem Junker als Weinkeller diente. Als Carl die Küche betrat, hörte er einen dumpfen Laut, den er zunächst nicht einordnen konnte. Es klang wie ein Tier, nein, eher wie ein Ächzen oder Stöhnen. Das Geräusch kam von unten aus dem Keller.

Carl riss die Tür zum Gewölbe auf. Ein klagender, schmerzvoller Laut – keine Frage, das war ein Mensch, dem es schlecht ging. Der Keller war dunkel, so dass Carl nichts sehen konnte. Er eilte in die Küche zurück und griff nach einer Kerze, die er mit Hilfe der Zunderbüchse entzündete. Mit dem Licht in der Linken stieg Carl erneut in das Gewölbe hinab.

Das Geräusch war verstummt. Carl eilte in die Tiefe des Kellers und hielt die Kerze in die Höhe, um jede Ecke und jeden Winkel auszuleuchten. Da drüben lag ein dunkles Etwas, ein Mensch. Carl beugte sich vor und erkannte die zusammengekrümmte Gestalt seines Dieners Friedrich. Sein Gesicht war blutverkrustet und die Augen waren geschlossen. Carl befühlte den Brustkorb. Ein leichtes Heben und Senken zeigte, dass Friedrich lebte, auch wenn der Atem kaum noch feststellbar war. Kurz entschlossen hob Carl den Diener empor, schulterte ihn und stieg, unter dem Gewicht schwankend, mit ihm nach oben. Er trug Friedrich in sein eigenes Schlafgemach. Dann eilte er hinaus und zu den Ställen. Er befahl einem der Knechte, zum Medicus der Solitude, Doktor Stoer, zu reiten, dass dieser sogleich ihm folge und zum Verletzten komme. Mit einer der

Mägde kehrte Carl in seine Wohnung zurück und wies diese an, sich bis zum Eintreffen des Arztes um Friedrich zu kümmern.

Er selbst stieg nochmals in den Keller hinab, um den Ort, an dem er Friedrich gefunden, näher zu betrachten. Doch obwohl er alles gründlich absuchte, konnte Carl keinen Hinweis auf den Täter finden, der Friedrich niedergeschlagen und wohl auch die Schriftrolle geraubt hatte. Er stieg wieder hoch in die Wohnung und schaute nach Friedrich. Der lag noch immer ohnmächtig auf dem Bett und war nicht ansprechbar. Carl von Schack verließ das Haus und begab sich zur Wache, um den Wachhabenden über das Geschehen zu informieren und ihn anzuweisen, dass dieser die Knechte und Mägde befragen ließ, ob jemand einen Fremden beim Betreten oder Verlassen der Schack'schen Wohnung gesehen habe.

Secondlieutenant von Neipperg, der diese Woche die Wache leitete, war von der Nachricht eines Überfalls auf Schacks Diener Friedrich sehr betroffen. „Ein Überfall am helllichten Tage und auf dem Gelände des Schlosses. Das nenne ich mehr als dreist!", rief er aus.

„Ein solcher Überfall passt aber ins das Geschehen von gestern Nacht!", entgegnete Carl. „Wobei der Mord auf der Insel mit dem Anschlag auf Friedrich in Verbindung stehen muss." Mit wenigen Worten erklärte er dem Lieutenant die Zusammenhänge.

„Ihr meint, die Tote, deren Leichnam verschwunden ist, war eine Botin im Auftrage Caracantis? Und die Täter wollten nicht, dass die Nachricht des Contes in Ihre Hände gelangt?", fragte Neipperg. „Dann muss die Botschaft für bestimmte Kreise von großer Wichtigkeit sein."

„Das sehe ich genauso", bestätigte der Junker. „Sagt einmal", er zog das Medaillon, welches er auf der Insel gefunden hatte, hervor. „Sagt, kennt Ihr vielleicht diese Dame? Sie ähnelt der Ermordeten."

Secondlieutenant von Neipperg ergriff das Schmuckstück und schaute auf das Bild. „Das ist doch …", stieß er überrascht hervor. „Nein, das kann nicht sein!" Neipperg betrachtete nochmals das Bildnis und reichte es Carl zurück.

„Was ist?", fragte Carl den jungen Offizier, dessen Wangen ganz bleich geworden waren.

„Ich, ich dachte, ich würde die Dame kennen, die das Bild zeigt. Doch es ist nicht möglich …", erwiderte Neipperg. „Nein, sie kann es nicht sein, absolut nicht."

„Wen glaubt Ihr erkannt zu haben?", bohrte Carl nach.

Secondlieutenant von Neipperg stand auf und holte aus einem Schrank zwei Becher und eine Flasche Mundelsheimer. Er öffnete die Flasche, schenkte beiden ein und nahm selbst einen großen Schluck. Dann stellte er den Becher zur Seite und schaute Carl offen an. „Es handelt sich, Herr von Schack, um eine Angelegenheit von höchster Vertraulichkeit. Es geht um eine Dame und ich bitte Euch, bevor ich erzähle, um Euer Wort, dass Ihr die Ehre und den Ruf der Dame schont, was immer Ihr auch erfahren mögt. Wobei, ich sage es Euch gleich, jene Dame in keiner Weise mit dem heutigen oder gar gestrigen Verbrechen in Verbindung zu bringen ist. Es handelt sich um eine *affaire de coeur*, eine *amour ardent* – und ich ersuche Euch um äußerste Diskretion!"

Carl von Schack versicherte dem Lieutenant, die Ehre der Dame zu achten und Diskretion zu wahren – unter der Voraussetzung, dass wirklich keine Verbindung zu den Verbrechen bestünde.

Neipperg war mit der Versicherung zufrieden und akzeptierte auch Carls Einschränkung. Er sammelte kurz die Gedanken und begann dann seinen Bericht.

„Es war vor zwei Jahren bei der Redoute unseres Landesherrn Herzog Karl Eugen anlässlich der venezianischen Messe. Ihr erinnert Euch sicher des Geschehens. Händler aus ganz Europa boten kostbare Stoffe und Tuche, mannigfaltige Galanteriewaren, erlesene Weine und Speisen aller Arten an oder verkauften an den herzoglichen Ständen Produkte aus der herzoglichen Porzellan- und Spiegelfabrik. Den großen Marktplatz bedeckten zeltartige Tücher, alle, Verkäufer wie Käufer, waren verkleidet. Es gab ein buntes Getümmel von Maskierten, welche die tollsten Aufzüge und Spiele ausführten. Ich hatte eine Woche zuvor meinen siebzehnten Geburtstag begangen, und die Redoute war mein erster Ball. Wie alle Damen und Herren des Adels war ich auf venezianische Art maskiert, mit weißer Halbmaske, schwarzem Schulterkragen und trug einen Umhang mit Kapuze und schwarzem Dreispitz. Abends war Tanz im Festsaal. Tausende von Wachslichtern sorgten für eine märchenhaft wirkende Beleuchtung. Neben dem Adel waren auch Bürgerliche zugelassen, natürlich nur in Maske. Sicher waren die Kleider und Stoffe der Bürger bescheidener. Doch gab der Herzog selbst Beispiel, wie auf dem Fest umzugehen war. Das Zeremoniell tat der Freiheit keinen Zwang. Der Fürst zeigte seine Achtung gegen alle Masken ohne Unterschied und sorgte so dafür, dass Ergötzlichkeit unter allen Anwesenden gleich sein konnte. Denn wer hinter den Masken steckte, ob Gräfin oder schöne Müllerstochter, Adliger oder junger Bürgersmann, das war zumeist unbekannt und schuf einen ganz eigenen Reiz. Zur späten Stunde, wohl gegen Mitternacht, fielen mir unter all diesen Larven und Figuren zwei Gestalten auf, die ein wenig abseits des bunten Getümmels standen. Es war ein bunter Arlecchino, seiner Form nach weiblich, mit einer schön gekleideten, neckisch holden Colombina, die zu ihrem kostbar bestickten Kleide lediglich eine Handmaske trug. Beide Frauen schienen ganz in Betrachtung des Balles versunken und achteten kaum auf ihre unmittelbare Umgebung. Da näherten sich ein Pantalone und ein Brighella dem Paar, um beiden einen Kuss zu rauben. Mir schien, als gefiele den Damen weder der ältliche Pantalone mit seiner gebuckelten Nase, dem Ziegenbart und der sehr straff anliegenden roten Hose noch der hinterhältige, verschlagene und skrupellose Brighella in seiner schwarzen Maske. Da die Kerle nicht aufhörten, die beiden Schönheiten zu bedrängen, sprang ich hinzu und stieß den Brighella, der sich besonders um den Arlecchino bemühte, zur Seite. Nun ...", Neipperg unterbrach seine Erzählung und blickte Carl nachdenklich an.

„Ihr könnt Euch denken, wohin die Begegnung führte. Beide, sowohl der Brighella als auch der Pantalone, forderten mich für den nächsten Morgen um fünf unten in der Neckaraue. Auf Degen der eine, der andere auf Pistol. Bis zum Rencontre waren es nur wenige Stunden. Etwas verstört, denn ich hatte mich noch nie duelliert, eilte ich in meine Wohnung, um durch den Diener meine Waffen, den Degen sowie die Reiterpistole, rüsten zu lassen und mich selbst innerlich auf den Kampf vorzubereiten.

Angekommen weckte ich den treuen Johann, der alles zu richten versprach, und ging in mein Zimmer. Wie erstaunt war ich, als ich den Raum betrat und den Arlecchino, besser die Arlecchina auf meinem Lager sitzend erblickte. Ohne Maske erkannte ich erst, wie schön die Unbekannte war. Sie war eine schlanke Frau in den besten Jahren mit herrlichen Formen, nachtdunklem Haar, blitzenden Augen und samtroten Lippen. ‚Ich will unserem Retter danken‘, sagte sie leise und reichte mir einen goldenen Becher, den sie mitgebracht. ‚Trinkt von diesem Weine‘, sprach sie. ‚Er wird Euch munden.‘ Ich trank, und dann zog sie mich an sich.“

Errötend unterbrach Neipperg seine Geschichte. Er blickte einen Moment sinnend in die Ferne, dann drehte er sich wieder zu Carl und sprach mit heiserer Stimme weiter. „Nun, es wurde die schönste Nacht meines Lebens. Der Wein überwand meine von Natur gegebene Schüchternheit. Ich drückte das schöne Weib an mich. Wir küssten uns mit zärtlicher Leidenschaft und betrieben mit unglaublicher Abwechslung das alte neue Spiel der Liebe. Später muss ich, matt vom Wein und von der genossenen Liebe, eingeschlafen sein. Als ich erwachte, war es heller Tag und längst gegen Mittag. Johann klopfte und reichte mir zwei Briefe. Ich mache es kurz. Der erste war von meinen Duellgegnern, die mir im spöttischen Ton versicherten, sie hätten Verständnis für mein Versäumnis und Zaudern; allein, es gäbe sicher Gelegenheit, in naher oder weiter Zukunft ihnen meinen Mut zu beweisen. Jedoch nicht heute oder morgen – sie müssten abreisen und würden später auf unser Geschäft zurückkommen.

Der andere Brief stammte von der Arlecchina. Sie schrieb, wie froh sie und Colombina seien, dass sie mich derart von dem gefährlichen und tödlichen Zweikampfe habe abhalten können. Sie bäte mich um Verzeihung, doch sie müsse gleich am Morgen aufbrechen und weiterreisen und könne nicht sagen, wann und ob wir uns wiedersehen würden.“

„Habt Ihr die Dame denn wiedergetroffen?“, fragte Carl, als der Lieutenant schwieg.

„Nein, seit damals habe ich nichts mehr von ihr gesehen oder gehört. Nur einmal erzählte ein Reisender von einer schönen baltischen Gräfin und ihrer Tochter, die am Hofe des schwedischen Königs Gustav III. großen Erfolg hätten. Die Gräfin, eine Frau von Mitte dreißig, habe dem jungen König während eines Maskenballs im Kungliga Teatern derart den Kopf verdreht, dass er sie bat, ihn auf der Stelle zu ehelichen, obwohl er bereits mit Sophie Magdalena von Dänemark verheiratet war. Doch am nächsten Tag seien sie und ihre Begleiterin verschwunden gewesen. Da fiel mir die schöne Unbekannte ein“, sagte Neipperg und in seiner Stimme klang Melancholie auf, „wobei ich dies nur mit dem Verschwinden begründen könnte. Vorhin, als Ihr mir das Medaillon zeigtet, meinte ich, die Dame zu erkennen. Doch ich bin unsicher und glaube auch nicht, dass meine Arlecchina, wie ich sie nenne, trotz aller Ähnlichkeit, die Tote am See ist.“

„Wenn nicht sie, dann vielleicht die Dame, welche Ihr als Colombina kennengelernt? Womöglich war diese gar ihre Tochter?“, fragte Carl.

Aber der Lieutenant zuckte nur mit den Schultern. Er erhob sich und ging in die Wachstube. Dort befahl er einem Sergeanten die von Carl von

Schack gewünschten Nachforschungen anzustellen. Der Junker dankte und verabschiedete sich.

Als er in seine Wohnung zurückkehrte, traf er dort den Medicus Doktor Stoer bei Friedrich an.

„Gut, dass Ihr kommt, Herr von Schack", rief Stoer. „Euer Diener ist ohne Bewusstsein. Er muss so rasch wie möglich ins Hospital gebracht werden. Neben den Wunden am Kopf hat er innere Verletzungen erlitten, die ich hier nicht zu behandeln vermag."

„Dann bringt Friedrich ins Hospital", sagte Carl. „Ich will, dass er bestens gepflegt und versorgt wird und komme selbstverständlich für alle Kosten auf."

Mit aller Vorsicht wurde Friedrich abtransportiert. Carl gab dem Doktor einen Beutel voll Münzen für Friedrichs Pflege und verabschiedete den Medicus. Dann schloss er die Tür und begab sich in sein Arbeitskabinett. Dort ließ er sich in einen Sessel fallen. Der Tag hatte es in sich. Die Nachtaktionen, der Ritt zum Herzog, der Einbruch und Raub der Nachricht, dazu Friedrichs schwere Verwundung. Morgen sollte er nach Mömpelgard aufbrechen, ohne genaue Kenntnis seines Auftrags zu haben – und ohne gepackt zu haben. Carl seufzte. Er streckte die Beine aus, lehnte sich zurück und schloss die Augen. Neippergs erstaunliche Geschichte hatte ihn tief berührt. Vor zwei Jahren war es gewesen, dass er Aurelie zuletzt anlässlich der venezianischen Maske gesehen hatte. Auch Carl war auf dem Ball gewesen, von dem Neipperg erzählte, und hatte sie dann im Rosengarten getroffen. Wie ein Stich traf es ihn, wenn er an den kurzen Moment ihres Glückes dachte. Ob er sie je wiedersehen würde? Vielleicht, dass ihr Vater, der Graf von Weilingen, Aurelie längst verheiratet hatte. Zwanzig Jahre war sie jetzt, andere Frauen dieses Alters waren längst verehelicht und Mutter einiger Kinder. Vielleicht war all sein Hoffen vergeblich. Ein plötzliches Klopfen an der Haustür riss Carl aus seinen trüben Betrachtungen. Er erhob sich, um zu öffnen, ohne Friedrich war er gezwungen, alles selbst zu tun.

Draußen stand mit sorgenvoller Miene Kammerherr von Erlenburg und begrüßte Carl. „Bester Freund, ich hörte von dem Überfall auf Friedrich und bin gleich zu Euch geeilt, um Euch meine Hilfe anzubieten. Erzählt, was ist geschehen?"

Sie setzten sich in das Kabinettzimmer und Carl berichtete dem Freund von den Ereignissen des Tages.

Erlenburg schüttelte den Kopf. „Werter Carl, das ist etwas viel auf einmal, findet Ihr nicht? Der nächtliche Überfall und jetzt ein Raub am hellen Tage. Aber die Nachricht ist fort und Euch bleibt nichts weiter, als ohne direktes Wissen nach Mömpelgard abzureisen. Was ist eigentlich mit diesem Alessandro?"

„Der ist doch schon Caracanti nachgereist", erwiderte Carl.

„Das sagte er. Aber mir war heute Mittag, als hätte ich den Mann im Park stehen sehen."

„Vielleicht eine Täuschung."

„Vielleicht, vielleicht auch nicht", meinte Erlenburg skeptisch. Er stand auf und stellte sich vor die an der Wand hängende Karte des Herzogtums. „Habt Ihr schon Euren Reiseweg geplant?"

„Ich werde zunächst am Neckar entlang nach Tübingen reiten", antwortete Carl. „Von dort weiter am Fluss bis Balingen oder Oberndorf."

„Dann gelangt Ihr in das Oberamt Rottenburg und auf österreichisches Gebiet", sagte der Kammerherr, der die Route auf der Karte verfolgte.

„Genauer in die Grafschaft Hohenberg, die seit fast vierhundert Jahren den Habsburgern gehört", erklärte Carl. „Da ich nach Freiburg will, komme ich um vorderösterreichisches Territorium nicht herum. Entsprechende Pässe sind in meinem Besitz. Aber entschuldigt, Erlenburg, ich sollte noch packen."

„Ich schicke Euch meinen Franz, der wird Euch dabei helfen", sagte Erlenburg. „Und Ihr müsst etwas speisen. Heute Abend gibt Ritter von Talheim ein Festmahl. Wir sind geladen, Ihr habt es hoffentlich nicht vergessen?"

Im ganzen Trubel war Friedrich die Einladung wirklich entfallen. Doch kam sie ihm recht, ein wenig Ablenkung mochte ihm gut tun. Erlenburg verabschiedete sich, und Carl zog sich rasch um.

Dabei fiel ihm das Heft in die Hände, das der junge Schiller am Mittag im Walde vergessen hatte. Er schlug es auf. *Der verlorene Sohn, ganz nach Schubarts Geschichte des menschlichen Herzens,* lautete der erste Eintrag Schillers. Neugierig las der Junker weiter, was der Jüngling im Folgenden geschrieben hatte:

Mich ekelt es vor diesem tintigen Jahrhundert. Der Feuerfunke Prometheus' ist erloschen. Wie Fliegen krabbeln sie auf die Keule des Herakles, und studieren sich das ~~Hirn~~ Mark aus dem Schädel. Die ~~schwachsinnigen~~ schwind-

süchtigen Professores halten sich bei jedem Wort ein Fläschchen Salmiakgeist vor die Nase und lesen dabei ein Kollegium über die Kraft und ~~weinen~~ greinen über die Siege Caesars. Welch Preis für euren Schweiß in der Feldschlacht, daß ihr jetzt in den Scolas lebet und eure Unsterblichkeit in einem Büchersackriemen mühsam fortgeschleppt wird. Kostbarer Ersatz eures ~~vertanenen~~ verpraßten Blutes, von einem ~~Lübecker~~ Nürnberger Krämer um Lebkuchen gewickelt – oder von einem französischen Komödienschreiber auf Stelzen geschraubt zu werden! Pfui! Pfui über ~~die Zeit die schlappe Zeit Jahrhundert~~ das schlappe Kastratenjahrhundert …

Schiller befleißigte sich einer kräftigen Sprache, das war schon starker Tobak, was der Sechzehnjährige da schrieb. Kopfschüttelnd blätterte Carl weiter in dem schmalen Heft. Die nächste Stelle, die er las, schien eine Art von Dialog zu zeichnen:

Der Alte schrie, während er mit der Linken sein Gesicht zerfleischte: „Wehe, wehe! Mein Fluch jagte ihn in den Tod – Er fiel in Verzweiflung!"
„Was", sagte Franz, „er dachte an mich in der letzten schweren Stunde seines Scheidens, an mich? Welch eine Seelengröße – da schon das schwarze Tuch des Todes über ihm schwebte."
Der Alte unterbrach ihn zornig. „Hörtest du nicht? Mein Fluch jagte ihn in den Tod, Karl ist gefallen!"
Der fremde Bote wandte sich ab, um zu gehen.
„Bleibt, bleibt!", rief die junge Frau. „Sagt mir, was waren seine letzten Worte?"
„Sein letzter Seufzer war ‚Emilia'!"

Carl von Schack klappte das Heft zu. Begabt war er, der Schiller, das stand außer Frage. Auch wenn er wohl noch die eine oder andere Formulierung seines Textes sicher würde überarbeiten müssen. Aber ob dem Herzog die Sprache und vor allem das Schreiben selbst gefielen, das schien Carl fraglich. Herzog Karl Eugen hatte seine festen Vorstellungen, was die Lebens- und Berufslaufbahn der von ihm ausgewählten und protegierten Landeskinder betraf. Er fühlte sich wie ihr aller Vater, liebte und strafte sie nach seinem Gutdünken gleichermaßen – worin der Herzog seinem großen Vorbild und Erzieher, dem König Friedrich von Preußen, stark ähnelte. Das Heft jedenfalls würde er dem Jüngling auf geheimem Wege zurückgeben, nicht dass der begabte Eleve seinetwegen in Schwierigkeiten geriete.

Nachdem Carl von Schack mit dem Ankleiden fertig war, wollte er schon aufbrechen, als Erlenburgs Franz klopfte. Kurz zeigte er dem Mann, was zu tun war, und verließ dann die Wohnung.

Draußen ging soeben die Sonne unter. Carl lenkte seine Schritte in Richtung der inneren Stadt. Eine Kutsche zu nehmen war bei dieser Entfernung wenig sinnvoll. Bald war der Kaffeeberg erreicht. Melchior von Talheim hatte hier direkt am Berg ein artiges Haus erworben.

Melchior, von schlanker, jedoch eher kleiner Gestalt, aber kräftig gebaut und ein wohl geübter Reiter und Fechter, war eine fast geheimnisvolle Persönlichkeit. Vor zwei Jahren erst war der Ritter in die Residenz gezogen und gleich zum Hofe geladen worden. Allerdings gab es bald Zweifel über des Ritters Herkunft. Die von Talheim hatten seit etwa 1200 ihren Sitz im Dorfe Talheim nahe Heilbronn gehabt. Gerhard der Alte von Talheim war Obervogt in Lauffen am Neckar gewesen. Sein Sohn Rafan wurde württembergischer Rat und sogar Erzieher des jungen Herzogs Ulrich. Ein weiterer Nachkomme war 1534 Heerführer Ulrichs in der Schlacht bei Lauffen, Hauptmann im Schmalkaldischen Krieg und schließlich Obervogt zu Beilstein und Bottwar. Der letzte im Ort ansässige Herr von Talheim war Hans Ulrich, mit dessen Tode 1605 die Linie erlosch.

Ein Philipp Melchior von Talheim aus Rauenberg bewarb sich um das freigewordene Talheimer Lehen, konnte seine Verwandtschaft jedoch nicht nachweisen. Er verstarb 1630. Zwischen ihm und Melchior von Talheim, der etwas älter als Carl war, klaffte eine Lücke von nahezu hundert Jahren. Worauf bezog sich also die Verwandtschaft? Wenn Melchior kein von Talheim war, wer war er dann? Diese und ähnliche Fragen sowie Gerüchte machten die Runde.

Doch Melchiors offenes Wesen und vor allem sein immenser Reichtum und seine große Freigiebigkeit trugen bald dazu bei, dass etwaige Zweifel, die seine Herkunft betrafen, verflogen oder jedenfalls nicht mehr offen geäußert wurden. Melchior führte dazu eine flinke Klinge und war jederzeit bereit, seine Herkunft mit der Spitze seines Degens nachdrücklich zu beweisen. Nach einigen erfolgreichen Duellen wuchs auch in dieser Hinsicht rasch der Respekt vor dem jungen Talheim.

Melchior pflegte dazu die Familiengeschichte und -tradition und nutzte jede Gelegenheit, diese positiv hervorzuheben. Erst im Mai hatte Melchior genau am 13. mit einem opulenten Bankett die siegreiche Schlacht von Lauffen gefeiert. In dieser hatte 1534 sein Vorfahr Bernhard von Talheim unter den Fahnen des hessischen Landgrafen Philipp die österreichische Besatzung verjagt und somit für die Restitution der bisherigen Herrschaftsverhältnisse unter Herzog Ulrich gesorgt. „Ohne Bernhard kein Ulrich und keine Reformation", hatte Melchior zu vorgerückter Stunde gerufen.

Der Spruch wurde umgehend Herzog Karl Eugen hinterbracht. Der Fürst war gnädiger Stimmung und gab dem Ritter lachend Recht. Melchior, der wohl ahnte, dass er die Sache gefährlich überdehnt hatte, beeilte sich, zur nächsten Jagd Karl Eugens einen gewichtigen Teil auszurichten. Er sorgte für die Weine und andere Verköstigungen in den Jagdpavillons und für einen Gutteil der zusammengetriebenen hundert Rothirsche, zwanzig Damhirsche, hundertzehn Rehböcke, zweihundert Wildschweine und Frischlinge, ungerechnet einer großen Zahl Dachse, Füchse, Hasen, Fasanen, Feldhühner und Wildenten. Woher Melchior von Talheim das ungeheure Vermögen nahm, mit dem er die herzoglichen Extravaganzen finanziert hatte, wusste niemand. Gerüchten von Goldmacherei und Hexenwerk, die da und dort kursierten, traten die aufgeklärten Kreise des Hofes mit Vehemenz entgegen, und so verstummten sie schließlich. Dennoch hätte Carl gern gewusst, woher Melchior seine schier unbegrenzten Mittel nahm. Ob nun aufgeklärt oder nicht, erschien ihm die Sache ein wenig unheimlich.

Heute Abend jedoch ruhten diese Fragen und Carl betrat das hell erleuchtete Stadthaus. Ein Diener nahm Mantel und Hut in Empfang. Ein anderer führte Carl in den Empfangsraum, wo bereits eine fröhliche Runde junger Adliger versammelt war. Es waren dies alles Söhne aus bestem altwürttembergischem Adel, was Melchior von Talheims gefestigte Stellung bewies. Auf den Sesseln und Stühlen saßen lärmend die verschiedensten Persönlichkeiten. Rechts der etwas rund geratene Hermann von Bilfinger, dessen Schwester unglücklich mit dem preußischen Adligen Karl von Maltzahn verheiratet war. Neben ihm Alois von Waldburg-Zeil-Hohenems. Ein stattlicher Jüngling, bereits mit Maria Walpurga von Harrach-Hohenems-Rohrau verlobt und auf dem Weg, am Hofe eine Karriere zu machen. Ihm zur Seite der schon ziemlich angetrunkene Hans Seutter von Lötzen, Secondlieutenant, dem es in der herzoglichen

Armee zu eng war und den es stark ins Bayerische zog. Erste geheime Kontakte, wusste Carl, waren bereits geknüpft.

Ruhiger und fast melancholisch in sich gekehrt saß daneben der kaum siebzehnjährige Wilhelm von Gültlingen. Seine Familie hatte vor 250 Jahren das Erbkämmereramt von Württemberg erlangt und somit auch einen Anteil am Schloss Hohenentringen. Es war ein reiche Familie, zu den gültlingschen Besitzungen gehörten Neuenburg, Sindlingen, Poltringen, Oberndorf, Deufringen, Pflummern, Pfäffingen, Zavelstein, Vollmaringen sowie Güter in der Eifel. Herzog Karl Eugen hatte den Jüngling gern an seinen Hof geholt. Doch dieser, stark pietistisch erzogen, konnte mit dem Ludwigsburger Treiben wenig anfangen. Daher hatte er sich dem ebenso alten Franz von Linden angeschlossen. Dieser wollte demnächst ein Jurastudium in Tübingen beginnen und galt als hochbegabter Planer.

Ganz anders als die beiden Jünglinge gebärdeten sich der blonde, hoch gewachsene Hermann Schott von Schottenstein und sein enger Freund Maximilian von Woellwarth. Schotts Vetter, Johann Friedrich Karl Schott von Schottenstein, war fürstlich nassauischer Oberjägermeister und hatte 1770 das Rittergut Bläsiberg erheiratet. Schott war überaus selbstbewusst und stets bereit zu einem kühnen Streich oder Ulk und ein wahrer Schürzenjäger vor dem Herrn. Sein Mitstreiter Maximilian von Woellwarth platzte fast vor Adelsdünkel. Seine Familie hatte unter Kaiser Karl V. die Blutgerichtsbarkeit verliehen bekommen, war aber sonst hoch verschuldet.

Der letzte in der Runde war der meist abseitsstehende Ferdinand von Montmartin. Sein Vater war drei Jahre lang Herzog Karl Eugens Premierminister und Geheimratspräsident gewesen. Seine rigide Steuerpolitik hatte ihn nach einer Klage der Landstände aus dem Dienst scheiden lassen. Vor einigen Jahren war Friedrich Samuel Graf von Montmartin aus dem Herzogtum fortgezogen und zum Ritterhauptmann des Kantons Altmühl geworden. Seinen Sohn Friedrich hatte er bei seiner Schwester in Ludwigsburg zurückgelassen, da die leibliche Mutter schon früh verstorben war. Ferdinand von Montmartin war drei Jahre jünger als Carl von Schack. Er wirkte mit seinem Tituskopf und den strengen Gesichtszügen wie eine Gestalt aus dem antiken Rom. Wie sein Vater war er ein heller Kopf, hatte sich aber bislang nicht entscheiden können, welcher Art seine künftige Laufbahn sein sollte.

„Wie geht es unserem nächtlichen Helden? Habt Ihr noch weitere Frauenleichen aufgefunden?", fragte Hermann Schott von Schottenstein lautstark.

„Erzählt, was ist passiert?", ließ sich auch der Gastgeber vernehmen.

Carl ärgerte sich. Erlenburg musste geplaudert haben, was ihm nicht recht war. Wer wusste schon, an wen alles die Geschichte weitergetragen wurde. Hoffentlich hatte der Freund wenigstens über den Auftrag geschwiegen.

„Neipperg hat uns berichtet, was Ihr in der Nacht beim Schloss Monrepos erlebt habt", rief Maximilian von Woellwarth. „Eine schöne Geschichte. Ihr freut Euch auf ein Stelldichein und die Dame fällt Euch tot zu Füßen!" Von Woellwarth lachte laut über seinen makaberen Witz.

„In der Tat, eine peinliche Situation", bestätigte Carl lässig. Erlenburg hatte zum Glück doch geschwiegen. Nur Neipperg war geschwätzig gewesen.

„Lasst Schack", mischte sich Erlenburg ein. „Der Junker hat sich heute genug mit Mord und Totschlag beschäftigt. Wie wäre es mit einem Kartenspiel?"

„Eine gute Idee", rief Seutter von Lötzen und erhob sich schwankend.

„Aber erst darf ich die Herren zur Tafel bitten", ließ sich da der Gastgeber vernehmen.

Zwei Lakaien öffneten auf seinen Wink die große Flügeltür zum Speisesaal, in dem eine lange Tafel mit Köstlichkeiten und besten Weinen, von Dutzenden weißer Kerzen hell erleuchtet, auf die elf jungen Leute wartete.

3

In Tübingens dunklen Stuben

Am Morgen seiner Abreise regnete es in Strömen, sodass Schack seinen Reiseplan änderte und statt zu Pferde in einer gemieteten Kutsche aufbrach. Friedrich wusste er wohlversorgt. Unterwegs wollte er sich nach einem anderen Diener umschauen, auch wenn Friedrich nur schwer zu ersetzen sein würde.

Er stieg also in die Kutsche. Der Kutscher schloss die Tür, erklomm den Bock, und schon begann die Kutsche loszurollen.

Während der langen Fahrt hatte Carl genügend Zeit, um die Ereignisse der letzten Tage noch einmal in Ruhe zu betrachten und vor allem darüber nachzudenken, was der Inhalt der geheimen Botschaft des Contes Caracanti gewesen sein mochte. Es musste sich um etwas von besonderer Bedeutung handeln. Denn die erste Botin war getötet und die Nachricht, die Alessandro, der zweite Bote, übermittelt hatte, war geraubt worden. Dazu die Warnung Alessandros – es konnte also sein, dass der Text genauere Hinweise und sicher auch spezielle Informationen im Hinblick auf seinen Auftrag in Mömpelgard enthalten hatte. Und jetzt reiste er ohne dieses Wissen in die ferne Grafschaft! Seltsam schien Carl auch die Angelegenheit mit dem Medaillon und der Ähnlichkeit, die der junge Neipperg mit seiner Dame d'amour, der „Arlecchina", erst feststellte und dann leugnete. Neipperg schien in die Fänge eines Kurtisanenduos geraten zu sein und wollte dies natürlich nicht zugeben. *Ein verliebter Tor macht sich stets was vor!*

Carls Gedanken wanderten zum gestrigen Fest im Hause Talheim. Der Abend war amüsant gewesen, die Speisen und Weine an der Tafel Melchior von Talheims hatten wie immer vorzüglich geschmeckt und waren von exquisiter Qualität und Herkunft gewesen. Nach der zweiten

Flasche waren die Gespräche lebhaft geworden und hatten sich der aktuellen Tagespolitik zugewandt.

Trotz seiner exponierten Stellung als Leiter der herzoglichen geheimen Polizei verhielt sich Carl von Schack politischen Äußerungen gegenüber strikt neutral – und dies besonders unter Freunden. Erzogen nach dem protestantischen Wahlspruch *Tue recht und fürchte Gott!*, ließ er fremde Meinungen gelten, ob sie nun argumentativ sauber gestützt wurden oder nicht. Von Schack war ein politischer Realist. Er kannte seinen Herzog und dessen Vorstellungen von der eigenen Macht, Größe und Bedeutung. Er widersprach Karl Eugen nie, wusste es aber bei Kontroversen anzustellen, dass der Herzog unmerklich auf seine, mithin von Schacks Position geführt wurde. Im Übrigen sah er seine Aufgabe eher in der Abwehr von äußeren Feinden und Spionen sowie in der Verfolgung krimineller Machenschaften im Innern des Landes. Politisches Denunziantentum gehörte nach von Schacks Selbstverständnis nicht zu seinen Aufgaben, mochte das Herzog Karl Eugen mitunter auch anders sehen. Den Freunden war seine Haltung gut bekannt und sie führten in von Schacks Gegenwart ohne Scheu ein offenes Wort.

Gestern hatte man sich recht kritisch über die Finanzverwaltung im Lande und des Herzogs Freude an allzu barocker Prachtentfaltung ausgelassen. Dann allerdings war das Gespräch auf den englischen Hof und die aktuellen Probleme Georgs III. gekommen. „Es sieht so aus, als sei in den englischen Kolonien endgültig der Teufel los", hatte Hermann Schott von Schottenstein das Stichwort gegeben. „Alles, was die englische Krone bislang unternommen hat, um die amerikanischen Rebellen zur Einsicht zu bringen, ist gescheitert."

„Stelle mich vor ein Heer Kerls wie ich, und ich werde den Rebellen zeigen, was es heißt, sich dem König zu verweigern", rief Maximilian von Woellwarth.

Carl musste insgeheim lächeln. Ihm war, als höre er einen der tönernen Helden des jungen Schillers deklamieren. Rede folgte der Gegenrede, rasch teilte sich die Runde in Bewunderer und Gegner der amerikanischen Revolution. Man erwog lautstark das Für und Wider. Sicher war nur eins, und da wurde die Runde sich wieder einig, Nutznießer der amerikanischen Umtriebe würden die Franzosen sein. Neue Flaschen kamen, die Gespräche wurden lauter. Es ging auf Mitternacht, und Carl wollte aufbrechen, da nahm Franz von Linden ihn zur Seite und bat, nach Tübingen ein Schreiben für einen Freund der Familie mitzunehmen, dem er sich anzumelden habe. Es handle sich um Friedrich Reuss, Professor theologiae primarius und Kanzler der Universität sowie Propst der Stiftskirche Tübingen. Carl, der ohnehin vorhatte, die Alma Mater Eberhard Karls aufzusuchen, versprach, dem Professor seine Aufwartung zu machen und Lindens Brief zu übergeben, zumal er mit dem Sohn des Kanzlers, Jeremias David, befreundet war.

Es regnete weiter in Strömen und die Straßen versanken bald derart im Schlamm, dass ein Fortkommen nur mühsam möglich war. Daher war es spät am Abend, als Carl von Schack die Stadt Tübingen endlich erreichte. Er hatte sich entschieden, zur Tarnung ein Pseudonym zu benutzen, und reiste unter dem Namen Carl Faber, Buchsubskribent. Carl plante, sich zwei Tage in dem Städtchen aufzuhalten, da er neben der Vorsprache für Franz von Linden unbedingt den jüngeren Reuss, Jeremias David, welcher als Kustos an der Universitätsbibliothek tätig war, einen Besuch abstatten wollte.

Für die Nacht nahm Schack Quartier im „Alten Simpel", einem der beliebtesten Gasthäuser Tübingens. Nachdem er durch einen Lohndiener sein Gepäck mit dem sicher verpackten Degen aufs Zimmer hatte tragen lassen, begab sich der Reisende in die Gaststube. Der Raum war gut gefüllt; bei einem derartigen Wetter hatten die Studenten der Universität keine andere Wahl, als sich den Abend bei Bier und Gesprächen angenehm zu machen. Am lautesten hörte man an diesem Abend die Philologen. Erkennen konnte man sie an den vielen lateinischen Brocken, die sie gelegentlich ins Gespräch warfen. Sicherlich hätten das genauso gut die Juristen oder die Theologen sein können, aber die Zitate, die im Raum schwirrten, waren weder der Bibel noch den bekannten römischen Codices entnommen. „Ergo bibamus" und „Gaudeamus igitur" waren zwar allbekannte Studentenlieder, doch der gesamte Text war nicht allen geläufig und eben aus diesen Liedern erklangen immer wieder Wortfetzen. Ansonsten schien die Runde zu politisieren.

Carl setzte sich still in eine Ecke und lauschte aufmerksam den Diskussionen. Es war immer gut, etwas von der wahren Stimmung im Lande mitzubekommen. Das Gespräch drehte sich um die neue medizinische Fakultät in Stuttgart, die Tübingen Konkurrenz machte, und um den Wettstreit der hiesigen Theologen mit der Philosophie der Hohen Karlsschule.

Da ging die Tür auf und ein hochgewachsener junger Mann trat in die Gaststätte. Er schüttelte sich den Regen von den Kleidern und schaute sich, vom Licht geblendet, blinzelnd im Raum um. Als er seine Kapuze abnahm, stand einer der Studenten rasch auf – er wurden wegen seines übergroßen Schnurrbarts Schnauzer-Jörg genannt – eilte auf den Neuankömmling zu und umarmte ihn brüderlich. „Jakob, alter Schwede, dass ich dich mal wieder sehe", rief er mit lauter Stimme. „Wo kommst du denn her?"

„Aus Esslingen, von zu Hause", antwortete der Angesprochene.

„Ach, aus Esslingen, hast du dein Studium abgebrochen?", fragte sein Freund überrascht.

„Leider musste ich es", erwiderte Jakob. „Mein Vater ist schwer erkrankt und will nun, dass ich mich endlich in das Buchgeschäft einarbeite. Aber lass uns an den Tisch gehen."

Die beiden Männer setzten sich in die Nähe von Carl, der ihnen, während er trank, weiter zuhörte.

„Du warst lange nicht mehr hier, ich sollte dich vielleicht erst einmal den jüngeren Kommilitonen vorstellen. Also, das ist Jakob Willibald Werner, der beste Buchkenner im Schwabenland, eine wahre wandelnde Enzyklopädie!"

„Übertreib nicht", unterbrach ihn Jakob, „Ich kenn mich gut aus, doch bis zum besten Buchkenner ist noch eine gute Weile hin."

„Stell dein Licht nicht unter den Scheffel, aber wenn du sagst, ich übertreibe, dann will ich mich berichtigen. *Errare humanum est, perseverare diabolicum.* Also, Jakob ist der beste Buchkenner, den ich kenne. Zufrieden so?"

„In dieser Formulierung klingt deine Aussage schon besser", stimmte ihm Jakob zu und blickte in die Runde. Jörg stellte dem Freund die Einzelnen kurz vor. „Links von mir sitzt Paul Selzer, wegen seiner roten Haare und seinem Temperament auch Feuerkopf genannt, ein künftiger Magister Logicae. Daneben siehst du Wendolin Quenzer, ebenfalls ein überaus gelehrtes Haus, der die alten Sprachen studiert. Der Blonde gegenüber ist Christian Wegscheider, ein wahrer Poet und Bänkelsänger. Der Blasse im Lederwams heißt Cornelius Krauss und will Schulmeister werden. Georg Leimer, rechts von mir, studiert Theologie und ist somit eine Ausnahme in unserem Kreis", sagte Jörg und wies abschließend auf einen schmächtigen Jüngling im dunklen Gewand.

Die um den Tisch Sitzenden beäugten neugierig den Gast, nickten, als sie vorgestellt wurden, und wandten sich dann wieder ihren Gesprächen zu. Eine dralle Wirtsmagd brachte neue Krüge voll schäumenden Biers.

Jörg prostete Jakob zu. „Studieren willst du nicht mehr, was bringt dich denn bei dem Wetter nach Tübingen?", fragte er den Freund.

„Na, was schon – die Kutsche, aber das wolltest du wohl nicht wissen. Es geht, wie meistens, wenn wir uns treffen, um ein Buch. Du weißt, mein Vater ist Buchhändler und hat einen Auftrag von hoher Stelle bekommen. Er soll einen Titel besorgen, der nicht so leicht aufzutreiben ist. Es ist ein botanisches Fachwerk und heißt ..." Jakob nahm einen Zettel aus der Tasche und las:

Kräutterbuch /Deß hochgelehrten vnnd weltberühmten Herrn Dr. Petri Andreae Matthioli. /Jetzt widerumb mit vielen schönen newen Figuren / auch nützlichen Artzeneyen / vnnd andern guten Stücken / zum dritten Mal auss sondern Fleiß gemehret vnnd verferdigt / Durch Joachimum Camerarium, der löblichen Reichsstatt Nürnberg Medicum, Doct. Sampt dreien wohlgeordneten nützlichen Registern der Kräutter lateinische und deutsche Namen / vnnd dann die Artzeneyen / dazu dieselbigen zugebrauchen jnnhaltendt. Beneben genugsamen Bericht / von den Destillier vnnd Brennöfen. Mit besonderem Röm. Kais. Majest. Priviligio, in keinerley Format nachzudrukken. Gedruckt zu Franckfurt am Mayn M. D. C.

„Ich dachte schon, du hörst nicht mehr auf zu lesen – heißt das Buch wirklich so?"

„Es ist aus dem sechzehnten Jahrhundert und damals hatten die Bücher fast alle derart lange Titel."

„Ein Kräuterbuch, so so. Du sagtest, der Auftrag kam von hoher Stelle, darf man erfahren, von welcher hohen Stelle?"

„Du wirst es kaum erraten, vom herzoglichen Hof!"

Carl von Schack spitzte die Ohren. Seit wann interessierte sich der Herzog für Bücher und dann noch für Kräuterbücher?

Der Student mit dem Schnauzbart musste ähnliche Zweifel haben, denn er fragte überrascht: „Vom herzoglichen Hof kommt der Auftrag?"

„Mein Vater ist herzoglicher Hoflieferant. Wundert es dich, dass man am Hofe Bücher liest?"

„Das Bücherlesen steht am Hofe nicht gerade im Vordergrund, und botanische Werke lesen die hohen und höchsten Herrn schon gar nicht", meinte der Candidatus der Theologie und zwinkerte den anderen zu.

„Du bist gut unterrichtet", tönte es dem Zweifler entgegen. „Erzähl doch mal, was deiner Meinung nach am Hofe passiert, Bruder Naseweis!"

„Was dort passiert, wisst Ihr genauso gut wie ich. Ihr alle kennt die Geschichten, die man sich im Ländle vom Hofe erzählt", wich der Redner aus. „Für kostbare Kleidung, edle Pferde und Luxusartikel aller Arten wird mehr Geld ausgegeben als für Bücher."

„Die Theater-, Ballett- und Opernaufführungen sind am Hofe ebenfalls ungemein beliebt. Der Kapellmeister und der Ballettdirektor sollen je zwölftausend Gulden jährlich erhalten", warf Wendolin Quenzer ein.

„Richtig, der Ballettdirektor reiste eigens von Versailles an. Und der Kapellmeister ist Italiener, der Herzog lässt sich ihre Kunst wahrlich etwas kosten."

„Allein die letzte Opernaufführung habe hunderttausend Gulden gekostet – wird berichtet."

„Unsereiner verdient im ganzen Leben nicht so viel Geld."

„Das Geburtstagsfest des Herzogs hat sogar vierhunderttausend Gulden verschlungen, samt Feuerwerk und Delikatessen!"

Langsam kamen die Herren in Fahrt.

„Und erst die Jagdveranstaltungen!", rief Paul Selzer. „Im letzten Sommer ist meinem Oheim von einer Jagdgesellschaft des Herzogs der ganze Weingarten niedergetreten worden. Und wehe, er hätte geklagt! In diesem Jahr konnte er deshalb keinen Wein keltern."

„Was noch schlimmer ist: diese Lasterhaftigkeit unseres Landesherrn", erhob wieder Georg Leimer seine Stimme. „Eine Base von mir, die dem Herzog bei einer Kirchenmesse als Sängerin im Chor aufgefallen war, ließ er nächtens zu sich kommen …"

„Und?", fragte Christian Wegscheider, als der andere nicht weitersprach.

„Es kam, wie es kommen musste. Sie konnte sich seinen Bemühungen nicht erwehren." Seine Stimme wurde ganz leise. „Jetzt ist ein Kind unterwegs und für den herzoglichen Bastard bekommt sie fünfzig Gulden ‚ein für allemal', damit sie schweigt und gleichzeitig als Unterhalt. Ist das nicht unerhört?"

„Ob alles stimmt? Es wird viel übertrieben, wenn man Geschichten über den Hof hört", warf Cornelius Krauss zweifelnd ein.

„Leider ist die Geschichte allzu wahr. Ich weiß es am besten, denn sie ist meiner Familie passiert – glaubst du mir etwa nicht?", ereiferte sich der Theologe.

„Doch, doch, wir glauben dir!", beruhigte ihn Krauss.

„Verschwendet wird jedenfalls genug", meldete sich wieder der Student Georg Leimer. „Vor allem für Feste, für die Jagd und für eine Menge anderer Spielereien. Mein Vater klagte erst kürzlich, dass er schon wieder mehr Steuern zahlen müsse. Der Herzog entwickelt ständig neue Marotten, für die das Volk geschröpft wird."

„Wir sitzen grad auf dem Trockenen. Gibt jemand von Euch einen aus?", unterbrach der Schnauzer-Jörg das leidige Gespräch, um wieder bessere Stimmung in die Runde zu bringen.

Carl von Schack warf ein Geldstück auf den Tisch. „Die nächste Runde geht auf mich, als Einstand sozusagen", rief er.

„Wer seid Ihr denn, wenn ich fragen darf?", erwiderte Jakob Willibald Werner. „Es ist des Landes Brauch, dass Fremde sich vorstellen."

„Ich denke, eine Runde zu spenden, ist eine gute Vorstellung", meinte Schnauzer-Jörg und winkte der Wirtsmagd.

„Nein, Euer Kamerad hat Recht. Ich sollte meinen Namen schon nennen. Ich heiße Carl Faber und bin Buchsubskribent."

„Ihr seid ein Schreiber?", fragte Wendolin Quenzer ungläubig.

„Nein, ich bin eigentlich wie Euer Freund Jakob Willibald Werner reisender Buchhändler, speziell aber auf der Suche nach Subskribenten."

Carl war sicher, dass seine Legende den Fragen der Studenten standhalten werde. Aufgrund seiner Leipziger Kontakte stand er seit einigen Jahren in guter Verbindung mit dem Leipziger Buchhändler und Verleger Philipp Erasmus Reich und bezog regelmäßig den „Catalogus Universalis", das halbjährliche Verzeichnis aller im deutschen Sprachraum erscheinenden Bücher. In Sachen Literatur glaubte er sich allen Fragen gewachsen.

„Ach, was wisst Ihr Händler und Verleger schon von wahrer deutscher Dichtkunst!", meldete sich der blonde Christian Wegscheider zu Wort. „Die deutsche Muse sollte billig nicht auf gelehrte Reisen gehn, sondern ihren Naturkatechismus zu Haus auswendig lernen!"

„Genau", stimmte ihm Paul Selzer zu. „Und sie muss dramatisch sein, wie das der Klinger in Gießen ist."

„Ich bitte euch, Freunde, verachtet mir nicht die alten Sprachen", erwiderte Wendolin Quenzer. „Den Horaz und den Ovid möchte ich nicht missen."

„Nein, nein!", rief Cornelius Krauss und schlug mit der Faust auf den Tisch, dass die Becher sprangen. „Deutsche sind wir! Deutsche, die nicht griechische, nicht römische, nicht Allerweltgedichte in deutscher Zunge, sondern in deutscher Zunge deutsche Gedichte verdaulich und nährend fürs ganze Volk machen sollen." Er wandte sich an Carl. „So nennt mir einen, Herr Faber, auf den dies zuträfe!"

Carl von Schack legte die Hand an die Stirn, wie um nachzudenken, und rezitierte dann:

O Mutter! was ist Seligkeit?
O Mutter! was ist Hölle?
Bei ihm, bei ihm ist Seligkeit,
Und ohne Wilhelm, Hölle!
Lisch aus, mein Licht! auf ewig aus!

„Bürgers ‚Leonore‘, ei, warum nicht?", meinte Jakob Willibald Werner und nickte anerkennend.

Die Übrigen der Runde steuerten flugs weitere Beispiele deutscher Dichtung bei. Der todkranke Hölty wurde zitiert, der sich seit dem Frühling in Weimar befindliche Jakob Michael Reinhold Lenz. Natürlich auch Goethe und – wie konnte es anders sein – Friedrich Gottlieb Klopstock.

Carl merkte, dass die Gruppe bei ihren Lieblingsthemen gelandet war. So sehr er auch sonst gern über die Tagesliteratur, über den erwähnten Friedrich Maximilian Klinger und sein aktuelles Theaterstück „Sturm und Drang" und über Klopstocks „Messias" diskutierte, fühlte er sich nach der langen Fahrt rechtschaffen müde. Als Christian Wegscheider schließlich Christian Friedrich Daniel Schubarts Satiren und Glossen zitierte, erhob sich der Junker. Schubart war offiziell eine Persona non grata; Karl Eugen hatte den ehemaligen Ludwigsburger Musikdirektor wegen Ehebruchs des Landes verwiesen und Schubart lebte jetzt in Ulm. Von dort schoss er in seiner „Teutschen Chronik", zum großen Unwillen des Herzogs, pointierte Spitzen auf die Aristokratie und Geistlichkeit des Landes ab. Carl schätzte Schubarts Pointen, fühlte sich aber dem Herzog gegenüber zur Loyalität verpflichtet, zumal er sich unter Fremden befand, und verabschiedete sich daher von der fröhlichen Runde. Diese nahm seinen Abgang nicht weiter tragisch, denn soeben brachte die Magd neue Krüge frischen Bieres.

Nur der junge Werner blickte Carl von Schack alias Carl Faber sinnend nach, während Paul Selzer zum Ärger seines Freundes Wegscheider laut deklamierte: *„Als Dionys von Syrakus/Aufhören muß/Tyrann zu sein/Da ward er ein Schulmeisterlein."*

Carl ließ sich von einer der jungen Mägde, wohl eine Schwester oder eine enge Verwandte der Schankmagd, der sie in ihrer frischen Fülle sehr ähnelte, zwei knarrende Treppen hinauf, einen Flur entlang und in seine Kammer führen. Die Magd öffnete die Tür, und Carl trat in ein geräumiges Zimmer mit einem großen Bett und einem schmalen Tisch.

Auf diesem entzündete die Jungmagd ein Licht, drehte sich dann zu Schack um und fragte, ob der Herr sonst noch ein Begehren habe. Dabei lächelte sie ihn voller Schalk an und drehte sich, wie unabsichtlich, im Licht, um ihre ansehnliche Gestalt richtig zur Geltung zu bringen. Der Junker verneinte und steckte ihr einige Kreuzer zu. Sie bedankte sich, schien aber enttäuscht und blieb auf der Schwelle stehen.

„Was wartest du noch?", fragte Carl von Schack.

„Da ist noch etwas für Euch abgegeben worden, hoher Herr", sagte die Magd langsam.

„Dann gib es mir, was zögerst du, Kind?"

Verlegen drehte sie an ihrem Zopf. „Mir wurde aufgetragen, die Botschaft dem fremden Herrn zu geben, einem Junker von Schack. Seid Ihr wirklich der Junker? Ich meinte, Ihr hättet als Euren Namen Carl Faber genannt", entgegnete sie vorsichtig.

„Das lass meine Sorge sein", erwiderte Carl barsch. „Sieh, hier diesen Sechser sollst du auch noch haben. Jetzt gib mir die Nachricht!"

Die Magd blickte auf die Münze und auf Carl – und nickte. Dann öffnete sie bedächtig zwei Knöpfe ihres Mieders und entnahm der warmen Mulde ihres breiten Busens einen zusammengerollten Zettel. Diesen reichte sie Schack.

Carl von Schack nahm kopfschüttelnd das Papier entgegen. Jetzt sind die lockeren Sitten des Hofes schon bei den unteren Ständen angekommen, dachte er belustigt. „Ich danke dir nochmals", sagte er. „Jetzt geh!"

Ohne Hast schloss die Magd das Mieder wieder, schenkte Carl ein breites Lächeln, warf die Zöpfe zurück und verließ endlich den Raum.

Carl verriegelte hinter ihr fest die Tür und entrollte dann erst die Botschaft. Es waren nur wenige Worte in einer dem Junker unbekannten Handschrift. *Junker, ein Freund erwartet Euch morgen Mittag um zwölfe oben auf dem Turm der Stiftskirche.*

Ein *Freund*, der seinen Namen kannte und wusste, dass Carl von Schack in Tübingen war und Quartier im „Alten Simpel" genommen hatte. Der Unbekannte schien besser informiert zu sein, als der Leiter der herzoglichen geheimen Polizei. Das befremdete von Schack aufs Äußerste. Er musste handeln und zwar sofort und trotz der späten Stunde mit seinem örtlichen Agenten in Kontakt treten.

Er schnallte seinen Degen um, ging zur Tür und öffnete diese – und stieß mit der Magd zusammen, die vor der Schwelle auf ihn gewartet zu haben schien.

„Was ist denn nun schon wieder?", stieß er ärgerlich hervor.

„Verzeiht, Herr! Der Mann, der mir die Botschaft an Euch gab, Herr, der Mann sagte mir, ich solle warten, da Ihr bestimmt gleich zu ihm geführt werden wolltet."

Der *Freund* schien Carl von Schack schon wieder einen Schritt voraus zu sein. Langsam wurde ihm die Angelegenheit bedenklich. Und wenn er Carl erwartete, warum die Verabredung für morgen Mittag?

„Dann führt mich unverzüglich zu diesem Herrn!", befahl der Junker knapp.

Die Magd nahm das brennende Talglicht in die rechte Hand und winkte Carl, ihr zu folgen. Sie kamen bis zur Treppe, da blieb das junge Mädchen plötzlich stehen und lauschte. Von unten aus der Gaststube ertönten laute Stimmen und Gepolter, dann Flüche und Schreie.

„Was ist da los?", rief Schack und machte Anstalten hinabzueilen.

„Bleibt, Herr", bat die Magd und griff nach seinem Arm. „Das könnte gefährlich sein!"

Carl lachte trocken auf. Sich in Gefahr zu begeben, gehörte zu seinen primären Aufgaben. Er schüttelte ihre wohlmeinende Hand ab und sprang rasch die knarrenden Stufen hinunter.

Im Schankraum war ein größeres Gemenge aus gegeneinander kämpfenden und brüllenden Männern im Gange. Auf den ersten Blick schien es eine Wirtshausprügelei unter trunkenen Studenten zu sein. Dann aber sah Carl, dass eine Gruppe die Klingen gezogen hatte und die anderen hart bedrängte, die – da unbewaffnet – versuchten, sich mit Stuhlbeinen und Stöcken zu wehren. Zwei auf dem Boden liegende Gestalten machten zusätzlich deutlich, dass die Sache ernst war. Unter den Bedrängten befanden sich die Tischgenossen des Abends, ein weiterer Grund für den Junker in das Geschehen einzugreifen.

Carl zog seinen Degen blank und sprang dem nächsten der Angreifer, einem überaus großen, schwarz gekleideten Mann mit feuerrotem Backenbart entgegen. Er fing einen fürchterlichen Streich, den dieser gegen den Studenten „Schnauzer-Jörg" führen wollte, elegant auf und trat seinem Gegner gleichzeitig gegen das Standbein, sodass dieser das Gleichgewicht verlor und stürzte.

Ein Warnruf, es mochte ihn der besagte Jörg ausgestoßen haben, ließ Carl herumwirbeln. Gerade rechtzeitig gelang es ihm, mit einem kurzen Schlag gegen das vordere Drittel des Degens seines Angreifers dessen Klinge abzulenken. Dieser bot ihm unfreiwillig eine Blöße über der linken Brust, die Schack sofort nutzte, um ihn mit einem Treffer außer Gefecht zu setzen. Zeit zum Atemholen blieb ihm nicht. Jetzt kamen gleich von drei Seiten Angreifer auf ihn zugestürzt. Alle drei im gleichen dunklen Habit und ihrem Vorgehen nach offenbar erfahrene und geübte Kämpfer.

Carl sprang auf den breiten Schanktisch und wehrte aus dieser erhöhten Position die Attacken der Gegner mit allen ihm bekannten Paraden, Finten und Ausfällen ab. Sperrstoß, Gegenstoß, ein weiter Ausfall und – plötzlich zog Carl seine Klinge in die Vertikale und ließ einen fallenden Stoß folgen. Sein Feind parierte und schon folgte der nächste Angriff von links und von rechts. Der Junker sprang und wirbelte, sein Degen war nahezu überall. Sein Herz schlug, als sollte es ihm die Brust zersprengen, nicht aus Angst, davon kannte er keinen Hauch, sondern aus Eifer. Er kämpfte wie ein wütender Tiger, drehte sich zehnmal um seine Gegner und veränderte zwanzigmal seine Stellung und seinen Platz. Stoß folgte Stoß, Hieb folgte Gegenhieb.

Einer der drei Kämpfer fiel Carl durch seine rabiate Angriffslust besonders auf. Dieser, ein Mann von zwanzig bis fünfundzwanzig Jahren, mit schwarzen, durchdringenden Augen, blasser Gesichtsfarbe, stark hervorragender Nase und einem schwarzen Schnurrbart trug zu seinem schwarzem Wams violettblaue Beinkleider. Er war offenbar ein vorzüglicher Klingenlenker und schien im Kampf selbst große Übung zu haben. Carl wurde allmählich müde, denn es war ein langer Tag gewesen. Nur mit der größten Anstrengung konnte er sich gegen diesen Gegner halten, der rasch und gewandt jeden Augenblick von den

Regeln der Kunst absprang und mit seinen Gefährten von allen Seiten zugleich angriff, während er dabei die Streiche Carls gekonnt abwehrte. Der Fremde schien die Müdigkeit des Junkers zu spüren. Er wollte die Sache endlich beschließen und führte einen entsetzlichen Streich nach Carl. Allein dieser parierte, und während sich der Fremde wieder aufrichtete, stieß Carl ihm, wie eine Schlange unter der Klinge hingleitend, den Degen durch das Wams. Der Blasse stürzte schwerfällig zu Boden. Nun versuchten die übrigen Angreifer, Carls Aktionsradius einzuengen, und rückten, trotz seines Wirbelns, ihm immer dichter auf den Leib. Schack setzte zu einem Flèche, einem blitzartigen Sturzangriff nach vorne an, um der Einschließung zu entkommen, da ertönte von der Tür ein Pfiff. Die Angreifer ließen abrupt von ihm ab, packten ihre verletzten Gefährten und verschwanden mit den Übrigen ihres Trupps in der Nacht.

Stille trat ein, nur hier und da war ein leises Stöhnen und Wimmern zu hören. Als Erster schien der junge Buchhändler Jakob Willibald Werner wieder zu sich zu kommen. Er sprang aus der Ecke, in der er sich hinter einem umgestürzten Tisch und mit einem Stock in der Rechten und einer Stuhllehne als Schild in der Linken verschanzt hatte, zum Tor. „Schnell, wir wollen die Tür schließen und das Licht löschen und still sein. Die Stadtwache kann jeden Augenblick kommen und die fragt nicht viel, sondern holt sofort die Universitätswache. Dann geht es ohne groß Federlesens in den Karzer!"

Er schloss rasch das Tor und riegelte es zu. Die anderen Studenten löschten das Licht, sodass es im Raume vollständig dunkel ward. Das geschah keine Sekunde zu früh, denn im gleichen Augenblick waren draußen die schweren Schritte der Wächter zu hören. Genau vor dem Tor hielten die Schritte an. Jemand probierte, ob die Tür verschlossen sei und ein Schemen spähte durchs Fenster. Dann marschierte die Wache weiter.

Carl von Schack hätte sich der Stadtwache gegenüber rasch ausweisen und seinerseits diese auf die Suche nach den Kontrahenten von vorhin schicken können. Doch er verzichtete darauf, denn nur so konnte er sein Inkognito bewahren und sozusagen aus erster Hand erfahren, was sich vor seinem Eingreifen eigentlich im Schankraum abgespielt hatte. Vor allem interessierte ihn, wer die Fremden waren und woran sich der blutige Streit entzündet hatte. Zunächst aber galt es, sich um die Verwundeten zu kümmern.

Zum Glück waren die Verletzungen nicht besonders bedeutend. Lediglich der Schnauzer-Jörg hatte einen ziemlichen Hieb über die linke Schulter bekommen, allein das lederne Wams, das er trug, musste das meiste gedämpft haben, sodass er bloß eine oberflächliche Wunde zurückbehielt. Auffällig war, dass die Gegner alle ihre Verletzten mitgeschleppt hatten. Es mussten zumindest drei gewesen sein, die Carl zu Boden hatte gehen sehen, zwei von ihnen durch seine Hand.

Carl schaute sich um. Der Schankraum, ein großer, halbhoher Saal mit verräucherter Decke und von Qualm und Rauch geschwärzten Balken, schien ziemlich verwüstet. Stühle und Bänke lagen zum Teil zerbrochen am Boden. Dazwischen rollten Becher umher und überall trat man auf die Scherben zerbrochener Krüge und Flaschen. Der Wirt, ein unglaublich dicker Mensch, der sich während des Kampfes in die Küche geflüchtet hatte, stand mitten im Raum und beklagte sein Los. Seine beiden Mägde, es mochten wohl seine Töchter sein, kümmerten sich um die Verletzten. Sie wuschen Wunden, legten Verbände an und sorgten mit flinken Händen dafür, dass rasch alles wieder in eine gewisse Ordnung kam. Die Studenten halfen kräftig mit und bald waren die Spuren des Kampfes weitgehend beseitigt.

„Ihr führt für einen Büchermenschen eine schnelle Klinge, Herr Faber", sprach der rothaarige Paul Selzer den Junker an. Selzer hatte am linken Auge einen kräftigen Hieb abbekommen, und an der rechten Hand trug er jetzt einen Verband. „Ohne Euer Dazukommen hätte die Sache bös ins Auge gehen können. Mehr als ohnehin", fügte er hinzu und zeigte mit einem schiefen Grinsen auf sein eigenes Veilchen.

„Lass Freund Faber in Ruhe", schaltete sich der Schnauzer-Jörg ein. „Es ist, wie du sagst, Paul. Ohne seine Künste wären wir alle geliefert gewesen. Ich als Erster, wenn mich der Hieb dieses vermaledeiten Schurken getroffen hätte ..." Er schwieg vielsagend.

„Was ist denn die Ursache gewesen für so viel Gewalt und Zorn?", fragte Carl.

„Eigentlich nichts Großes", meinte Wendolin Quenzer. „Bald nachdem Ihr gegangen, kamen diese Burschen herein. Sieben finster wirkende Gestalten. Sie setzten sich ungefragt an unsere Tafel, verlangten lautstark nach Bier und Wein und mischten sich sofort in unsere Gespräche."

„Lauter Galgengesichter waren das", rief Cornelius Krauss. „Einer ein wahrer Hüne von kolossalen Körpermaßen, mit aschblondem, fast weißlichem Haar, dichtverwachsenen Brauen und feuerrotem Backenbart. Das war der Lump, der beinahe unseren braven Jörg erschlagen hätte …"

„Halt, Halt!", bremste Carl den Redefluss des künftigen Schulmeisters. „Jetzt sagt mir doch endlich, wie es zu dem Streit kam!"

Georg Leimer, der Candidatus der Theologie, ergriff nun das Wort. „Der Anführer der Gruppe, der Kerl mit dem schwarzen Schnurrbart und den violettblauen Beinkleidern, fragte plötzlich nach einem uns Unbekannten. Nach einem Junker von Schack. Wir sagten, dass wir einen solchen Herrn nicht kennten. Da rief er nach dem Wirte und fragte diesen ebenfalls nach jenem Junker. Als der Wirt auch nichts von einem Junker wusste, wollte der Violette wissen, wer denn alles im Hause logiere. Der Wirt nannte die Namen, darunter auch Euren, und der Fremde nickte zufrieden. Er ließ sich Tinte, Feder und Streusand bringen, zog ein Blatt hervor und schrieb schnell einige Worte. Genau da geschah es. Einer seiner Leute fasste Maria, das ist die andere Tochter des Wirtes. Die ältere, Magda, hat Euch nach oben geführt. Maria also, die gerade neue Krüge frischen Biers brachte, fasste der Kerl dreist um die Hüfte. Sie schrie auf, wich zurück, stolperte und der Inhalt zweier Krüge ergoss sich auf Christian Wegscheiders Hose."

„Der Kerl lachte noch hämisch", rief Wegscheider voller Empörung. „Ein Wort gab das andere und dann schlugen die Kerle los. Wir, nicht faul, wehrten uns, und da zogen die Schurken plötzlich vom Leder."

Carl von Schack nickte, der Ablauf war deutlich, aus einem nichtigen Anlass entwickelte sich eine blutige Schlägerei. Die Studenten schienen das nicht besonders ungewöhnlich zu finden. Das war es wohl auch nicht – aber die Kerle hatten nach ihm gefragt!

„Habt Ihr die Männer schon früher einmal gesehen?", versuchte er mehr herauszufinden.

„Nein", Schnauzer-Jörg schüttelte den Kopf. „Aber ihr Dialekt war eigenartig, der war nicht richtig Deutsch, wenn Ihr versteht, was ich meine."

„Meine werten Herren Studiosi, ich schließe. Es ist genug für heute", meldete sich der Wirt. „Ich lasse Euch hinten hinaus. Nicht, dass die Stadtwache Euch nochmals belästigt. Im Übrigen ist hier genug passiert und mein Schaden ist groß", klagte er.

Dann drängte er die jungen Leute, die sich leicht murrend verabschiedeten, zum Hinterausgang. Carl von Schack warf dem Wirt eine Münze hin, deren Wert den Verlust des Mannes bestimmt deckte, denn Carl war sicher, dass die Unbekannten seinetwegen das Gasthaus aufgesucht hatten. Dann nahm er ein Licht und stieg, diesmal allein, die knarrenden Holzstufen nach oben in den zweiten Stock des Wirtshauses.

Ohne großes Suchen fand er sein Zimmer. Der Raum war leer und völlig frei von eifrigen Wirtstöchtern, geheimnisvollen Boten oder Fremden und anderen unerwarteten nächtlichen Gästen. Carl von Schack verriegelte die Tür, löschte das Licht und ließ sich – so wie er war – auf das weiche Lager fallen. Einen Gedanken später war er eingeschlafen.

Carl schlief unruhig. Durch seine Träume liefen maskierte Gestalten in langen Mänteln, die ihn mit gezogenen Degen verfolgten. Dann wieder eilte er durch einen weitläufigen Forst ohne Weg und Steg. Der Mond schien durch die Zweige, in tiefen Waldesschluchten rauschten Quellen und in der Ferne klang ein Hifthorn. Alles war in Zwielicht getaucht …

Am Morgen wurde er durch lautes Pochen an der Tür geweckt. „Wacht auf, Herr, ein Bote Herrn von Geuses, des Hauptmanns der Stadtwache, wartet unten und wünscht Euch in dringender Angelegenheit zu sprechen." Es war die Stimme der Wirtstochter, die ihn rief.

Gähnend erhob sich der Junker. Er öffnete die Tür. Draußen stand das junge Mädchen vom vorangegangenen Abend. „Bringt mir einen Eimer Wasser und die Morgensuppe", wies er sie an. „Bevor ich mich nicht erfrischt und etwas gespeist habe, bin ich für niemanden zu sprechen."

Eine Weile später ward ihm das Gewünschte gebracht und Schack machte sich an seine Morgentoilette. Er schabte sich den Bart, zog ein frisches Obergewand und andere Hosen an, denn die gestrigen waren im Kampfe beschädigt worden. Dann speiste er mit gutem Appetit, bis er schließlich mit Hut, Mantel und Degen nach unten in die Gaststube hinabstieg.

Dort wartete ungeduldig der Bote, ein griesgrämiger, schmutziger Kerl um die fünfzig mit einem faltigen Gesicht und, wie Schack gleich bemerkte, sehr schadhaften Zähnen.

„Was hat Er so lange getrödelt, Faber?", fuhr er den Junker an. „Wenn mein Herr von Geuse Ihn zu sich befiehlt, hat er alles stehen und liegen zu lassen und muss sich eilends zu ihm begeben." Bei diesen Worten wollte er Carls Arm packen, um seinem Tadel Nachdruck zu verleihen und ihn mit sich zu führen.

Carl von Schack fing seine Hand auf und drehte in einer schnellen Bewegung dem Wachmann den Arm fest auf den Rücken. „Hör, Kerl, halte dich zurück. Ich bin es nicht gewöhnt, dass ein Stadtwächter derart mit mir redet. Und anfassen lasse ich mich von dir und deinesgleichen schon gar nicht."

Der Wächter, der an Auftreten und Tonfall wohl merkte, dass ihm ein böser Fehler unterlaufen sein musste, und dem der Arm kräftig schmerzte, bat den Junker mit kläglicher Stimme, ihn loszulassen.

„Verzeiht Herr, ich wusste nicht. Bitte, bitte, lasst los und brecht mir nicht den Arm! Ich bin ein alter Mann", jammerte er.

Carl stieß den Kerl von sich. „Für diesmal bin ich gnädig. Doch hüte dich, bei einer weiteren Frechheit kostet es dich dein Amt. Jetzt geh voran, ich werde folgen."

Er grüßte den Wirt, der mit offenem Munde den Vorfall verfolgt hatte. Aus den Augenwinkeln sah Carl, dass ein Gast, der in der Ecke seine Suppe löffelte, ebenfalls Zeuge des Auftritts geworden war. Es handelte sich um Jakob Willibald Werner, den reisenden Buchhändler. Carl war sicher, dass dieser klug genug war, um sein Inkognito zu durchschauen. Daran konnte er nichts ändern, von einer Kanaille wie diesem Wächter würde ein Carl von Schack sich auch für das beste Inkognito der Welt nicht anfassen lassen. Der Wächter hastete hinaus und der Junker eilte hinterher, gefolgt von den wachen und nachdenklichen Blicken des ehemaligen Studenten Jakob Willibald Werner.

Carl von Schack saß in der Amtsstube des Stadthauptmanns von Geuse und ließ sich von diesem die Meldelisten der letzten Tage vorlegen. Geuse war ein älterer, beleibter Herr, dessen dunkelrote Gesichtsfarbe auf den reichlichen und steten Genuss von edlen Weinen hindeutete. Er erkannte den Junker gleich bei seinem Eintritt und entschuldigte sich wortreich für den Irrtum hinsichtlich des verehrten Herrn von Schack. Ihn habe am Morgen eine anonyme Meldung erreicht, ein überaus verdächtiges Subjekt residiere im „Alten Simpel" und daher sei ein bewährter Wächter losgeschickt worden, damit dieser die Angabe überprüfe. Von Geuse habe ja nicht gewusst, dass …

Der Junker unterbrach den Redeschwall und erkundigte sich ausführlich nach den Reisenden, die derzeit in Tübingen Quartier genommen hatten. Doch Personen, auf die der Steckbrief der Unbekannten vom gestrigen Abend passte, waren in den Registern der Wirte nicht aufzufinden. Etwas verärgert ließ Carl von seinen Nachforschungen ab. Er wies den Stadthauptmann an, ein waches Auge auf derartige Reisende zu haben und seine Männer entsprechend zu instruieren. Dann besichtigte der Junker das Wachgebäude nebst Waffenkammer, warf auch einen Blick in die Wach- und Protokollbücher und verließ, da er nichts zu beanstanden hatte, schließlich den vor Erleichterung aufatmenden Stadthauptmann. Es war gerade elf und bis zu dem ominösen Treffen mit dem Unbekannten, dessen Nachricht ihm die Wirtstochter in der Nacht überreicht hatte, war noch Zeit. Zu dumm, die Magd hatte Schack zu dem Adressaten führen wollen, und er hatte ganz vergessen, sie zu fragen, wer denn der geheimnisvolle Fremde gewesen sei. Der Mann mit der violetten Hose und dem schwarzen Bart jedenfalls nicht, denn dieser hatte sein Schreiben an Schack gerade erst begonnen, als im Schankraum der Streit ausgebrochen war.

Carl von Schack stand vor der Buchhandlung Osiander, die seit 180 Jahren die Stadt und Universität mit wohlgebundenen Exemplaren der Buch- und Schreibkunst versorgte. Zurzeit gehörte die Buchhandlung Christoph Heinrich Berger, der diese vor über vierzig Jahren von der Eigentümerin Susanna Dorothea, verwitwete Ebertissin für, wie man munkelte, über 3200 Gulden erworben hatte. Mehr als hundert Titel hatte der regsame Berger bislang verlegt. Daneben führte er das reichste Buchsortiment in ganz Süddeutschland. Unter seinen verlegten Titeln befand sich das von Schack sehr geschätzte Werk des Professors der Philosophie Gottlob Christian Storr und die Schriften seines Freundes Jeremias David Reuss. Dieser war, wie gesagt, Sohn des schleswig-holsteinischen Generalsuperintendenten und jetzigen Kanzlers der Universität Friedrich Reuss. Jeremias David war ein Jahr älter als Schack und hatte in Tübingen Philologie studiert. Bereits mit achtzehn Jahren promovierte der hochbegabte Reuss zum Doktor der Philologie. Kurz darauf habilitierte er sich erfolgreich. Schack hatte ihn vor drei Jahren bei einem Besuch in Tübingen kennengelernt und mit ihm zwei Nächte über Platons „Politeia" debattiert. Die Ansichten des anderen und vor allem seine fulminanten Kenntnisse sowie sein wacher Geist beeindruckten Carl derart, dass er seitdem mit Reuss korrespondierte. Er hatte ihn einmal sogar um seine Meinung bei der Klärung eines komplizierten Falles gebeten und diese, wenn auch in sehr komplexer Form, erhalten und als durchaus hilfreich empfunden. Schack öffnete die Ladentür und trat ein.

Drinnen herrschte das träumerische Halbdunkel der Bücherwelt. Vom Boden bis zur Decke reichten schwere Holzregale, deren Bretter sich unter dem Gewicht der Folianten bogen. Der Laden schien leer und Schack trat näher an ein Regal. Er beugte sich vor und begann die Inschriften auf den Buchrücken zu lesen. Schon das erste Werk hatte es in sich, der Junker zog es vorsichtig hervor, schlug es auf und begann zu lesen: *Johann Jacob Moser. Rechtsberatender Landschaftskonsulent. Grund-Riss der heutigen Staats-Verfassung des Teutschen Reichs: zum Gebrauch academischer Lectionen entworffen. Tübingen 1754*

„Ja, der gute Moser", war plötzlich eine knarrende Stimme zu hören. „Dachte, er täte Gutes, als er sich vor nun mehr als einem Vierteljahrhundert zum Rechtsberater der Landstände berufen ließ. Gleich geriet er in den Verfassungskonflikt zwischen den Landständen, die sich auf den Tübinger Vertrag von 1514 beriefen, und den Bestrebungen Herzog Karl Eugens."

Carl von Schack blickte sich um, allein er sah niemanden.

Die unsichtbare Stimme fuhr fort: „1759 wurde Moser auf Betreiben des Herzogs und des Grafen Montmartin verhaftet und ohne gerichtliches Verfahren auf die Festung Hohentwiel in Einzelhaft verbracht. Erst 1764 wurde er auf eine Klage der Landschaft hin nach einem Beschluss des Reichshofrats und aufgrund einer Verfügung des Kaisers selbst entlassen. Ein unbequemer Mann, aber ein guter und ehrlicher Mann, der sich seine Freiheit nicht hat abkaufen lassen!"

Jetzt kam der Sprecher dieser Sätze hinter einem Regal hervor. Es war ein überaus hässlich aussehender, kleiner und magerer Mann mit vielen Runzeln im Gesicht und einem großen, schwarzen Pflaster auf dem linken Auge. Gekleidet war er in einem dunkelgrauen Frack, der so zugeschnitten war, als habe der Schneider, der ihn gearbeitet, die moderne Form nur vom Hörensagen gekannt. Dazu trug der Mann eine ungemein große, sehr weiße Perücke.

„Nicodemus Dossler, ich bin der ‚Faktotus' Libri des Hauses. Womit kann ich dem jungen Herrn dienen? Aber wartet", rief der Alte. „Ich sehe schon, was Ihr braucht!" Er griff in das Regal hinter sich und holte ein in braunes Leder gebundenes Buch hervor. „Nehmt dies, Junker, und lest. Doch jetzt entschuldigt, wir schließen, es ist kurz vor Mittag!"

Unversehens, denn er wusste nicht, wie ihm geschehen war, fand sich Junker Carl von Schack auf der Gasse wieder, während hinter ihm die Ladentür verschlossen wurde. Er lachte auf ob der Absonderlichkeit der erlebten Situation und blickte dann auf das kleine braune Buch in seiner Hand. *De comitatu principali Montepeligardo eiusque praerogativis* stand auf dem Titel. Die Dissertation des Johann Jacob Moser aus dem Jahre 1720 – und Moser hatte sich mit der Grafschaft Mömpelgard beschäftigt! Woher wusste Dossler, dass Schack mit der aktuellen Situation der Grafschaft zu tun hatte? In Tübingen gab es offenbar jede Menge Leute, die über Schack und seinen Auftrag Bescheid zu wissen schienen. Für seinen Geschmack waren es entschieden zu viele!

Von der Stiftskirche schlug es drei viertel zwölf, Zeit zu seiner Verabredung zu gehen. Carl von Schack war gespannt, was ihn als Nächstes erwartete. Er steckte das Büchlein ein, lockerte seinen Degen und machte sich auf den Weg.

Jakob Willibald Werner sah den Junker aus dem Laden kommen und sich dann zielstrebig in Richtung Stiftskirche entfernen. Es schien zu stimmen, der Fremde interessierte sich wirklich für Bücher. Was sonst hätte er in der altehrwürdigen Osianderschen Buchhandlung zu suchen gehabt? Dennoch, ein Mann der Feder und des Buches war dieser Faber nicht. Dafür führte er eine zu schnelle Klinge und sein herrisches, selbstbewusstes Auftreten machte deutlich, dass seine Wiege gewiss nicht in einem Bürgerhause gestanden hatte.

Ob Faber der Gesuchte war, nachdem die Raufbolde des gestrigen Abends verlangt hatten? Werner zuckte die Schultern. Das mochte sein oder auch nicht – der Fremde und seine geheimnisvollen Beweggründe, dieser oder jener zu sein, gingen ihn im Grunde nichts an. Jedenfalls hatte Faber sich gestern als Retter in der Not gezeigt und verdiente daher Dankbarkeit und Respekt für seine Person und sein Tun und Handeln. Mochte der Mann also Faber oder Schack oder sonst wie heißen, er, Jakob Willibald Werner, würde sich zurückhalten und über seine Mutmaßungen nichts verlauten lassen. Der ehemalige Studiosus griff nach der Türklinke, stellte fest, dass der Laden geschlossen war und entschwand in eine angrenzende Gasse.

Carl von Schack stand auf der Plattform des Turmes der Stiftskirche. Von hier oben wirkte die Welt weit und erhaben – um ihn das hellrote und braune Dächermeer der Stadt, Häuser über Häuser, droben das Schloss und auf der anderen Seite das den blauen Himmel widerspiegelnde Wasser des träge dahin fließenden Neckars. Carl ließ seinen Blick weiter über die grünen Wipfel der Bäume am Ufer bis zu den Hügeln der in blassen Dunst getauchten Alb wandern. Am Horizont bildeten sich helle, weiße Wolkengruppen – Schönwetterwolken –, der gestrige Regen war längst weitergezogen.

Unten auf dem Platz vor der Kirche plätscherte der Brunnen und die Markstände leuchteten grün, rot und gelb. Menschen huschten durch die Gassen, erschienen so klein und umtriebig wie die Insekten eines Ameisenhaufens.

Es wurde Mittag, zwölf schwere Schläge dröhnten aus dem Innern des Turmes.

„Ich grüße Euch, Junker von Schack", sprach plötzlich eine Stimme seitlich von ihm.

Carl fuhr herum. Zwei Meter entfernt lehnte an der Brüstung die schlanke Gestalt eines älteren Mannes, den Carl als den Herrn wiedererkannte, den er am Abend des Empfanges beim Herzog mit der jungen Schönen hatte tanzen sehen. „Conte Caracanti, nehme ich an?", fragte er, leicht überrascht. „Verzeiht meine Neugier, Herr Graf. Woher seid Ihr so plötzlich aufgetaucht? Seid Ihr ein Vogel mit Flügeln? Ich habe hier oben alles untersucht und niemand hätte sich vor mir verbergen können."

„Ihr tut mir zu viel der Ehre an, Herr Junker", antwortete der Conte mit einem leichten Lächeln. „Es ist richtig, ich komme und gehe, wie es mir beliebt. Ein Vogel bin ich allerdings nicht und auch nicht im Besitz eines Zaubermantels oder einer Tarnkappe." Er schwieg und schien damit die Frage als beantwortet anzusehen.

„Nun, ganz wie es Euch beliebt", erwiderte Carl. „Erlaubt mir eine weitere Frage. Steckt Ihr hinter den Mystifikationen der letzten Tage? Oder habt Ihr eine Erklärung für das, was ich in Ludwigsburg als auch in Tübingen erlebt habe?"

„Das eine oder andere mag ich bewirken können", entgegnete der Conte noch immer lächelnd. „Doch von Mystifikationen weiß ich mitnichten. Ich bitte Euch, erklärt mir, Herr von Schack, was Ihr damit meint? Wir können hier oben frei reden. Keiner wird uns belauschen, deswegen habe ich diesen besonderen Ort für unser Treffen gewählt."

„Ihr mögt Ursache sein der Ereignisse oder nicht", entgegnete der Junker. „Aber das Ganze will mir in seinem Verlauf nicht schmecken, und wenn Ihr Kenntnisse habt von den Hintergründen, so sagt mir diese."

Carl gab dem Conte einen kurzen Abriss der Geschehnisse, angefangen vom mitternächtlichen Treffen bei Monrepos, weiter mit Alessandros

Erscheinen, bis hin zum gestrigen Degenkampf im „Alten Simpel" und der seltsamen Begegnung am Morgen in der Buchhandlung Osiander.

Caracanti hörte aufmerksam zu, und während der Junker berichtete, verfinsterte sich seine Miene zusehends. „Die Baronesse Melissa ist tot", sagte er mit dumpfer Stimme, „und die Nachricht, welche Alessandro Euch von mir brachte ist geraubt. Das ist äußerst", er schien nach dem richtigen Wort zu suchen, „äußerst unangenehm. Unser Gegner ist weitaus gefährlicher, als ich angenommen hatte." Der Conte schwieg einen Augenblick, dann sah er den Junker fest an. „Ihr habt die Botschaft nicht gelesen?"

„Nein, das sagte ich bereits", erklärte Carl in einem Anflug von Ärger.

„Ich muss nachdenken, ich muss nachdenken!", rief der Conte und presste die Hände an die Schläfen.

Eine gute Minute stand er in dieser Pose da, schließlich senkte er die Hände und wandte sich wieder dem Junker zu. „Verzeiht, mein Herr, aber diese Nachrichten verändern alles. Bevor wir unser Gespräch fortsetzen, werde ich einige Anordnungen treffen müssen, die für den erfolgreichen Verlauf unserer Angelegenheiten von höchster Wichtigkeit sind. Erst dann … doch entschuldigt mich, Junker von Schack. Ich muss los, ein Aufschub wäre womöglich verheerend. Ihr erhaltet Nachricht!" Bei diesen Worten war der Conte schon am Turmabgang und rannte ohne weitere Erklärung in höchster Eile nach unten.

Verblüfft schaute Junker von Schack dem Enteilenden nach. Genauso unerwartet wie sein Erscheinen war der Abgang des Venezianers gewesen. Und, Schack war überzeugt, sich nicht getäuscht zu haben: In den Augen des Contes hatte es feucht geschimmert. Der Tod der schönen Baronesse schien ihn mehr getroffen zu haben, als Caracanti zugeben mochte.

Alles in allem aber war die Begegnung aus Sicht des Junkers wenig befriedigend gewesen. Weder hatte er erfahren, worum es in der entwendeten Botschaft wirklich ging oder gegangen war. Noch hatte ihm der Conte erzählt, wer der mächtige Gegner war, der ihm die bisherigen Probleme bereitet und der für den Mord an der Baronesse und für den Überfall auf seinen treuen Friedrich verantwortlich zeichnete.

„Da steh ich nun, ich armer Tor und bin so klug als wie zuvor", rief Carl aus. Er wusste nicht genau, was und wen er zitierte, aber die Worte passten, und wenn es kein Zitat war, konnte es womöglich zu einem werden. Der Junker schaute sich noch einmal um. Woher der Conte vorhin gekommen war, konnte er sich nach wie vor nicht erklären. Offenbar war der Graf doch so etwas wie ein Hexenmeister. Carl zuckte die Achseln und machte sich ebenfalls an den Abstieg.

Es war Mittag, Schack lenkte seine Schritte zum Gasthaus „Forelle", das in einer Seitengasse hinter der Kirche lag, um eine Mahlzeit einzunehmen. Das behäbige Lokal war gut gefüllt, doch wurde ihm bereitwillig ein Platz an einem der Fenster bereitet. Schack sah sich um. Der Gastraum war eichengetäfelt und an der Decke zogen sich Malereien entlang, die Bilder aus dem Landleben zeigten. Die zur Straße führenden Fenster waren mit schwerem Bleiglas verkleidet. Dem Wirt schien es wohlzuergehen, was für seine Speisen und sein Bier sprechen mochte.

Carl fand seine Annahme bestätigt. Eine junge Magd setzte ihm eine duftende Flädlesuppe und anschließend gut gebräuntes Bratenfleisch mit frischen Linsen, Bohnen und Speck vor. Dazu brachte sie ihm das dunkle, selbst gebraute Bier des Hauses.

Nach dem sättigenden Mahl machte sich der Junker auf, die Universität und dort seinen Freund Jeremias David Reuss aufzusuchen.

Er traf den Freund an seiner Wirkstätte, der Universitätsbibliothek, wo dieser als Kustos arbeitete und forschte, an. Reuss war ein großer, wohlgewachsener Mann von sechsundzwanzig Jahren, sein Haar war gepudert und streng nach der Mode geschnitten. Das Gesicht war ausdrucksstark, besonders Nase und Mund edel und fein geformt, und der Blick hatte viel Tiefe.

Nach der Begrüßung und einem kurzen Austausch zur momentanen leiblichen wie geistigen Befindlichkeit vertieften sich die Freunde bald in eine angeregte literarisch-philosophische Disputation. Schack hatte Reuss von seiner Begegnung mit dem jungen Schiller erzählt und flugs gelangten sie zu ihrem alten Lieblingsthema, zur Poesie.

„Euer Schiller, bester Carl, mag dichten wie er es versteht; dass der Jüngling nur nicht sein dichterisches Empfangen für Erzeugen hält, die geistigen Geschlechter verwechselt und derart eingebildet auf der Messe zu Leipzig erscheint."

„Er hat Talent, glaubt es nur, Jeremias, wenn es auch da und dort noch am rechten Worte fehlet!"

„Mag sein", gab Reuss zu, „dass der Jüngling einen artigen poetischen Meierhof sein eigen nennet. Irgendeine Zeit lang hat jeder Mensch Poesie. Besonders ist die Liebe, wenigstens die erste, gleich der Malerei eine stumme Dichtkunst."

„Nein, Freund, als eine stumme Kunst kann ich die Poesie des Jünglings mitnichten betrachten. Sie scheint mir vielmehr recht laut in die Welt hinauszurufen: ,Hier bin ich, seht und höret mich an!'", entgegnete der Junker.

Reuss nickte bedächtig. „Oft, Freund, fängt das Leben wie eine Schule und Kirche mit Singen an; und dann kommen die fleißigen Schulübungen und Predigten. Der Musensohn betritt später seine Amtsstelle und sein Ehebett; dort singt er wie eine Nachtigall, die sich nach der Begattung aus ihrem Busche weniger als Flöte denn als Kröte hören lässt."

Beide lachten über Reussens derbes Bild aus der Natur.

„Doch genug der Poeterey. Sagt, was führt Euch wirklich ins verschlafene Tübingen?", fragte der Kustos.

„Das ist ein weites Feld und weitläufig zu berichten", erwiderte der Junker.

„Dann erzählet in aller Ruhe. Ich läute nach meinem Famulus und lass uns einen guten Becher gewürzten Weines bringen. Das wird die Zunge lockern und die Worte geschmeidig fließen lassen."

So saßen die beiden Männer eine gute Stunde zusammen in der großen Bibliothek. Carl von Schack erzählte, viel ausführlicher und detaillierter, als er das dem Conte Caracanti gegenüber getan, und Jeremias David Reuss hörte, ohne weiter Fragen zu stellen, aufmerksam seinem Bericht zu.

Als Carl endlich endete, schwieg er eine Weile und ergriff dann selbst das Wort. „Ich denke, werter Freund, Ihr solltet noch heute aufbrechen und Euch sputen, auf dass Ihr so schnell, wie es Euch nur möglich, die Grafschaft erreicht und Kontakt zu des Herzogs Bruder Friedrich Eugen aufnehmet. Der Feind, so wollen wir ihn nennen, scheint allzu viel zu wissen und mächtig zu sein. Fast möchte ich meinen, dass er Kontakte bis unmittelbar zum Herzoge selbst geknüpft hat, so wohl unterrichtet scheint er über Euren Auftrag und alles damit Verbundene zu sein. Also, das ist mein Rat. Wartet nicht auf Caracanti. Nehmt Euch ein Ross und verlasst Tübingen noch zur gleichen Stunde! Der Conte wird Euch sicher wieder zu finden wissen."

Junker von Schack überlegte nicht lange. „Das ist ein guter Rat, den ich gleich befolgen werde", stimmte er dem Freund zu. „Um den Grafen bin ich nicht bange. Seid daher so gut und lasst durch Euren Famulus mir mein Gepäck holen. Ich will mich solange nach einem guten Pferde umtun."

„Das Gepäck lasse ich sogleich Euch besorgen. Der Bruder meines Famulus ist zudem ein angesehener Rosshändler, bei dem Ihr ein Euch genehmes Pferd sicher finden werdet."

Eine gute Stunde später, die Uhr der Kirche schlug vier, und Junker von Schack machte gerade Anstalten, sein Ross zu besteigen, da bogen um die Ecke zwei Reiter und hielten schnurstracks auf den Reisenden zu.

Besorgt griff der Junker zum Degen – und entspannte sich. In den beiden Reitern, die er für Fremde gehalten hatte, erkannte Carl überrascht die Festgenossen des Abends bei Melchior von Talheim, die beiden Junker Hermann Schott von Schottenstein und Maximilian von Woellwarth.

„Seid gegrüßt, Junker von Schack", ließ sich Hermann Schott von Schottenstein vernehmen. „Ihr seid im Aufbruch?"

„Allerdings!", bestätigte Carl. „Aber sagt, was führt Euch hierher nach Tübingen?"

„Wir wollen Euch ein Stück Eures Weges begleiten", erklärte Maximilian von Woellwarth. „Kammerherr von Erlenburg war der Meinung, dass Ihr bei Eurem Abenteuer Unterstützung gebrauchen könntet. Wir losten, wer Euch begleiten dürfe. Die anderen zogen den Kürzeren und daher sind wir hier!"

„Keine Sorge, Bester von Schack", beruhigte ihn Junker Hermann. „Erlenburg hat nichts weiter von Euren Plänen verlauten lassen. Nur, dass Ihr einem Mörder auf den Fersen sein würdet und es uns allen gut anstände, Euch dabei mit Rat und Tat zu Seite zu stehen."

Erlenburg schien im Wesentlichen verschwiegen gewesen zu sein. Und wie die Dinge lagen, konnte die Begleitung durch zwei gewandte Degenkünstler für den Junker durchaus von Vorteil sein.

„Gut, meine Herren, kommt mit", entschied Carl. „Aber lasst uns unverzüglich aufbrechen. Bis die Nacht kommt, sollten wir ein gutes Stück Weg zurückgelegt haben. Alles andere erzähle ich Euch zur gegebenen Stunde. Ich hoffe, Eure Pferde sind nicht zu erschöpft."

Im Trabe verließen die drei Ritter die Stadt, wobei scharfen Augen Schacks plötzlicher Aufbruch nicht verborgen blieb.

Bis zum Anbruch der Nacht erreichten die Reiter Balingen. Maximilian von Woellwarth schlug vor, im ehemaligen Zollernschloss Quartier zu nehmen. Vor bald fünfundzwanzig Jahren hatten der Bäcker und Biersieder Johannes Pfeiffer und der Rotgerber Johannes Hassis den zerfallenden Gebäudekomplex um 1800 Gulden und mit kostenloser Wirtschaftskonzession erworben. Viel war seitdem nicht geschehen, zumindest was das Äußerliche betraf, wie Carl mit einem zweifelnden Blick auf ihr „Gasthaus" feststellte. Das Hauptgebäude, es bestand aus einem Keller, einem Pferdestall, etlichen Stuben und Kammern, schien nicht bewohnbar. Sämtliche Mauern waren rissig oder zerfallen. Die Grund- und Strebemauern standen teils weit auseinander und die Mitte des Dachstuhls war aufgrund von Fäulnis eingebrochen. Die Verbindungsgänge zwischen Schloss und Reiterhaus an der inneren Stadtmauer sowie die Brücke zum Turm waren ebenfalls zusammengestürzt. Einzig das daneben liegende Reiterhaus schien intakt und wurde offenbar als Brauerei und Wirtschaft mit Gästezimmern genutzt.

Dort erhielten die Reisenden eine kleine Kammer zugewiesen. Die Wirtsstube glich allerdings mehr einer Räuberhöhle und wirkte genauso verwahrlost wie die übrigen Gebäude. Das Abendessen jedoch, bestehend aus Brot, kaltem Fleisch und würzigem Bier und von einer jungen, schmucken Dirne gebracht, war passabel.

„Nach diesem Ritt ist ein Bier das Beste, was man sich antun kann", dröhnte Hermann Schott von Schottenstein und prostete Maximilian von Woellwarth zu. „Nun sagt aber, Junker Schack. Ihr seid geritten, als sei der Leibhaftige hinter Euch her. Wollt Ihr uns nicht erzählen, was Euch so eilig vorwärts treibt?"

„Nicht hier und in dieser Gesellschaft", antwortete der Junker und wies auf die Wirtsfrau, die mit einem Spinnrocken am Feuer saß und die hübsche Magd davongeschickt hatte.

„Ich hoffe, die Junge und nicht die Alte hat unser Mahl bereitet", sagte Junker Maximilian und schüttelte sich.

Die Wirtsfrau war in der Tat abscheulich anzusehen. Sie war ein hageres, in schwarze Lumpen gehülltes Weib. Wenn sie sprach, wackelte das hervorragende spitze Kinn und der zahnlose Mund verzog sich, von der gekrümmten Habichtsnase beschattet, zu einem hässlich grinsenden Lächeln und ihre grünen Katzenaugen flackerten, fast Funken werfend, durch eine große Brille. Aus dem bunten, um den Kopf gewickelten Tuch starrten schmutziggraue Haare hervor. Besonders grässlich aber waren zwei große Muttermale, die sich im Gesicht von der linken Backe über die Nase wegzogen.

Es war, als habe die Alte die Worte des Junkers gehört, denn sie setzte den Spinnrocken beiseite und schlurfte zu den Gästen an den Tisch. „Ihr Herren, es ist Zeit zu Bette zu gehen", sagte sie. „Es hat zehne geschlagen, und morgen ist auch ein Tag."

„Ei, so gehe nur zu Bette, Alte", rief Hermann Schott von Schottenstein und zwirbelte seinen Bart, „bringe noch ein paar Flaschen Wein für uns hierher, und dann wollen wir dich nicht länger abhalten."

„Mitnichten, hohe Herren", entgegnete sie grämlich, „solange noch Gäste in der Wirtsstube sitzen, kann die Wirtin nicht gehen. Kurz und gut, Ihr Herren, machet, dass Ihr auf Eure Kammern kommet; länger als zehne darf in meinem Hause nicht gezecht werden."

Die Junker lachten, da aber die Alte keine Anstalten machte, von ihrer Haltung abzugehen, machten sie schließlich gute Miene zum bösen Spiel und erhoben sich. „Dann gute Nacht, Alte!", wünschte Maximilian von Woellwarth. „Sollte Euch jemand nächtlich stören, so gebt uns nur Bescheid, auf dass wir Euch zur Hilfe eilen", fügte er hinzu und klopfte dabei mit der Hand auf den Griff seines Degens.

Lachend stiegen die Junker über die brüchige Treppe nach oben in ihre Kammer.

„Ein böses Weib", meinte Hermann Schott von Schottenstein „und mir nicht geheuer. Wir sollten abwechselnd wachen. Nicht, dass wir in einer Räuberhöhle gelandet sind und in der Nacht meuchlings unser Leben lassen."

„Du magst wachen", entgegnete gähnend Maximilian von Woellwarth. „Ich fürchte die alte Vettel nicht. Lass uns die Tür gut verriegeln und einen Stuhl unter die Klinke setzen. Das mag genügen. Zudem habe ich leichten Schlaf und werde mich der Alten oder ihrer Helfer wohl zu wehren wissen."

Sie legten sich zur Ruhe, und ob es nun der Riegel oder der Hinweis auf ihre Degen waren, der Stuhl oder Junker von Woellwarths leichter Schlaf – nichts und niemand störte ihre Ruhe. Nur Carl von Schack war es, als habe er mitten in der Nacht auf dem Gang vor der Kammer ein Schleichen gehört und später vor dem Fenster ein fast kläglich klingendes Miauen.

Doch schlief er bald weiter und erwachte wie die Freunde am Morgen frisch und munter. Nach einem kargen Frühstück von Brot und Milch zahlten sie ihre geringe Zeche und ritten im Trabe weiter in Richtung Breisgau.

Unterwegs fand Junker von Schack Gelegenheit, seinen Begleitern das eben Nötigste zu berichten und sie mit dem Ziel seiner Reise vertraut zu machen. Der Ritt durch den dunklen Tann des Schwarzwaldes war beschwerlicher, als Carl gedacht hatte, sodass sie eine weitere Nacht, diesmal unter freiem Himmel am Ufer des Titisees, Rast einlegten. Unterwegs hatten die Junker ihre Schnappsäcke gefüllt und einige gute Flaschen erworben. Bald brannte ein wärmendes Feuer, die Becher kreisten und man erzählte sich allerlei krause Geschichten von Land und Leuten.

„Es ist wahr", sprach Hermann Schott von Schottenstein. „Wer durchs Schwäbische reist, sollte nie vergessen, in den Schwarzwald zu schauen. Nirgends findet sich solch eine Menge herrlich gewachsener Tannen, so klares Wasser und eine derartige Fülle an Wild. Auch die Bewohner unterscheiden sich deutlich von den andern Menschen im Lande."

„Ihr habt Recht", meinte Maximilian von Woellwarth. „Es ist ein besonderer Menschenschlag – groß, breitschultrig, von starken Gliedern. Als ob der stärkende Duft der Wälder ihnen von Jugend an ein klareres Auge und einen festeren Mut als Bewohnern der Täler und Ebenen gegeben hätte."

Carl von Schack nickte zustimmend. „Ich las kürzlich in einem alten Buche", erzählte er, „dass sich auch die Kleidung der Hiesigen sehr von der Tracht anderer Orte unterscheide. Die Männer lassen den Bart wachsen, wie er ihnen von Natur ums Kinn gegeben ist. Ihre schwarzen Wämser, die Pluderhosen, die roten Strümpfe und die spitzen Hüte verleihen ihnen etwas Fremdartiges und Ernstes zugleich. Auch die Kopfbedeckung der Weiber ist eigen, schwarze Hüte mit roten Bollen. Besonders hier in der Gegend, wo die Leute sich mit Glasmachen beschäftigen und Uhren anfertigen."

„Es ist nicht lange her", erklärte Junker Maximilian ernst, „da glaubten die hiesigen Bewohner sogar an Waldgeister. Zum einen an das sogenannte Glasmännlein, ein guter Geist von knapp drei Fuß Höhe, in einem spitzen Hütlein mit großem Rand, mit Wams und Pluderhöschen und roten Strümpfchen. Zum anderen aber an den Holländer-Michel. Das ist ein riesiger, breiter Kerl in der Kleidung der Flözer und von üblem Charakter, der vor allem in nächtlicher Stunde den Reisenden erscheint und ihnen allerlei üble Streiche spielt." Junker Maximilian sah sich bei diesen Worten scheu um und spähte wachsam in die Dunkelheit hinein.

„Freund, Freund", rief Schack laut lachend. „Wollt Ihr uns durch Eure Spukgeschichten Angst einjagen? Das sind Ammenmärchen und das Volk mag daran glauben, aber doch nicht wir, die wir von Bildung und aufgeklärt sind!"

Den Rest des Abends konnte sich Maximilian von Woellwarth kaum mehr vor dem Spott und den Scherzen der Kameraden retten, in die er gutmütig bald mit einstimmte.

Schließlich schliefen sie ein, das Feuer brannte nieder und in der fernen Nacht rief ein Käuzchen.

Am nächsten Morgen, nach einem ausgiebigen Bade Carls im kühlen See, ritten sie durchs dunkle Höllental weiter gen Westen, bis die drei Reiter die weite Rheinebene und am Mittag, während die Glocken der Kirchen läuteten, die große Stadt Freiburg erreichten. Fern überm Rhein leuchteten die Wipfel der Vogesen.

Die drei Junker nahmen Quartier im Gasthaus „Zum roten Bären" am Oberlindenbrunnen. Den Rest des Tages widmeten sie ihrer Ausrüstung. Maximilian von Woellwarth warb darüber hinaus drei Bedienstete für sie an, da, so sagte er, es sich für Herren ihres Standes nicht zieme, ohne ein angemessenes Gefolge zu reisen.

Zwei der Angeworbenen waren die Brüder Hans und Franz, gutmütige Bauernburschen, gemäß ihrer Herkunft von einfachem Auftreten, aber ehrlich, fleißig und arbeitsam. Der dritte Diener, ein schlanker, hoch aufgeschossener Kerl mit dünnem Haar und gekleidet mit Weste und einer Hose aus verblichenem Samt, hatte in seinem Gesicht einen fast durchtrieben wirkenden Zug, der Carl gleich gegen den Mann einnahm. Dieser, er nannte sich Berthold, gab an, er sei Buchhalter in einem guten Handelshause gewesen und nur durch unglückliche Umstände genötigt, in Lohndienste zu gehen. Er zeigte sich allerdings beim Erwerb der Ausrüstung und der Vorräte derart geschickt, dass Carl, trotz seiner Vorbehalte, bereit war, es mit dem Manne zu versuchen.

Bald waren die Junker mit allem versorgt, was für ihre weitere Reise nötig sein mochte; sie aßen zu Abend und legten sich früh zur Ruhe.

4

Gefahr im Elsass

Am nächsten Morgen, kaum dass die Sonne aufgegangen war, brachen die Herren in Begleitung ihrer neuen Diener zur nächsten Etappe auf. Sie ritten hinüber in die Hügel des Kaiserstuhls und von dort in die flache Weite der Rheinebene. Gegen Mittag kreuzten die Reiter bei Breisach den ruhig dahin fließenden Strom und lenkten ihre Pferde weiter nach Südwesten in Richtung der Burgundischen Pforte. Die Sonne schien kräftig und eine schwüle Hitze begann Ross und Reiter zuzusetzen. Der kleine Trupp passierte das württembergische Volgelsheim, wobei sie im Nordwesten die vom Sonnenkönig Ludwig XIV. durch Vauban gebaute Festung Neubreisach im Lichte blinken sahen. Weiter ging ihr Ritt über Dessenheim und Hirtzfelden nach Ensisheim. Ensisheim, ein einfaches Dorf, war vor fast dreihundert Jahren durch den Einschlag eines Meteors im örtlichen Acker zu einiger Berühmtheit gelangt. Der deutsche König und spätere Kaiser Maximilian I. reiste eigens mit großem Gefolge an, um Gericht über den schrecklichen Donnerstein zu halten. Er sah teuflische Mächte am Wirken und ließ den Meteoriten bannen, in Ketten legen und in der Pfarrkirche aufhängen.

Mittlerweile war es später Nachmittag geworden, am Himmel zogen immer dunklere Wolken auf und in der Ferne leuchteten erste Blitze. Als sie Pulversheim erreichten, das frühere Bulffersheim oder Wulfersheim, brach das Gewitter mit voller Kraft über sie herein. Der Regen fiel wie aus Kübeln und im Nu waren alle bis auf die Haut durchnässt. Das kleine, ärmliche Dorf schien wie ausgestorben, nur in einem verfallen wirkenden Bauernhaus leuchtete ein mattes Licht. Die Diener sprangen von den Pferden und pochten laut an die Pforte.

Es dauerte eine gute Weile, bis endlich ein altes Weib einen schmalen Spalt des Tores öffnete. „Was wollen die Herren?", fragte die Alte, durch den Spalt spähend. „Es ist spät für Besucher." Sie sprach den breiten Dialekt der Region, den Carl kaum verstehen konnte.

„Lass uns ein, gute Frau. Es ist bald Abend und es regnet in Strömen. Es soll auch dein Schaden nicht sein", lockte der Diener Berthold.

Das alte Weib betrachtete erst den Sprecher und dann die übrigen Reisenden voller Misstrauen. Sie schüttelte den Kopf und schickte sich an, das Tor wieder zu schließen, als Hermann Schott von Schottenstein kräftig das Holz aufdrückte und die Alte ins Innere schob. „Es ist genug, Weib", stieß er zornig hervor. „Wir sind nicht gewillt, noch länger im Regen zu warten. Müde sind wir von der Reise, nass und hungrig."

Die drei Junker drängten ins Haus, während ihre Diener nach einem Stall für die Pferde suchten. Das Innere des Gebäudes bestand aus einer großen, verräucherten Stube, in deren Mitte in einem einfachen Steinkreis ein kränklich aussehendes Feuer vor sich hin flackerte, welches den Raum kaum erhellte. Über dem Feuer hing an einer rostigen, am Dachbalken befestigten Kette ein rußiger Kessel, in dem es brodelte und aus dem Dämpfe in die Höhe stiegen. Neben der Feuerstätte waren Reisig und Holz gestapelt. Den übrigen Boden, der aus gestampftem Lehm bestand und gewiss seit ewigen Zeiten nicht mehr gereinigt worden war, bedeckte allerlei Unrat. An der rechten Wandseite befanden sich ein wackliger, schlecht geleimter Tisch und einige ebenso grob gebaute, hölzerne Stühle. Auf der anderen Seite lagen mehrere übel aussehende Lumpen, offenbar die Bettstatt der Alten. Weitere Personen waren nicht zu sehen; außer der alten Vettel schien sich niemand im Hause zu befinden.

Die Alte indes schlurfte zum Kessel und starrte die Junker aus rot unterlaufenen Augen böse an. „Ihr seht, Ihr Herren, ich bin ein armes Weib und kann den Herren nichts bieten. Weder Bett noch sonst ein Lager, auch kein Brot oder sonst eine Speise", jammerte sie.

Sie wurde durch Berthold unterbrochen, der mit den Schnappsäcken im Arm hereinkam. „Hans und Franz satteln die Pferde ab, Herr", meldete er Junker von Schack. „Ich will schauen, was ich an Essen zubereiten kann."

Carl nickte, und Berthold wandte sich an die Alte. „Weib, wo gibt es hier Wasser?"

„Draußen beim Brunnen", antwortete sie mürrisch, „aber denkt nicht, dass ich für Euch kochen werde."

„Da kann ich mir etwas Besseres vorstellen", meinte Berthold lachend. Er nahm den Kessel vom Feuer, ging zur Tür und kippte den dampfenden Inhalt, ohne weiter auf das Zetern des Weibes zu achten, kurz entschlossen nach draußen. Dann drückte er den Kessel Hans, der mit seinem Bruder gerade vom Stall kam, in die Hand und befahl ihm, diesen auszuwaschen und mit frischem Wasser gefüllt zurückzubringen. Gehorsam ging Hans mit dem Kessel nach draußen. Darauf wies Berthold Franz an, eine Seite des Raumes mit einem Reisigbesen zu säubern und dort die Sättel abzulegen. Dann sollte er das Feuer mit dem Holz stärker entfachen, auf dass sie ihre nasse Kleidung trocknen konnten.

Junker Maximilian, der die Aktivitäten Bertholds wohlwollend verfolgt hatte, zwinkerte Carl zu, denn er sah sich durch dessen Tun in der Anwerbung des Dieners bestätigt. Der Mann zeigte wirklich Einsatzwillen und die Fähigkeit, andere zur Arbeit anzuhalten, das musste Carl zugeben. Doch seine Abneigung gegenüber dem angeblichen Buchhalter blieb weiter bestehen.

Bald erhellte ein flackerndes Feuer den Raum. Auf der gereinigten Wandseite lagen Decken ordentlich ausgebreitet und aus dem frisch gescheuerten Kessel stieg der würzige Geruch einer kräftigen Fleischbrühe. Die Junker hatten sich auf die Stühle gesetzt, aßen aus mitgeführten Holzschalen und tranken aus ihren Zinnbechern einen guten Riesling, den Berthold unterwegs erworben hatte. Auch die Diener ließen es sich schmecken und das alte Weib, dem der gutmütige Hans Brot und Brühe gereicht hatte, schien in der Ecke, in die es sich gekauert, ebenfalls zufrieden.

„Seht Ihr die Ähnlichkeit, Schack", fragte Hermann Schott von Schottenstein die Gefährten, „die Ähnlichkeit der Alten mit unserer ‚schönen' Wirtin im Schlosse zu Balingen?" Er wies mit dem Löffel in Richtung der Ecke, in der die Alte saß und von der Brühe schlürfte.

Tatsächlich hatte das Weib ein ebenso spitz ausgeprägtes Kinn, einen zahnlosen Mund und schmutziggraue, verfilzte Haare. Das Gesicht war zusätzlich von Blatternarben entstellt.

„Eine wahre Hexe", meinte Maximilian von Woellwarth. „Ich würde zu gern wissen, was die Alte in ihrem Kessel vorhin zusammenbraute. Fast ist es mir leid, dass Berthold den Inhalt so rasch ausgeleert hat."

„Ich denke, es wird schlechter Hirsebrei gewesen sein, mehr nicht", entgegnete Carl von Schack. „Dennoch halte ich es für gut, wenn wir heute Nacht eine Wache aufstellten. Ich habe seit dem Mittag den Eindruck, als ob uns jemand folge. Und dieses Dorf hier gefällt mir ganz und gar nicht."

Er hatte den Satz kaum beendet, da war von draußen ein widerwärtiges Heulen zu hören, welches derart entsetzlich klang, dass die Junker aufsprangen und ihre Waffen ergriffen.

„Was war das, Alte, sagt?", wandte sich Schott von Schottenstein an das Weib, das ruhig in der Ecke zu sitzen schien. Sie murmelte irgendetwas, das niemand verstand, da ertönte erneut das grässliche Jaulen.

Die Alte sackte in sich zusammen und begann wie von Krämpfen geschüttelt mit Armen und Beinen wild zu zucken. Schack eilte zu ihr hinüber und beugte sich über die Frau. Sie hatte ihre Augen völlig verdreht, Schaum trat ihr vor den Mund. Ein letztes Zucken, sie rollte zur Seite und blieb regungslos liegen.

„Nicht anfassen, Herr!", rief Berthold. „Lasst mich zuerst schauen, ich kenne mich mit Tollsüchtigen aus."

Carl trat zurück und der Diener, der feste Lederhandschuhe angezogen hatte, berührte die Alte vorsichtig an der Schulter. Mit einem knurrenden Tierlaut fuhr die Frau herum auf und biss in den Handschuh. Berthold riss den Arm zurück und im gleichen Augenblick krachte ein Schuss. Carl hatte das Gefühl, als flöge die Kugel keinen Zoll von seinem Kopf entfernt an ihm vorbei. Die Tollwütige, direkt in die Brust getroffen, drehte sich und fiel rückwärts zu Boden, wo sie mit einem tiefen Seufzer ihr Leben aushauchte. Carl schaute sich voller Unmut nach dem Schützen um.

Es war Junker von Woellwarth, der geschossen hatte. Er stand mit einem rauchenden Pistol in der Rechten etwa zehn Fuß schräg hinter Carl und starrte wie gebannt auf die Tote. Langsam ließ er seine Waffe sinken und blickte den Junker an. „Mein Schuss hat Euch doch nicht getroffen?", fragte er stockend. „Oder seid Ihr verletzt?"

„Nein, ich bin völlig unversehrt", erwiderte Carl von Schack. „Es war wirklich ein guter Schuss, wenn auch für meinen Geschmack etwas knapp an meinem Kopfe vorbei", ergänzte er trocken. „Aber musstet Ihr die Alte gleich töten?"

Woellwarth kam nicht dazu zu antworten, denn draußen begann das Geheul erneut, lauter, näher und vielstimmiger.

„Verriegelt die Tür!", befahl Carl, „und schließt die Fensterluken! Rasch!"

Hans lief zum Tor, während die Anderen zu den Fenstern eilten. Der Diener wollte gerade den Riegel vorschieben, da ward die Tür mit roher Kraft aufgerissen und eine in graue Felle gekleidete und mit Wolfsköpfen ausstaffierte Horde stürmte schreiend ins Zimmer. Es waren ein gutes Dutzend grässlicher Fantasiegestalten, die sofort zum Angriff übergingen.

Hans wurde zu Boden geworfen, und ein Prankenhieb schlitzte ihm den halben Leib auf. Der Inhalt des Kessels ergoss sich ins Feuer, das zischend erlosch. Instinktiv hatten sich Junker Schack und Junker Hermann an die Wand zurückgezogen und fochten von dort, im Rücken gedeckt, einen unsicheren Kampf gegen die schattenhaften Gestalten aus der Dunkelheit. Was den übrigen Gefährten geschah, konnten sie in dem Lärmen und Schreien und in der bösartigen Grauschwärze nicht erkennen. Schreie tönten und es war ein ungeheures Lärmen und Brüllen im Raum. Carl schlug wild um sich und konnte offenbar mehrere Treffer landen. Auch Hermann gelang es, mit kräftigen Hieben zwei der Angreifer außer Gefecht zu setzen.

Das ganze Geschehen mochte nur wenige Minuten dauern, da endete plötzlich das Lärmen. Die Haustür öffnete sich und die Gestalten der Nacht verließen eilig den Raum. Das Tor wurde zugeschlagen und, den Geräuschen nach, von außen mit Balken oder Ähnlichem verrammelt.

Carl von Schack stand schwer atmend an der Wand und bemühte sich, aus den verwirrenden Geräuschen herauszuhören, was die Angreifer als Nächstes vorhatten. „Hermann", flüsterte er. „Seid Ihr noch am Leben?"

„Das will ich wohl meinem", kam neben ihm aus dem Dunkeln die Antwort. „So leicht lässt sich ein Schott von Schottenstein nicht unterkriegen."

„Junker Maximilian", rief Carl etwas lauter. „Wie geht es Euch?"

„Herr", sagte eine Stimme von oben aus dem Gebälk, in der Carl die Bertholds erkannte. „Junker von Woellwarth ist den fremden Hunden zum Opfer gefallen. Aber wartet, Herr. Ich entzünde ein Licht."

Einen Augenblick später war es Berthold tatsächlich gelungen, mit Hilfe eines Kienspans und seiner Zunderbüchse ein mattes Licht zu erzeugen. Mit dem Span in der Hand eilte der Diener in die linke Ecke des Raumes, wo der zusammengekrümmte Körper Maximilian von Woellwarths lag. Carl und Junker Hermann folgten sofort. Das Gesicht des Freundes war blutüberströmt. Ein kräftiger Hieb hatte ihm den Schädel gespalten, doch wie durch ein Wunder atmete er noch.

Carl schob Berthold zur Seite und beugte sich über den Sterbenden. Er ergriff seine Hand und drückte sie sanft. „Wir sind bei Euch, Freund. Ihr habt Euch tapfer geschlagen. Ich danke Euch für alles."

Ein Flüstern kam über Woellwarths Lippen. Carl beugte sich noch weiter vor, um zu verstehen, was der Junker ihm sagen wollte.

„Carl", flüsterte er. „Carl, seid auf der Hut. Verrat ...", da quoll ein Blutstrom über seine Lippen und Junker Maximilian von Woellwarth war tot.

Carl von Schack schloss die Augen des Freundes und richtete sich langsam auf. Er fühlte einen wilden Schmerz und gleichermaßen Zorn in seiner Brust, doch für derartige Gefühle war jetzt keine Zeit. Er blickte sich im Raum um. Berthold war es gelungen, weitere Späne zu entzünden, in deren mattem Licht sich den Männern ein Bild der Verwüstung und des Todes bot. An der Tür lag Hans und nur wenige Meter weiter sein Bruder Franz, ihre Körper wie von echten Wölfen zerrissen – beide tot. Neben Maximilian von Woellwarth lagen zwei der Eindringlinge, durch seine Klinge durchbohrt. Auch Junker Carl und Junker Hermann hatten drei der Feinde ausgeschaltet, und Berthold behauptete, er habe mindestens einen der Wölfe derart verletzt, dass dieser unter keinen Umständen mehr kampffähig sein könne. Möglicherweise waren die Räuber, denn solche mussten es sein, wirklich derart geschwächt, dass sie so schnell keinen Angriff mehr wagen würden. Allein der Preis für diesen „Sieg", drei eigene Tote, war wahrlich hoch gewesen – aber sicher, ob die Feinde wirklich von ihnen ablassen würden, war Carl nicht.

Von außerhalb kamen undeutliche Geräusche, irgendetwas schien draußen vorzugehen. Welche Teufeleien mochten die „Wölfe" jetzt in Angriff nehmen? Plötzlich stieg Carl ein eigenartiger, scharfer Geruch in die Nase und er zog prüfend die Luft ein. Was war das? Das roch brenzlig, roch nach Feuer!

„Schnell, wir müssen hier raus. Die zünden das Haus an!", rief der Junker.

Die drei Männer zerrten an der Tür, vergeblich. Etwas blockierte die sich nach außen öffnenden Türflügel. Carl rannte zum linken Fenster – es war verschlossen und dunkel, offensichtlich ebenfalls von außen verrammelt. Auch die übrigen ließen sich nicht öffnen. Der Brandgeruch wurde stärker und unter der Decke zog Qualm auf.

„Das Dach, Herr, das Dach steht in Flammen", schrie Berthold vor Angst. „Wir müssen hinaus, ich will nicht sterben!"

Von der Decke stürzte mit einem Krachen ein Balken in die Tiefe. Ihm folgten feurige Glutnester, die auf dem Boden schwelende Brandstätten bildeten.

Carl zwang sich zur Ruhe. Er durfte nicht die Nerven verlieren, es musste eine Lösung geben, es gab eine Lösung, ganz sicher. Er sah sich hastig im Raum um, der Qualm wurde immer dichter und die Männer quälte ein widriger Husten. Im flackernden Licht der Flammen war es Carl, als zeige der Boden auf der einen Wandseite eine anders geartete Färbung. War dort ein Keller?

„Schnell, helft mit!", rief er Schott von Schottenstein und dem Diener zu, sprang auf die Wandseite und kratzte mit Degen und Händen am Boden. Junker Hermann und Berthold halfen mit und wirklich fand sich unter der Lehmschicht eine schwere, eichene Klappe. Carl riss an einem an ihr befestigten Metallring, doch so sehr er sich mühte und rüttelte, der Zugang ließ sich nicht öffnen oder bewegen.

Weitere Dachbalken brachen in den Raum, die Hitze wurde immer unerträglicher und die Luft war kaum mehr zu atmen. Da stieß Hermann eine metallene Stange, die er direkt an der Wand gefunden hatte, in eine schmale Vertiefung am Rande der Klappe. Die drei Männer drückten mit all ihrer Kraft auf den Hebel – und der Türverschluss brach auf. Berthold zog die Abdeckung zur Seite. Im Schein der rötlichen Feuerflammen zeigten sich abgetretene Steinstufen, die in eine dunkle Tiefe führten.

„Runter", brüllte Carl und sprang in die Dunkelheit hinab. Hermann und der Diener Berthold folgten auf dem Fuße, wobei sich der Junker noch bemühte, die Klappe hinter sich zuzuziehen. Im gleichen Augenblick stürzte der Rest des Daches ein und begrub alles im Raum unter feurigem Brand.

Hustend und mit tränenden Augen stolperten sie in die Tiefe. Nach dreißig Stufen erreichte die Treppe einen Absatz, von dem, wie Carl an den Wände ertastete, mehrere Gänge in verschiedene Richtungen führten. „Still", befahl er. „Hört, da ist etwas!"

Aus der Ferne des einen Ganges links klang ein dumpfer, bedrohlicher Gesang. „Was ist das für ein Gesang?", flüsterte Hermann. „Ist da eine neue Teufelei zu Gange?"

„Am besten, wir gehen in eine andere Richtung", überlegte Carl. „An der einen Abzweigung habe ich an der Wand etwas wie eine Inschrift gespürt. Wenn ich die Buchstaben nur lesen könnte!"

„Soll ich ein Licht entzünden, Herr?", war Bertholds Stimme zu vernehmen. „Es ist das letzte Kienholz, das ich habe."

„Du hast noch Licht? Gut, zünde an!", befahl Carl. „Wir müssen unbedingt wissen, was dort steht. Wir sind nicht dem Feuertod entgangen, um hier in der Tiefe auf andere, vielleicht noch schrecklichere Weise umzukommen."

Berthold entzündete den Span und reichte ihn dem Junker, der mit dem unsicheren Licht die Wände ableuchtete.

„Da steht etwas geschrieben", rief Hermann. „Es ist Latein!"

„Accipe, cape, rape, sed memente: ut sementem feceris, ita metes!", las Junker von Schack laut vor und übersetzte. „Nimm, greif und raub, aber bedenke: Was du gesät hast, wirst du ernten!" Er schüttelte den Kopf. „Ehrlich gesagt, kann ich mit den Sätzen nichts anfangen. Ich weiß nicht, warum die Worte an der Wand stehen und an wen sie sich richten."

Der düstere Gesang aus dem linken Gang schien lauter zu werden.

„Herr", sagte Berthold mit nervöser Stimme. „Die Sänger kommen näher. Sollten wir nicht besser weitergehen?"

Hermann Schott von Schottenstein nickte. „Berthold hat recht. Auf, Freund Schack, lass uns von hier so schnell es geht verschwinden!"

Die drei Männer bogen eilig in den Gang, der, im Hinblick auf den unheimlichen Gesang, in eine völlig andere Richtung führte, und rannten los. Sie kamen zunächst gut vorwärts, denn die Wände waren so hoch, dass auch ein großer Mann aufrecht stehen und gehen konnte, und sie befanden sich im breiten Abstand voneinander. Der Boden war aus festem Lehm und offenbar viel begangen worden und führte zunächst in einem leichten Gefälle nach unten. Nach knapp zehn Minuten erlosch der Kienspan und sie mussten, jetzt langsamer und mit vorsichtigen Schritten, im Dunkeln weitergehen.

„Es geht wieder nach oben", rief Carl. „Und die Wände rücken näher", brummte Hermann, der sich empfindlich am Ellbogen stieß.

„Der Boden hat sich verändert, Herr", sagte Berthold. „Das sind Steinplatten, über die wir laufen."

Carl hielt plötzlich im Gehen inne. Im Gang vor sich meinte er, in der Dunkelheit eine Kontur oder eine Silhouette zu erkennen, über die ein kurzer, kaum wahrnehmbarer Lichtschein huschte. „Vorsicht, vor uns ist etwas!"

Er zog seinen Degen und wandte sich dem Schemen zu. Im gleichen Moment stieß sein rechter Fuß ins Leere; mitten über den Weg schien sich ein breiter Riss oder Graben zu ziehen. Instinktiv warf sich Carl, bevor er in die Tiefe fallen konnte, mit seinem ganzen Gewicht nach hinten und stieß dabei gegen den überraschten Hermann, der zusammen mit Carl zu Boden stürzte.

„Verflixt, was ist denn das schon wieder?", rief Schott von Schottenstein. „Müsst Ihr einen gleich umwerfen, Freund Carl?"

„Direkt vor uns geht es in die Tiefe. Ob sich ein Riss in der Erde aufgetan hat oder es sich um eine Falle handelt, weiß ich nicht. Jedenfalls sitzen wir fest", antwortete Carl ruhig. „Oder uns fällt ein, wie wir auf die andere Seite kommen."

„Wie breit ist die Spalte?", fragte Hermann.

„Ohne Licht ist das schwer zu sagen", erwiderte Carl. „Aber", wandte er sich an den Diener, „Berthold, du hast doch noch die Zunderbüchse, oder?"

„Ja, Herr", antwortete der Diener. „Wollt Ihr, dass ich einen Funken schlage?"

„Genau das tue", befahl Carl. „Vielleicht können wir in dem kurzen Lichtmoment erkennen, wie weit die andere Seite entfernt ist. Ich zähle und bei drei gibst du Zunder!"

Berthold gehorchte und Schack ließ ihn die Prozedur viermal wiederholen, bis Hermann und er sich der Entfernung wirklich sicher waren.

„Ich denke, es ist gut eine Rute", schätzte Hermann.

„Rund dreizehn Fuß", stimmte Carl zu. „Mit einem guten Anlauf und wenn man weiß, wo man abspringt, durchaus im Sprung zu überwinden. Was meint Ihr, Hermann, schafft Ihr den Sprung?"

„Ein Schott von Schottenstein wird einen derartigen Abgrund sicher überwinden", antwortete Junker Hermann stolz. „Aber was ist mit dir, Berthold?", fragte er den Diener, in die Richtung sprechend, wo er diesen vermutete.

„Ich werde es versuchen, Herr", sagte Berthold mit zittriger Stimme. „Zumal uns keine Wahl bleibt, wie Ihr hört!"

Aus dem Gang, von dort, woher sie gekommen waren, erklang auf einmal wieder der schaurig eintönige Gesang.

„Lasst uns den Absprung markieren", schlug Carl vor. „Kurz vor dem Abgrund breite ich mein Halstuch aus, sobald Ihr den Stoff fühlt, springt nach vorn! Lasst uns zuerst das Schuhwerk nach drüben befördern!"

Schack und die Gefährten entledigten sich der Stiefel, die sie mit Schwung auf die andere Seite warfen.

„Gut, jetzt will ich selbst hinüber, macht Platz!" Carl schnallte seinen Degen auf den Rücken und lief rund ein Dutzend Schritte in den Gang zurück. Er beugte sich vor und rannte schnell in die Dunkelheit hinein. Sein rechter Fuß fühlte etwas Weiches, er schnellte mit aller Kraft nach vorne – und schlug mit seinem Oberkörper derart hart auf dem Steinboden der anderen Seite auf, dass er einen Aufschrei nicht zu unterdrücken vermochte. Stöhnend blieb er einen Moment liegen.

„Carl, ist alles in Ordnung bei Euch?", hörte er die besorgte Stimme Hermanns.

Noch immer benommen richtete Carl sich auf. „Der Sprung geht, doch der Boden ist ziemlich hart", antwortete er.

„Ihr seid verwöhnt, bester Freund. Macht Platz, ich springe!"

Kurz darauf schlug Junker Hermanns Körper auf, wobei diesem offenbar eine bessere Landung gelang, denn der Junker gab keinen Laut von sich.

„Jetzt du, Berthold", rief Carl von Schack seinem Diener zu.

„Ich habe Angst, Herr, dass ich fehle und in die Tiefe stürze", jammerte dieser.

„Unsinn, du schaffst das. Oder willst du, dass dich die seltsamen Sänger ergreifen? Spring!", befahl Carl. Mittlerweile war der dumpfe Chor ein gutes Stück näher gerückt, und die Wände hallten von seinem schaurig dunklen Gesang wider.

Berthold sprang – und fehlte; er schrie gellend auf, aber Schack griff zu, bekam einen Arm des Dieners zu fassen und zog ihn halb ohnmächtig aus dem Schlund auf den festen Boden.

„Wir haben keine Zeit uns auszuruhen, Mann!", herrschte der Junker ihn an. „Los jetzt, wir suchen unsere Schuhe und dann geht es weiter. Wer weiß, ob die Verfolger nicht Bretter oder Ähnliches dabei haben, um den Spalt zu überwinden!"

Zum Glück waren die Stiefel rasch gefunden und angezogen sowie die Degen an die Gürtel geschnallt, dann eilten die Männer weiter. Der Lichtschein, den Carl vorhin zu sehen geglaubt hatte, zeigte sich nicht mehr, sodass der Junker an eine Täuschung glaubte.

Der Boden stieg jedoch stetig an, dann wurde es auf einmal hell, denn links und rechts waren Nischen in die Wände eingefügt, in denen Kerzen brannten, damit der Weg gut erkennbar war. Kurze Zeit später erreichten die drei Flüchtenden ein rundes Gemach, wohl ein Andachtsraum, in dem vor einer Art Altarbild mehrere rote Lichter entzündet waren. Das riesige, düstere Gemälde zeigte einen großen, schwer gepanzerten Ritter. Er stützte sich breitbeinig auf sein Schwert, welches er in den kargen Boden vor sich – nur vereinzelt kamen hier und da Grashalme hervor – gestoßen hatte. Der dunkle Ritter schien aufmerksam einen Vorgang zu beobachten, der sich direkt vor ihm abspielte, aber selbst nicht dargestellt war. Neben dem Bild führten, im Licht der Kerzen spiegelnd, helle, blank geputzte Marmorstufen in einer Drehung nach oben.

Carl von Schack und Junker Schott von Schottenstein zogen ihre Degen, der Diener sein Messer. Vorsichtig machten sie sich an den Aufstieg. Wieder waren an den Seiten Lichter angezündet, sodass sie rasch vorwärts gelangten und bald das Ende der Stufen erreichten.

Hier oben mündeten die Stufen auf einen Absatz, der durch eine Pforte begrenzt war. Die Männer stießen die Flügel des Tores zur Seite – und fanden sich mitten in einem freien Feld wieder. Das Gewitter schien vorüber und ein Sichelmond stand gelblich am Himmel, der nur noch vereinzelt mit dunklen Wolken bedeckt war.

Das schmale Gebäude, aus dem sie getreten, schien eine Kapelle zu sein. Graues Gestein war zu groben Wänden aufgehäuft worden und auf dem mit Schieferplatten bedeckten Dach erhob sich ein windschiefes Kreuz. Andere Bauten waren nirgends zu sehen.

Carl wies auf das Tor, dessen schwere Metallflügeltüren jetzt weit offen standen. Hermann nickte und die beiden Junker schlossen rasch die Flügel und sperrten diese mit einem dazu gehörenden Riegel ab.

„Damit drinnen bleibt, was drinnen zu bleiben hat", meinte Carl und schüttelte sich. „Was für eine hässliche Nacht!"

„Hässlich und für Maximilian von Woellwarth sowie für die Diener Hans und Franz tödlich!", entgegnete Hermann. „Aber wer immer dahinter steckt, er wird für das Geschehen bezahlen."

„Herr", rief Berthold. „Dort kommen Reiter!" Er wies in westliche Richtung, dorthin, wo nach Carls Schätzung das verfluchte Dorf liegen musste.

„Ich hoffe, das bedeutet nicht neue Unannehmlichkeiten", knurrte Hermann Schott von Schottenstein und lockerte seinen Degen.

Wenige Minuten später waren die Reiter, es handelte sich um fünf Männer, bei ihnen angelangt. Voller Erstaunen erkannte Junker von Schack im Ersten von ihnen den Conte Caracanti und neben ihm ritt Alessandro!

„Junker von Schack, Euch hätte ich hier nicht erwartet. Was in aller Welt führt Euch mitten in der Nacht in diese böse Gegend?", begrüßte ihn Caracanti.

„Eine Frage, Conte, die ich mit gleicher Berechtigung stellen kann", erwiderte Carl. „Ihr spracht von einer ,bösen Gegend'. Was meint Ihr damit?"

„Nun, Junker, Ihr seid nahe dem Dorfe Wulfersheim, dem heutigen Pulversheim, von dem üble Gerüchte umgehen. Wir wollen später darüber sprechen. Wer sind Eure Gefährten?"

„Hermann Schott von Schottenstein, zu Euren Diensten, Conte", stellte sich der blonde Hüne selbst vor, „und das ist unser Diener Berthold."

„Gut", sagte der Conte. „Mario und Andrea, Ihr gebt den Junkern Eure Rösser und folgt uns zu Fuß. Belamin wird euch zu Pferde mit dem Gepäck begleiten. Euer Diener Berthold", wandte Caracanti sich an Carl von Schack, „schließt sich meinen Leuten an. Wir wollen rasch voran reiten, um noch vor Mitternacht nach Wittelsheim zu gelangen, wo ein guter Freund auf uns wartet."

So geschah es, die Junker bestiegen die Pferde und ritten mit dem Grafen und Alessandro eilig davon, während die vier Diener so rasch und so gut es ging folgten.

Es mochte eine halbe Stunde bis Mitternacht sein, als die Reiter einen Gutshof am Südrand des Dorfes Wittelsheim erreichten. Am Eingang warteten Knechte mit Fackeln, die sogleich zu den Reitern eilten, um ihnen behilflich zu sein. Andere wollten das Tor schließen, worauf Alessandro ihnen in einer fremden Sprache, es mochte Italienisch sein, etwas wohl die Diener Betreffendes zurief, worauf zwei von ihnen erneut Position am Tor bezogen, um auf die Nachfolgenden zu warten.

Wenig später saßen der Conte und die Junker, mit einem guten Trunk ausgestattet, auf breiten Sesseln an einem hellen Feuer und sprachen über das Erlebte.

Carl von Schack erzählte ausführlich, was seine Begleiter und er in der Nacht erlebt hatten.

„Ein Mordbrand", sagte der Conte nachdenklich und strich sich über das kurze, graue Haar. „Das erklärt den Feuerschein, den wir drüben in jenem verfluchten Dorfe sahen. Euer Freund und die Diener sind wahrscheinlich Opfer der Wolfsbruderschaft geworden, einer üblen Räuberbande, die in der Region seit Jahren ihr Unwesen treibt. Die Bruderschaft nutzt aus, dass die hiesige Herrschaft so häufig wechselte und oft unklar war. Mal herrscht Habsburg, mal die Franzosen, anderen Ortes Basel und dann wieder Württemberg. Das alles trägt zur Ohnmacht der Obrigkeit bei."

„Und der seltsame Gesang, den wir hörten, wisst Ihr darüber zu berichten, Conte Caracanti?", fragte Hermann Schott von Schottenstein.

„Es soll in der Gegend früher ein Kloster gegeben haben, dessen Mutterhaus in Ottmarsheim war", sagte der Conte vorsichtig. „Das Gebäude ist lange verfallen und die Mönche, wohl eine Abspaltung der Zisterzienser, sind schon vor über hundert Jahren weggezogen. Manche Einheimische behaupten allerdings, dass einige Mönche, die sich dunklen Mächten verschrieben hätten, geblieben wären und noch immer ihre üblen Rituale vollzögen."

„Böse Mönche und wölfische Banden, das sind, mit Verlaub, Conte Caracanti, *Contes de ma Mère l'Oye*, ganz im Stile Charles Perraults. Fehlen nur noch ein *petit chaperon rouge* und eine *chat botté*", rief Junker Hermann lachend.

„Eine *Belle au bois dormant* wäre sicher nicht schlecht und angenehmer als die Bande von heute Nacht", meinte Carl. „Aber Conte Caracanti", fuhr er ernster fort, da ihm die „Märchen" aus Maximilians Schwarzwalderzählung in den Sinn kamen, „das Lachen ist nicht angebracht, denn wir haben Maximilian von Woellwarth und zwei treue Männer zu beklagen. Bevor wir uns also weiter in abwegige und wenig passende Fantasien verlieren, erklärt mir lieber, was es mit meinem Auftrag auf sich hat. Denn, wie ich Euch bereits in Tübingen mitteilte, wurde Eure Botin ermordet und der Brief, den mir Alessandro später gab, am nächsten Tag entwendet, bevor ich lesen konnte, was die Order enthielt."

Ein Schatten flog über das strenge Gesicht Caracantis. „Melissa", murmelte er und legte kurz die Hand vor die Augen. Einen Augenblick saß er sinnend da, dann hob der Conte den Kopf und blickte Schack und

Hermann mit seinen eisgrauen Augen forschend an. „Junker von Schack, damit Ihr versteht, worum es geht und was das Ziel Eurer Reise und Eures Auftrages ist, muss ich weit ausholen. Ich denke, ich habe Euer Wort und das Eures Freundes Hermann, dass alles, was ich Euch jetzt berichte, niemand anderes je erfahren wird."

„Das habt Ihr", antwortete Schack und Hermann Schott von Schottenstein bestätigte dies ebenfalls.

„Gut", sagte Caracanti. „Dann hört, was ich zu erzählen habe. Vorab, Junker Schack, ich habe den Grafen von Gersdorf, Euren Förderer und Mentor, gut gekannt. Er besaß ein großes Wissen und einiges, von dem er wusste, wäre an manchen Fürstenhöfen mit viel Gold bezahlt worden, wenn Gotthold denn sein Wissen hätte preisgeben wollen. Ich habe von ihm persönlich gehört, dass er in Euch großes Vertrauen setze und in Euch den Nachfolger sehe, der Ihr aufgrund seines Todes auch geworden seid.

Graf von Gersdorf und ich lernten uns in der Jugend in Italien kennen. Ich war damals im Dienste des Fürsten von Lucca, der mir die Aufgabe übertragen hatte, eine Räuberbande auszuheben, die in den Bergen des Appenins, genauer in der Gegend des Zusammenflusses von Lima und Serchio nahe des durch seine Thermalquellen berühmten Ortes Bagni di Lucca, ihr Unwesen trieben. Der Anführer dieser Gesetzlosen, ein entlaufener Mönch namens Fra Giovanni, der sich wie sein berühmtes Vorbild Angelo Duca, auch als Rinaldo Rinaldini bekannt, Capitano nennen ließ, raubte, stahl, vergewaltigte und mordete derart, dass seit bald zwei Jahren niemand mehr in Bagni di Lucca seines Lebens oder Vermögens sicher war. Ich will vom Geschehen selbst, wie es, nach vielen vergeblichen Versuchen, endlich gelang, den *Capitano* in eine Falle zu locken und gefangen zu nehmen, nichts weiter berichten.

Nur so viel, Gotthold Graf von Gersdorf, der seine Mutter zur Kur nach Bagni di Lucca begleitete, kam mir in einer schwierigen Situation zu Hilfe und gemeinsam konnten wir die Bande ausschalten und gefangen setzen. Der Capitano wurde mit einem guten Dutzend seiner Leute auf dem Marktplatz zu Lucca öffentlich hingerichtet, wobei er selbst gerädert ward. Kein schöner Tod, aber durch seine zahlreichen schrecklichen Verbrechen ein mehr als angemessenes Ende. Dieses Geschehen ereignete sich im heißen Sommer des Jahres 1751, also vor gut einem Vierteljahrhundert. Ihr werdet Euch fragen, was all dies mit der heutigen Lage zu tun hat", unterbrach der Conte kurz seine Rede „Nun, dieser

Capitano, Fra Giovanni, hatte mit einer Bauernmagd namens Elsa Morante einen Sohn gezeugt, der erst nach dem Tode des Räubers geboren ward. Als dieser zum Jüngling gewachsen und von dem unrühmlichen Tode seines Vaters erfuhr, schwor er blutige Rache. Geschrei eines Bauernbalgs könntet Ihr sagen, aber durch verschiedene unerwartete Umstände wurde es dem jungen Giovanni möglich, seinen schrecklichen Eid zu einem Teil zu erfüllen. Denn die Magd, seine Mutter, war nach ihrer Niederkunft im Hause eines angesehenen und gebildeten Handelsherrn Claudio Alfieri, der nichts von ihrer Verbindung zu Fra Giovanni wusste, Amme seines Sohnes geworden. Ihr Mann, erzählte sie dem Kaufmanne, sei von Räubern erschlagen worden, weshalb sie einen derartigen Dienst annehmen müsse. Die Frau war kräftig und der Bürger, dessen Weib bei der Geburt verstorben war, nahm die schlaue Magd gern in seine Dienste und gestattete es gar, dass ihr Söhnlein zum Milchbruder seines eigenen Kindes wurde.

Also wuchs der junge Giovanni, genannt nach seinem üblen Erzeuger, zusammen mit Vittorio Alfieri im gleichen Hause auf, wurde dem kränklichen Knaben als Freund unentbehrlich und durfte auch an den durch Hauslehrer erteilten Unterrichten sowie anderen Ausbildungen teilnehmen. Im Alter von achtzehn Jahren begleitete Giovanni schließlich den jungen Vittorio als persönlicher Kammerdiener auf einer Reise nach Mailand, wo dieser bei einem Geschäftspartner seines Vaters sich weiterbilden sollte. An jenem Tage vor der Abreise war es, dass Elsa Morante ihm seine wahre Herkunft enthüllte und der junge Giovanni entsetzliche Rache schwor. Zunächst jedoch geschah wenig, ohne Schwierigkeiten gelangten Vittorio und Giovanni nach Mailand und lebten sich in der riesigen Stadt bald ein. Die Jünglinge waren gerade einen Monat vor Ort, als eines Abends Vittorio die Nachricht vom plötzlichen Tode seines Vaters Claudio Alfieris erreichte. Zusammen mit der Nachricht wurden ihm verschiedene Wechsel zugestellt, die ihn, neben dem häuslichen Anwesen in Lucca, in den Besitz eines stattlichen Vermögens setzten. Was weiter geschah, vermag ich lediglich zu vermuten."

„Haltet einen Augenblick inne, werter Conte", bat Schack. „Was Ihr erzähltet, ist sicher richtig und der Wahrheit entsprechend, allein, sagt uns, woher Ihr Euer Wissen erworben habt?"

„Ich hatte Gelegenheit zu einem späteren Zeitpunkt, als alle die Ereignisse, von denen ich berichtet, längst stattgefunden hatten, mit dem einen und anderen Augen- und Ohrenzeugen Gespräche über Abläufe und Hintergründe zu führen. Doch, meine Herren, ich denke, es ist spät, darum lasst uns das Gespräch morgen bei Tage fortsetzen. Ich werde Anweisung geben, Euch in Eure Schlafkammern zu führen."

Der Conte griff nach einer Glocke und läutete. Kurz darauf trat eine junge Magd in den Raum, der er in knappen Worten den Auftrag gab, die Junker in ihre Gemächer zu geleiten. Dann erhob sich Caracanti und verabschiedete sich mit einem verbindlichen Kompliment.

Die Magd indes, sie mochte kaum siebzehn Jahre zählen, nahm eine Kerze und führte die Junker nach oben, wo sie erst Carl und dann Hermann eine Tür öffnete.

Carl trat in sein Zimmer, schlüpfte aus den Stiefeln, warf sich aufs Bett und war sofort eingeschlafen. Er hörte nicht mehr, wie Hermann, der ihre Begleiterin mit Wohlwollen betrachtet hatte, im Nebenraum die junge Frau bat, mit hereinzukommen und ihm beim Ausziehen der Stiefel behilflich zu sein. Sie schenkte Hermann ein schalkhaftes Lächeln, warf mit Schwung ihr dunkles Haar in den Nacken und trat mit dem Junker in seine Kammer, wobei sie die Tür hinter ihnen sorgfältig zuzog.

Am nächsten Morgen, es mochte zwei Stunden nach Sonnenaufgang sein, klopfte es an Carls Tür. „Herr, wacht auf, unten ist das Frühstück für Euch bereitet", meldete ein Diener.

Carl erhob sich und öffnete weit das Fenster seiner Kammer, um einen Blick in den frischen Morgen zu tun. Gerade ritt ein Trupp Reiter zum Tor hinaus. Einer der Reiter erblickte Carl und winkte ihm fröhlich zu; es war Caracanti.

„Verflixt", entfuhr es Carl. Schon wieder war der Conte weitergeeilt, ohne ihre Angelegenheit geklärt beziehungsweise die begonnene Geschichte fertig erzählt zu haben. Der Junker hoffte, dass Caracanti zumindest eine Nachricht hinterlassen habe, um seine rasche Abreise zu erklären.

Carl eilte zur Tür, öffnete diese und rief nach einem der Diener, dass dieser ihm das gewohnte morgendliche Nass bringe. Statt eines Dieners erschien eine rothaarige Jungmagd, die ihm lächelnd einen guten Morgen wünschte und ihm alsbald einen Eimer mit frischem Wasser sowie ein frisches Hemd und Rasierzeug ins Zimmer brachte. Nicht nur das, sie machte sich auch anheischig, dem Junker beim Rasieren und Ankleiden behilflich zu sein, was Carl jedoch dankend ablehnte und das eifrige Weib aus dem Raum schickte.

Eine halbe Stunde später betrat Schack, rasiert und erfrischt, den großen Saal im Erdgeschoss, in dem für Hermann und ihn bereits alles zum Frühstück gedeckt war. Er legte den Degen zur Seite und setzte sich. Kurz nach Carl erschien gähnend Schott von Schottenstein und ließ sich schwer auf einen Stuhl fallen.

„Was ist Euch, Hermann?", fragte Carl von Schack. „Seid Ihr noch nicht ausgeschlafen oder war Eure Bettstatt nicht gepolstert genug? Meine war vorzüglich und ich habe nach dem schrecklichen Abend trefflich geruht."

Hermann wurde einer Antwort enthoben, denn soeben brachten zwei Mägde, die Rote von vorhin und die Schwarzhaarige des gestrigen Abends, helles Brot und eine kräftige Morgensuppe nebst zwei Krügen Dünnbier herein. Hermanns Gesicht überzog beim Anblick der Dunklen ein selbstzufriedenes Lächeln und er strich ihr, als sie ihm die Suppe vorsetzte, mit einer fast zärtlichen Geste über den schlanken Arm.

„Nun, nun", meinte Carl grinsend, „jetzt verstehe ich Eure mangelnde Munterkeit. Allein, Freund Hermann, wir sind nicht hier, um mit den Mägden des Hauses zu scherzen."

„Wenn Ihr zu blöde seid, die Gunst der Stunde zu nutzen, bester Carl", antwortete Hermann und wies mit dem Daumen unübersehbar auf die rothaarige Magd, „und dieses prächtige Füllen nicht zu reiten versteht, ist das Euer Fehler, nicht meiner."

„Genug!", erwiderte Carl mit Nachdruck. „Ihr wisst, dass mein Herz einzig für Aurelie von Weilingen schlägt und sich nicht für eine Bauerndirne erwärmen kann. Auch dünkt es mir von sehr geringer Pietät gegenüber unsrem Freunde Maximilian, wenn Ihr am Morgen nach seinem Tode an nichts anderes als Weibergeschichten denken könnt!"

„Das Leben geht weiter", antwortete Junker Hermann und leerte seinen Becher. „*Nunc est bibendum, ergo bibamus!*"

Er winkte der dunklen Magd näherzukommen und bat sie mit komischer Miene, die Arme ausstreckend und weiterhin Lateinisch sprechend: „*Quaeso! Da mi basia mille!*"

Die Magd, die nicht recht verstand, was der Junker wollte, wich vor dem Ungestümen vorsichtig zurück. Carl von Schack wollte schon über Hermanns Scherze ärgerlich werden, da öffnete sich die Tür und Berthold kam in den Raum. „Herr!", rief er. „Ich habe Euch eine Botschaft des Contes zu übermitteln!"

Er trat an den Tisch und überreichte dem Junker eine versiegelte Papierrolle. Carl erbrach das Siegel, rollte das Schreiben auseinander und begann den Inhalt zu lesen:

Werther Junker von Schack,
ich hoffe auf Euer Verständnis, aber erneut treibt mich ein überraschendes Geschick zum raschen Aufbruche, dem zu folgen ich mich genötigt sehe, obwohl ich Euch weder die erforderliche Nachricht über Euren Auftrag gegeben noch die Geschichte Giovanni Morantes und Vittorio Alfieris zu Ende erzählt. Doch davon mehr zur gegebenen Zeit. Ich muss weiter, doch ich hoffe, dass sich unsere Wege in Mömpelgard und Étupes wieder vereinigen werden. Bis dahin entschuldigt meine Eile. Möget Ihr Euch noch ein oder zwei Tage der Reize des hiesigen Gutes und der Gastfreundschaft Herrn de Villes erfreuen und allhier müßig verweilen. Dann, werther Junker, rate ich Euch, eilet weiter, denn in diesen Zeiten ist es in dieser Gegend nicht recht geheuer …

Darunter standen die Grußformel und der Name nebst Siegel des Contes Caracanti. Carl reichte den Brief an Hermann Schott von Schottenstein, der ihn ebenfalls las und darauf den Freund verständnislos anblickte.

„Sagt mir, was soll dieses Schreiben?", fragte er Carl, der lediglich mit den Schultern zuckte.

„Verweile und eile, das macht doch keinen Sinn", fügte Hermann hinzu. „Ich meine, wir sollten aufbrechen, und zwar noch heute!"

„Ich gebe Euch Recht, Hermann", erwiderte Carl von Schack. „Aber ich möchte erst unseren Gastgeber kennenlernen und darauf den Ort des gestrigen Geschehens visitieren. Vielleicht ist das Gesindel noch in Pulversheim zu fassen und wir können die Mordbrenner für ihr feiges Tun direkt zur Verantwortung ziehen!"

„Den ersten Wunsch kann ich Euch sogleich erfüllen, Herr von Schack", ließ sich plötzlich eine Stimme hören. Ein Mann von etwa fünfzig Jahren trat in den Raum und kam auf Schack und Hermann zu. Er war von schlanker, aber muskulöser Gestalt. Über die rechte Wange zog sich eine Narbe und in sein Gesicht hatte die Zeit harte Linien gegraben, auch das Haar war größtenteils ergraut. Die Augen jedoch blickten mit einer fast jugendlichen Neugier, und die Bewegungen des Mannes waren kraftvoll und energisch.

„Ich freue mich, die Herren als meine Gäste begrüßen zu können", sagte er mit tönender Stimme auf Deutsch. „Entschuldigt das späte Willkommen, doch heute Nacht war keine Gelegenheit, mich Euch vorzustellen. Mein Namen ist Adalbert de Ville, der Conte ist ein alter Freund und hat Euch mir wärmstens empfohlen."

Carl von Schack und Junker Hermann erhoben sich und dankten Herrn de Ville für die Begrüßung und die gewährte Gastfreundschaft.

De Ville nickte nur und setzte sich. „Es ist für mich ein seltenes Vergnügen, jemanden im Hause empfangen zu dürfen. Allein, es scheint, als sei Eure Ankunft in dieser Gegend unter keinem guten Stern gewesen, nach dem, was mir mein Freund Conte Caracanti berichtet hat. Daher will ich Euch mit einem Trupp meiner Knechte begleiten, um das wölfische Mörderpack, das Euch überfiel und Eure Gefährten tötete, zu züchtigen und Eure Toten zu bergen. Aber zunächst frühstückt und dabei könnt Ihr mir erzählen, was Euch ins Burgundische reisen lässt."

„Nun, wir haben in Mömpelgard, also im Württembergischen zu tun", gab Carl von Schack leicht ausweichend zur Antwort.

„Richtig, Ihr wollt nach Montbéliard, davon hat der Conte gesprochen", erwiderte Herr de Ville. „Ein nettes französisches Städtchen, auch wenn es zu Eurem Herzogtum gehört."

„Eine württembergische Stadt, möchte ich meinen", schaltete sich Hermann Schott von Schottenstein ein. „Seit 1397, als Graf Eberhard Henriette von Mömpelgard ehelichte, sind fast vierhundert Jahre vergangen. Diese lange Zeit hat die Stadt sicher geprägt. Schon als der Ort 985 gegründet wurde, lag das Gebiet in der Grafschaft Burgund und keineswegs in Frankreich."

„Aber", sagte de Ville mit einem feinen Lächeln, „1016 besiegte Robert le Pieux die Erben des Herzogs Heinrich und 1031 wurde das Herzogtum Burgund seinem Sohn Robert als Apanage zugewiesen."

„Es geht um das Königreich Burgund. Bereits 1027 hatten Kaiser Konrad II. und Rudolf III. vereinbart, dass das Königreich Burgund auf den Kaiser übertragen werde. Als Rudolf III. 1032 starb, zog der Kaiser mit seinen Truppen nach Burgund und wurde dort im Februar 1033 zum König gekrönt", erwiderte Hermann hitzig

Schack, der überrascht den Disput verfolgte, lachte auf. „Gemach, gemach. Ihr habt beide recht! Ihr, Herr de Ville, meint das westlich gelegene französische Lehensherzogtum, das erstmals 1075 mit dem Namen Herzogtum Burgund bezeichnet wurde. Junker Hermann dagegen spricht von der östlichen Freigrafschaft Burgund. Das Gebiet war die Mitgift, die Beatrix von Burgund dem Stauferkaiser Friedrich Barbarossa in die Ehe brachte."

„Wenn es um die Zugehörigkeit zu Frankreich geht, sollten wir weiter die Geschichte bemühen", erklärte der Gastgeber ruhig. „1361 fiel das Land an die Grafen von Flandern und kam 1384 mit diesem zum Länderkomplex des Hauses Burgund. Rund hundert Jahre später wurde das Gebiet dem Habsburger Philipp dem Schönen zugesprochen. 1556 gelangte es an die spanische Linie. Ludwig XIV. nahm das Land 1668 in Besitz. Im Frieden von Nimwegen endlich musste Spanien 1678 die Freigrafschaft, die bis dahin zum Burgundischen Reichskreis des Heiligen Römischen Reiches gehört hatte, endgültig an Frankreich abtreten. Der Sonnenkönig beauftragte Vauban mit der Befestigung Besançons und machte den Ort zur neuen Hauptstadt der französischen Provinz Franche-Comté."

„Mit Bisanz, so lautet der deutsche Name für Besançon, ist erneut, wie im Falle Straßburgs 1681, eine alte deutsche Reichsstadt in französische Hände geraten", meinte Junker Hermann verärgert. „Doch wer weiß, was die Geschichte noch bringen mag. Vielleicht kehren das Elsass wie Lothringen einst in das Reich zurück."

„Oder Frankreich gewinnt endlich seine natürliche Ostgrenze, le Rhin", erwiderte Herr de Ville mit einer gewissen Schärfe in seiner Stimme. „Aber", fuhr er dann wieder lächelnd fort, „lasst uns das Thema ein andermal weiter besprechen. Jetzt sollten wir uns zur Wolfsjagd vorbereiten. Ich denke, wir drei und ein Dutzend Knechte müssten genügen, um die Freunde Isegrims in ihren dreckigen Höhlen auszuräuchern. Euer Diener Berthold wird von meinem Waffenknecht einige gute Jagdpistolen nebst Pulver und Blei empfangen. Eure eigenen Waffen sind wohl mit dem Gepäck den Räubern in die Hände gefallen. Rüstet Euch also, in einer Stunde brechen wir auf."

Mochte es sein, dass das Gespräch ihren Gastgeber verärgert hatte oder noch etwas zu regeln war, Herr de Ville erhob sich und verließ mit einer leichten Verbeugung den Raum.

Carl von Schack sah ihrem Gastgeber sinnend nach. Wenn es so einfach war, die Wolfsbande auszuheben, warum war dies nicht schon längst erfolgt? Auch die Haltung de Villes im Hinblick auf die Zugehörigkeit der Grafschaft Mömpelgard schien ihm verdächtig.

Hermann Schott von Schottenstein musste Ähnliches empfinden, denn er wandte sich kopfschüttelnd an Carl. „Unserer Gastgeber ist sehr zuvorkommend – aber, ehrlich gesagt, Carl, Herr de Ville gefällt mir nicht! Ich weiß auch nicht, warum er nicht schon lange mit dem Pulversheimer Gesindel aufgeräumt hat. Und seine Meinung über Württemberg … Wir sollten von hier verschwinden, solange es noch geht!"

Sie sprachen noch eine Weile hin und her, konnten sich aber nicht einig werden, wie am besten zu verfahren sei.

Dann erschien Berthold, um den beiden Junkern je ein Paar bester Reiterpistolen auszuhändigen und um zu melden, dass draußen für sie die Pferde bereit ständen. Herrn de Villes Gastfreundlichkeit war wirklich sehr weitreichend und Carl fand ihr Misstrauen übertrieben und dem Hausherrn gegenüber nicht angebracht.

Die Männer erhoben sich, ergriffen die Degen und begaben sich in den Hof, wo Herr de Ville mit einem Trupp Knechte bereits auf sie wartete. „Gut, meine Herren, wir wollen aufbrechen."

Sie sprengten zum Gutstore hinaus. „Ihr habt Euch sicher gefragt", wandte sich Herr de Ville an den neben ihm reitenden Carl von Schack, „warum ich nicht eher Maßnahmen gegen die Mörderbande ergriffen habe. Die Antwort ist einfach. Schon dreimal in den letzten sechs Jahren habe ich mit meinen Knechten das Pulversheimer Raubnest ausgeräuchert. Doch immer wieder, der Himmel, wahrscheinlich aber eher der Teufel, weiß wie und woher, kehrte die Bande zurück und beging neue und schlimmere Gräueltaten. Es ist, als ob man gegen eine vielköpfige Hydra kämpfte. Manchmal glaube ich gar, die ganze Gegend stecke mit den Verbrechern unter einer Decke."

„Könnte es sein, dass in irgendeiner Weise Mönche beteiligt sind?", fragte Carl Herrn de Ville. „Wir hörten bei unserer unterirdischen Flucht einen seltsamen Chorgesang."

„In dem Wald, durch den wir gleich kommen, gibt es Mauerreste. Manche sagen, sie stammten von einem ehemaligen Kloster, in dem ein derart gottloser Orden gelebt habe, dass in einer Nacht alle seine Mitglieder vom Teufel geholt worden seien. Eine örtliche Sage, das übliche abergläubische Geschwätz alter Weiber", gab de Ville zur Antwort.

„Vielleicht sollten wir dem Ort trotzdem einen Besuch abstatten", meinte Junker Hermann. „Es könnte doch sein, dass das sogenannte Böse ganz real ist."

Bei diesen Überlegungen hatten sie den Rand des Waldes erreicht, wo der Pfad in das dämmrige Grün alter Eichen und Buchen einbog.

De Ville wollte gerade Schott von Schottenstein antworten, da zügelte er jäh sein Pferd. „Hört Ihr das?", fragte er. „Das klingt seltsam."

Aus der Tiefe des Waldes drangen vereinzelt unverständliche Laute an ihr Ohr, Schreie oder Rufe.

„Da sind Menschen in Not!", rief Carl von Schack. „Auf, wir müssen zu Hilfe eilen!" Er gab seinem Pferde die Sporen und galoppierte los.

De Ville und Junker Hermann taten es ihm nach und die Knechte folgten. Sie kamen rasch vorwärts. Das Lärmen wurde lauter, dann erreichten die Reiter eine kleine Lichtung, auf der sich ihnen ein schreckliches Bild bot. Ein Reisetross von drei Kutschen und einiger Begleitung war offenbar in einen Hinterhalt geraten und überfallen worden. Die Begleitmannschaft wehrte sich tapfer, konnte aber der Überzahl der Räuber nicht standhalten und wurde soeben niedergemacht. Menschen rannten in Angst und Panik schreiend umher, verfolgt von grauen Wolfsgestalten, die jeden, dessen sie nur habhaft werden konnten, niederschlugen und töteten.

Etliche der Überfallenen waren bereits ermordet. Zwei der Kutschen lagen umgestürzt auf der Seite, und eben zerrten die Kerle die letzten Reisenden aus einer dritten Kutsche, deren Vorderräder zerbrochen waren, darunter zwei Damen. An Letzteren wollten die Mörder offensichtlich zuvor noch ihre tierischen Gelüste stillen. Schon war die Kleidung der einen zerrissen und diese unter den schändlichsten Misshandlungen halbentblößt zu Boden geworfen, da zog die andere – ihrer kostbaren Kleidung nach eine Dame von hohem Stande – plötzlich ein Pistol hervor und schoss dem ersten der lüsternen Gesellen in den Kopf, sodass dieser tot zu Boden stürzte.

Nach kurzem Innehalten wollte sich die wütende Meute auf die Dame stürzen. Man umdrängte sie bereits, da erreichten Carl und Hermann die Gruppe und sprengten mitten unter sie. Mit gezogenem Degen sprang Carl vom Pferd und zerstreute die Bande mit wütenden Hieben. Er stieß einem der viehischen Mordknechte, der den schlanken Leib der Dame umfasst hielt, seinen Degen ins Gesicht. Dieser taumelte mit aus dem Mund vorquellendem Blut und klaffender Wange wie blind zurück und stürzte mit einem grässlichen Schrei zu Boden. Es musste der Anführer gewesen sein, denn den Rest der Bande verließ auf einmal der Mut, und die Räuber versuchten zu flüchten. Sie rannten zum Waldrand, um dort im Buschwerk unterzutauchen. Doch die meisten von ihnen wurden durch die Männer des Herrn de Ville bei der Flucht niedergemacht oder gefangen genommen.

Währenddessen bot Carl von Schack der tapferen Dame, unter einer verbindlichen Anrede, den Arm, und führte die Zitternde, die noch immer das rauchende Pistol in der Hand hielt, zur Seite, wo er ihr auf seinem Mantel einen Platz bereitete. Hier endlich ließ sie die Waffe fallen und sank, halb ohnmächtig, auf dem Stoff nieder. Carl nutzte die Gelegenheit, die Dame genauer zu betrachten. Gerade schob sie ihr langes Blondhaar, das sich in der Turbulenz des Geschehens gelöst hatte, zur Seite und zeigte ein feingeschnittenes Gesicht, in dem große, blaue Augen ihren Retter voller Dankbarkeit anlächelten. Eben kam die zweite Dame, von Hermann – der ihr schützend den Mantel um die blanken Schultern geworfen hatte – geleitet, zum Platze. Schluchzend warf sie sich ihrer blonden Begleiterin an den Hals.

Diese strich ihr beruhigend über das dunkle Haar. „Beruhigt Euch, gute Josepha. Es ist vorbei und die Räuber sind gefangen oder getötet. Dankt Gott, dass unsere Retter noch zeitig erschienen sind. Haben die Kerle Euch etwas zu Leide getan?"

Die „Josepha" Genannte, wohl die Kammerjungfer der blonden Dame, hob ihr tränenüberströmtes Gesicht. „Oh, beste Baronesse, sprecht nicht von jenem schrecklichen Geschehen. Mir wird schwarz vor Augen, wenn ich nur daran denke, was hätte geschehen können, welch schändliches Schicksal hätte ich fast erleiden müssen. Aber, wie befindet Ihr Euch, Baronesse? Ist Euch auch wirklich nichts geschehen? Als Ihr geschossen hattet, dacht ich schon, dass Euer letztes Stündlein geschlagen hätte und Ihr sofort getötet würdet!"

„Doch das ist nicht geschehen", unterbrach die Baronesse ruhig das Gerede Josephas. Sie schob die Jungfer zur Seite und erhob sich, wobei sie sich leicht auf Carls Arm stützte.

Während die Baronesse sprach, war Carl aufgefallen, dass sie das R in einer Art rollte, die er nicht einordnen konnte. Sie stützte sich also ab, wobei ein warmes Gefühl durch den Arm des Junkers schoss, und im gleichen Augenblick sprengte Herr de Ville herbei, der gerade die Verfolgung der Räuber beendet hatte. Dieser verneigte sich vor der Baronesse und stellte sich und Hermann Schott von Schottenstein der Dame vor.

Kurz neigte sie ihr Haupt und nannte ihrerseits den Namen. „Ich bin Sylvia Baronesse von Korff und befinde mich auf der Reise nach Mömpelgard, wo ich einen alten Freund meiner Familie besuchen möchte. Ich danke den Herren für Ihre Hilfe und Rettung in höchster Not. Allein ich fürchte, mehr als meinen Dank werde ich hier, fern meiner baltischen Heimat, nicht anzubieten haben." Sie schaute sich um und wies auf die Toten und Verwundeten und die umgestürzten sowie beschädigten Kutschen. „Ich muss gestehen, dass ich im Augenblick nicht recht weiß, wie ich weiterkommen soll …"

„Gnädigste Baronesse", unterbrach sie de Ville. „Selbstverständlich werde ich Euch aus meinem Bestand eine Kutsche und ein paar Knechte zum Schutze zur Verfügung stellen. Allein, die Gegend ist, wie Ihr leider erleben musstet, wenig sicher." Er zögerte und schaute dann zu den beiden Junkern.

„Daher", nahm Carl den Faden auf, „machen mein Freund Schott von Schottenstein und ich uns anheischig, Euch, Baronesse, und Eure Begleiterin nebst notwendigen Bediensteten bis Mömpelgard zu eskortieren."

Baronesse von Korff wandte ihren Blick Carl zu. „Ihr wollt wirklich diese Mühe auf Euch nehmen, Herr von Schack. Ich weiß nicht, ob ich das verlangen darf …"

Carl wurde bei ihrem Blick ganz seltsam zu Mute. Es war ihm, als gleite ein Sonnenstrahl durch sein Herz. Gleichzeitig legte sich ein fast dunkler Schatten auf sein Gemüt, der das in ihm immer wache Bild Aureliens zu verdecken schien. Die Baronesse lächelte, als ob sie bemerkt habe, was in Carl vorgehe. Ein neuer Strom heißen Blutes durchzog ihn. Er wollte antworten, allein Junker Hermann kam ihm zuvor.

„Macht Euch darüber keine Gedanken, gnädigste Baronesse. Herr von Schack und ich sind ohnehin auf dem Wege nach Mömpelgard. Es ist uns eine Freude und Ehre, Euch und Eure Kammerjungfer dorthin zu begleiten."

Die Baronesse lachte auf und die Jungfer errötete und blickte zu Boden. „Verzeiht, Herr Schott von Schottenstein, wenn ich Euch, neben dem Dank für Euer Angebot, gleich zu korrigieren habe. Josepha von Ellrichshausen ist meine Base und nicht meine Kammerfrau."

Jetzt war es an Hermann Schott von Schottenstein rot zu werden, während die Baronesse weitersprach.

„Doch nehmen wir gern Eure Hilfe, Herr de Ville, und die der Junker an, zumal uns armen, hilflosen Frauen kaum anderes zu tun übrig bleibt."

„Nun, Baronesse", erklärte de Ville mit dem für ihn typischen feinen Lächeln. „Ein Pistol zu führen und gekonnt zu nutzen, wie Ihr es tatet, zeigt, dass Ihr zum Glück nicht ganz so hilflos seid, wie man gemeinhin dem weiblichen Geschlecht unterstellt."

Ein scharfer Blick streifte de Ville, dann gab die Baronesse lächelnd zur Antwort, dass in der Not das Unwahrscheinlichste wahrscheinlich werden könne. Die Ville nickte, ebenfalls lächelnd, gab dann seinen Leuten Anweisungen, wie mit dem Gepäck der Damen und mit den wenigen noch lebenden Verwundeten sowie den Toten und Gefangenen zu verfahren sei.

Ein Trupp ritt mit Berthold zusammen nach Pulversheim, um die Leichname Maximilians und der Diener zu bergen. Für die Baronesse und Josepha von Ellrichshausen wurden zwei Pferde mit Damensätteln aus dem Bestand des Reisetrosses versehen. Junker von Schack und Junker Hermann halfen den Damen galant in den Sattel, und die Gruppe kehrte zurück zum Gut des Herrn de Ville, wo sie am späten Nachmittag eintraf.

Baronesse von Korff und ihre Base begaben sich, nach einem kleinen Abendimbiss, früh zur Ruhe, denn man wollte am nächsten Morgen zeitig aufbrechen, um vielleicht bis zum Abend Mömpelgard erreichen zu können.

Eine Stunde später kehrte die Gruppe aus Pulversheim zurück, und die Beerdigung Maximilian von Woellwarths sowie der Diener Hans und Franz wurde auf dem kleinen Friedhof, der zum Gute Herrn de Villes gehörte, vorbereitet.

Während alles dafür Notwendige geschah, saß Carl von Schack auf einer Bank im Kräutergarten des Hofes und starrte vor sich hin. Wie schnell sich alles im Leben änderte. Vor einer Woche erst hatten die Freunde bei Melchior von Talheim die Flaschen geleert, Geschichten erzählt und Späße belacht und das Leben in vollen Zügen genossen. Jetzt war Maximilian tot, mit dem Degen in der Hand im Kampf heldenhaft gefallen. War das ihrer Aller Schicksal?

In der Nacht träumte Carl von Gräbern und dunklen Gruben. Doch auch das Gesicht und das Lächeln Sylvia von Korffs zogen durch seine nächtliche Bilderwelt.

5

Mömpelgards alte Mauern

Am nächsten Morgen, es war kurz nach Sonnenaufgang, brach die kleine Gesellschaft vom Gute Herrn de Villes aus Wittelsheim in Richtung Mömpelgard auf. Carl von Schack und Junker Hermann nebst Berthold und zwei weiteren Bediensteten zu Pferde bildeten die Eskorte für die Reisekutsche, die Herr de Ville mit Kutscher und zwei Pferdeknechten der Baronesse und ihrer Base zur Verfügung gestellt hatte.

Nach zwei Stunden erreichten sie Oberburnhaupt. Dort frühstückten sie in einem Bauernhof, während ein Pferd, das lahmte, neu beschlagen wurde. Weiter ging es dann durch die Vogesenlandschaft über Balschweiler und Bütweiler mit seiner neuen Pfarrkirche, deren Glockenturm erst vor ein paar Jahren hinzugefügt worden war, Richtung Südwesten. In Retzweiler nahm die Gruppe einen kleinen Mittagsimbiss ein und wechselte dort die Kutschpferde. Weiter führte sie die Reise nach Hanendorf oder auf Französisch Vellescot, einem Weiler, der zwei Meilen südöstlich von Beffert oder Belfort lag und den sie gegen halb vier erreichten.

Der Tag war schön gewesen, doch jetzt zogen Wolken auf, und es begann zu regnen. Bald weichten die Wege auf, und es war bereits gegen acht, als sie endlich Allenjoie auf württembergischem Gebiet erreichten. Das kleine Dorf erstreckte sich im Osten des Beckens von Mömpelgard, in einer Mulde am nördlichen Talrand des Allan, gegenüber von Vetsch oder Fesches-le-Châtel. Vetsch gehörte seit dem 15. Jahrhundert unter die Oberhoheit der Grafen von Mömpelgard und bildete eine der vier Meiereien der Grafschaft am Südfuß der Höhen des Großen Waldes. Von hier war es nur noch eine gute Meile bis zur Residenz, aber die Reisenden, vor allem die Damen, fühlten sich von den Anstrengungen des Tages derart ermüdet, dass man entschied, in einem der Dorfhäuser für die Nacht Quartier zu nehmen.

So saßen bald Baronesse von Korff, Josepha von Ellrichshausen und Carl sowie Hermann an einer breiten Tafel und speisten zu Abend. Den ganzen Tag über war Carl von Schack bemüht gewesen, mit Sylvia von Korff nicht mehr als nötig zu sprechen oder sich ihr sonst zu nähern. War es unvermeidbar gewesen, spürte er sofort, wie sehr er sich zu ihr hingezogen fühlte; Carl hatte vergeblich versucht, gegen diese Anziehung anzukämpfen. Die Baronesse schien ihm völlig den Kopf zu verdrehen, schlimmer noch, er spürte, dass sie ihn und seine Gefühle durchschaute und sich darüber amüsierte. Carl hielt sich daher bei den Tischgesprächen zurück, widmete sich ganz dem Essen und überließ Hermann weitgehend die Konversation. Berthold servierte: Wein, Pasteten, Brot und Käse stammten aus Keller und Küche Herrn de Villes.

„Woher seid Ihr genau, verehrte Baronesse?", fragte Hermann, den die Dame in keiner Weise einzuschüchtern schien. „Ihr spracht vom Baltikum, allein ..."

„Das Baltikum ist groß, wolltet Ihr wohl sagen, Herr Schott von Schottenstein", erwiderte die Dame von Korff lachend. „Ein wenig mag es mir gehen wie Sophien in ihrer Reise von Memel nach Sachsen, welche Johann Timotheus Hermes so trefflich erzählt. Ich stamme von einem kleinen Rittergut namens Rutzau nördlich von Memel, ein altes Ordensgebiet und zu Kuren gehörig. Der Vater starb vor drei Jahren, die Mutter folgte bald, und mein Bruder verdingte sich in russische Dienste. Dort lernte er einen Grafen Bolkonski kennen, der sich bei einem Besuch auf unserem Gute in mich, wie er sagte, unsterblich verliebte, und mich bat, ihn zu ehelichen. Der Graf gefiel mir nicht, auch fühlte ich mich zu jung, um mich für immer zu binden. Allein, die Finanzen des Gutes standen schlecht, der Bruder drängte, da der Graf als gute Partie galt. Schon fürchtete ich, ich müsse nachgeben und dem Bruder zur nächsten Ballsaison nach Petersburg folgen. Da erreichte mich ein Schreiben aus dem fernen Mömpelgard, worin angedeutet wurde, mir wäre eine größere Erbschaft zuteilgeworden, die ich mit Hilfe gewisser Papiere dort antreten könne. Jedoch sei mein persönliches Erscheinen notwendig. Ein entfernter Verwandter meines Vaters, den dieser aus seiner Militärzeit in Preußen kannte und der justament in der Grafschaft lebt, machte sich anheischig, mich dabei zu unterstützen. Also machte ich alles zu Geld, was zu Geld machbar war, und brach mit meiner lieben Base Josepha zur großen Reise auf. Den Rest wisst Ihr."

„Ihr seid aber nicht aus Kurland, Fräulein Josepha?", wandte sich Hermann an diese. „Euere Sprache hat etwas, das mich eher an den Süden denn an den deutschen Osten erinnert."

Josepha errötete. „Es ist richtig, Herr von Schack. Ich bin in Stuttgart geboren und als Kind, da ich durch den Tod meiner Eltern eine Waise ward, von der Familie derer zu Korff, mit denen ich weitläufig verwandt bin, aufgenommen worden."

„Das Schwäbische lässt sich eben nicht verleugnen", erwiderte Junker Hermann, was Fräulein Josepha erneut zum Erröten brachte.

„Und was führt Euch in das südlichste Württemberg, Herr von Schack?", fragte die Baronesse direkt.

„Wie ich bereits erzählte, haben Herr Schott von Schottenstein und ich im Auftrage des Herzogs das eine oder andere zu erledigen", gab Carl ausweichend zur Antwort.

„Das klingt geheimnisvoll", meinte die Baronesse lächelnd. „Seid Ihr schon lange im Dienste Karl Eugens?"

Carl berichtete, wie er aufgewachsen und als Jüngling aus Preußen ins Herzogtum gekommen sei. Die Baronesse hörte ihm aufmerksam zu, fragte da und dort nach und musterte ihn mit ihren großen, verwirrenden Augen. Ehe er sich's versah, erzählte Carl im Ungefähren vom Geschehen in Ludwigsburg und vor allem von den seltsamen Begebenheiten ihrer Reise. Als er endete – selbst überrascht, was ihm alles über die Lippen gekommen war –, nickte die Baronesse beifällig.

„Ein Degenkampf in Tübingen, der Mordbrand in Pulversheim und schließlich Eure Hilfe beim Überfall auf unsre Kutschen. Ihr seid mutige Männer und die Gefahr scheint Euch geradewegs zu suchen. Meint Ihr, das alles waren Zufälle, was Euch geschehen ist?"

„Das vermag ich nicht zu beurteilen, doch ich denke, dass mehr hinter allem steckt, als ich bislang angenommen habe."

Sie plauderten noch ein wenig, dann erhoben sich die Damen und zogen sich, von einer Magd begleitet, für die Nacht zurück.

Carl von Schacks Träume waren erneut unruhig. Die Bilder der letzten Tage zogen vorüber, darunter die Gesichter Aureliens und Sylvia von Korffs, ineinander verschwimmend und von seltsamer Blässe. Schließlich sah er sich in einer weiten Parklandschaft. Es musste sich um die

Gartenanlage eines großen Schlosses handeln, breite Kieswege führten durch wohlgepflegte Hecken, Rosen glühten in allen Farben und Springbrunnen stießen ihr Wasser flink in die Höhe. Einige Damen und Herren in weißen Gewändern, unter ihnen die Baronesse von Korff, schritten auf Carl zu. Doch ehe Carl ergründen konnte, was dies alles zu bedeuten habe und wo er sich befände, erwachte er zu einem neuen Tag.

Berthold klopfte an der Tür, fragte nach seinen Wünschen und überreichte dem Junker einen Brief Ulrich-Jéréme Binningers, des vom Herzog eingesetzten Generalprokurateurs der Stadt Mömpelgard, in dem dieser ihn bat, ihn unverzüglich nach seiner Ankunft im Stadtschloss aufzusuchen.

Carl überraschte das Schreiben. Woher wusste der Generalprokurateur von seinem Aufenthaltsort? Hatte Binninger die Einfallstraßen beobachten lassen? Oder verfügte er über ein weitverzweigtes Spionagesystem, das ihm die Fremden schon frühzeitig angekündigt hatte?

Die eigentlichen Aufgaben des Amtsinhabers waren der Vorsitz des Justizwesens und die Bewahrung der Rechtsordnung. Unter Umständen hatte Ulrich-Jéréme Binninger seinen Aufgabenbereich neu definiert und das Polizeiwesen diesem hinzugefügt. Carl von Schack beschloss, Binninger direkt zu befragen, was ihm als Sonderbeauftragten des Herzogs möglich war. Vielleicht konnte er im Hinblick auf das eigene polizeiliche Vorgehen im Kernherzogtum sogar neue Methoden der Beobachtung und Überwachung des Reiseverkehrs kennenlernen.

Nach einem raschen Frühstück brachen die Reisenden nach Mömpelgard auf. Bald erreichten sie die Stadtgrenze und vor ihnen zeigte sich die alte Residenz an der Hall oder Allaine. Das Stadtbild war stark geprägt durch die Bauten des aus Herrenberg stammenden Heinrich Schickhardt. Graf Friedrich von Württemberg und Mömpelgard hatte den begabten Baumeister 1590 in die Grafschaft berufen. In den nächsten Jahren errichtete dieser die Vogtei auf dem Schlossberg, den Schwabenhof sowie das Collegium der Neustadt und bis 1607 die im strengen Renaissancestil erbaute Martinskirche. Oberhalb der Stadt auf einem Felsen lag das Schloss mit dem Friedrichs- und dem Henriettenturm, ein mächtiger Bau, der von der Höhe das Stadtbild beherrschte. In Mömpelgard selbst gab es etliche neue Häuser, es war dort in den letzten Jahrzehnten seit der französischen Besatzung viel gebaut worden.

So war der Stuttgarter Oberbaudirektor Philipe de La Guêpière in der Stadt vielfältig tätig gewesen. Nachdem er in Stuttgart den Ausbau des Neuen Schlosses geleitet, die Pläne für das Seeschloss Monrepos entworfen und die Solitude ausgestaltet hatte, war er gebeten worden, die Pläne für die Sommerresidenz Herzog Friedrich Eugens in Étupes anzufertigen und auch an der Planung des neuen Rathauses mitzuwirken. Nebenbei kümmerte er sich noch um das Hôtel Beurnier-Rossel am Martinsplatz, bevor er überraschend vor drei Jahren verstorben war. Gerade wurde das neue Rathaus nach seinen Plänen errichtet.

„Wohin sollen wir Euch geleiten, gnädigste Baronesse?", fragte Carl von Schack, indem er sein Pferd an die Kutsche lenkte. Er hatte reichlich Zeit gehabt, über Frau von Korff nachzudenken und seine Gefühle deutlich zu zügeln.

Sylvia von Korff warf einen Blick hinaus und lächelte ihm zu. „Mein Weg führt mich zum Advocatus Fallot de Tremoins", erwiderte sie.

„Ein Mann, der Euch gefallen müsste", ließ sich überraschend Josepha von Ellrichshausen von der Seite vernehmen. „Er ist Absolvent des Tübinger Stifts, wie viele der führenden Persönlichkeiten der Stadt."

„Woher wisst Ihr das?", fragte Junker Hermann, der sich der anderen Kutschenseite näherte.

„Mein älterer Bruder war selbst Seminarist am Stift, bevor er wegen eines Freundes aus Mömpelgard, der in eine Affäre verwickelt war, das Stift verließ und bald darauf an einer schweren Krankheit verstarb."

Hermann schwieg betreten. Er hatte von der Angelegenheit durch einen Vetter Näheres erfahren. Bei dem Freund des Herrn von Ellrichshausen musste es sich um Christophe-Frédéric Parrot handeln, der vor zwei Jahren wegen einer Affäre mit einer verheirateten Dame nach elf Semestern aus dem Tübinger Stift entlassen worden war – eine skandalöse Angelegenheit. Er verstand nur nicht, was der Bruder Josephas mit der Geschichte zu tun gehabt hatte, denn sein Name war in diesen Zusammenhängen nirgends erwähnt worden.

Sie kamen an einem Steintisch vorbei und die Baronesse befahl dem Kutscher, die Pferde zu zügeln.

„Dort drüben das Haus muss es sein. Am Fischstein gerade und rechts lautete die Beschreibung." Sie deutete auf ein weiter unten gelegenes Bürgerpalais, der Bauart nach wohl ebenfalls von Philipe de La Guêpière oder einem Schüler des Meisters entworfen.

„Wir danken Euch, werte Junker, für Eure Begleitung und für Euren Schutz", sagte die Baronesse und schenkte beiden ein Lächeln. „Ihr entschuldigt uns jetzt, denn wir haben, wie ich erzählte, einiges mit dem Advocatus zu klären. Aber auch Ihr werdet zu tun haben. Ulrich-Jéréme Binninger erwartet Euch sicher mit Ungeduld. Ich hoffe, Sie wiederzusehen, Herr von Schack. Und natürlich auch Sie, Herr Schott von Schottenstein. Ade!"

Die Dame gab dem Kutscher ein Zeichen, und das Gefährt nahm Kurs auf das Palais des Advocatus' Fallot de Tremoins.

Carl von Schack starrte der fortfahrenden Kutsche nach. Wie kam die Baronesse darauf, dass sie vom Generalprokurateur erwartet würden? Mit der Rechten tastete er nach der Brusttasche, in der sich der Brief befand, der ihm am Morgen überbracht worden war. Sollte Berthold geschwatzt haben oder vielleicht die Wirtsleute? Nein, woher sollte ihnen der Inhalt bekannt gewesen sein, das amtliche Siegel am Brief war nicht erbrochen gewesen. Es war ihm, als umgebe die Baronesse etwas Rätselhaftes, ja Geheimnisvolles, dessen Existenz er seit ihrer ersten Begegnung spürte, im Kern aber nicht zu erklären vermochte. Dieses nicht genau zu benennende Etwas irritierte Carl, und er war am Morgen gegen die Baronesse, ungeachtet ihres Charmes, ihrer Anziehungskraft und ihrer Schönheit, weitaus vorsichtiger und zurückhaltender aufgetreten als gestern, was Frau von Korff durchaus bemerkt hatte.

Mittlerweile hatten die beiden Reiter und ihr Diener die Residenz des Generalprokurateurs erreicht. Berthold übergab den Wachen ihre Pässe und diese öffneten eilig das breite Tor. Knechte übernahmen die Pferde und ein Soldat geleitete die Besucher ins Innere des Palais.

Der Generalprokurateur empfing sie in seinem Arbeitszimmer. Er war von eher mittlerem, fast kleinem Wuchs. Seine Gesichtszüge, ursprünglich von einer gewissen Härte, hatten aufgrund seiner starken Wangen, die, wie sein Leibesumfang insgesamt, von häufigen Tafelfreuden zeugten, etwas Gemütliches angenommen, zu dem sein scharfer Blick in einem gewissen Gegensatz stand. Er erhob sich von seinem Sitz hinter einem großen, eine Fensterseite des Zimmers fast ausfüllenden und mit Akten überladenen Schreibtisch und kam mit einem breiten Lächeln auf die beiden Junker zu.

„Bester Herr von Schack, verehrter Herr Schott von Schottenstein. Ich begrüße Euch in Mömpelgard. Seid mir versichert, dass ich Eurer Ankunft seit Tagen entgegengefiebert habe", beteuerte er mit öliger Stimme. „Vor allem nach dem, was mir Conte Caracanti von Euren Reiseabenteuern berichtet hat. Doch nehmt zunächst Platz."

Der Generalprokurateur wies einladend auf mehrere Ledersessel, die an der rechten, schmalen Wandseite angeordnet waren. Alle übrigen Wände waren mit Aktenregalen bedeckt, die, soweit Carl ihre Aufschriften lesen konnte, Rechtsfälle zum Inhalt hatten.

Binninger setzte sich ebenfalls und sofort wurde seine Miene ernst. „Die Lage, Herr von Schack, ist besorgniserregend. Ihr wisst, dass Frankreich nach der Reichskriegserklärung von 1689 eine Garnison in die Stadt verlegte, um das Hause Württemberg zu zwingen, sich gegen Habsburg auf die Seite Ludwigs XIV. zu schlagen. 1698 wurde die Stadt von den Franzosen wieder geräumt, doch im gleichen Jahr kurzfristig erneut besetzt. Im Sommer 1699 wurde Blâmont kassiert und 1723 stellte Frankreich Granges, Clerval und Passavant sowie die elsässischen Lehen Horburg und Reichenweier unter Zwangsverwaltung."

Carl von Schack merkte, wie er langsam unwillig wurde. Was fiel Binninger ein, ihm eine Art von Geschichtsstunde zu erteilen?

Währenddessen dozierte der Generalprokurateur munter weiter. „Im polnischen Erbfolgekrieg 1734 wurde Mömpelgard ebenfalls militärisch besetzt, 1735 aber wieder aufgegeben. Es schien, als sei eine gewisse Entspannung eingekehrt, vor allem nach der Niederlage Frankreichs im Siebenjährigen Krieg, wobei uns die Subsidien, die wir den Franzosen zu zahlen hatten, schwer belasteten. Doch seit Österreich, Russland und Preußen Polen unter sich aufteilen, beginnt der Druck auf den burgundisch-oberrheinischen Raum wieder zuzunehmen."

„Meint Ihr, Herr Generalprokurateur, dass die Anschläge, welchen wir unterwegs und bereits in Ludwigsburg ausgesetzt waren, auf das Konto französischer Agenten gehen?", unterbrach ihn der Junker, bevor Binninger weiter über die europäische Politik schwadronieren konnte.

„Das, Herr von Schack, ist schwierig zu beurteilen. Ich bin mit den Ludwigsburger Verhältnissen nicht vertraut. Seid Ihr nicht für den dortigen Polizeiapparat zuständig, insbesondere wenn es um die Bekämpfung von Agenten geht?"

„Das ist richtig", erwiderte Carl kurz, der den Stich wohl spürte. „Allerdings habe ich Euch mehr nach Eurer persönlichen Einschätzung gefragt. Von Fachmann zu Fachmann sozusagen."

„Ich verstehe Euch", antwortete der Generalprokurateur mit einem gelassenen Nicken. „Ich denke, soweit ich über die Vorgänge Kenntnis besitze, habe ich den Eindruck gewonnen, hinter den verschiedenen Störmanövern und Anschlägen stecke eine gewisse Systematik."

„Ihr meint, jemand hat sich verschiedener Gruppierungen und Täter bedient, um den herzoglichen Auftrag zu hintertreiben und seine Erfüllung zu verhindern", stellte Carl von Schack fest.

„So könnte man meine bescheidene Meinung formulieren", bestätigte Ulrich-Jéréme Binninger. „Wenn die mir zugetragenen Informationen stimmen", fügte er, wiederum lächelnd, hinzu.

„Euer Nachrichtenwesen scheint jedenfalls gut zu funktionieren", entgegnete der Junker trocken. „Wann, meint Ihr, könnte ich Herzog Friedrich Eugen meine Aufwartung machen? Unser allergnädigster Landesvater sieht in seinem Bruder einen Garant gegen französische Okkupationsgelüste."

Binninger schüttelte den Kopf. „Die Situation zwischen den herzoglichen Brüdern ist ebenfalls angespannt. Karl Eugen hat seinen Bruder materiell kaum unterstützt, mehr als zwei Drittel der Ausgaben Friedrich Eugens tragen die Landstände. Deswegen ging er 1756 in preußische Dienste, was wegen der französischen Option Karl Eugens zu weiteren Spannungen führte. Vor sieben Jahren schließlich erlaubte unser Landesvater seinem Bruder, sich als Privatmann in Mömpelgard niederzulassen – ohne ihm einen angemessenen Wohnsitz zur Verfügung zu stellen. Der Sommerpalast in Étupes wurde vom Geld der Herzogin Friederike Dorothea Sophie errichtet. Erst vor kurzem hat Karl Eugen erklärt, dass die Hausgesetze Württembergs ihn nicht verpflichteten, für die Kinder seines Bruders zu sorgen, und er hat sich geweigert, eigene Mittel zur Vorbereitung der möglichen Verlobung seiner siebzehnjährigen Nichte Sophie Dorothee mit dem Großfürsten Paul von Russland in Berlin beizusteuern. Der preußische König musste mit zehntausend Talern Kleidergeld einspringen. Eine kurzsichtige Vorgehensweise des Stuttgarter Hofes, denn wenn die Hochzeit stattfindet, man munkelt, diese sei schon für den kommenden September geplant, wird Sophie Dorothee als Gemahlin des Großfürsten, des nächsten russischen Zaren, eine der mächtigsten Frauen Europas werden."

„Ihr seid wirklich gut unterrichtet", meinte Junker von Schack. „Es ist in der Tat die Frage, wie unter diesen Umständen Herzog Friedrich Eugen zu den notwendigen Maßnahmen überzeugt werden kann. Obwohl ich nicht glaube, dass er Frankreich und den Franzosen besonders gewogen ist."

„Lautet denn Euer Auftrag, Herzog Friedrich Eugen für eine Mobilisierung der hiesigen Truppen gegen Frankreich zu gewinnen?", fragte Binninger mit schlauem Lächeln.

Carl schüttelte bedächtig den Kopf. Sein Gegenüber spielte offensichtlich auf den verschwundenen Auftrag an. Er schien mehr zu wissen, als er zugab. „Bester Generalprokurateur, das ist eine geheime Verschlusssache. Ihr versteht, dass ich, bei aller Offenheit Euch gegenüber, zum Schweigen verpflichtet bin."

„Selbstverständlich, Herr von Schack, verzeiht meine aufdringliche Frage", entgegnete Binninger rasch.

Dann schwiegen die Männer. Von draußen erklang Wagenrollen und Hufeklappern. Irgendwo im Hause schien jemand zu rufen. Das Schweigen im Raum dauerte an.

„Tja, verehrter Herr von Schack, Herr Schott von Schottenstein. Kann ich sonst noch etwas für die Herren tun?", unterbrach schließlich Binninger die Stille und seiner Stimme war eine gewisse Ungeduld anzuhören.

Carl wollte sich schon erheben und verabschieden, da kam ihm ein neuer Gedanke. „Sie sind über alle Ereignisse und Personen der Grafschaft umfassend informiert. Können Sie etwas über die Geschäfte der Baronesse von Korff erzählen? Das ist die Dame, die wir zu begleiten das Vergnügen hatten. Die Baronesse berichtete, sie sei vom fernen Kurland wegen einer Erbschaft nach Mömpelgard gereist."

„Davon habe ich gehört", bestätigte der oberste Rechtsvertreter vorsichtig. „Mit Details zur Rechtssache kann ich aber leider nicht dienen. Es soll sich, wie ich gehört habe, um eine sehr attraktive Dame handeln", fügte er mit einem schmalen Lächeln hinzu.

„Das mag sein, Herr Generalprokureur", antworte Carl von Schack kurz, „gehört allerdings nicht zur Sache."

Die Herren verabschiedeten sich, und bald darauf verließen die Junker das Palais und traten hinaus in die Sonne.

„Ein glatter Bursche", meinte Junker Hermann. „Der weiß bestimmt mehr, als er sagt."

„Ganz sicher weiß er mehr", entgegnete Carl, „und er scheint auch sonst sehr gut unterrichtet. Nur ist die Frage, was genau weiß Ulrich-Jéréme Binninger, was wir wissen sollten? Zu schade, dass mir die

Arbeit von Johann Jacob Moser über die Rechtslage der Grafschaft, welche ich in Tübingen erhielt, beim Brand in Pulversheim verloren gegangen ist."

Berthold wartete bereits mit den Pferden. Die Junker schwangen sich in ihre Sättel und ritten zu dem Quartier, das der Diener inzwischen für seine Herren bezogen hatte, beim Josephle-Wirt, einem einfachen, aber sauberen Gasthaus in der Nähe der Sankt-Martinskirche.

Es war Mittagszeit, und die Junker ließen sich auftischen, was die Küche hergab. Zum Auftakt servierte ihnen die Wirtin Morteau-Wurst, eine über Holzspänen von Nadelhölzern geräucherte Kochwurst, und die etwas kleinere Mömpelgard-Wurst, weniger fetthaltig und mit ein wenig Kümmel abgeschmeckt. Als Hauptspeise gab es knusprige Masthühnchen mit Gelbwein und frischen Morcheln, eine Spezialität der Stiftsdamen der Abtei Château-Chalon im Weinbaugebiet des Jura. Dann brachte eine Magd den Cancoillotte, einen fast flüssigen Käse aus verdickter, entrahmter und aufgewärmter Rohmilch, der mit Knoblauch und Weißwein serviert wurde und einen kräftigen, würzigen Geschmack besaß.

Die Junker waren gerade beim Abschluss des Mahles, Pfannkuchen mit frischen Kirschen aus der Region, angelangt, da öffnete sich die Tür und Conte Caracanti und sein Adlatus Alessandro erschienen. Sie sahen sich kurz um und steuerten dann direkt auf die beiden Junker zu.

Diese erhoben sich zur Begrüßung. „Conte", rief Carl. „Sie haben eine Art, überraschend zu erscheinen ... nun, seien Sie uns jedenfalls willkommen und setzt Euch samt Alessandro zu uns. Ich bedaure, dass Ihr nicht eher gekommen seid, denn das Essen war vorzüglich. Aber vielleicht lasse ich uns noch eine Flasche Wein kommen."

„Besten Dank, allein, ich fürchte, dafür ist jetzt nicht die Zeit", erwiderte Caracanti mit einem flüchtigen Lächeln. „Wir sollten sofort nach Héricourt aufbrechen, um dort mit einem Abgesandten Herzog Friedrich Eugens zusammenzutreffen. Unterwegs werde ich noch das eine oder andere, was zu wissen notwendig ist, genauer erläutern."

„Gut, brechen wir auf", entgegnete Carl. „Ich hoffe nur, Conte", fügte er hinzu, „dass es Euch heute gelingt, Eure Ausführungen zu einem Abschluss zu bringen."

„Seid unbesorgt, Herr von Schack. Alles Notwendige wird Euch kundgetan, und die Geschichte, die ich neulich Abend zu erzählen begann und auf die Ihr berechtigterweise anspielt, werde ich zur gegebenen Zeit selbstverständlich zu beenden wissen."

Berthold schien unterrichtet zu sein, denn er wartete mit den Pferden bereits vor dem Hause auf die Junker.

Sie ritten los. Auf halbem Weg zwischen Mömpelgard und Héricout passierten die Reiter Bethoncourt, wo gerade eine neue Kirche nach dem Vorbild der Martinskirche erbaut wurde. Am Spätnachmittag trafen sie im Ort ein und wandten sich direkt zum Schloss.

Hier war der Witwensitz der Herzogin Sibylla von Württemberg gewesen. An ihrem Hofe hatte der Kapellmeister Johann Jakob Froberger nach seinem Fortgang von Wien fünf Jahre bis zu seinem Tode 1667 gewirkt. Mit Beginn des Jahrhunderts lebte in Héricourt die erste Gemahlin Herzog Leopold Eberhards, Anna Sabine von Hedwiger, die 1701 durch Kaiser Leopold in den Grafenstand erhoben wurde und sich seitdem Gräfin von Sponeck nannte.

Als der Herzog die schöne Anna heiratete, galt die Ehe als nicht standesgemäß, und er bemühte sich daher in Wien um ihre Erhebung in den Reichsgrafenstand. Trotz der Erhebung verlief die Ehe nicht glücklich und der Herzog ließ sich 1714 von der Gräfin scheiden. Sie zog sich ganz nach Héricourt zurück; in Mömpelgard wirkte ihr Bruder Johann Rudolf zeitgleich als Regierungspräsident. Nach dem Tod des Herzogs Leopold Eberhard erhob der Sohn der Gräfin Anspruch auf Mömpelgard. Dieser aber wurde vom Reichsgericht als unbegründet und unberechtigt abgelehnt.

Die Gruppe erreichte das Schloss, wo sie bereits erwartet wurde. Knechte übernahmen die Pferde, Berthold schloss sich ihnen an. Der Graf und die beiden Junker sowie Alessandro wurden von einem Diener in das Innere geführt. Sie kamen zum Eingang eines Audienzsaals; der Conte wies Alessandro an, draußen zu warten, und betrat mit Carl von Schack und Junker Hermann den Raum. Hinter ihnen schloss sich die Tür, und aus einer Fensternische kam ihnen, gekleidet in der Uniform eines Reitergenerals, im Schmuck des ihm von Friedrich dem Großen verliehenen Schwarzen Adlerordens und mit einer weiß gepuderten Perücke auf dem Kopf, Friedrich Eugen von Württemberg in höchsteigener Person entgegen.

Herzog Friedrich Eugen, eigentlich Prinz Friedrich Eugen, war jetzt vierundvierzig Jahre alt. Von mittlerer Größe und durchaus beleibt sah

Karl Eugens jüngerer Bruder seinem „Landesherrn" ähnlich. Allein sein Auftreten wirkte bestimmter und gradliniger als das des Herzogs. Carl von Schack erkannte sofort in ihm den alten Militär preußischer Schule.

Der Conte und die Junker verneigten sich und warteten darauf, angesprochen zu werden. Friedrich Eugen ließ sich damit Zeit, indem er insbesondere Carl und Hermann ausgiebig musterte. Die Prüfung fiel augenscheinlich gut aus. Der Herzog nickte zufrieden, setzte sich auf einen Sessel und wies die drei Männer mit einer leichten Handbewegung an, es ihm gleich zu tun.

„Junker von Schack, ich habe schon einiges von Ihm gehört. Mein Bruder ist offenbar sehr zufrieden mit seiner Arbeit. Und Ihr, Herr Schott von Schottenstein, könnt auf eine stattliche Ahnenreihe zurückschauen, der Ihr, wie mir gesagt wurde, mit Eifer nachstrebt."

Ohne Caracanti weiter zu beachten, was diesen aber nicht zu verdrießen schien, wandte der Herzog sich wieder Carl zu: „Erzählt, Junker von Schack, wie war Eure Reise?"

Carl berichtete dem Herzog in groben Zügen ihre Erlebnisse. Als er auf die Ereignisse von Pulversheim zu sprechen kam und von ihren Kämpfen und Gefechten erzählte, leuchteten die Augen Friedrich Eugens auf, und er begann Fragen zu stellen und sich für kleinste Details zu interessieren. Carl endete und Friedrich Eugen von Württemberg nickte erneut.

„Ich beglückwünsche die Herren zu Ihren Erfolgen und bedaure gleichzeitig den Tod Ihres Mitstreiters Maximilian von Woellwarth. Die Freiherren von Woellwarth-Lauterburg sind ein altes süddeutsches Geschlecht. Sie dienen dem Lande seit über vierhundert Jahren ..." Er blickte stumm zu Boden und schwieg eine Weile.

Dann hob Friedrich Eugen den Kopf und richtete seine ersten Worte an Caracanti. „Conte, Ihr werdet Sorge tragen, dass meine beiden Gäste aufs Beste untergebracht und verpflegt werden. Ihr kennt meine Wünsche und die Nöte Mömpelgards – und Ihr wisst, was zu tun notwendig ist. Unterrichtet also Herrn von Schack und Hermann Schott von Schottenstein über den Auftrag."

Jetzt wandte er sich erneut an Carl von Schack. „Heute seid Ihr und Euer tapferer Freund Gäste im Schloss. Morgen allerdings werdet Ihr unverzüglich von hier aufbrechen, wohin, erfahrt Ihr vom Grafen Caracanti. Die Zeit, meine Herren, drängt!"

Die drei Männer waren entlassen und verließen mit einer Verbeugung den Raum. Carl fühlte sich von der neuen Situation etwas überrascht. Er hatte gedacht, seine Aufgabe wäre mit dem Erreichen Mömpelgards und nachdem er sich mit der hiesigen Situation vertraut gemacht hätte, erledigt gewesen oder zumindest weitgehend gelöst. Jetzt schien es, als begönne sein Abenteuer erst richtig. Jedenfalls musste die Angelegenheit, um die es ging, von höchster Wichtigkeit sein, denn der Herzog selbst und nicht ein Abgesandter, wie Caracanti zuvor verkündete, hatte mit ihnen gesprochen.

Ein Diener führte die drei Herren, denen sich Alessandro anschloss, in einen Seitenflügel, in dem die Vogtei und der Gästetrakt untergebracht waren. Für Carl und Hermann war eine Suite mit einem größeren Raum und zwei Schlafkammern vorbereitet, in denen alles bereitlag, was die Junker benötigen mochten.

Caracanti blieb an der Tür stehen. „Meine Herren, wir sehen uns später zum Dinner. Bis dahin nutzt die Zeit und studiert die auf dem Sekretär liegenden Unterlagen, über die wir später zu reden haben."

Der Conte verabschiedete sich mit einem Kompliment und ging mit Alessandro gemessenen Schrittes davon. Carl und Hermann traten ein. Im Raum stand Berthold und erwartete ihre Befehle.

Carl ließ sich frisches Wasser in seine Kammer bringen. Er wusch sich ausgiebig, dann rasierte ihn Berthold und reichte ihm ein frisches Hemd, das er mit Genuss anzog. Nun ließ sich Hermann rasieren. Carl von Schack nahm währenddessen den dünnen Aktendeckel mit den Unterlagen vom Sekretär, setzte sich in einen breiten Ledersessel am Fenster, schlug die Seiten auf und begann diese zu lesen.

Es handelte sich um etwa zehn Schriftstücke unterschiedlicher Provenienz. Zum einen um Briefe, deren Inhalt sich, soweit es Carl beurteilen konnte, mit diversen Umtrieben im Territorium der Grafschaft selbst beschäftigte, deren Hintergrund dem Junker jedoch nicht deutlich war. Irgendwie schien es um die enge Blutsverwandtschaft des Adels und anderer Familien zu gehen – vor allem ein Problem der *cinq villages des bois*, der fünf Walddörfer, deren führende Familien offenbar sehr eng miteinander verbunden waren. Daraus leiteten sich diverse Erbschaftsfragen ab und um diese ging es wohl hauptsächlich. Die anderen Papiere waren kirchlicher Herkunft. Neben Sittlichkeitsverbrechern, die, wie es hieß, *comme truie lavée retournant à son bourbier* – die wie die Sau in ihre

Schlammpfützen zurückkehrten –, hatten Unglaube, Blasphemie und Hexerei die Kirchenoberen beunruhigt.

Alle diese Papiere standen in irgendeiner Form mit der letzten Urkunde in Verbindung, die auf eine Schenkung verwies, deren Kontext Carl unverständlich blieb. Allein ein Hinweis ließ ihn stutzen. Die Urkunde selbst, so wurde behauptet, sei in einem völlig anderen Werk verborgen, welches ein Kräuterbuch sei, das in Basel oder Straßburg zu finden wäre. Das erinnerte Carl an das Gespräch der Studenten in Tübingen, dessen Zeuge er geworden war und in dem, soweit er wusste, es ebenfalls um ein botanisches Werk gegangen war, das der eine Student – der Name fiel ihm eben nicht ein – im Auftrage des herzoglichen Hofes besorgen sollte. Junker von Schack legte die Papiere zur Seite. Conte Caracanti würde einiges zu erklären haben, wenn er und Junker Hermann verstehen sollten, was ihr Inhalt zu bedeuten hatte und was daraus für ihren Auftrag zu folgern war.

In diesem Augenblick trat Hermann Schott von Schottenstein, frisch rasiert und umgekleidet, in das Zimmer. „Nun, Carl, habt Ihr die Papiere gelesen, dass Ihr mir sagen könnt, was uns erwartet?"

„Ich fürchte, dass es weitere Mystifikationen geben könnte und hoffe – zunächst – auf ein ordentliches Abendessen", erwiderte Carl.

Wie auf ein Stichwort klopfte es an der Tür und zwei Diener führten die Junker zu Tisch.

Die Junker betraten einen weitläufigen Saal, in dem eine prächtige Tafel und eine Überraschung die Gäste erwarteten. Carl hatte nicht angenommen, dass Friedrich Eugen am Essen teilnehmen werde, das wäre zu viel der Ehre gewesen, doch mit der Anwesenheit zweier weiterer Gäste hätte er nicht gerechnet. Neben dem Grafen und seinem treuen Gefolgsmann Alessandro saßen die Baronesse von Korff und ihre Base Josepha von Ellrichshausen bereits an der Tafel. Carl von Schack wurde neben die Baronesse platziert und Junker Hermann kam neben Fräulein von Ellrichshausen zu sitzen, was ihm durchaus zu behagen schien. Fräulein von Korff begrüßte Carl mit einem kurzen Nicken ihres schönen Hauptes, nahm aber sonst keine weitere Notiz von ihm, während Hermann und Josepha sofort ein Gespräch begannen. Carl fand die Reaktion der Baronesse nach der Nähe der letzten Tage eigenartig, hielt sich aber zurück.

Es wurden verschiedene Speisen serviert, die alle überaus köstliche Gaumenfreuden versprachen: zum Auftakt eine Gänseleberpastete, dann Schweinefilet in Blätterteig, Spanferkelbraten in Honigkruste, knusprige Entenbrust und Hase auf Rotweinkraut mit Speck und Zwetschengenknödeln, dazu Pilze, verschiedene Gemüse, Spätzle – ein Muss für die Küche Friedrich Eugens – sowie Püree und Schwarzwurzeln. Die Damen aßen wenig und probierten nur da und dort einen Happen, die Herren jedoch ließen es sich schmecken. Die Gespräche blieben allgemein, wobei vor allem Junker Hermann das Wort führte und verschiedene Stuttgarter Hofanekdoten zum Besten gab.

Erst bei der Nachspeise, einem Schokoladensoufflé, nahm Conte Caracanti das Wort. „Gnädigste Baronesse, mein Fräulein von Ellrichshausen. Herr von Schack, Herr Schott von Schottenstein, bester Alessandro. Ich weiß, Ihr alle seid überrascht über unsere kleine Gesellschaft und begierig zu wissen, warum ich Euch hier zusammengeführt habe und welche Aufgaben auf den einen oder anderen des Kreises zukommen werden. Ich bin sicher, Herr von Schack, dass Ihr die Zeit genutzt und die Papiere, welche in Eurem Gemach lagen, ausführlich studiert habt. Auch Ihr, Baronesse von Korff, hattet heute bereits Gelegenheit Euch intensiv mit Rechtsurkunden zu beschäftigen. Es braucht nicht die Geistes– und Seherkräfte eines Cagliostro, um zu prognostizieren, dass weder Ihr, Gnädigste, noch Junker von Schack, die genannten Unterlagen zu durchschauen vermochtet, denn diese sind mitnichten vollständig." Caracanti schwieg und schaute zu Baronesse von Korff.

Die Baronesse schüttelte unwillig den Kopf. „Conte, ich will nicht glauben, dass Ihr aus purer Freude an Mystifikationen mit uns Eure Spiele treibt. Allein, allmählich ermüdet mich Euer Vorgehen. Ich bin gelangweilt, Conte, und nichts auf der Welt verabscheue ich mehr als Langweile."

Der Conte hatte ihr aufmerksam zugehört, jetzt suchte er Carl von Schacks Blick, um auch von diesem eine Stellungnahme zu erhalten.

„Conte Caracanti. Seit nunmehr einer Woche erlebe ich Euer seltsames Kommen und Gehen. Es wäre, so denke ich, uns allen geholfen, wenn Ihr klipp und klar darstelltet, in welchem Auftrag und warum Ihr handelt und was unsere, speziell meine Rolle, in diesem bislang sehr undurchdringlichen Treiben sein kann und wird."

„Gut", meinte Caracanti. „Es ist in der Tat eine komplizierte Geschichte, und ich denke, es ist das Beste, wenn ich dort fortfahre, wo ich im

Anwesen des Herrn de Ville eingehalten habe. Ich erzählte", wandte sich der Graf an die Baronesse, „vom Grafen von Gersdorf und von meiner Zeit in Italien, als ich dem Gefolge des Fürsten von Lucca angehörte. Der Graf und ich hatten mit einem Räuber namens Fra Giovanni zu tun, der mit Hilfe von Gersdorfs gefangen und verurteilt worden war. Nach seiner Hinrichtung schwor sein Sohn Giovanni Morante dem Grafen und mir blutige Rache. Der Sohn des Räubers war im Hause des Kaufmanns Alfieri aufgewachsen und ging mit dem jungen Kaufmannssohn Vittorio, seinem Milchbruder, nach Mailand. Vittorio und Giovanni befanden sich einen Monat in Mailand, als Vittorio vom plötzlichen Tode seines Vaters Claudio Alfieris erfuhr. Mit guten Wechseln ausgestattet, begab Vittorio sich in Begleitung Giovanni Morantes nach Lucca, um dort sein Erbe anzutreten. Allein, er schien es sich anders überlegt zu haben, denn eine Woche später traf ein Brief in Lucca ein, worin er ankündigte, auf eine längere, sehr dringliche Reise nach Frankreich gehen zu müssen. Er wies an, das Anwesen in Lucca zu verkaufen, und gab eine Bank an, wohin ihm Geld zu schicken wäre. Dem Schreiben beigelegt war die beglaubigte Bestätigung einer angesehenen Mailänder Bank, dass der Unterzeichner Vittorio Alfieri persönlich bekannt und berechtigt sei, eine derartige Verfügung auszustellen. Das Anwesen wurde daher ohne Zögern verkauft und der Kaufpreis für die besagte Bank in Mailand eingezahlt. Dort hob Vittorio Alfieri das Kapital vollständig ab und begab sich auf die angekündigte Reise."

„Und es handelte sich wirklich um Vittorio Alfieri und nicht um den Sohn des Räuberhauptmanns?", fragte Junker Hermann.

„Nun, hört selbst", erwiderte der Conte. „Ein Jahr später fand ein Hirte im Tale des Serchio am Flussufer den stark verwesten Leichnam eines jungen Mannes. Den Papieren seiner Taschen nach handelte es sich um Giovanni Morante. Elsa Morante, der der Leichnam gezeigt wurde, bestätigte, ohne eine Regung zu zeigen, die Identität des Toten. Doch bald kamen Gerüchte auf, die besagten, es handle sich bei dem Toten in Wahrheit um Vittorio Alfieri, der von Giovanni ermordet und beraubt worden sei, und dass Morante seine Papiere mit denen Alfieris vertauscht habe. Elsa Morante bestritt dies heftig, aber die Gerüchte hielten sich, ohne dass sich eine Klärung zeigte. Ich selbst erfuhr von der Angelegenheit erst ein Jahr später, als ich in anderen Angelegenheiten Venetien bereiste. Ich maß der Geschichte weiter keine Bedeutung bei, doch als vor zwei Jahren mein alter Freund Graf Gersdorf, Euer Mentor, Herr von Schack, ermordet wurde, erinnerte ich mich der Drohungen und Schwüre des Giovanni Morante. Ihr erinnert Euch noch der Beschreibung des Täters, Junker von Schack?"

„Die Beschreibung des Täters lautete, es sei ein Mann von Anfang zwanzig gewesen, mit einem schwarzen Schnurrbart und von blasser Gesichtsfarbe", antwortete Carl. „Ein Steckbrief, der auf viele Jünglinge zutrifft."

„Dem Alter nach und vom Typus könnte es sich durchaus um diesen Morante gehandelt haben, doch da er angeblich tot war, schien er als Täter nicht infrage zu kommen", sagte der Conte. „Dennoch beschloss ich, mich näher mit Morante und vor allem mit dem angeblichen Vittorio Alfieri zu beschäftigen. Dabei erfuhr ich, dass dieser in französische Dienste getreten sei und der Pariser Polizei diene. Welcher Art Vittorio Alfieris Dienste allerdings waren, konnte ich zunächst nicht in Erfahrung bringen."

„Bei meinem letzten Aufenthalt in Dresden", ließ sich überraschend die Baronesse vernehmen, „bin ich einem Cavaliere Alfiere begegnet, einem jungen Mann in etwa dem Alter, das Sie anführen, Conte."

„Wann war das, Baronesse?", hakte der Graf nach.

„In der letzten Wintersaison", erklärte Sylvia von Korff. „Eine entfernte Verwandte lud uns nach Sachsen ein, und obwohl Sachsen nach dem Kriege mit Preußen sehr verarmt ist, waren die Bälle und Konzerte weitaus kultivierter als im nüchternen Potsdam Friedrichs II."

„Ist Ihnen bekannt, Baronesse, in welcher Eigenschaft der angebliche Cavaliere auftrat?", fragte Caracanti weiter.

„Er nannte sich Sonderbotschafter der Republik Venedig und behauptete, seine Vollmachten direkt vom Dogen Alvise Giovanni Mocenigo empfangen zu haben", antwortete die Baronesse lächelnd. „Ein geheimnisvoller Mann, dieser Cavaliere, von romanischem Aussehen und großem Temperament, der etlichen Damen am Hofe Friedrich Augusts den Kopf verdrehte."

„Ein Sonderbotschafter der Serenissima, ei, ei", meinte Conte Caracanti und verzog das Gesicht, als bestünde das Soufflé aus Zitronen.

„Cavaliere Alfiere verschwand kurz vor Ende der Saison nach einem Duell, das, wie man allgemein munkelte, eine *affaire d'amour* zum Hintergrund hatte", erzählte Sylvia von Korff weiter. „Angeblich soll Alfiere Prinzessin Maria Kunigunde den Hof gemacht haben, obwohl diese bereits zur Nachfolgerin der Fürstäbtissin in Essen und Thorn gewählt worden war."

„Eine Affäre mit Maria Kunigunde?", fragte Hermann Schott von Schottenstein verwundert. „Unglaublich, Erzherzog Joseph von Habsburg hat die Prinzessin vor mehr als zwölf Jahren auf Brautschau im böhmischen Teplitz getroffen. Wie jeder weiß, brachte die Prinzessin bei diesem Treffen kein vernünftiges Wort heraus. Durch die Schüchternheit Maria Kunigundes abgestoßen, war der Erzherzog froh, wieder abzureisen und nahm statt Maria Kunigunde ihre Base Maria Josepha von Bayern zur Braut. Und auch das Äußere der Prinzessin, die Damen verzeihen, wenn ich lästere, war nie von besonderer Schönheit oder Anziehungskraft. Allein die Augen ..."

„Nun", unterbrach ihn die Baronesse, der Junker Hermanns Ausführungen zu weit gingen. „Alfieres Ziel war wohl eher die frühere Hofdame der Prinzessin, Gräfin Louisa von Schönburg. Die schöne Gräfin ist eine sehr lebensfrohe Dame, die, obwohl einem Mitglied aus dem Hause derer von Thurn und Taxis versprochen, keinen Ball der Saison und keinen Tanz verpasste und sich die Avancen Alfieris wohlgefallen ließ."

„Und der ‚Herr von der Post'", spöttelte Conte Caracanti, „hat er sich den Affront ‚gefallen lassen'?"

„Das scheint mir unwahrscheinlich", meinte Carl von Schack, welcher der Gräfin einmal auf einem Ball begegnet war und sie für eine sehr oberflächliche Persönlichkeit hielt. „Denkt nur an unseren Generalerbpostmeister der Kaiserlichen Reichspost, Karl Anselm von Thurn und Taxis, und wie er die Tochter unseres verstorbenen Herzog Karl Alexander, Fürstin Auguste Elisabeth, behandelt."

„Acht Kinder hat sie ihm seit ihrer Stuttgarter Heirat geboren", ereiferte sich das bis dahin schweigsame Fräulein von Ellrichshausen. „Und der Fürst hat sie seit einem halben Jahr auf Schloss Trugenhofen bei Dischingen unter strengen Hausarrest gestellt, unglaublich!"

„Angeblich hat Auguste Elisabeth mehrfach versucht, den Generalerbpostmeister zu ermorden", meinte Caracanti trocken. „Aber wir kommen, mit Verlaub vom Thema ab. Alfieri, ob identisch mit dem besagten Cavaliere oder nicht, ist im Dienste Frankreichs. Ich bin überzeugt, dass sich hinter der biederen Maske Vittorio Alfieris in Wahrheit die Visage des Banditen Giovanni Morante verbirgt. Morante hat seinen Milchbruder Alfieri hinterrücks ermordet und dessen Leichnam für den eigenen ausgegeben. Ich bin mir, trotz der Beteuerungen von Morantes Mutter und der aufgefundenen Papiere, sicher, dass der im Tale des Serchio entdeckte Tote der wahre Alfieri gewesen ist. Und ich fürchte, dass Morante/Alfieri hinter den Anschlägen auf Euch, Herr von Schack, und auf Euren Diener steckt, ja, dass er auch den Grafen von Gersdorf und die Baronesse Melissa auf dem Gewissen hat."

„Seid Ihr sicher, Conte?", fragte Carl. „Glaubt Ihr wirklich, dass der Nachkomme eines italienischen Straßenräubers so viel Raffinesse besitzt, um unsere geheimen Pläne auszukundschaften und diese durch sein Tun derart zu stören oder gar zu durchkreuzen?"

Der Conte schwieg einen Moment nachdenklich, dann schüttelte er langsam den Kopf. „Ihr habt Recht, Herr von Schack. Morante mag der Täter gewesen sein, doch der planende Kopf ist er sicher nicht. Es muss eine weitere Person oder gar mehrere andere Persönlichkeiten geben, die, woher auch immer, von unseren Plänen wissen und alles tun, um diese zu stören oder ihre Ausführung zu verhindern."

Ein perlendes Lachen unterbrach Caracanti. Es kam von der Baronesse von Korff, die ein Spitzentüchlein hervorzog und dieses vor den Mund presste. Der Conte hob eine Augenbraue und sah die Dame fragend an.

„Entschuldigt, bester Graf, doch Eure Worte brachten mich, ob ich wollte oder nicht, zum Lachen. Welche Pläne sollen dies denn sein, die Morante oder Alfieri oder eine dritte, völlig unbekannte Persönlichkeit zu durchkreuzen sucht? Conte Caracanti, ich weiß von keinen Plänen, ich kenne nur eine Vielzahl merkwürdiger Papiere, die Ihr mir habt zukommen lassen, und hörte heute erstmalig diese komplizierte italienische Räubergeschichte; sonst weiß ich von nichts. Ich fürchte, Herrn von Schack und Herrn Schott von Schottenstein geht es ähnlich. Ich bitte Euch, bester Conte, spielt nicht länger die männliche Scheherazade und springt von einer Geschichte zur nächsten! Sagt uns einfach, worum es geht!"

Carl von Schack musste der schönen Baronesse zustimmen. Bislang hatten Caracantis Erzählungen nur immer neue Fragen aufgeworfen und keine Antworten gegeben. Er war gespannt, wie der Graf auf Fräulein von Korffs Aufforderung reagieren würde.

Der Conte blickte von einem zum anderen und schaute zuletzt Alessandro an – dann begann er ebenfalls laut zu lachen; ein Lachen, das derart ansteckend war, dass die übrige Tischgesellschaft nicht umhin konnte, mit einzustimmen.

„Ihr habt recht, gnädigste Baronesse von Korff", antwortete Caracanti schließlich, als alle sich wieder beruhigt hatten. „Eigentlich wissen wir alle herzlich wenig von den Dingen, um die es geht. Ich habe mich selbst bereits gefragt, was hinter den ganzen Ereignissen, Intrigen und sonst wie abenteuerlichen Geschehen wirklich steckt; und musste mir eingestehen, dass ich meine eigenen Fragen nicht zufriedenstellend zu beantworten vermochte – daher mein Lachen. Doch lasst uns systematisch vorgehen. Was sind die uns bekannten Fakten?" Caracanti blickte fragend in die Runde.

„Da wäre einiges zu nennen", übernahm Carl das Wort. „Aber, verzeiht mir die Frage, gnädigste Baronesse, was ist Eure Rolle in der Geschichte? Warum seid Ihr in Staatsgeschäfte einbezogen, deren besonderer Charakter eine nicht unerhebliche Geheimhaltung erforderlich macht?"

Sylvia von Korff wandte dem Junker ihr Gesicht zu und lächelte fast schüchtern.

„Ich weiß es nicht, Herr von Schack. Ich weiß nicht, warum Conte Caracanti mich und meine Base heute Abend ins Schloss von Héricourt geladen hat. Doch wenn unsere Anwesenheit dem Junker nicht genehm ist, so werden wir sogleich aufstehen und gehen. Staatsangelegenheiten diesen Zuschnitts sind für uns Frauen offenbar nicht vorgesehen; wir möchten uns daher nicht in Angelegenheiten mischen, die nicht die unsrigen sind." Bei diesen Worten machte sie Anstalt, sich vom Tisch zu erheben, und Josepha von Ellrichshausen folgte, nach einem Blick auf ihre Cousine, ihrem Beispiel.

„Gnädigste Baronesse, verehrtes Fräulein von Ellrichshausen, bitte handelt nicht überstürzt", intervenierte hastig der Conte. „Ich werde sogleich erklären, was die Ursachen Eures Hierseins sind und weswegen Ihr mitnichten Euch im falschen Kreise befindet." Carl von Schack warf er einen Blick zu, den dieser nicht recht einzuordnen vermochte. „Zwar hatte ich eben vor", sprach Caracanti weiter, „gemeinsam mit Euch die bisherigen Abläufe zu erläutern. Doch denke ich, dass es, aufgrund Ihrer Worte, Baronesse, und wegen der Fragen, die Herr von Schack stellte, notwendig ist, Grundsätzliches darzustellen und verständlich zu machen." Der Conte nahm sein Glas, das er bisher unberührt gelassen und trank einen tiefen Schluck.

„Nun", hub er neu an, „der Grund, weswegen Baronesse von Korff unter uns weilt, ist das Geschäft, welches Ihr, gnädiges Fräulein, mit dem Advocatus Fallot de Tremoins abzumachen habt." Bei seinen letzten

Worten verzog der Conte, wie von einem plötzlichen Schmerz ergriffen, das Gesicht und fasste dann mit beiden Händen die Halskrause, um diese zu lösen. Er öffnete weit den Mund, im vergeblichen Bemühen, Luft zu bekommen. Dann stieß der Conte, während ihm die Augen hervortraten, einen gurgelnden Laut aus und rutschte endlich, ohne ein weiteres Wort, seitlich vom Stuhl zu Boden, wo er, nach einem kurzen Krampfe, bewegungslos liegenblieb.

Die Tischgesellschaft, die starr vor Entsetzen das Geschehen verfolgt hatte, sprang, bis auf die Damen, von den Stühlen auf. Zwei Diener eilten zum Grafen, um Beistand zu leisten. Alessandro, der sich als Erster aus der Starre löste und nahe Caracanti saß, stieß sie zur Seite, kniete neben dem Conte nieder und öffnete rasch dessen Kragen; aber jede Hilfe kam zu spät, der Graf war tot. Auf seinen Lippen zeigte sich ein bläulicher Schaum – Conte Caracanti war vergiftet worden!

Junker Hermann, der mittlerweile neben Alessandro kniete, fuhr in die Höhe und wandte sich einem der Diener zu, der kurz vorher die Gläser gefüllt hatte. Er packte ihn am Kragen und schüttelte den Mann. „Kerl, was hast du dem Conte in den Wein getan? Gesteh, du Schuft, sonst schlag ich dich tot!"

„Hermann, lasst den Mann los!", rief Carl. „Der Diener hat uns allen eingeschenkt und Ihr und ich haben unbeschadet vom Wein getrunken. Das Gift muss dem Grafen in anderer Weise beigebracht worden sein." Carl nahm eine Servierte und ergriff mit dieser vorsichtig das Glas des Grafen. Der Junker hielt das Gefäß – es war dunkelgrün und von bauchiger Form – gegen das Kerzenlicht, dann wandte er sich den anderen Gästen zu. „Seht, da schwimmt etwas im Glas, der Rest einer dünnen Kapsel – sie löst sich auf und ist fort!", rief er aus.

Die Baronesse, die das Geschehen mit einer geradezu unvergleichlichen Gelassenheit verfolgt hatte, hob fragend eine Augenbraue. „Meint Ihr, das Glas wurde eigens für Conte Caracanti präpariert?"

„Davon, gnädigste Baronesse, ist auszugehen", antworte Schack. Er drehte sich zu den beiden Dienern, die zitternd vor Junker Hermann standen. „Wer von Euch hatte den Auftrag, den Tisch zu decken?"

„Herr", stieß der eine ängstlich hervor, „wir sind nur für das Servieren der Speisen und Getränke zuständig. Die Tafel war längst gedeckt, als wir beide unseren Dienst antraten."

„Das werde ich überprüfen", sagte Alessandro zornig. „Wenn Ihr erlaubt, Junker von Schack?"

„Geht nur, Alessandro, und prüft, ob der Mann die Wahrheit sagt. Informiert auch den Kommandanten der Schlosswache und schickt mir Berthold!"

Alessandro nickte und verließ eilig den Saal.

Carl von Schack wandte sich wieder der Baronesse zu. „Baronesse! Ihr entschuldigt mein Versäumen, dass ich Euch länger als nötig dieser schrecklichen Situation ausgesetzt habe. Junker Hermann wird Euch und Eure Base zu Euren Gemächern geleiten, auf dass Ihr Euch von dem Ereignis erholen könnt. Erlaubt mir aber noch, bevor Ihr geht, die Frage, ob Euch während des Mahles irgendetwas Ungewöhnliches aufgefallen ist?"

Die Baronesse überlegte einen Augenblick, schaute dann ihre Base Josepha von Ellrichshausen an, die, halb ohnmächtig, hilflos den Kopf schüttelte, und blickte wieder zu Schack. „Ich bedaure, Herr Junker von Schack, weder Josepha noch ich haben etwas beobachtet oder können Näheres zur Aufklärung dieses fürchterlichen Verbrechens beitragen. Jetzt entschuldigt uns, wir wollen Euren Vorschlag annehmen und uns zurückziehen. Ihr seht, Josepha geht es nicht gut, und auch ich fühle mich sehr angeschlagen."

Begleitet von Hermann Schott von Schottenstein verließen die beiden Damen den Tafelraum. Carl von Schack blieb allein mit den völlig verängstigten Dienern zurück. Er zog seinen Degen, worauf die Bediensteten furchtsam an die Wand zurückwichen, und setzte sich derart auf einen Stuhl, dass er die Männer als auch den Saaleingang gut im Auge behalten konnte.

Die Zeit verging, doch Alessandro kehrte nicht zurück und auch Junker Hermann ließ auf sich warten. Dafür betrat der Kommandant der Schlosswache, Abraham Titot, in Begleitung eines Trupps Soldaten den Raum. Carl erhob sich, steckte den Degen ein und stellte sich Titot vor. Carl wusste, dass dieser in seiner Jugend im Tübinger Stift studiert, später Polizeipraefectus in der Freien Reichstadt Heilbronn und Major im schwäbischen Reichskreis gewesen war, und sich mit aller Art von Verbrechen bestens auskannte. Der breitschultrige Endfünfziger hatte während seiner Heilbronner Zeit in einigen Fällen von Giftmord ermittelt. Er beugte sich, nachdem er Schacks Schilderung vernommen hatte, sofort über den Toten, um diesen genauer zu untersuchen. Darauf nahm er vorsichtig das grüne Glas in die Hand und betrachtete es mit kundigem Blick.

„Ihr habt Recht, Herr von Schack", sagte er und strich sich über den grauen Schnurrbart, „Conte Caracanti wurde vergiftet. Doch ich brauche Euch diese Tatsache nicht zu bestätigen. Ihr seid vom Fach, soviel ich weiß, und werdet sicher Anweisungen an mich haben, wie weiter vorzugehen ist." Titot trat zurück und blickte den Junker erwartungsvoll an.

„Herr Major", wählte der Junker bewusst die militärische Anrede und sah in der Art, wie sich Titots Gestalt straffte, dass er den richtigen Ton getroffen hatte, „ich bin überzeugt, dass Ihr ein Mann seid, der ebenfalls sein Geschäft versteht, und ich lege den Fall vertrauensvoll in Eure Hände, da ich sicher bin, ihn dort gut aufgehoben zu wissen."

Er wurde durch die Rückkehr Hermann Schott von Schottensteins unterbrochen, der Titot kurz zunickte und sich dann an Carl wandte. „Die Damen sind in ihren Gemächern. Sie waren aber derart verängstigt, dass sie mich baten, ihre Räume näher in Augenschein zu nehmen, was ich tat. Natürlich gab es für ihre Furcht keinen Anlass." Junker Hermann blickte sich suchend um.

„Ist Alessandro noch nicht zurück? Und wo ist Berthold? Alessandro sollte uns diesen doch schicken?"

„Nun, Major Titot, der Kommandant der Schlosswache, ist dafür gekommen und wird sich sofort des Falles annehmen", erwiderte Carl.

„Major Titot?", wiederholte Junker Hermann. „War der Herr nicht Praefectus in Heilbronn?"

„Das stimmt", antwortete der Kommandant, „Junker …"

„Schott von Schottenstein", stellte sich Hermann vor. „Sie haben in Heilbronn gute Arbeit geleistet; ein entfernter Vetter von mir, Philipp von Scharffenstein, erzählte von einem Mordfall an einer alten Frau, den Ihr aufklären konntet und damit einen Unschuldigen vorm Rad bewahrtet."

„Dem ist so", entgegnete Titot und strahlte über das ganze Gesicht. „Ist Euer Vetter, Herr Junker", fragte er dann etwas unbedacht, „mit unserem Mömpelgarder Georges Frédéric Scharffenstein verwandt, den der allergnädigste Landesherr vor fünf Jahren an die Hohe Karlsschule holte?"

„Dem mag so sein oder auch nicht", antwortete Junker Hermann knapp. „Lasst uns jetzt den Mord an dem Conte betrachten. Was werdet Ihr zuerst tun, Major Titot?"

„Zunächst werden die Diener festgesetzt. Diese dort drüben und alle, die mit der Speise, den Getränken und ihrer Zubereitung sowie der Tafel insgesamt in Verbindungen standen!", knurrte Titot, der merkte, dass dem Junker die Verwandtschaftsfrage missfiel, und gab seinen Männern die entsprechenden Anweisungen. „Morgen früh werde ich wissen, wer von ihnen der Täter ist!" Titot salutierte und trat mit seinen Soldaten ab, die die laut ihre Unschuld beteuernden Diener mit sich schleppten.

Carl sah ihm sinnend nach.

„Meint Ihr, Titot kann den Fall lösen?", fragte Junker Hermann. „Den Mord an einem alten Weibe mag er aufklären können, aber der Fall des Conte Caracanti deucht mir einige Grade schwieriger zu sein."

„Gebt zu, Freund Hermann, die Verwandtschaftsfrage hat Euch verärgert", meinte Carl. „Aber ich frage mich", fügte er nachdenklich hinzu, „wo Alessandro und Berthold bleiben. Die Sache gefällt mir nicht. Und ich wüsste zu gern, was uns Caracanti derart Bedeutsames mitzuteilen hatte, dass er ermordet wurde. Wie seine erste Botin, die mich informieren sollte, die Baronesse Melissa."

„Melissa, das war Euer Stelldichein am Monrepos-See?", fragte Junker Hermann.

„Die Baronesse war eine Botin Caracantis", korrigierte Carl ruhig. „Am nächsten Tag folgte der Überfall auf Friedrich und der Raub der Nachricht, die mir Alessandro überbracht hatte. Ganz sicher keine Zufälle; ich möchte wetten, dass die Kerle, welche in Tübingen im ‚Alten Simpel' die Schlägerei provozierten, dies ebenfalls nicht zufällig taten. Immerhin nannte einer der Burschen meinen Namen und fragte nach mir."

„So werdet Ihr wohl auch eine Verbindung mit den Wolfsbrüdern vermuten?", fragte Junker Hermann.

„Möglich wäre dies", erwiderte Carl nachdenklich. „Doch vor allem gehen mir Maximilians letzte Worte nicht aus dem Sinn: *Seid auf der Hut. Verrat!*"

„Wen kann er damit gemeint haben? Nicht Caracanti und Alessandro, denn diese waren ihm nicht bekannt, oder?"

„Ich weiß es nicht", antwortete Carl. „Vielleicht meinte er doch Alessandro. Es könnte sein, dass an unserem Abend bei Talheim das Gespräch auf ihn gekommen ist. Aber es ergibt keinen Sinn, warum sollte Alessandro ein Verräter sein?"

„Und wenn Berthold der Verräter ist?", schlug Hermann vor. „Allein, wir haben ihn erst in Freiburg in unsere Dienste genommen. Viel Wissen von Eurem Auftrag, Carl, konnte und kann der Mann nicht haben."

„Es ist aber denkbar, dass Berthold Informationen über unseren Reiseweg weitergegeben hat und es so einem Verfolger ermöglichte, an unseren Fersen zu bleiben und seine Anschläge zu planen." Carl von Schack stand auf und ging zur Tür. „Jedenfalls sollten wir einmal schauen, wo Alessandro und Berthold abgeblieben sind." Er zeigte auf ein Uhrwerk, welches auf einem Seitentisch stand. „Seit Alessandros Weggang ist nahezu eine Stunde vergangen und allmählich kommt mir sein Ausbleiben höchst seltsam vor."

In diesem Augenblick ward die Tür leise geöffnet und ein Diener kam herein. Er trat auf von Schack, der ihm am nächsten stand, zu und reichte ihm ein Kuvert.

Verwundert nahm Carl den Brief entgegen und öffnete ihn. Er entnahm ein Schreiben, das er überflog und dann für Hermann laut vorlas:

Junker von Schack und Junker Schott von Schottenstein!
Verzeiht meinen raschen Aufbruch und dass ich mich nicht bei Euch abmeldete. Doch ich denke, ich weiß, wer den Mord an Conte Caracanti zu verantworten hat und folge dem Täter unverzüglich. Berthold nehme ich, Euer Einverständnis vorausgesetzt, mit, denn zu zweit wird es leichter, den Schurken zu fassen. Ich bedaure, nicht zu wissen, was der Conte Euch heute sagen wollte. Nur so viel ist mir bekannt, dass es wohl um Erbschaften in der hiesigen Region und damit verbundenen Landabtretungen geht und der Conte eine Lösung in einem speziellen Buche, dem Kräuterbuch eines gewissen Petri Andreae Matthioli, vermutet hat, welches er glaubte, in Basel zu finden. Ich eile und bitte untertänigst um Verzeihung, so mein Fortgehen Euch Ungemach bereite.
Alessandro

„Ein Meisterwerk der Verstellung!", rief Junker Hermann empört. „Alessandro und Berthold sind die Verräter und haben den Conte getötet. Nun sollen wir denken, die beiden wären dem angeblichen Täter auf den Fersen und uns nicht weiter um sie kümmern. Ein infamer Plan!"

„Auf den ersten Blick mag das sein, und es sieht auch so aus, als ob ein solcher Verdacht berechtigt wäre", entgegnete Carl. „Doch ich frage mich, warum der Verweis auf das Kräuterbuch? Vom gleichen Werk erzählte ein junger Buchhändler aus Esslingen, an dessen Namen ich mich nicht mehr erinnere. Ein mehr als seltsamer Zufall, meinet Ihr nicht? Und dann, warum schreibt Alessandro, das Buch sei in Basel zu finden?"

„Er will, dass wir unsere Aufmerksamkeit nach Basel wenden und dadurch von einer Verfolgung ihrer selbst ablassen."

„Das mag so sein oder nicht", erwiderte Carl. „Ich denke, wir sollten die Untersuchung Major Titots abwarten, morgen dürften erste Ergebnisse vorliegen, und dann entscheiden wir, wie wir weiter vorzugehen gedenken."

Junker Hermann stimmte Carl zu und steckte Alessandros Schreiben ein. Sie läuteten nach einem Diener und ließen sich zu ihren Zimmern führen, wo Berthold offenbar noch Zeit gefunden hatte, die mitgeführte Bekleidung und andere Utensilien, die ihnen Herr de Ville zur Verfügung gestellt, auszupacken und entsprechend bereitzulegen.

Carl kleidete sich aus, löschte die Kerze und legte sich zu Bett. Allein, es gelang ihm nicht, zur Ruhe zu kommen. Es war stickig im Zimmer, und er wälzte sich schlaflos hin und her.

Carl erhob sich und trat ans Fenster, das er öffnete, um frische Luft hineinzulassen. Draußen war schwarze Nacht, dunkle Wolken verdeckten Mond und Sterne und ließen alles in Finsternis zerfließen. Trotzdem meinte Carl, als er so in die Runde schaute, im Hofe eine unmerkliche Veränderung zu sehen, eine Schwärze in der Schwärze, die sich langsam fortbewegte. Dann klang es wie das Rollen von Rädern und dazu war der gedämpfte Hufschlag von Pferden zu hören. War das eine Kutsche, die in dieser nächtlichen Stunde zu einer geheimnisvollen Reise aufbrach? Irgendwo schien quietschend ein Tor geöffnet zu werden, Carl hörte ein letztes Wiehern, und alles verhallte in dunkler Ferne.

Merkwürdig, wer mochte es sein, der derart verborgen das Schloss zu verlassen getrachtet? Ein später Gast, ein Kurier oder eiliger Bote – doch wären Letztere nicht eher zu Pferde aufgebrochen? Vielleicht würde er morgen erfahren, wer die Nacht zum Aufbruch genutzt hatte.

Carl verriegelte das Fenster und legte sich wieder zu Bett. Er schloss die Augen, und diesmal gelang es ihm, zur Ruhe zu kommen; nach wenigen Minuten schlief der Junker fest und tief.

Am nächsten Morgen führte ihn ein Diener zur Frühstückstafel, an der bereits Junker Hermann seinen Platz bezogen hatte und kräftig am Speisen war.

Carl begrüßte den Freund und setzte sich. „Sollten wir nicht auf die Damen warten, bester Hermann? Dieses gebietet, so mein ich doch, die Höflichkeit."

„Das Warten, Freund Carl, ist zwecklos. Lest selbst!" Schott von Schottenstein zog ein rosafarbenes Billet aus seinem Ärmel und warf dieses Carl zu.

Den Junkern meinen verbindlichsten Dank. Entschuldigt meine rasche Abreise, doch glaubt mir, ich habe Gründe. Sylvia Baronesse von Korff, las Carl von Schack.

„Noch ein Aufbruch ohne Abschied!", rief er ärgerlich und, wegen des unpersönlichen Schreibens der Baronesse, auch ein wenig enttäuscht. „Das muss die Kutsche gewesen sein, deren Abfahrt ich heute Nacht gesehen. Versteht Ihr das Ganze?", wandte er sich an Hermann.

„Nein, mir geht es wie Euch. Doch nehmt die Abreise der Baronesse und des Fräulein von Ellrichshausen nicht so tragisch. Die Weibersleut, ob Magd oder Dame von Adel, sind so, dass ein Mann nie weiß, woran er mit ihnen ist. Eure Baronesse wird ein plötzlicher Einfall gekommen sein, eine weibliche Grille, der sie unverzüglich folgen musste. Esst und trinkt und lasst den Kopf nicht hängen!"

„Was meint Ihr damit?", entgegnete Carl verärgert, dem es nicht gefiel, dass sein Freund seine Küchenamouren und deren Tun mit dem Auftreten und der Person der Baronesse verglich.

„Ihr müsstet Eure Augen sehen, mit denen Ihr die Baronesse betrachtet habt. Und hören, wie Ihr mit dem Fräulein spracht!", lachte Junker Hermann. „Ihr seid verliebt in das schöne Gesicht und die angenehme Gestalt Fräulein von Korffs. Doch sie hat Euch wie einen heurigen Hasen sitzen lassen und ist über Nacht ohne Gruß verschwunden."

„Und Euer Fräulein Josepha?", erwiderte Carl hitzig. „Gebt ruhig zu, dass Ihr auf die Jungfer mehr als ein Auge geworfen habt. Doch nun ist sie ebenfalls fort", ergänzte er genüsslich.

Wer weiß, bis zu welchem Punkte sich die beiden Junker noch verstiegen hätten, doch ward zum Glück die Tür geöffnet, und der Kommandant der Schlosswachen, Major Titot, trat grüßend herein.

„Guten Morgen, Titot", empfing ihn, ob der Störung des Streites erleichtert, Carl von Schack. „Was bringt Ihr Neues, Major? Nehmt Platz und berichtet!"

Titot setzte sich und begann. „Alle Bediensteten, die mit Speise und Trank zu tun hatten, wurden heute Nacht ausgiebig verhört. Doch es ist mitnichten so, dass einer von ihnen mit dem Mord an dem Conte in Verbindung zu bringen wäre. Das Gift wurde von außen ins Schloss gebracht, und es scheint, als sei auch der oder seien die Täter von draußen gekommen." Titot stockte kurz, räusperte sich und fuhr dann, schneller sprechend, im Vortrag fort. „Die einzigen Fremden, die gestern Zugang zum Schlosse hatten, wart Ihr, Herr von Schack, sowie Herr Schott von Schottenstein, die Damen, der Begleiter des Contes, Alessandro – und euer Diener Berthold!" Major Titot schwieg und strich sich nervös den grauen Schnurrbart.

„Also doch", rief Hermann Schott von Schottenstein. „Es verhält sich so, wie ich gestern Abend vermutete. Alessandro und Berthold sind Verräter, von denen Maximilian in seinem letzten Augenblicke sprach – die beiden haben den Conte getötet! Seht selbst, Major Titot!" Er zog Alessandros Brief hervor und reichte diesen dem Kommandanten.

Titot studierte das Schreiben in aller Ruhe, dann gab er es zurück und nickte zustimmend. „Es sieht in der Tat so aus, als seien die beiden Schurken die Mörder. Dieser Alessandro scheint mir besonders schlau zu sein. Er wird sich gedacht haben, dass wir bald herausfinden, dass er die Tat begangen hat, und deshalb auf Basel verwiesen, damit Ihr meint, er wolle Euch ablenken und wäre in Wahrheit gänzlich anderswohin entflohen. Doch ich glaube, dass die Spur wirklich nach Basel führt und das saubere Pärchen dort zu finden ist."

„Das sehe ich ähnlich", antwortete Carl. „Ich halte aber auch die Aussage über das Buch für wahr. Darum werden wir sogleich nach Basel aufbrechen! Seid so gut, Herr Major Titot und lasst unsere Abreise umgehend vorbereiten."

„Nicht nur das werde ich tun", rief Titot. „Ich gedenke darüber hinaus, solange die Herren Junker auf Mömpelgarder Territorium weilen, Ihnen eine berittene Eskorte als Schutz mitzugeben. Denn wenn, wie ich vermute, die Franzosen hinter alledem stecken, solltet Ihr um Eure Sicherheit durchaus besorgt sein, Herr von Schack!"

Carl stimmte Titot zu – und nicht ganz zwei Stunden später brach ein Reitertrupp, in dessen Mitte Junker von Schack und Hermann Schott von Schottenstein ritten, in Richtung Basel auf. In der Eile vergaß Schack ganz, Major Titot nach dem nächtlichen Aufbruch der Baronesse von Korff zu befragen.

6

Basileams Bibliotheken

Die Reise nach Basel verlief ohne besondere Zwischenfälle. Von Alessandro und Berthold gab es keine Spur und keine Nachricht, beide schienen wie vom Erdboden verschluckt. Nach drei Tagen erreichten Carl von Schack und Hermann Schott von Schottenstein die Tore der Stadt. Sie wandten ihre Pferde zunächst in die Aeschenvorstadt, zum Gasthaus „Zum schwarzen Sternen", Basels ältesten Gasthof, den ihnen Titot empfohlen hatte, um dort Quartier zu nehmen. Den Gasthof hatte es lange vor dem Anschluss Basels an die Eidgenossenschaft gegeben. Die Gesandten der zehn Orte wurden dort zum ersten Willkommenstrunk empfangen. Der „Sternen" gehörte zu den dreizehn Herrenwirtschaften, welche das Tavernenrecht besaßen. Aufgrund dieses Privilegs konnte den Gästen dreierlei Wein und das Mahl angeboten werden.

Die Junker stellten ihre Pferde ein und ließen das Gepäck auf ihre Kammern bringen. Dann begaben sie sich auf die Suche nach den Buchläden, um dort nach dem genannten Kräuterbuch zu forschen.

„Ich verstehe immer noch nicht", sagte Junker Hermann, „warum uns Alessandro auf Matthiolis Werk hingewiesen hat. Wenn er wirklich in französischen Diensten steht, dann war es unsinnig, uns auf Sachverhalte zu verweisen, die der Politik von Versailles im Bezug auf Mömpelgard in irgendeiner Weise zuwider wären."

„Politik ist ein kompliziertes Geschäft, Freund Hermann", meinte Carl, „und es könnte sein, dass hinter Alessandros Hinweis mehr steckt, als wir ahnen. Lassen wir uns überraschen, zumal ich nicht völlig überzeugt bin, dass Alessandro für den Tod Caracantis verantwortlich ist. Berthold dagegen scheint mir verdächtig, und ich glaube fast, dass Alessandro ihn nur deshalb mitgenommen hat, weil er hofft, durch Berthold an die Hintermänner der Mordtat gelangen zu können."

„Das wäre eine Möglichkeit", räumte Hermann ein, „doch denkbar ist vieles, und es wird sich zeigen, ob Ihr mit Euren Vermutungen richtig liegt oder sich die Dinge ganz anders verhalten."

Sie liefen zunächst zum Münsterplatz. Das Münster mit seinem roten Sandstein, den bunten, in einem regelmäßigen Rautenmuster angelegten Dachziegeln und den schlanken Kirchentürmen ragte hoch über den von einer Vielzahl von Fachwerkhäusern und Bürgerbauten gesäumten Münsterplatz. Gegenüber der Westfassade des Münsters lag das Gymnasium, das älteste in Basel gebaute Haus, in dem seit fast tausend Jahren Latein gelernt und gelehrt wurde. Die in der Nähe gelegene Gymnasiumsbuchhandlung führte vor allem lateinische und griechische Klassiker und keine Herbaria. Der Händler dort verwies sie zu einem anderen Laden am Barfüßerplatz.

Seit dem Erdbeben von 1356 diente der Klostervorplatz als Marktplatz. Auf dem Barfi wurde Holz und Kohle verkauft sowie der Schweinehandel betrieben. Seit etwa zwanzig Jahren trat er zusätzlich als Messeplatz in Erscheinung, und auch andere Läden waren dort zu finden, unter anderem ein schmaler Bücherstand. Doch der Verkäufer hier wusste nichts von dem gesuchten Werk und schickte sie weiter zum Spalenhof am Spalentor, wo ein größerer Handel mit breiterer Auswahl zu finden war.

Die Buchhandlung beim Spalenhof schien in der Tat besser bestückt zu sein. Die Junker traten in den Laden und schauten sich im dämmrigen Halbdunkel um. Ein wahres Labyrinth von Büchern tat sich auf, Carl fühlte sich gleich an Osiander in Tübingen erinnert. Riesige Regale wuchsen wie Bäume in die Höhe, dicht bestellt mit Hunderten von Folianten und Büchern aller Größen und Prägung. An der Theke stand der Buchhändler, ein ältlicher, gebückter Mann, der mit einem Jüngling im Gespräch war. Carl von Schack erkannte überrascht den ehemaligen Studenten aus Esslingen; auch sein Name fiel ihm wieder ein: Jakob Willibald Werner, der Buchhändlersohn, der ebenfalls auf der Suche nach Matthiolis Kräuterbuch war.

„Guten Tag, Herr Faber", begrüßte ihn der ehemalige Student. „Euch hier zu sehen ist eine Überraschung; seid Ihr auch auf Buchsuche?"

„Guten Tag, Werner, ja ich bin auf der Suche, sowohl als ‚Faber' als auch unter meinem wahren Namen. Doch bevor ich mich vorstelle, erlaubt eine Frage. Ihr wart, wie ich in Tübingen hörte, auf der Suche nach dem Kräuterbuch des Petri Andreae Matthiolis; seid Ihr bereits fündig geworden?"

Ein Schatten überflog das offene Gesicht des jungen Buchhändlers. „Nein, bislang war meine Suche vergeblich, sowohl in Tübingen als auch hier in Basel. Doch, werter Herr Faber, Ihr spracht von Eurem ‚wahren Namen'. Das klingt, mit Verlaub, rätselhaft. Hatten die Männer, die im ‚Alten Simpel' nach dem Fremden fragten, doch Euch gemeint?"

„Wir wollen anderen Ortes darüber sprechen, Herr Werner", gab Carl zur Antwort, denn der Ladeninhaber lauschte mit unverhohlener Neugier ihrem Gespräch.

„Eine gute Idee", mischte sich Hermann Schott von Schottenstein ein. „Bei einem Wein und einer guten Mahlzeit spricht es sich leichter. Ganz in der Nähe kamen wir an einem Gasthaus vorüber, aus dem es appetitlich duftete."

„Dann wollen wir uns wieder zu diesem Wirtshause begeben", sagte Carl lächelnd.

Sie schickten sich an zu gehen, da ließ sich plötzlich der Händler hören. „Wartet, edle Herren. Das Buch, das die Herren suchen, habe ich nicht, aber ich weiß jemanden, der Matthiolis Werk sicher kennt und es vielleicht sogar besitzen mag."

„Warum sagtet Ihr das nicht gleich, Herr Schümli?", fragte Werner.

„Ich kam nicht dazu, denn der Eintritt Eurer Bekannten unterbrach unser Gespräch", meinte der Alte. „Der Mann, den ich meine, wohnt allerdings nicht in Basel. Es ist ein Liebhaber seltener Werke, Herr Gotthold Silbermann aus dem kleinen Orte Arlesheim."

„Silbermann?", überlegte Carl laut. „Wo habe ich den Namen schon einmal gehört?"

„Ihr kennt wahrscheinlich seinen Vetter, den Orgelbauer Johann Andreas Silbermann. Er hat die Orgel der Domkirche in Arlesheim gebaut, und es ist erst ein paar Jahre her, dass der Meister auch die Orgel der hiesigen Predigerkirche schuf. Silbermann ist wahrlich ein großer Künstler vor dem Herrn. Hier, ich schreibe Euch den Namen und den Ort auf, dass Ihr ihn nicht vergesst. Viel Glück wünsch ich den Herren bei Ihrer Suche." Schümli schrieb mit Sorgfalt *Gotthold Silbermann* und *Arlesheim* auf ein Papier.

Jakob Willibald Werner wollte schon nach dem Blatt greifen, doch Carl von Schack war schneller. „Wir werden gemeinsam nach Arlesheim gehen", sagte er und steckte den Zettel in seine Tasche.

Die drei Männer verließen den Laden und mussten wirklich nur wenige Schritte gehen, bis sie einen Gasthof erreichten, aus dessen offener Tür, wie Junker Hermann berichtet, ein köstlicher Duft lockte.

Bald saßen die drei vor einer Pfanne mit Basler Geschnetzeltem und tranken dazu das gute heimische Bier.

Junker von Schack ergriff das Wort. „Carl von Schack ist mein Name und das ist Hermann Schott von Schottenstein. Aus gewissen Gründen schien es angebracht, unter dem Namen ‚Faber' zu reisen. Allein, das Inkognito scheint, wie Ihr sagtet, bereits in Tübingen gelüftet worden zu sein, also kehrte ich zu meinem ehrlichen Namen zurück. Wir sind, wie Ihr auch, auf der Suche nach diesem Kräuterbuch, aber wahrscheinlich oder sicher aus anderen Beweggründen als Ihr, jedenfalls nicht als Sammler und Bibliomane."

„Meinen Namen kennt Ihr bereits, Herr von Schack", antwortete der frühere Student und verbeugte sich. „Ihr seid, wenn ich mich richtig erinnere, ein wichtiger Mann am Hofe unseres allergnädigsten Landesherrn. Habt Ihr nicht den Böhmen, jenen Fechtmeister, der sein Weib, die Anna Häferlin ermordete, hier in der Schweiz festnehmen und zurück nach Stuttgart bringen lassen, wo dieser enthauptet wurde?"

„Ihr kennt die Geschichte?", fragte Carl verwundert.

„Ei freilich", antwortete Jakob Willibald Werner, „die Anna Häferlin war mit meiner Mutter weitläufig verwandt und lange Zeit wurde in der Familie über nichts anderes gesprochen."

„Da seht Ihr, Carl, den Ruhm der guten Tat", rief Junker Hermann und winkte dem Wirt, ihnen die Gläser frisch zu füllen. „War nicht ein Herr von Chaumont beteiligt?", fragte er Carl.

„Besagter Böhme", antwortete Carl, „wurde im Dienste eines Herrn von Chaumont gesehen, der vom hiesigen Kloster St. Alban einige Güter im Flecken Dornach erworben hatte. Dort in Dornach ging der Fechtmeister in die Falle."

„Ihr wisst, Herr von Schack", sagte der Buchhändler, „dass die Orte Dornach und Arlesheim, wo Gotthold Silbermann wohnt, direkt nebeneinander liegen?"

„Nein, das wusste ich nicht", antwortete Carl. „Ein kurzweiliger Zufall, doch nicht mehr. Lasst uns über das besagte Buch reden. Ihr spracht, so erinnere ich mich, Ihr seiet vom herzoglichen Hof angewiesen worden, das Werk Matthiolis zu suchen und zu finden. Wer hat Euch genau beauftragt, Herr Werner? Sicher nicht der Herzog!"

Werner überlegte einem Augenblick, bevor er zögerlich zu sprechen anhub. „Herr von Schack, jener Herr, der mich beauftragte, gebot mir gleichzeitig, nichts von den Umständen oder von ihm selbst verlauten zu lassen, widrigenfalls ich nach Hohenasperg käme."

„Ihr müsst keine Namen nennen, beschreibt mir nur den Mann!", befahl Junker von Schack.

„Nun, er war von angenehmem Äußern und durchaus liebenswürdigem Wesen. Seine Stirn war hoch, die Augenbrauen dunkel, das Gesicht wirkte rund …"

„Ein Offizier, ein Oberst?", fragte Hermann Schott von Schottenstein.

„Woher wisst Ihr das? Ich habe nichts gesagt!", beteuerte Werner.

„Das brauchtet Ihr nicht", beruhigte ihn Junker Hermann. „Oberst Philipp Friedrich von Rieger ist bekannt. Dass er Euch mit dem Hohenasperg drohte – nun, der Herzog hat ihn erst vor kurzem als Kommandanten dort eingesetzt. Und auf der Festung Hohentwiel hat der Oberst einst selbst schmecken dürfen, wie es ist, eingekerkert zu sein."

„Wenn Euch Rieger beauftragt hat", überlegte Carl laut, „was bezweckt der Oberst damit? Der Kommandant ist ein gefährlicher Mann. Im Dienste des Herzogs scheute er früher, wenn es um die Macht ging, keinen Rechtsbruch und keine Gewalttat."

Dem Buchhändlersohn sah man an, dass ihm die Wendung, welche das Gespräch genommen hatte, nicht gefiel. „Ich bitt Euch, Ihr Herren", stieß er hervor. „Das ist Politik, und Politik ist ein garstiges Feld, auf dem sich unsereins als einfacher Bürger besser nicht tummelt. Lasst uns von anderem sprechen, mir ist bei solchen Dingen nicht wohl."

Carl nickte, der Mann hatte recht. Was gingen Werner der ganze Streit um Macht und Einfluss und all die Intrigen an, zumal auch keine Notwendigkeit bestand, den ehemaligen Studenten in ihre Angelegenheiten einzuweihen? „Gut, lassen wir das Thema", sagte Carl. „Wo seid Ihr untergebracht, Herr Werner?"

„Bei einem Bekannten meines Vaters in der Gerbergasse", antwortete dieser, erleichtert, dass ihr Gespräch sich einem harmlosen Thema zuwandte.

„Gut, dann treffen wir uns morgen früh Schlag achte am Sankt-Albans-Tor, um nach Arlesheim zu reiten. Ihr habt doch ein Pferd?"

„Gewiss, Herr von Schack", antwortete Werner stolz. „Ein gutes Ross, kaum fünfzehn Jahre alt."

„Trefflich", sagte Carl mit einem Lächeln. „So könnt Ihr uns gut begleiten. Lasst jetzt Euren Beutel stecken, Ihr seid eingeladen. Bis morgen, Herr Werner."

Werner dankte, die Junker zahlten und machten sich auf dem Weg „Zum schwarzen Sternen".

Es dunkelte und nur vereinzelt gab es da und dort in den Straßen Licht. Mit vorsichtigen Schritten, um nicht zu stolpern, und die Hand am Degen, gingen Carl und Hermann durch die engen Gassen der Stadt. Sie sprachen über das, was Werner berichtet hatte.

„Dass Philipp Friedrich von Rieger im Spiel ist, will mir nicht gefallen", meinte Junker Hermann. „Der Mann hat etwas vor, glaubt mir."

„Seit ihm der Herzog im November vor bald vierzehn Jahren persönlich auf dem Stuttgarter Paradeplatz die Orden abriss und ihn degradierte und Rieger vier Jahre inhaftiert war, traue ich Rieger alles zu", bestätigte Carl. „Es könnte sein, dass er sich auf die französische Seite geschlagen hat, um sich an dem Herzog zu rächen."

„An dem Herzog und an dem Grafen von Montmartin", entgegnete Junker Hermann. „Erinnert Euch, Montmartin hat Rieger damals der landesverräterischen Verbindung mit Preußen beschuldigt und dadurch seinen Sturz verursacht."

„Der Graf lebt weit entfernt von der Residenz in der Nähe von Dinkelsbühl, aber Ferdinand von Montmartin ..."

„Du meinst, wir sollten Ferdinand warnen, er könnte in Gefahr sein. Aber wir haben außer Werners Beschreibung nichts in der Hand!", erwiderte Hermann.

Doch Carl hörte nicht zu. Sie hatten gerade die Einmündung einer schmalen Straße erreicht, und Carl blieb plötzlich stehen und starrte wie gebannt in die Tiefe der Gasse. Junker Hermann blickte in die gleiche Richtung – dort standen vor dem Eingang eines Hauses im Lichte einer Laterne eine Gruppe Männer, die lautstark miteinander stritten. Mitten unter ihnen erkannte Junker Hermann ihren Diener Berthold!

„Auf, worauf wartet Ihr noch, Carl? Lasst uns den Burschen schnappen!", drängte ihn halblaut der Junker.

„Still, Freund, und nicht so hastig", bremste ihn Carl. „Wir wollen dem Mann lieber folgen, damit er uns zu Alessandro oder anderen Komplizen führt."

„Ihr habt Recht", flüsterte Hermann, „besser wir schnappen beide als nur einen."

Berthold löste sich aus der Gruppe und kam mit schnellen Schritten auf sie zu. Die Junker zogen sich rasch in den Schatten eines Hauseingangs zurück. Ohne die beiden zu bemerken, schritt Berthold vorüber und lief weiter in eine Richtung, in der, so viel Carl wusste, der Münsterplatz lag. Sachte, ohne ein Geräusch zu verursachen, hefteten sie sich an seine Fersen.

Durch dunkle Gassen ging es im Zickzack stetig aufwärts, bis die schemenhafte Gestalt vor ihnen um eine Ecke bog und den Münsterplatz erreichte. Dort drehte die Gestalt sich überraschend um und zog einen Degen. Carl stutzte, das war nicht ihr Diener – Berthold musste die Verfolger bemerkt haben und abgetaucht sein! Im gleichen Augenblick sprangen von der Seite drei weitere Kerle hinzu, sodass sich Carl und Hermann plötzlich vier Kämpfern gegenüber sahen. Ungeachtet der Überzahl schienen die Halunken mit dem Angriff zu warten; da hörte Carl ein Geräusch hinter sich und als er über die Schulter spähte, sah er noch vier Männer den Weg hoch hasten.

Acht gegen zwei, die Chancen schienen sehr ungleichmäßig verteilt.

„Junker von Schack", rief eine Stimme, die Carl vertraut war, die er aber nicht einordnen konnte. „Werft die Waffen weg und ergebt Euch. Ihr seid zwei und wir acht. Ihr habt keine Wahl, außer dem Tod!"

„Wir schlagen uns nach unten durch. Das ist besser, als bergauf zu kämpfen", raunte Carl dem Freund zu. „Und los!"

Die beiden Freunde drehten sich wie auf Kommando um und sprangen unter das überraschte Quartett, welches aus der tiefer gelegenen Straße gekommen war. Carl durchstieß mit seinem Degen den ersten der Kerle die Schulter; dieser sank stöhnend zu Boden, während Hermann einem anderen die Waffe aus der Hand schlug und ihn mit einem Tritt aufs Pflaster schickte. Die beiden übrigen Schurken wurden von den Junkern zur Seite gestoßen, dann eilten Carl und Hermann davon.

Nur wenige Augenblicke später bogen sie um eine Kurve im Verlauf der Gasse und rannten so rasch sie konnten weiter das Pflaster hinunter. Schon hatten die Angreifer die Verfolgung aufgenommen – ein Schuss krachte. Die Kugel durchbohrte Carls Hut und schleuderte diesen zehn

Schritte weit. Im Laufen raffte Carl den Hut vom Boden auf, während zwei weitere Schüsse in der engen Gasse widerhallten. Das Pflaster war hier sehr uneben, einzelne Steine ragten schief empor, sodass sie mehrfach stolperten und ihr Vorsprung geringer wurde und die Verfolger näherkamen. Hermann hörte über seinem Kopf eine dritte Kugel dahinsausen, dann erreichten sie endlich die breite Straße, die zur Aeschenvorstadt führte.

Keuchend lehnten sie sich an eine Hauswand. Carl lauschte in die Richtung, aus der sie gekommen waren. Fenster waren geöffnet worden und Stimme ertönten, die nach der Wache riefen – Schritte waren jedoch nicht mehr zu hören. Die Verfolger scheuten offenbar das Publikum und schienen ihre Jagd für heute Abend abgebrochen zu haben.

Blass und ein wenig atemlos kamen sie bald darauf im Gasthaus an. Die Junker setzten sich in eine Ecke des Schankraums und ließen auf den Schrecken eine Flasche Wein kommen, um die Aufregung des erlebten Abenteuers hinunterzuspülen.

„Ich verstehe nicht, wieso die Kerle wussten, dass wir hinter Berthold her waren", sagte Hermann und nahm einen tiefen Schluck aus seinem Glas. „Es sei denn, wir wären die ganze Zeit über beobachtet worden."

„Das mag so sein, auch wenn ich selbst niemanden gesehen habe", meinte Carl von Schack. „Ich habe überhaupt den Eindruck, dass unsere Gegner, wer auch immer sie sein mögen, jeden unserer Schritte genau registrieren und uns stets einen Zug voraus sind. Jedenfalls wissen wir jetzt sicher, dass Berthold ein Verräter ist. "

„Mir ist etwas aufgefallen", rief Hermann plötzlich und schlug mit der Faust auf den Tisch, sodass einige Gäste ihnen ihre Gesichter neugierig zuwandten. „Auf dem Münsterplatz rechts von mir", fuhr er deshalb mit gedämpfter Stimme fort, „stand ein südlich aussehender Kerl – Ihr konntet den Mann nicht sehen – mit blassem Gesicht, dunklen Haaren und schwarzen Schnurbart in auffälligen Hosen, blau oder violett. Ich habe ihn nur kurz gesehen, aber irgendwie erinnerte er mich an den Burschen, von dem uns der Conte erzählte."

„Ihr meint Giovanni Morante?", fragte Carl überrascht.

„Genau den!", nickte Junker Hermann. „Der Kerl auf dem Platz sah in der Tat wie ein wahrer Räuberhauptmann aus."

„Bei der Bande, mit der ich im ‚Alten Simpel' in Tübingen zu tun hatte, war ein ähnlicher Typ."

„Vielleicht ist es derselbe?"

„Mag sein. Der Mann war wahrlich ein guter Klingenlenker, doch ich habe ihn eigentlich außer Gefecht gesetzt." Carl nahm seinen Hut in die Hand und prüfte das Loch, welches die Kugel verursacht hatte. Er schüttelte den Kopf. Die Kugel stammte nicht von einem Pistol, sondern aufgrund der Größe des Loches und der Genauigkeit des Schusses von einer Büchse. Jemand, der nicht zu den Kämpfern gehörte, hatte gezielt auf ihn geschossen – es handelte sich um einen Mordanschlag und nicht um einen einfachen Überfall. Aber hatten die Kerle, die auf sie gewartet hatten, mit dem Anschlag zu tun?

„Offenbar habt Ihr den Mann nicht gänzlich ausgeschaltet, sonst wäre er heute Abend nicht erneut kampfbereit aufgetaucht", unterbrach Junker Hermann Carls Gedanken. „Das Abenteuer auf dem Münsterplatz war jedenfalls ein geplanter Hinterhalt", fügte er hinzu und gähnte. „Lasst uns zu Bette gehen, der Tag war lang und erlebnisreich. Morgen müssen wir früh raus; welcher Teufel hat Euch nur geritten, das Treffen mit diesem Werner für acht Uhr anzusetzen!"

Die Junker wurden von einem alten Weib, das aus Methusalems Zeiten stammen mochte, wie Hermann flüsternd bemerkte, auf ihre Kammern geführt. Carl verriegelte sorgfältig die Tür und prüfte das Fenster und den Raum. Dann erst zog er die Stiefel aus und legte die Kleidung ab. Mit griffbereitem Degen ging er zu Bett und war, die Waffe neben sich, bald eingeschlafen.

Die Nacht verlief ohne Zwischenfälle und nach einem raschen Frühstück brachen sie am nächsten Morgen gegen acht auf.

Am Sankt-Albans-Tor wartete bereits, mit einem wenig ansehnlichen Gaul versehen, Jakob Willibald Werner. Die Sonne stand hellrot am Himmel, der Tag würde heiß werden, ein echter Julisommertag. Das Pferd des jungen Buchhändlersohns setzte bedächtig einen Huf vor den anderen und ließ sich durch nichts aus der Ruhe und in ein anderes Tempo bringen. Obwohl Arlesheim nur etwas mehr als eine badische Meile entfernt lag, brauchten die Reiter über eine Stunde, bis sie endlich den Ort erreichten.

Das Haus, in dem Gotthold Silbermann wohnte, lag ein wenig abseits am anderen Ortsrand. Es war ein zweistöckiges Gebäude von mittlerer

Größe, weiß gekalkt und von einem kleinen Obstgarten umgeben, in denen Kirschbäume in voller Pracht ihrer Früchte standen. In der Mitte der Vorderfront befand sich eine breite hölzerne, mit allerlei Schnitzereien reich verzierte Tür. Links und rechts des Eingangs waren je drei Fenster gleichmäßig angeordnet.

„Die Tür ist offen", sagte Junker Hermann. „Herr Silbermann scheint zu Hause zu sein." Kurz war ihm, als höre er Hufschlag, aber es mochte eine Täuschung sein.

Die Männer stiegen von ihren Pferden und banden die Zügel, in Ermangelung von Pflöcken, am Zaun fest. Carl von Schack klopfte an der Tür und rief nach Gotthold Silbermann. Als keine Antwort erfolgte, stieß er die Tür vollends auf und trat in den dämmrigen Hausflur. Junker Hermann und Jakob Willibald Werner folgten. Vom Flur führte eine breite Holztreppe in die oberen Etagen. Links und rechts befanden sich Türen, durch die es wohl zu den Wohnräumen ging. Hinter der ersten Tür, die Carl öffnete, lag die Küche. Auf dem Herd standen ein paar Töpfe, doch es brannte kein Feuer. Das große Zimmer, rechts vom Eingang, war ebenfalls leer und schien selten benutzt zu sein. Einige ausgeblichene Polsterstühle standen um einen Tisch, in der Ecke befand sich ein ältliches Sofa; die übrigen Möbel bedeckte eine Staubschicht.

Carl schloss die Tür und die Männer stiegen die Stufen hoch in den ersten Stock des Hauses, die Beletage. Der erste Raum war ein geräumiges Schlafgemach, das allen nur denkbaren Komfort aufwies und deutlich zeigte, dass der Bewohner des Hauses ein vermögender Mann war. Alles wirkte auffallend heller, sauberer und aufgeräumter als unten, und man spürte deutlich die ordnende und pflegende Hand eines Weibes. Der Raum, den sie anschließend betraten, war die von oben bis unten mit Büchern, Schriften und Folianten aller Art vollgestopfte Bibliothek des Hauses. Carl sah sofort, dass der Besitzer ein Sammler von höchsten Ansprüchen sein musste.

„Schaut, was für Schätze!", rief Jakob Willibald Werner enthusiastisch und griff nach einem Band, der aufgeschlagen auf einem Lesepult lag: „Philipp Balthasar Sinold von Schützens fliehender Passagier!" Er hielt das Buch Hermann hin und las laut den Titel vor:

Der Fliehende Passagier .../Die Fünffte Promenade/Der Fliehende Passagier Durch Europa/: Welcher die remarquablesten Staats- und Privat-Händel/nebst einigen darüber geführten Raisonnements, absonderlich

aber verschiedene rare Merckwürdigkeiten in Polen/Satyrische Relatio-
nes aus dem Parnasso, und das unweit der Chur-Sächsischen Residentz-
Stadt Dreßden gehaltene Divertissement des Vogel-Schiessens mitthei-
let.

Carl nahm ein in braunes Leder gebundenes Werk in die Hand:

Wahrhaffter und kurtzer Bericht, Wie die treulosen Intriguen oder Verwir-
rung suchenden Frantzosen Sich des Königreichs Siam Verrähter- und
meüchelmördrischer Weise bemächtigen wollen ... J. Pontempo. – Leipzig

„Gut", meinte Junker Hermann, der mit Büchern weniger anzufangen
wusste. „Für einen Sammler ist das hier sicher ein wahres Paradies, doch
eigentlich nichts für mich. Obwohl der Titel hier, wie ich zugebe, durchaus spannend klingt:

Die so genannte Hölle der Lebendigen, das ist Die Welt-beruffene BASTIL-
LE zu Paris, Woraus sich der bekannte Abt, Graf von Buquoy, durch seine
klugen und hertzhafften Anschläge glücklich mit der Flucht befreyet und er-
rettet; Nebst jetzt-genannten Abts Lebens-Lauff, in einer curieusen und
wahrhafften Beschreibung vorgestellet, und anietzo aus dem Frantzösischen
übersetzet; deme zugleich eine Nachricht von der Bastille und ihren Befehls-
habern mit beygefüget ist.
Auf Kosten guter Freunde, Gedruckt im Monath May, Anno 1719.

„Aber ich denke, uns liegt eher daran, Herrn Silbermann und das Kräuterbuch zu finden."
    Carl war inzwischen weiter in den Raum hinein getreten und schritt
durch die Regalreihen. Die Bibliothek befand sich in einem L-förmigen
Raum. Um in den hinteren Bereich zu gelangen, musste man daher um
eine Ecke gehen. Als Carl in diesem hinteren Bereich ankam, blieb er
überrascht stehen. Die akribische Ordnung fehlte hier völlig. Bücher lagen auf dem Boden, ein Regal war umgekippt, und links, direkt unter
dem Fenster, bildeten herausgezogene Bücher und einzelne Blätter einen
merkwürdigen Haufen, dessen eigenartige Form Carl nichts Gutes erwarten ließ.
    „Freund Hermann, Herr Werner, kommt hierher. Ich fürchte, ich habe
Herrn Silbermann gefunden!", rief Schack.

Gemeinsam befreiten sie die Leiche des Sammlers von den Objekten seiner Leidenschaft. Unter dem Stapel von Büchern lag der füllige Körper eines Mannes von Ende fünfzig, aus dessen jetzt blassen Gesichtszügen Carl auf einen zu Lebzeiten feinsinnigen Geist schloss. Auf der Brust des Toten zeigte sich ein breiter, roter Fleck. Eindeutig, Herr Silbermann war erstochen worden! Das Blut war noch frisch und nicht eingetrocknet, die Tat mochte erst am frühen Morgen begangen worden sein.

Während Carl sich vorbeugte und die Einstichstelle genau untersuchte, klang von draußen eine helle Stimme, die laut „Oheim" rief. Dann klapperten Schuhe die Treppe hinauf und ein junges Ding von vielleicht siebzehn oder achtzehn Jahren stürmte ins Zimmer.

„Wo ist der Oheim?", fragte sie auf Hochdeutsch und in der singenden Melodie des Dialekts der hiesigen Gegend. Als sie die Leiche sah, blieb sie reglos stehen. „Mörder!", schrie sie dann. „Ihr habt den Oheim umgebracht, Hilfe!"

Sie drehte sich um und lief in die Arme Junker Hermanns, der sie fest umschloss. „Nimm deine dreckigen Hände weg und lass mich los!", stieß sie wütend hervor und kratzte und biss um sich wie eine wahre Wildkatze, sodass Hermann sie kaum bändigen konnte.

„Beruhigt Euch, Jungfer", sprach Carl sie an. „Wir sind keine Mörder, sondern wir haben Euren Oheim gerade erst gefunden."

„Wenn Ihr keine Mörder seid, warum hält mich dieser Schurke fest?", erwiderte sie zornig. „Befehlt ihm, dass er mich sofort loslasse!"

Carl gab Junker Hermann einen Wink und dieser ließ das blonde Hexchen los.

Die Jungfer sprang sofort zur Tür, rannte die Treppe hinab und floh, laut um Hilfe rufend, aus dem Hause.

„Wir sollten nach unten gehen und warten", schlug Carl vor. „Das Mädchen wird den ganzen Ort zusammenschreien. Wenn die Leute den Toten sehen, werden wir sie kaum beruhigen können."

Hermann nickte. „Du hast recht, gehen wir nach draußen. Eine wilde Hexe, die Kleine", fügte er hinzu, „meine Hand ist völlig verkratzt und gebissen hat sie mich auch." Er rieb sich den Arm. „Ein verflixt hübsches Ding." Junker Hermanns Blick sprach Bände.

Die Männer traten keine Sekunde zu früh aus dem Haus. Vom Ort her kam eine größere Menge auf Silbermanns Grundstück zugelaufen, die von der Anzahl und den mitgeführten Mistgabeln und Sensen nichts

Gutes verhieß. Gegen eine solche Gruppe halfen auch ihre doppelten Reiterpistolen nicht.

„Auf die Pferde und weg von hier", befahl Carl. Ohne zu zögern lösten sie die Zügel, saßen auf und ritten so rasch es eben ging und Werners „Rosinante" es zuließ, davon.

Allein, der Weg nach Basel, der über eine Brücke führte, war bereits von einer zweiten Horde versperrt, die drohend ihre Waffen schwenkte.

Carl zügelte sein Ross. „Das ging schnell, als ob man mit uns gerechnet hätte."

„Das ist mir im Augenblick völlig gleichgültig", erwiderte Junker Hermann. „Macht Euch lieber Gedanken, wohin wir jetzt reiten!"

„Am besten nach Dornach zum Gute des Herrn von Chaumont. Ich bin ihm bekannt, und er wird uns eher anhören, als diese wild gewordenen Bauerntölpel!"

„Dann los!", rief Hermann. „Direkt an dem Haufen vorbei!"

Waren es die Sporen oder merkte Jakob Willibald Werners Stute, dass es ernst war – das alte Ross gab sich sichtlich Mühe, mit seinen jüngeren Artgenossen mitzuhalten, und sie schafften es gerade noch, an dem wilden Trupp vorbeizukommen.

Zehn Minuten später erreichten sie Chaumonts Gut und stiegen von den schweißnassen und zitternden Pferden.

Carl von Schack schob die herbeigeeilten Bediensteten zur Seite und eilte ins Haus. Er hatte Glück, Herr von Chaumont war am Tage zuvor früher von einer Reise aus dem Österreichischen zurückgekehrt; eigentlich hatte der Gutsherr eine Woche länger bleiben wollen.

Überrascht und leicht befremdet begrüßte Herr von Chaumont Carl auf der Schwelle seines Empfangszimmers. „Herr von Schack, mit Eurem überraschenden Besuch hätte ich nicht gerechnet. Und, Ihr verzeiht, Ihr wirkt etwas echauffiert."

Carl berichtete in aller Kürze, dass sie bei dem Besuch Gotthold Silbermanns in Arlesheim den wackeren Mann ermordet aufgefunden hätten und von seiner Nichte irrtümlich für die Täter gehalten worden seien, weswegen sie der Mob bis zum Gute Herrn von Chaumonts verfolgt habe.

Richtig erschienen eben am Tor auch schon berittene Burschen, die lautstark die Herausgabe der „Mordgesellen" forderten.

Hugo von Chaumont, ein stattlicher, hochgewachsener Mann in den besten Jahren, dem man ansah, dass zu seinen Vorfahren die Grafen von

Vermandois und Valois gehört hatten, trat hinaus auf den Hof und dem schreienden Volke entgegen.

„Was gibt es", rief er laut, „dass Ihr, Bürger von Arlesheim, so ungestüm bei Hugo von Chaumont Einlass begehrt? Wer ist Euer Anführer? Ich will ihn unverzüglich sehen und sprechen!"

Ein Reiter drängte durch die Menge, hielt am Tor und schwang sich aus dem Sattel. Er war einfach, doch sauber gekleidet und trug einen in Teilen bereits grauen Vollbart, der sein Alter verriet. Trotz seiner wohl bald sechzig Jahre, die tiefe Furchen in sein Gesicht gegraben hatten, war sein Auftreten kraftvoll und bestimmend.

Der Mann ging ruhig auf Chaumont zu, blieb vier Schritte vor ihm stehen und zog seinen Hut. „Entschuldigt die Störung, Herr von Chaumont. Ich bin Werner Stauffacher, Schultheiß von Arlesheim und mit meinen Ortsleut auf der Suche nach drei Mördern, die sich in Eurem Hause verstecken sollen. Gebt uns die Kerle heraus!"

Herr von Chaumont, der zunächst das brave Auftreten des Alten mit Wohlwollen betrachtet hatte, verzog sein Gesicht. „Ich will Euch nicht über mein Hausrecht belehren, Herr Stauffacher, doch so viel sollte Euch bekannt sein, dass ich niemandem die Gastfreundschaft aufkündige, es sei denn, er hätte wahrlich Schlimmes zu verantworten – und dies wäre durch mehrere Zeugen bestätigt. Gibt es Zeugen, die die drei Reisenden, die Gotthold Silbermann lediglich wegen eines Buches aufsuchen wollten, bei der Mordtat beobachtet haben?"

„Nun, Herr, da wäre zum einen die Nichte Gotthold Silbermanns, die uns, als wir zu seinem Hause eilten, laut um Hilfe rufend entgegenlief."

„Wieso wart Ihr auf dem Weg zum Hause Silbermann?", hakte Herr von Chaumont nach.

„Ein Reisender war zuvor in meinem Hofe erschienen, der uns beschwor, wir sollten mit so vielen Männern wie nur eben möglich, zu Gotthold Silbermann laufen, um eine Mordtat zu verhindern. Er selbst habe gestern in einem Baseler Wirtshaus gehört, wie drei Männer davon gesprochen, einen Herrn Silbermann in Arlesheim zu berauben und notfalls zu töten. Doch die Stunde sei spät gewesen und die Fremden hätten wohl etlichen Wein getrunken, sodass er ihr Reden für einen schlechten Scherz gehalten und ihnen keinen Glauben geschenkt habe. Aber heute sei er soeben den drei Männern kurz vor Arlesheim begegnet und da habe er Schlimmes geahnt. Als Einzelner könne er nichts gegen die Männer ausrichten, also bitte er uns um Hilfe!"

„Wo ist der gute Mann? Ich will ihn sprechen, damit er mir selbst erzählt, was er wo genau gehört und erfahren hat!", entgegnete Herr von Chaumont ruhig.

Werner Stauffacher drehte sich um. „Er befindet sich dort am Tor – nein, da ist er nicht, ich meinte, er sei unter den Ersten gewesen. Sagt dem Fremden, der uns zu Silbermann geholt, er solle gleich zu Herrn von Chaumont kommen", rief Stauffacher den jungen Burschen zu.

Zwei drehten sich um und suchten unter der Menge, die sich mittlerweile sehr zahlreich am Tore versammelt hatte. Doch so sehr sie suchten, der fremde Warner war nicht aufzufinden. Einer der Burschen rief Stauffacher zu, der Mann sei nicht zu entdecken und wie vom Erdboden verschwunden.

„Das ist seltsam", sagte Werner Stauffacher und schüttelte den Kopf. „Ob er weitergeritten ist?"

„Eigenartig, in der Tat", ließ sich Herr von Chaumont vernehmen. „Wollen wir auch die andere Seite hören, *audiatur et altera pars!*" Er drehte sich zum Hause um. „Herr von Schack, könnt Ihr dem guten Mann hier erzählen, was und wie Ihr alles im Hause Silbermann aufgefunden?"

„Gern", rief der Junker und trat in den Hof. Am Tore erhob sich Stimmengemurmel und einzelne Reiter erweckten den Anschein, als wollten sie sich direkt auf Carl von Schack stürzen.

„Gebt Ruhe", mahnte sie der Alte mit kräftiger Stimme. „Wir sollten einen Beschuldigten in Ruhe anhören, das ist der Schweizer Freiheit alter Brauch."

„Genau auf diesen Freiheitssinn baue ich", sagte Carl und trat keck in die Mitte des Hofes. „Mein Name ist Carl von Schack und ich bin mit meinem Gefährten Hermann Schott von Schottenstein von Mömpelgard nach Basel geritten auf der Suche nach zwei Verrätern, die verantwortlich sind für zumindest einen Mord", begann er mit lauter Stimme, damit er auch von der Menge am Tor zu verstehen war. „Ferner sind wir, wie unser Begleiter Jakob Willibald Werner, der Sohn eines Esslinger Buchhändlers, auf der Suche nach einem speziellen Buche, das, wie uns in Basel gesagt wurde, Gotthold Silbermann in Arlesheim besitzen solle. Wir ritten heute früh von Basel aus los, und als wir vorhin an Silbermanns Haus ankamen, war die Eingangstüre offen. Niemand reagierte auf unser Rufen, wir traten ein und fanden den Hausherrn Gotthold Silbermann tot in seinem Blute liegen. Seine Nichte kam hinzu und glaubte, dem Augenscheine nach verständlich, wir seien die Mörder. Ein Irrtum, wie sich zeigen wird. Als die Menge schreiend auf uns zukam, hielten wir es für angebracht, uns zum Gute Chaumont zu begeben. Herr von Chaumont kennt mich und wird sicher für mich bürgen. Mehr ist nicht zu sagen", fügte Carl stolz hinzu.

Der Alte strich sich nachdenklich über den Bart, dann wandte er sich um. „Baumgartner", rief er. „Komm einmal her, wir brauchen dich!"

Baumgartner, ein kerniger Bauer von vielleicht dreißig Jahren, kam zu dem Alten. „Was gibt es, Stauffacher?"

„Konrad, du hast doch Verwandtschaft im Schwäbischen und warst im letzten Sommer bei einer Kindstauf in Esslingen. Zusammen mit deinem Götti Rösselmann."

„Das ist richtig, es war ein schönes Fest", meinte Baumgartner schmunzelnd.

„Hast du dorten einen Jakob Willibald Werner getroffen?", fragte der Alte weiter.

Carl wollte schon protestieren, die Freie Reichsstadt war einiges größer als Arlesheim, und es hätte sich um einen großen Zufall gehandelt, wenn der Schweizer dem jungen Buchhändlersohn über den Weg gelaufen wäre.

Doch Baumgartner nickte. „Ei freilich, sein Vater ist Buchhändler und Jakob Willibald studiert in Tübingen. Wir haben an dem Abend uns gut unterhalten und einige Flaschen edlen Weines von Esslinger Hügeln miteinander geleert."

Stauffacher wandte sich jetzt höflich an Carl von Schack. „Seid so gut, Herr, und bittet Euren Begleiter heraus, damit wir prüfen können, ob er wirklich der ist, den Ihr uns nanntet."

Carl von Schack war kurz davor, ärgerlich zu werden; zweifelte der Bauer frech an seinem Herrenwort! Doch ihre Lage war angesichts der Menge wenig günstig und, so fiel ihm ein, sie waren in der Schweiz, wo der Wert des freien Mannes dem eines Herrn von Adel gleich galt. Er fügte sich also notgedrungen und rief nach Werner.

Der Esslinger trat aus dem Haus und stutzte, freudig überrascht, als er Baumgartner erblickte. „Ei Konrad, was machst du denn hier?", fragte er, dann griff er sich an die Stirn. „Dass ich das vergessen habe, du wohnest in Arlesheim, erzähltest du letzten Sommer, als wir bei der Kindstauf meines Vetters Winkelmann zusammen beim Weine saßen."

Beide Männer traten zur Seite und begannen ein zwangloses Gespräch, gerade so, als ob nichts weiter passiert und das Fest erst gestern oder vorgestern gewesen sei.

Herr von Chaumont lachte. „Das wäre wohl geklärt, Herr Stauffacher, und für Herrn von Schack und für Herrn Schott von Schottenstein verbürge ich mich persönlich. Herr von Schack steht im Dienste des Herzogs von Württemberg und war bereits einmal mein Gast, als es darum ging, einen Verbrecher dingfest zu machen."

„Wahrhaftig", sagte der Alte. „Die Angelegenheit erscheint mir jetzt in einem gänzlich anderen Licht. Es sieht fast so aus, als ob der Reisende, der uns die Nachricht vom Mordplan gab und den Verdacht auf die Herren hier lenkte, der wahre Täter ist – sein plötzliches Verschwinden macht ihn jedenfalls verdächtig!"

„Wie sah der Mann aus?", fragte Carl von Schack nach.

„Das war ein schlanker, hoch aufgeschossener Mann mit dünnem Haar, gekleidet mit einer Weste und einer Hose aus verblichenem Samt", beschrieb ihn der Alte. „Mehr kann ich Euch nicht sagen."

„Ich danke Euch", antwortete Carl. „Eurer Beschreibung nach ist das gerade der Mann, auf dessen Fersen wir sind. Doch seid so gut und schickt Eure Dorfleute heim. Denn Euch ist sicher klar geworden, dass wir nicht die Mörder Gotthold Silbermanns sind."

„Das seid Ihr gewiss nicht! Entschuldigt, Herr, den Verdacht und die Verfolgung mitsamt dem Ärger und der Aufregung, die Ihr deswegen auszustehen hattet", bat Werner Stauffacher und verbeugte sich tief. „Gibt es etwas, womit wir zum Ausgleich den Herren zu Diensten sein können?"

„Das Ganze war ein Irrtum und ist zum Glück geklärt", wehrte Carl von Schack ab. „Aber Ihr könnt uns im Hinblick auf den Fremden helfen. Möglicherweise hat jemand gesehen, wohin sich der Kerl wandte, und kann uns darüber Nachricht geben. Eine zweite Sache, wo Ihr uns helfen könnet, wäre die Angelegenheit mit dem Buch. Vielleicht kann uns Silbermanns Nichte, wenn sie sich beruhigt hat und Kenntnisse über die Sammlung ihres Oheims besitzt, nähere Auskunft über das gesuchte Werk erteilen?"

Der Alte nickte zustimmend. „Ich werde die Leute nach dem Fremden befragen, Herr, und ich werde mit Elisabeth, Silbermanns Nichte, reden und ihr erklären, was wirklich passiert ist. Wenn sie etwas über das Buch weiß, wird sie Euch sicher Näheres mitteilen. Doch Ihr versteht, dass dies erst morgen geschehen kann; heute wäre ein solches Gespräch für Elisabeth zu viel."

Auch wenn Carl lieber heute als morgen mit dem jungen Ding gesprochen hätte, stimmte er zu; der Alte hatte recht. Werner Stauffacher und Konrad Baumgartner kehrten zu ihrer Gruppe zurück, die sich bald auf den Heimweg machte und zerstreute.

Es war inzwischen Mittag geworden und der Herr des Hauses lud die Junker zu Tisch. Jakob Willibald Werner fand bei dem Verwalter einen Platz, was ihn nicht zu stören schien. An der Tafel erzählten die beiden Junker ihrem Gastgeber von den Abenteuern der letzten Wochen, ohne dabei zu viel über die eigentlichen Hintergründe zu verraten.

Die Männer waren gerade mit dem Speisen fertig, als ein Diener meldete, ein Hirte, den der Schultes von Arlesheim geschickt, warte draußen auf dem Hof. Die Herren erhoben sich und traten hinaus. Herr von Chaumont übernahm es, mit dem Manne zu sprechen, denn seine Mundart war für die beiden Junker völlig unverständlich.

Der Schafhirt, ein bärtiger, wettergegerbter Bursche, berichtete, er habe einen Mann, auf den die Beschreibung des Fremden passen würde, mit anderen zusammen davonreiten sehen. Auf die Frage hin, ob er Näheres zur Gruppe sagen könne, schüttelte der Hirte den Kopf. Sie seien zwar direkt an seiner Herde vorbeigekommen – allesamt Galgengesichter –, doch mehr wisse er nicht. Nur ein Jüngling sei ihm aufgefallen. Der habe nicht zu den anderen Kerlen gehört, sein Gesicht unter den braunen Locken sei einfach zu ehrlich gewesen. Der Schäfer wandte sich zum Gehen, hielt dann aber inne, drehte sich wieder um und zog ein Schreiben aus seiner Tasche. Dieses reichte er ohne große Worte Herrn von Chaumont und verließ dann gemächlichen Schrittes den Hof.

Hugo von Chaumont studierte die Anschrift und gab den Brief mit einem leichten Lächeln an Hermann Schott von Schottenstein weiter. Verwundert nahm dieser den Umschlag an sich und las: *An den Herrn, der mich im Hause des Oheims so unsanft um den Leib gepacket.*

Er öffnete das Brieflein und überflog den Inhalt, las dann ein zweites Mal, wobei ein selbstgefälliges Grinsen auf seinem Gesicht erschien.

Werther Herr!
Ich traf Euch in einer eindeutigen Situation und Ihr packtet mich mit hartem Griffe um den Leib, wie mich noch nie einer zu fassen gewagt. Ich dachte, Ihr

wäret die Mörder des Oheims und eilte davon. Nun hörte ich, es sei ein Irrtum gewesen und Ihr und Eure Freunde wollten nur Auskunft über ein Buch meines Oheims. Ihr solltet wissen, der Oheim weihte mich in all seine Transaktionen mit ein, sodass ich womöglich in der Lage bin, Euch die notwendigen Auskünfte zu erteilen. Kommt heute Abend um achte zum Hause des Oheims, und ich werde Euch empfangen und mich mit Euch über Bücher unterhalten – mag sein, das ich Euch weiterhelfe, mag anderes sein.

gezeichnet Elisabeth Silbermann

„Was steht in dem Brief?", fragte Carl, als Hermann das Schreiben einsteckte und keine Miene machte, etwas über seinen Inhalt zu erzählen.

„Die Nichte Gotthold Silbermanns ist bereit, über die Bücher ihres Oheims zu sprechen."

„Das ist eine gute Botschaft", rief Carl erfreut. „Wann können wir uns mit der Jungfer unterhalten?"

„Ich denke", meinte Hermann Schott von Schottenstein, „es ist besser, wenn erst einmal nur einer von uns mit Elisabeth Silbermann redet. Ein junges Mädchen allein mit mehreren Männern, das schickt sich nicht."

„Aber wenn Ihr Euch allein mit ihr trefft, das schickt sich?", fragte Carl lachend. „Oh Hermann, Hermann, was würde Josepha von Ellrichshausen zu diesem Abenteuer sagen?"

„Fräulein von Ellrichshausen ist weit weg und ich bin ihr in keiner Weise verpflichtet", entgegnete Hermann hitzig. „Hütet Euch lieber vor den Versuchungen Sylvia von Korffs!"

Carl von Schack wollte etwas Kräftiges erwidern, da griff ihr Gastgeber in den Zank ein.

„Oh, Ihr jungen Leute", rief Hugo von Chaumont und schüttelte lachend den Kopf. „Wie es bei Euch gleich siedet und brodelt. Junker Schack, lasst Herrn Schott von Schottenstein ruhig zu der besagten Jungfer gehen. Mehr als einen Händedruck und ein liebliches Lispeln kann er ohnehin nicht erwarten, anderes ist der hiesigen Sitte nicht Brauch. Dafür erhaltet Ihr womöglich eine Auskunft über das gesuchte Kräuterbuch. Und Ihr, Junker Schott von Schottenstein, seid künftig vorsichtiger mit Euren Umarmungen – in diesem Landstrich kann solches Tun als Heiratsversprechen empfunden werden. Also geht bei Eurer Befragung der Jungfer behutsam zu Werke – und nicht wieder zu unsanft!"

Carl von Schack lachte laut auf, Hermann errötete und stimmte dann in das Gelächter ein.

„Vor lauter Elisabethanischem", nahm Carl wieder das Wort und übersah geflissentlich den tadelnden Blick, den ihm Hermann zuwarf, „haben wir ganz vergessen, was uns der Hirte berichtete. Berthold war offensichtlich nicht allein hier, wahrscheinlich sogar in Begleitung der Bande, mit der wir es gestern zu tun hatten."

„Das denke ich auch", warf Hermann ein. „Die Beschreibung des Jünglings, der nicht zur Bande zu passen schien, erinnert mich übrigens an Alessandro. Es scheint, als sei auch er ein Verräter."

„Wir werden sehen", meinte Carl, der noch immer der Theorie anhing, Alessandro habe sich der Truppe nur angeschlossen, um auf diese Art und Weise an die eigentlichen Drahtzieher heranzukommen.

Am Nachmittag zeigte ihnen Hugo von Chaumont das Gut und insbesondere eine neue Kelteranlage, die er nach eigenen Plänen hatte bauen lassen. Schließlich wurde es Abend, und Hermann Schott von Schottenstein entschuldigte sich mit dem Hinweis, er müsse sich noch umziehen und dann wolle er zum Hause Silbermanns reiten, um Näheres über das gesuchte Kräuterbuch zu erfahren. Während Hermann sich um sein Äußeres bemühte, entschied Carl, ebenfalls nach Arlesheim zu reiten, um aus der Nähe Hermanns Unternehmung schützend zu beobachten. Es konnte doch sein, das der Fortritt der Bande eine Finte gewesen war und diese auf der Suche nach dem Kräuterbuch am Abend noch einmal zum Hause Silbermann zurückkehrte.

Junker Hermann Schott von Schottenstein stand vor der geschnitzten Pforte des Hauses Silbermanns und klopfte. Von der Kirche schlug es acht, es war noch hell, die Sonne würde an diesem 14. Juli erst in einer halben Stunde untergehen und die Dämmerung sich dann sachte über das Land legen.

Die Tür wurde geöffnet und im Eingang stand die Jungfer vom Mittag. Sie war gekleidet in der Tracht der Solothurner Bürgermädchen mit weißem Rock und einem dunklen, bestickten Oberteil sowie roten Strümpfen. Ihr Haar war in langen blonden Flechten gebunden, und Hermann sah erst jetzt richtig, welche Schönheit in ihr am Blühen war. Leicht verlegen knickste sie und reichte Hermann die Hand, die er in einer eleganten Geste an die Lippen führte und behutsam küsste. Rasch zog sie die Hand zurück und betrachtete diese halb erschrocken, halb mit einer gewissen Eitelkeit.

„Inkommodiert Euch nicht mein Herr, wie könnt Ihr diese Hand nur küssen? Sie ist so rau, was musst ich nicht schon alles im Hause und im Garten meines Oheims schaffen oder tun." Die Jungfer schüttelte den Kopf. „Was erzähl ich von Dingen, die Euch sicher langweilen und lass Euch dabei draußen stehen; kommt also rasch herein, Herr Junker."

Elisabeth Silbermann führte den Gast in das Wohnzimmer, das anders als am Mittag, aufgeräumt und anheimelnd wirkte; ein frisches Tuch bedeckte den Tisch und mehrere bunte Sommersträuße schmückten den Raum. Hermann folgte ihr, wobei er seinen Blick bewundernd über ihre schlanke, doch wohlgeformte Gestalt gleiten ließ. Allein, ihm fiel Herrn von Chaumonts Warnung ein und weswegen er eigentlich hier zu Besuch war und er löste rasch seinen Blick. Die Jungfer, die wie alle Frauen, seien sie erfahren oder noch jung, durchaus merkte, welchen Eindruck sie bei dem fremden Herren machte, lächelte ihm zu.

Doch dann gedachte sie ihres toten Oheims und ihre Augen verschleierten sich. „Unsere erste Begegnung, mein Herr, stand unter keinem guten Stern. Der Oheim ward ermordet, und ich musste Euch für einen seiner Mörder halten, zumal mich Euer Griff so fest umschloss, dass ich Angst um meinen Leib und mein Leben bekommen musste." Bei der Erinnerung an das Geschehen stieg eine helle Röte in ihr feines Gesicht und sie blickte verlegen zur Seite.

„Verzeiht, Jungfer Elisabeth, mein wildes Tun", erwiderte Hermann höflich, „doch ich fürchtete, Ihr könntet in Panik geraten und Euch oder einen der Unsrigen verletzen."

„Ihr hattet Angst vor den Kräften eines schwachen Frauenzimmers", antwortete Jungfer Elisabeth wieder leicht lächelnd, „und ich hielt Euch und Eure Begleiter für wackere Männer, die sich vor nichts fürchten! Aber, entschuldigt, ich vergaß Euch etwas anzubieten. Wollt Ihr ein Glas Wein, Herr Junker?" Sie deutete auf den Tisch, auf dem ein Weinkrug nebst Gläsern stand.

Hermann dankte und meinte, er wolle lieber gleich nach dem Buche schauen.

„Gut, wie Ihr wollt. So kommt mit nach oben in des Oheims Bibliothek und nennt mir den Titel des Werkes. Ich bin mit der Systematik der Bücher vertraut und werde Euch bei der Suche helfen. Kommt!"

Sie verließen das Zimmer und stiegen die Treppe nach oben. Eine schnelle Zunge hat das junge Ding, dachte Junker Hermann. Die Sprache zeugt von einem gewissen Geiste und Bildung – und ihr Akzent ist allerliebst. Die Jungfer ist wahrhaftig mehr als eine blonde Schöne vom platten Lande; Gotthold Silbermann scheint seine Nichte gut unterwiesen zu haben.

Die beiden erreichten das obere Stockwerk und standen jetzt vor dem Eingang des Bücherkabinetts.

Elisabeth Silbermann kannte sich gut aus in der Sammlung ihres Oheims. Doch die bibliothekarische Ordnung war am Morgen empfindlich gestört worden, und der Eindruck, den der Ort, an dem Gotthold Silbermann getötet worden war, bei der Jungfer bewirkte, war derart stark, dass sie die Tränen nicht zurückhalten konnte und sich nur mit Mühe beruhigte.

Junker Hermann vermochte sich nicht anders zu helfen, als dass er das weinende Mädchen an sich zog, ihr sanft über das goldschimmernde Haar strich und es mit leisen Worten zu beruhigen suchte. Sie ließ ihren Kopf an seine Brust sinken, und er fühlte die junge Wärme ihres Leibes und wünschte sich, dass dieser köstliche Augenblick nie enden möge.

Nach einigen Minuten hob Elisabeth ihr von Tränen überströmtes Gesicht, sah Hermann mit ihren blauen Augen wie prüfend an und löste sich langsam aus seiner Umarmung. „Ich danke Euch, Junker, für Euer Halten", sagte sie mit leiser Stimme und wischte die Tränen mit einem Tuch fort. „Aber es schickt sich nicht, dass wir noch länger so verharren. Lasst uns also nach dem Buche suchen und geht dann rasch, wenn Ihr's gefunden, damit die Leute nicht reden. Wie lautet der Titel, sagtet Ihr?"

Junker Hermann nickte langsam, zog dann einen Zettel hervor und las mit belegter Stimme den Titel vor: *Kräutterbuch/Deß hochgelehrten vnnd weltberühmten Herrn Dr. Petri Andreae Matthioli ...*

„Also Herbaria", meinte die Jungfer sinnend. „Mich deucht, ich kenne den Titel. Solche Werke stehen gewöhnlich im hinteren Teil des Bücherkabinetts."

Sie hatte sich wieder gefangen und begann systematisch nach dem Werk zu suchen, wobei sie Hermanns Nähe mied.

Aber im Kabinett war das Buch nicht zu finden und sie dehnten die Suche auf die anderen Bereiche der Silbermannschen Bibliothek aus.

Eine gute Stunde verging – es wurde dunkel, denn die Nacht zog auf.

Carl von Schack war schon lange im Garten des Hauses angelangt. Das Pferd hatte er außerhalb an einen Pfosten gebunden und sich selbst einen Platz unter einem bereits blühenden Sommerflieder gesucht. Dort setzte er sich nieder, lauschte auf das Zirpen der Grillen und andere Geräusche des späten Abends.

Die Zeit verging, es mochte gegen zehn sein, und noch immer weilte Hermann im Hause Silbermann. Die Nacht war aufgezogen. Der Mond stand, im Zunehmen begriffen, weißgelblich am wolkenlosen Himmel, über allen Gipfeln war Ruh – da hörte Carl plötzlich ein leises, kaum wahrnehmbares, metallisch klingendes Geräusch. Es schien von der Rückseite des Hauses zu kommen.

Carl stand auf und schlich vorsichtig nach hinten. Er spähte um die Ecke des Hauses. Vor ihm lagen etliche Reihen Gemüsebeete, die sich im Schutz der hinteren Hausseite weitläufig erstreckten. Mitten in einem Beet, es mochte sich um Kohlgemüse handeln, entdeckte Carl eine Leiter, die schräg zum ersten Stock führte und an deren oberen Ende soeben eine Gestalt ins Fenster stieg, wobei sie irgendetwas rief. Unten war eine zweite Gestalt im Begriff der ersten zu folgen.

Rasch rannte Carl hinüber, packte den Kerl am Kragen und riss ihn von der Leiter fort nach hinten. Carl hielt den Burschen derart fest, dass dieser keinen Ton herauszubringen vermochte. Er warf ihn zu Boden, knebelte den Mann mit dessen eigenem Halstuch und band ihm mit dem Hosengürtel die Arme fest hinter den Körper. Mit einem Streifen Stoff aus dem Hemd des Mannes fesselte er ihm zusätzlich die Füße. Die ganze Aktion dauerte keine Minute, dann folgte Carl dem ersten Eindringling nach oben und stieg eilig die Leiter empor.

Längst hatte Elisabeth Kerzen entzündet, in deren Licht sie weitersuchten, doch wo sie auch nachschauten, sie wurden nicht fündig.

„Seid Ihr sicher, dass Euer Oheim das Buch besessen hat?", fragte Junker Hermann schließlich.

„Ich bin mir nicht mehr sicher", antwortete die Jungfer, „doch ich denke ..." Ein Geräusch aus dem Nebenraum ließ sie verstummen.

Hermann zog seinen Degen, bedeutete Elisabeth still zu sein und lief in das schmale Gemach. Kaum war er eingetreten, warf sich ihm eine riesige Gestalt entgegen, die seinen Degenstoß geschickt unterlief, Hermann mit festem Griffe an der Gurgel packte und zu würgen begann.

Elisabeth, die, ungeachtet Hermanns Anweisung, sich nicht hatte zurückhalten können, spähte um die Ecke. Als sie sah, was geschah, sprang sie nach vorne, griff einen schweren Folianten aus einem Regal und schlug diesen mit aller Gewalt auf den Schädel des Angreifers, sodass dieser vom Junker abließ und zu Boden sank. Schon wollte sie sich um Hermann kümmern, da hörte sie ein hämisches Lachen vom Fenster. „Gut getroffen, Jungfer, doch Bücher werden dir jetzt nicht mehr helfen!"

Ein weiterer Kerl sprang ins Zimmer und mit gezogenem Dolche auf Elisabeth zu.

Sie ließ das Buch fallen, drehte sich in Panik um und rannte mit fliegenden Röcken davon, der Einbrecher ihr dicht auf den Fersen.

Als sie die Treppe erreichten, ergriff der Kerl mit einer Hand einen ihrer Zöpfe und riss die Jungfer brutal nach hinten. Elisabeth schrie vor Schmerz und Angst laut auf und fiel, beinahe besinnungslos, hart zu Boden. Der Angreifer, noch im Schwunge, konnte nicht stoppen und stolperte über den vor ihm liegenden Körper. Vergeblich versuchte er das Geländer zu fassen, um Halt zu finden, und stürzte mit großem Gepolter kopfüber die Treppe hinab, wo er unten am Absatz bewegungslos liegenblieb.

Da rief plötzlich eine Stimme: „Hermann, Jungfer Silbermann, was ist Euch?"

Carl von Schack sprang durchs Fenster und kam den beiden zu Hilfe. Er band den Schurken, der Hermann angegriffen und den die Jungfer niedergestreckt, in der gleichen Weise wie seinen Gefährten am Fuße der Leiter im Garten.

Dann bemühte er sich mit Hilfe Elisabeths, der zum Glück nichts weiter passiert war, Hermann auf die Beine zu bringen. Dies gelang rascher als gedacht, und so fand Carl Gelegenheit nach dem dritten Räuber zu schauen. Dieser lag noch immer am Fuße der Treppe – er hatte sich das Genick gebrochen.

Im Hause Silbermann konnte die Jungfer nicht bleiben; die Junker brachten sie zum Pfarrer des Ortes, dem sie nur in groben Zügen vom Geschehen erzählten. Der gute Mann, ein Geistlicher alter Schule, beleibt, gelehrt und lebensfroh, war über die Geschichte hellauf entsetzt und versprach, sich mit seiner Frau um das „Maidschi", wie er Elisabeth nannte, zu kümmern.

Daraufhin ritten die Junker zurück zum Gut Hugo von Chaumonts, der alsgleich eine Trupp Knechte zum Hause Silbermanns schickte, um dort die Gefangenen und ihren toten Komplizen abzuholen. Die Kerle wurden in den Keller gesperrt und der Leichnam in einer Scheune aufgebahrt.

Mittlerweile war es tiefe Nacht geworden, Carl von Schack, Junker Hermann und der Herr des Hauses saßen bei einem Krug Solothurner Biers und besprachen das aufregende Geschehen des Tages.

„Erst der Mord an Gotthold Silbermann und heute Abend der Einbruch in seinem Hause", sagte Hugo von Chaumont und nahm einen kräftigen Schluck. „Nicht auszudenken, wenn Ihr Herren nicht im und beim Hause gewesen wäret und Jungfer Elisabeth allein den drei Kerlen gegenüber hätte stehen müssen."

„Ganz so hilflos scheint mir die Jungfer nicht", meinte Carl trocken. „Immerhin hat sie zwei der Angreifer außer Gefecht gesetzt. Und Ihr, Freund Hermann, verdankt der schönen Elisabeth wahrscheinlich Euer Leben!"

„Das ist wahr", erwiderte Junker Hermann, und sein Blick ging gedankenverloren ins Leere.

„Tja", sagte der Gutsherr und zwinkerte dabei Carl zu. „Ihr werdet die Jungfer zum Dank für ihre Rettung wohl ehelichen müssen!"

„Ehelichen?", fuhr Junker Hermann aus seinen Gedanken auf. „Ich soll die Jungfer heiraten und …?" Er brach ab und schüttelte den Kopf.

„Nun, sie ist natürlich nicht vom Stande. Aber es gibt sicher Schlimmeres, als solch eine Schönheit zum Altar zu führen", sagte Carl mit ernster Miene.

„Zumal Jungfer Elisabeth über einigen Besitz verfügt", fügte Chaumont als Lockung hinzu.

„Ihr meint wirklich, ich sollte die Jungfer …?" Hermann blickte verdutzt von einem zum anderen. Die beiden anderen Männer sahen sich an und begannen dann an lauthals zu lachen.

„Ihr solltet Euer Gesicht sehen, Freund Hermann", rief Carl. „Manchmal seid Ihr wirklich zu gutgläubig. Was meint Ihr, was Euer Vater sagen würde, wenn Ihr mit einem Schweizer Bürgermädchen nach Bläsiberg zurückkehrtet. In Eurer Haut wollte ich dann nicht stecken. So, jetzt aber genug von Euren ‚Heiratsabsichten'. Lasst uns lieber überlegen, wie wir weiter vorgehen sollen."

„Am besten, wir verhören morgen erst einmal die Gefangenen", schlug der Gutsherr vor, „und zwar gründlich. Ihr könnt währenddessen", wandte er sich lachend an Junker Hermann, „die Jungfer befragen. Vielleicht weiß sie Euch zu sagen, was es mit dem besagten Buch noch auf sich hat."

„Das ist eine gute Idee", sagte Carl. „Nur so können wir erfahren, wer sich hinter dem Ganzen verbirgt. Möglicherweise suchen wir sogar am falschen Ort!"

Sie beendeten die Betrachtung, leerten noch einige Krüge und legten sich dann zur Ruhe.

Carl fielen umgehend die Augen zu und sein Schlaf war traumlos und tief. Hermann hingegen saß fast bis zum Morgen am Fenster und hing den absonderlichsten Gedanken nach, in denen lange, blonde Zöpfe und ein Paar blaue Augen eine gewisse Rolle spielten. Dann endlich fand auch er zur Ruhe.

Am nächsten Morgen wurden sie durch lautes Rufen geweckt. Ein Knecht, der in den Keller gestiegen war, um etwas zu holen, hatte bemerkt, dass die Tür zum Verschlag, in dem die Gefangenen eingeschlossen worden waren, offen stand.

Er trat ein und entdeckte, dass der Raum leer war. Die gestern festgesetzten Räuber waren in der Nacht entflohen!

7

Straßburg, ich muss dich lassen

Hugo von Chaumont und Carl prüften den Raum aufs Genaueste. Die Arme der Kerle waren mit Seilen an zwei Balken gebunden gewesen, die Füße hatte man frei gelassen. Die Armfesseln lagen säuberlich mit einem Messer durchtrennt am Boden. Die Knechte versicherten, die Gefangenen eingehend durchsucht und ihre Taschen vollständig geleert zu haben, und brachten deren Inhalt, der in einer Lade verwahrt worden war, eilends herbei: zwei Pfeifen, Tabak, ein paar Münzen und einige schmutzige Sacktücher. Die beiden Dolche, die die Strolche gestern mit sich geführt hatten, waren ihnen bereits im Hause Silbermann abgenommen worden. Wenn also die Gefangenen nicht irgendwo am Leibe Messer versteckt hatten, was nach Angaben der Knechte unwahrscheinlich war, mussten sie fremde Hilfe erhalten haben, entweder von außen oder gar aus dem Hause selbst!

Herr von Chaumont ließ seinen Verwalter kommen und befragte ihn eingehend nach den Knechten und Mägden des Gutes, ob unter ihnen jemand sei, dem eine derartige Verbindung zu Gesindel dieser Art zuzutrauen wäre. Der Verwalter Philip Melchtal, ein älterer Mann von ernstem Aussehen, der wegen eines Reitunfalls leicht hinkte, wies eine solche Möglichkeit weit von sich. Seine Burschen seien alles handfeste, ehrliche Kerle, die sich nie mit Fremden und schon gar nicht mit derartigen Strolchen abgeben würden. Doch zu den Mägden könne er wenig sagen, da habe seine Frau Rosa mehr Kenntnisse.

Rosa Melchtal ward geholt und gleichfalls nach dem Leumund der Mägde des Gutes befragt. Melchtals Frau war deutlich jünger als ihr Mann und mochte Mitte dreißig sein. Sie war von gutem Leibesumfang und ihr rundes Gesicht strahlte Güte und Freundlichkeit aus. Auch sie konnte sich nicht vorstellen, dass eine ihre Maidschis, wie sie sagte, mit derartigen Leuten Umgang hätte. Nur die Berta, meinte sie, und auf ihrer glatten Stirn zeigte sich eine besorgte Falte, sei sonnabends mehrfach spät vom Tanze zurückgekehrt, was sie, Rosa, getadelt habe. Dort solle sie beim letzten Mal mit einem fremden Burschen einen Dreher nach dem anderen getanzt haben, hätten die Mägde berichtet.

Mit einem Seufzer befahl Herr von Chaumont, Berta zu holen. Ein wenig später klopfte es schüchtern, und auf Chaumonts lautes „Herein!" trat die Jungdirne atemlos in die Stube. Es war ein einfältig wirkendes Ding von vielleicht achtzehn Jahren, deren braunes Haar in unordentlichen Flechten bis zur Hüfte herabhing. Das Mädchen war von kräftiger Gestalt, mit runden Hüften und fülligem Oberkörper. Der leicht stumpfe Blick und der stets geöffnete Mund deuteten darauf hin, dass die geistige Entwicklung des Mädchens mit der körperlichen nicht Schritt gehalten hatte. Das folgende Verhör bestätigte den ersten Eindruck. Herr von Chaumont ließ Philip Melchtal die Befragung führen und beschränkte sich darauf, die eine oder andere Aussage Bertas aus ihrem Schweizer Dialekt für Junker von Schack verständlich zu machen.

Nach einigem Hin und Her wurde deutlich, dass Berta beim Tanzen einen Burschen kennengelernt hatte, der, so sagte sie „ihr allerlei Liebes getan" und sie schließlich gebeten habe, ihr letzte Nacht das Fenster der Kammer zu öffnen, welche sie mit einer anderen Magd teilte, welche tief zu schlafen pflegte. Der Bursch namens Jörgi sei auch tatsächlich in der Nacht gekommen, aber nicht lange geblieben, da ihm, wie er sagte, ein Geräusch aufgefallen sei. Da sei der Jörgi durch die Türe ins Haus geeilt; wohin, das wisse sie nicht. An dieser Stelle fing Berta an zu weinen, ob wegen Jörgi, wegen der peinlichen Befragung oder wegen sonst einer Ursache war nicht festzustellen. Herr von Chaumont schickte Philip Melchtal, seine Frau Rosa und das heulende Ding hinaus, wobei er dem Verwalter überließ, Bertas Vergehen entsprechend zu ahnden.

„Da habt Ihr's, Junker von Schack, das Ding ist von armem Geiste und beste Beute für einen gewieften Burschen, der ihr schöntut. Es sieht wohl so aus, als habe dieser Jörgi die Kerle befreit!"

„So sieht es aus", bestätigte Carl, „und wieso und warum kann uns auch nur dieser Jörgi sagen, und der ist mit seinen Kumpanen längst über alle Berge."

Es klopfte und Junker Hermann trat ein. „Es gibt Neuigkeiten. Ich komme soeben aus Arlesheim vom Pfarrer Rössler und von Jungfer Elisabeth. Es ist ihr eingefallen, wo das Buch hingekommen ist. Gotthold

Silbermann hat es vor einiger Zeit seinem Vetter Johann Andreas Silbermann, dem Orgelbauer, nach Straßburg gesandt im Tausche für ein anderes Werk. Wir müssen in die alte Reichsstadt, wenn wir das Kräuterbuch des hochgelehrten und weltberühmten Herrn Doktor Petri Andreae Matthioli finden wollen."

„Nach Straßburg", meinte Hugo von Chaumont nachdenklich. „Das ist eine gute Strecke. Ich empfehle Euch daher, in Basel ein Schiff zu nehmen. Nachdem was Ihr mir erzähltet und was Ihr hier erlebt habt, scheint mir der Landweg ein wenig zu abenteuerlich zu sein."

„Eine Schiffstour?", erwiderte Carl. „Wie lange sind wir da unterwegs? Der Rhein schlängelt sich breit durch die Lande, ganz abzusehen von den vielen Zollstationen."

„Von Basel nach Straßburg seid Ihr bei gutem Wetter nicht mehr als drei Tage unterwegs. Ein flaches Schiff kann das Gefälle gut nutzen", sagte Chaumont. „Am Rheintor in Basel ist die Anlegestelle, wo Ihr für gewöhnlich einen Lastkahn findet, auf dem Ihr mitreisen könnt."

„Gut", entschied Carl. „Es wird das Beste sein, wenn wir umgehend aufbrechen."

„Meint Ihr?", ließ sich Junker Hermann hören, der bisher geschwiegen hatte.

„Nun, Ihr habt Euch doch sicher ausgiebig bei der Jungfer für die gestrige Rettung bedankt und verabschiedet, oder was hält Euch noch?", neckte ihn Carl.

Hermann brummte etwas zur Antwort, was weder Chaumont noch Junker Carl verstanden. „Sollen wir eigentlich unseren Esslinger Bücherfreund mitnehmen?", fragte er dann.

„Wenn Ihr den Jüngling meint, der Euch bei Eurer Ankunft begleitete, so ist dieser schon gestern von Konrad Baumgartner zu Gast geladen worden", sagte der Gutsherr. „Die beiden, so erzählte mir der Verwalter, sind heute früh weiter in Richtung Bern gereist, wo eine Hochzeit stattfinden soll."

„Dann brauchen wir uns um Jakob Willibald Werner weiter keine Gedanken zu machen", meinte Carl. „Sein eigentliches Ziel, das Buch, scheint er wohl vergessen zu haben."

Sonst gab es nichts zu besprechen; sie bedankten sich bei Hugo von Chaumont für die Gastfreundschaft sowie seine Hilfe.

Eine halbe Stunde später ritten Junker Carl und Junker Hermann im lockeren Trabe in Richtung Basel. Als sie Arlesheim durchquerten, begegneten sie wie zum Abschied Elisabeth Silbermann, die mit einem Korb am Arm aus einem Haus kam. Schlank und leicht, als ob sie nichts an sich zu tragen hätte, schritt sie, beinahe schien für die gewaltigen blonden Zöpfe des niedlichen Kopfes der Hals zu zart. Aus ihren heiteren blauen Augen blickte sie zu Hermann und lächelte, als wenn es in der weiten Welt nur sie beide und keine Sorgen geben könnte; der Strohhut hing ihr am Arm, und Hermann hatte das Vergnügen, sie noch einmal in ihrer ganzen Anmut und Lieblichkeit zu sehen. Die Jungfer winkte Hermann zu, worauf dieser, wie Carl aus den Augenwinkeln sah, rot wie ein Schulbube wurde.

Sollte der Freund sich ernsthaft in eine Schweizer Bürgerstochter verliebt haben? Das musste zu Problemen führen, denn ein dauerndes, gar lebenslanges Dasein an ihrer Seite konnte sich Carl für Hermann trotz dessen offensichtlicher Leidenschaft kaum vorstellen, gehörten beide doch ganz unterschiedlichen Gesellschaftssphären an. Eine Trennung war unabdingbar, Carl fühlte Mitleid und bedauerte es, Hermann gestern Abend derart aufgezogen zu haben. Ihm selbst kamen das Bild Aureliens und das der schönen Baronesse von Korff in den Sinn.

So hingen beide junge Männer ihren Gedanken nach, und ehe sie sich's versahen, war Basel erreicht.

Sie lenkten ihre Pferde zur Anlegestelle der Rheinschiffe in der Nähe der Birsigmündung. Hier wurden die aus dem Oberland ankommenden Waren auf große Lastkähne für die Talfahrt nach Straßburg und zum Niederrhein umgeladen. Im späten Mittelalter wurde der Uferabschnitt neben der Rheinbrücke von zwei Turmbauten eingerahmt, vom Rheintor und rechts vom Salzturm mit dem angebauten Salzhaus. An der Anlegestelle selbst stand das Zunfthaus. Die Doppelzunft der Schiffsleute und Fischer war 1354 vom Basler Bischof eingerichtet worden. Den Schiffsleuten genehmigte der Rat 1402 den Bau eines Hauses am Rhein. Das Zunfthaus war früher über die Birsigmündung hinweg mit dem Salzturm durch eine Mauer verbunden. In ihr befand sich ein Bogentor zur Mündung; in dessen Nähe lag eine Brunnenstelle, die man zwanzig Jahre zuvor zu einem Brunnen mit rechteckigem Becken und einem vierkantigen Brunnenpfeiler umgebaut hatte und die jetzt ein beliebter Treffpunkt der Schiffer war. Dorthin gingen die Junker.

Sie hatten Glück, schon der zweite Schiffer, den sie ansprachen, war bereit, die Junker bis Straßburg mitzunehmen. Er wollte am nächsten Morgen gleich nach Sonnenuntergang ablegen. Carl und Hermann nutzten den Tag, um ihre Pferde zu verkaufen und sich mit allerlei Dingen für die Schiffsreise zu versehen. Eine lästige Angelegenheit, und sie kamen daher überein, in Straßburg nach einem neuen Diener zu schauen. Nachdem sie das gleiche Quartier wie beim letzten Male bezogen hatten, machten sie sich auf, Erkundigungen nach Alessandro und Berthold anzustellen. Doch es war vergeblich, niemand, auf den die Beschreibung der beiden passte, war in den Gasthöfen oder Läden der Stadt gesehen worden.

Am Abend legten sie sich nach einem leichten Mahl und einem guten Trunk bald nieder, denn es galt, am nächsten Tage früh aufzustehen und zum Schiff zu eilen. Die Nacht verlief ohne Störungen, nur die Träume unserer jungen Herren waren lebendig und sehr belebt.

Die Junker kamen pünktlich zum Schiff und gingen an Bord. Die Leinen wurden gelöst und der schwere Kahn begab sich auf die gewundene Strecke rheinabwärts. Es war ein heißer Tag und die Stunden an Bord dehnten sich endlos. Ab und zu kreuzten Flöße ihren Weg, junge Mädchen in weißen Kleidern winkten am Ufer, sonst passierte nichts. Carl und Hermann standen an der Reling und blickten auf das Wasser und das vorbeiziehende Land.

„Jetzt fahren wir nach Straßburg und wissen eigentlich nicht recht warum", meinte Junker Carl.

„Wieso wissen wir nicht warum?", wiederholte Junker Hermann. „Ich denke, wir sind auf der Suche nach diesem Kräuterbuch, das Gotthold Silbermann seinem Vetter Johann Andreas Silbermann im Tausch überlassen hat."

„Das stimmt", erwiderte Carl, „dennoch wissen wir nicht wirklich, was es mit dem Buch auf sich hat, der Conte wurde schließlich ermordet, bevor er uns die Hintergründe zu erläutern vermochte."

Carl strich sich das Haar aus der Stirn. „Manchmal denke ich beinahe, unsere Reise läge unter keinem guten Stern. Die vielen Toten, die unseren Weg begleiten. Schon zu Beginn der Mord an der schönen Botin Caracantis, es folgten der Anschlag auf Friedrich und später der Überfall in Tübingen. Dann wurden Maximilian und die beiden Diener Hans und Franz getötet. Wenige Tage später stirbt der Conte in Héricourt an Gift.

Wir folgen den Verdächtigen nach Basel und in die Schweiz hinein – und stoßen auf einen weiteren Ermordeten. Doch wissen wir noch immer nicht, wer hinter dem Geschehen steckt und wohin die Reise geht oder wo sie enden wird."

„Nun, erst einmal wartet Straßburg auf uns", suchte Hermann den Freund aufzumuntern, „eine Stadt voller Leben und Drang; ich bin sicher, dass wir dort finden, was wir suchen, und dass sich das eine oder andere Rätsel lösen wird."

„Das mag sein, doch ich fürchte, dass sich gleich wieder neue Rätsel auftun werden", entgegnete Junker Carl. „Aber lassen wir uns überraschen, vielleicht endet unser Auftrag wirklich in Straßburg."

Es wurde Abend, und sie griffen zum Becher, um die melancholische Stimmung der Nacht ein wenig aufzuhellen. Auf der weiteren Reise geschah wenig, was groß zu erzählen gewesen wäre. Am dritten Tage endlich erreichte der Kahn den Rheinhafen Straßburgs und die Junker verließen erleichtert ihr langsames Gefährt. Die Grenzangelegenheiten waren, da sowohl Carl als auch Hermann gut Französisch sprachen und vom Stande waren, schnell erledigt, und sie begaben sich alsbald in die alte Reichsstadt.

Herr von Chaumont hatte ihnen einen Gasthof in der Innenstadt in der Nähe des Münsters empfohlen, das Haus „Zum goldenen Thronfolger"; dort bezogen die beiden Junker Quartier. Die alte Reichsstadt mit ihren malerischen Fachwerkhäusern kam in ihrer Architektur Basel sehr nahe. Ursprünglich war das Elsass in die Grafschaften Nordgau und Sundgau geteilt. Dann zerfiel das Land in eine Vielzahl von kleinen Herrschaften, neben Straßburg gab es weitere zehn Reichsstädte wie Colmar, Schlettstadt, Weißenburg, Kaysersberg und Münster. Nach dem Dreißigjährigen Krieg musste das Reich die habsburgischen Besitzungen im Elsass an Frankreich abtreten. Später erhielt Frankreich auch noch den Rest des Elsass – bis auf Straßburg und Mülhausen. 1681 schließlich ließ der Sonnenkönig Ludwig XIV. widerrechtlich Erstere besetzen. Doch trotz der Okkupation rissen die Verbindungen zum Reich nicht ab. Vor allem die Universität, an der nach wie vor auf Deutsch gelehrt wurde, hatte auf den deutschen Kulturraum eine große Ausstrahlung.

Die Junker waren durch die Straßen der Stadt gewandert und standen nun vor der hohen, steinernen Fassade des Münstereingangs und betrachteten aufmerksam die gemeißelten Figuren. Die Kirche gehörte zu den größten Kathedralen Europas, der Nordturm war sogar das höchste Gebäude der Welt, weshalb sie ihn sich unbedingt anschauen wollten. Eine dunkle Wendeltreppe führte in engen Windungen im Turm steil nach oben. Die Sonne warf durch schmale Luken orangegelbe Flecken an die Mauern. An den Absätzen befanden sich Plattformen, die den Blick auf das Gemäuer öffneten. Draußen zeigten sich Wasserspeier, Chimären und Teufel aus Stein, die ihnen höhnisch entgegengrinsten. Immer weiter stiegen sie im aufwärts führenden Spiralbogen um die steinerne Mittelsäule in die Höhe. In den Quadern links und rechts der Stufen gab es geritzte Zeichen, verschachtelte Buchstaben und Pyramiden, Halbmonde und Winkel, unverständlich und seltsam fremd wirkend. Nach mühsamem Aufstieg erreichten die beiden jungen Männer den Ausstieg zur Plattform.

Sie traten hinaus. Das gleißende Licht blendete sie nach dem dämmrigen Dunkel. Carl beschattete die Augen mit der Hand und schaute sich um. Über ihm der offene Himmel in frischer Bläue, links die Masse und Schwere des Turmes. Vorsichtig trat er an die Brüstung. In der Tiefe lag der Münsterplatz mit den kreuz und quer laufenden Menschen, die von hier oben wie Punkte aussahen. Carls Blick glitt über die Dächer der Stadt, folgte den rötlichen und braunen Schatten und dem satten Gelb der Sonnenseiten. Außerhalb der Stadt lagen in der Rheinebene sommerliche Felder, kleine Kirchturmhauben in der Ferne zeigten Dörfer an. Dort floss das silbergraue Band des Rheins, auf dem sie von Basel her gekommen waren; dahinter erhoben sich gründunkel die Kuppen des Schwarzwalds. Noch weiter entfernt lag das heimische Stuttgart und in der Gegenrichtung führten die Wege nach Paris und zum Hof von Versailles. Am Horizont stieg Dunst auf, Wolken zogen heran, das Wetter schien umzuschlagen.

„Lass uns hinabsteigen und uns auf die Suche nach Johann Andreas Silbermann begeben", schlug Carl vor. „Es ist früher Nachmittag, da sollten wir den Musikus stören dürfen."

„Wenn er denn in Straßburg weilt; Jungfer Elisabeth erzählte, ihres Oheims Vetter sei als gesuchter Orgelbauer häufig unterwegs", entgegnete Hermann.

„Nun, wir werden sehen, ob wir Glück haben und Silbermann antreffen oder erneut auf die Reise gehen müssen", sagte Carl.

Sie verließen den Turm und traten hinaus ins Freie. Dort erwartete die beiden eine Überraschung – direkt vor der Kirche, in ein Gespräch

mit einem Unbekannten vertieft, standen Carls Freund, der Kammerherr August von Erlenburg sowie der Gastgeber seines letzten Abends
in Ludwigsburg, Melchior von Talheim und der junge Ferdinand von
Montmartin.

„Freund Carl und Junker Hermann", rief Erlenburg erfreut aus, als er
aufschaute und die beiden entdeckte, und ein kurzes Lächeln zeigte sich
auf seinem sonst eher strengen Gesicht. „Was führt Euch nach Straßburg? Ich glaubte Euch in Mömpelgard und mit politischen Notwendig-
keiten beschäftigt und jetzt sehe ich Euch vom Münsterturm herunter-
steigen!"

„Was uns nach Straßburg führt? Dasselbe könnt auch ich Euch fragen", gab Carl lachend zur Antwort.

„Verzeiht", wandte sich Kammerherr von Erlenburg dem Unbekannten zu. „Ich vergaß in der Freude des Wiedersehens ganz, Euch vorzustellen. Das", wandte er sich an die Junker, „ist Johann Daniel Salzmann, der
bekannte Philosoph und Jurist. Und dies, Herr Aktuar, sind meine
Freunde, Kammerherr Carl von Schack und Junker Hermann Schott von
Schottenstein."

Die Herren nickten einander zu, wobei Carl nicht recht wusste, was er
mit dem Namen Johann Daniel Salzmann anfangen sollte.

„Lasst uns in ein gutes Gasthaus gehen", schlug jetzt Melchior von
Talheim vor, „und uns dort über die Erlebnisse der letzten Zeit austau-
schen. Wie ich immer zu sagen pflege, bei einem guten Trunke und
schmackhafter Speise spricht es sich gleich dreimal so gut, als wenn es
nüchtern zugeht. Sicher werden Sie, bester Aktuar, als gebürtiger Straßburger uns eine passende Wirtschaft nennen und empfehlen können."

„Oh, Herr von Talheim, da kann ich den Herren nur das Gasthaus
‚Zum Geist' in der Straße zum Heiligen Thomas Nummer 7 empfehlen.
Mein Freund Goethe pflegte dort einzukehren und war stets zufrieden.
Ich selbst speise des Öfteren bei den Schwestern Lauth in der Gasse hin-
ter der Sankt-Thomas-Kirche, die Speisen dort sind sehr schmackhaft,
doch denke ich, dass den Herren die Wirtschaft zu gering sein wird."

Melchior von Talheim dankte dem Mann für seine Empfehlungen,
und dieser machte sich auf den Heimweg in die ehemalige Rossgasse
und Fabergasse, welche jetzt merkwürdiger Weise Salzmanns eigenen
Namen trug und wo der Aktuar in Nummer 6 wohnte.

„Woher kennt Ihr den Aktuar Salzmann?", fragte Carl von Schack. „Er sprach von seinem ‚Freund' Goethe, meinte Salzmann den Autor des Werther?"

„Der Aktuar Salzmann ist in der Tat mit Herrn Goethe befreundet. In früheren Jahren unterhielt er eine philosophische Tischgesellschaft, an welcher Goethe während seiner hiesigen Studienzeit sowie die Herren Jakob Michael Reinhold Lenz und Johann Heinrich Jung teilnahmen. Eine sehr umtriebige Gruppe, in deren Mitte manch bewegender Text entstanden ist. Ich selbst habe den Aktuar allerdings in einer juristischen Angelegenheit aufgesucht", erklärte Erlenburg. „Aber nun erzählt, was Ihr erlebt habt, Freund Carl."

Sie hatten inzwischen das empfohlene Gasthaus erreicht, wo die Gruppe Platz fand und sich alsbald Wein und einige Speisen auftragen ließ. Carl berichtete in Umrissen von den Geschehnissen der Reise, insbesondere von den elsässischen und Mömpelgarder Abenteuern sowie ihren Schweizer Erlebnissen.

„Conte Caracanti ist tot", murmelte der Kammerherr anschließend betroffen, „das wird unserem Herzog wenig gefallen. Er scheint mit dem Conte einige Pläne gehabt zu haben. Aber", wandte er sich wieder direkt an Carl von Schack, „wie geht es mit Eurer Mission weiter? Ihr werdet den Orgelbauer Silbermann aufsuchen und sicher auch das Buch erhalten – und dann?"

„Was wir weiter tun werden, kann ich Euch sagen, wenn ich den Inhalt des Buches geprüft habe. Doch verzeiht, Herr von Talheim und Junker von Montmartin, das sind Angelegenheiten, die ich nicht in aller Öffentlichkeit und auch nicht mit zu vielen Personen besprechen möchte."

„Bester Carl", sagte Erlenburg und lachte, „dass Ihr wegen der französischen Ansprüche auf Mömpelgard unterwegs seid, weiß mittlerweile jeder aus dieser Runde. Als echte Württemberger werden wir Euch in jeder Hinsicht unterstützen. Die Einzelheiten Eures Tuns mögt Ihr für Euch behalten, aber in den Grundzügen dürft Ihr uns sicher informieren; rechnet jedenfalls auf unseren Beistand und unsere Hilfe."

Carl von Schack dankte dem Freund für sein Angebot und sein Verständnis. „Dem was Ihr sagt, kann ich gut zustimmen – aber nun berichtet, was Euch bewogen hat, nach Straßburg zu reisen?"

„Es geht, wie ich bereits sagte, um eine etwas umständliche Rechtsauskunft. Ihr wisst, der Herzog hat seit langem einen Disput mit den Ständen, und das Urteil des Reichshofrats von 1770, der sogenannte

,Erbvergleich', der alle Klagepunkte der Landstände für rechtens erklärte und Karl Eugen verpflichtete, den Landtag anzuerkennen, will unserem allergnädigsten Landesherrn bis heute nicht schmecken. Eine verständliche Haltung, denn die herzogliche Macht und vor allem sein Zugriff auf die finanziellen Ressourcen des Landes wurden erheblich eingeschränkt. Nun hofft Karl Eugen beim Reichskammergericht in Wetzlar ein besseres Urteil erreichen zu können. Johann Daniel Salzmann soll angeblich gute Beziehungen zu Wetzlar haben und sogar mit dem Kammerrichter Graf Franz Joseph Spaur von Pflaum und Valeur bekannt sein. Nun, Ihr versteht, Freund Carl, eine durchaus schwierige Materie."

„Ich meinte, das Verhältnis zu den Ständen hätte sich verbessert", sagte Junker von Schack, der derartige Rechtsgeschäfte wenig schätzte. „Habt Ihr", fragte er den Kammerherrn weiter, „habt Ihr Nachrichten über meinen guten Friedrich?"

„Euer Friedrich ist wieder wohlauf", antwortete Erlenburg, „Herr von Talheim wollte ihn sogar als neuen Diener anwerben, aber Friedrich scheint nur Euch ergeben und lehnte ab."

„So ist es", rief Melchior von Talheim. „Ich habe meinen letzten Kammerdiener entlassen müssen, der Kerl soff mir in einer Woche meinen halben Weinkeller leer, und ich hätte Euren Friedrich gern in meinen Diensten gesehen."

„Ja, einer wie Friedrich findet sich selten", meinte Carl bedauernd, „ich hätte ihn in der letzten Zeit gern an meiner Seite gehabt." Er nahm einen Schluck aus seinem Becher und wandte sich an Talheim. „Und was veranlasste Euch zur Reise nach Straßburg, Junker Melchior?"

„Kammerherr von Erlenburg und ich sind ein Stück gemeinsam gereist. Im Eigentlichen befinde ich mich auf der Reise nach Paris", antwortete Melchior von Talheim mit einer leichten Verlegenheit, „um dort meine vielleicht zukünftige Gemahlin zu treffen, die Comtesse Marie-Louise du Barry. Ferdinand von Montmartin begleitet mich."

Sie waren mit dem Mahle fertig und verließen den Gasthof. Erlenburg hatte noch einige juristische Termine wahrzunehmen, Melchior von Talheim und der junge Montmartin wollten einen bekannten Juwelier wegen gewisser Brautgaben aufsuchen, und auf Carl und Junker Hermann wartete das Haus Silbermann. Man verabredete sich für den Abend im „Goldenen Thronfolger".

Der Himmel hatte sich mehr und mehr zugezogen und die Wolken ballten sich zu immer größeren Gebilden. Es sah jetzt nach einem bösen Wetter aus, erste Blitze zuckten, und die Junker beeilten sich, zu Johann Andreas Silbermann zu gelangen. Der Orgelbauer wohnte in der Knoblauchgasse in einem gelben Eckhaus mit Blick auf den Alten Fischmarkt. Als die Junker das Haus erreichten, blitzte es erneut und ein nahender Donner grollte. Carl zog die Klingel und wartete. Nichts geschah. Es donnerte wieder und kräftiger, dann setzte Regen ein. Carl zog erneut, diesmal stärker und wollte, da der Regen stetig zunahm, ein weiteres Mal am Strang reißen, als sich knarrend die hölzerne Pforte halb öffnete. Jemand spähte aus dem häuslichen Dunkel nach draußen. Es mochte ein Weib sein, doch außer einer großen Nase, ein paar listigen Augen und einem breiten Mund sowie wirren Haaren war von der Person wenig zu erkennen.

„Guten Tag, beste Frau", sprach Schack sie höflich an, „wir wollen zu Herrn Silbermann, dem Orgelbauer."

„Und was wollt Ihr von meinem Herrn?", entgegnete die Frau misstrauisch.

„Das werden wir ihm selbst mitteilen", erwiderte Carl. „Jetzt öffnet die Tür und lasst uns ein, der Regen wird stärker und durchnässt uns."

„Einen Augenblick", sagte das Weib und war dabei, die Türe zu schließen, als aus dem Innern des Hauses eine Stimme zu vernehmen war. „Was gibt es an der Tür, Luisa?"

„Fremde, Herr", sprach die Frau, „zwei Männer, und sie wollen zu Euch."

„Ei, dann lass die Herren ins Haus, es regnet und sie werden nass!"

Das Weib brummte etwas und öffnete endlich die Tür vollständig, sodass die Junker ins Haus treten konnten.

Ein kleiner Mann von Mitte sechzig in einem blauen Justaucorps, einer riesigen, weißen Allongeperücke auf dem Kopfe, wie sie vor vielleicht fünfzig, sechzig Jahren in Mode gewesen war, empfing sie im weitläufigen Flur des Hauses. Sein Gesicht hätte gemütlich genannt werden können, wenn ihm nicht die starken Augenbrauen einen etwas strengen Ausdruck verliehen hätten.

Carl von Schack und Junker Hermann verneigten sich leicht und stellten sich dem Hausherrn vor. Dieser bat die Junker in seinen Salon und befahl Luisa, Wein zu bringen. „Bitte Herr von Schack und Herr Schott von Schottenstein. Tretet ein und nehmt Platz."

Die Junker setzten sich in die breiten Sessel und blickten sich überrascht um. Der Salon, in den sie der Orgelbauer geführt hatte, war mit auserlesenen, sehr kostbaren Möbelstücken angefüllt. Aber nicht die Fülle an feinen Stoffen, Samt und Seide weckte das Staunen der Junker. Es waren vielmehr die zahlreichen Zeichnungen und Bilder von Orgeln, die gerahmt an der Wand hingen und die mitten unter ihnen befestigte große Orgelpfeife von geschätzten fünfzehn Fuß Länge.

Silbermann, der ihre Blicke wohl bemerkt hatte, nickte lächelnd. „Ja, Ihr Herren, so sieht es aus im Hause eines Orgelbauers. Das dort an der Wand ist eine riesige Labialpfeife. Sie besteht aus zwei Teilen, dem spitz zulaufenden Pfeifenfuß, mit dem die Pfeife auf dem Pfeifenstock steht, und dem Pfeifenkörper. Der Fuß selbst ist oben mit einer waagerechten Platte, dem Kern, fast vollständig verschlossen. An einer Seite ist ein Segment des kreisförmigen Kerns abgeschnitten und der Fuß an dieser Stelle so weit zur Kante des Kerns hin eingedrückt, dass sich eine schmale, parallele Spalte bildet, die sogenannte Kernspalte. Die eingedrückte Stelle am Fuß wird Unterlabium genannt ..." Er hielt mitten im Satz inne. „Was rede ich den Herren die Ohren mit meinem Gewerk voll. Ihr seid wohl nicht wegen meiner Orgelbaukünste gekommen, oder? Sagt mir bitte, was Euch in mein bescheidenes Haus führt."

Er wurde vom Eintritt des von ihm Luisa genannten Weibes unterbrochen, welches Wein und Gebäck nebst drei Bechern brachte und allen einschenkte.

„Wir kommen von Eurem Vetter Gotthold aus Arlesheim wegen eines Buches, dass dieser Euch überlassen hat", begann Carl zu erklären.

„Vetter Gotthold hat Euch auch von dem Buche erzählt?", unterbrach ihn der Hausherr verwundert. „Erst heute früh war ein Jüngling hier, der mich in Gottholds Auftrag um das Buch bat."

„Ein Jüngling?", rief Junker Hermann. „Wie sah er aus?"

„Nun", antwortete Silbermann leicht irritiert, „es war ein schlanker, junger Mann von etwa zwanzig Jahren, möchte ich meinen. Er nannte seinen Namen und wies ein Schreiben meines Vetters vor, welches lautete, ich solle ihm das Kräuterbuch Petri Andreae Matthiolis übergeben, welches er mir kürzlich zum Tausche überlassen."

„Es war Eures Vetters Handschrift?", fragte Junker von Schack.

„Das vermag ich kaum zu sagen", erklärte Silbermann. „Wir haben seit Jahren nicht mehr miteinander korrespondiert. Auch nicht wegen des Buches, welches ich erst vor einem Monat, als ich in Arlesheim nach der Orgel schaute, von Gotthold erhalten habe. Aber es war sein Siegel unter dem Brief, da besteht kein Zweifel."

„Der junge Mann nannte einen Namen?", hakte Hermann nach.

„Er sagte, er hieße Alessandro", gab der Hausherr zur Antwort.

„Zum Teufel auch, schon wieder Alessandro", rief Hermann aus. „Der Schuft ist uns erneut zuvorgekommen. Wenn wir nur … "

„Verzeiht, Herr Junker", unterbrach ihn Silbermann. „Dies ist ein gottesfürchtiges Haus, und ich dulde nicht, dass hier gelästert oder geflucht wird, mögt Ihr auch Herren von Adel sein!"

„Entschuldigt die Wortwahl Herrn Schott von Schottensteins", nahm Junker Carl rasch das Wort, bevor Hermann eine weitere Unbedachtsamkeit von sich geben konnte. „Der Junker ist nur sehr erzürnt, dass einer der Mörder Eures Vetters die Unverfrorenheit besaß und Euch aufsuchte."

„Was sagt Ihr da von Mördern?", rief Silbermann und sprang auf. „Was ist Gotthold passiert? Sprecht, Ihr Herren, ich bitt Euch!"

Carl ärgerte sich über seine voreiligen Worte. Die Nachricht vom Tod Gotthold Silbermanns hätte er wahrhaftig auf andere und passendere Weise überbringen sollen. „Ich bedaure, aber Euer Vetter wurde in seiner Bibliothek von einem oder mehreren Räubern überfallen und umgebracht. Die Mörder waren auf der Suche nach dem erwähnten Buch. Warum, wäre recht weitläufig zu erklären. Jetzt sieht es so aus, als habe sich einer von Ihnen Kenntnis von Eurer Wohnung verschafft und sich bei Euch das Buch besorgt."

„Gotthold ist ermordet worden", wiederholte der Orgelbauer und sank zurück in seinen Sessel. „Was ist mit Elisabeth? Ist sie auch …?", fragte er angstvoll.

„Nein", erwiderte Hermann, der sich für alles, was Elisabeth Silbermann betraf, verantwortlich fühlte. „Sorgt Euch nicht, Jungfer Elisabeth ist wohlauf. Wir haben sie zum Pfarrer des Ortes gebracht, damit seine Frau und er sich um die Jungfer kümmern können."

„Bei Pfarrer Rössler ist Elisabeth gut versorgt", meinte Silbermann erleichtert. „Dennoch, ich muss sofort nach Arlesheim aufbrechen und mich dort Elisabeths und ihrer Angelegenheiten annehmen."

„Beruhigt Euch erst einmal", sagte Junker von Schack. „Heute Abend werdet Ihr ohnehin nicht mehr reisen können. Und an dem schrecklichen Geschehen könnt Ihr ebenfalls nichts mehr ändern. Euer Vetter ist tot, und das Buch ist fort."

„Nein", erwiderte Johann Andreas Silbermann, „das Buch ist mitnichten an die Räuber verloren. Denn ich habe es vor wenigen Tagen einem alten Freund nach Paris geschickt, der schon lange auf dieses Werk erpicht war."

„Das trifft sich bestens, Ihr fahrt mit uns in meiner Kutsche gemeinsam nach Paris, ergreift dort diesen Alessandro, findet das geheimnisvolle Kräuterbuch – und dann feiert Ihr mit mir und meiner schönen Braut die Verlobung!"

Es war später Abend geworden, und die Junker saßen mit ihren Freunden aus Ludwigsburg im Gasthaus „Zum goldenen Thronfolger". Carl von Schack hatte berichtet, was sie bei Johann Andreas Silbermann erfahren hatten.

„Gemeinsam nach Paris zu reisen, scheint sinnvoll", meinte Carl, „der weitere Verlauf wird sich zeigen. Alessandro hat einen Tag Vorsprung, aber mit einer guten Kutsche und frischen Pferden könnten wir ihn vielleicht noch einholen, wenn wir gleich morgen früh aufbrechen."

„Zu ärgerlich, dass Silbermann diesem Kerl mitgeteilt hat, wohin er das Buch gegeben hat", sagte Kammerherr von Erlenburg. „Was wollt Ihr unternehmen, wenn dieser Alessandro, was nicht unwahrscheinlich ist, trotz allem vor Euch ankommt, Freund Carl?"

„Es ist wenig sinnvoll, uns schon jetzt darüber den Kopf zu zerbrechen. Auf der Reise kann viel passieren, wer weiß, ob Alessandro überhaupt Paris erreicht", entgegnete Carl ruhig und leerte seinen Becher.

„Jedenfalls ist das ein Abenteuer nach meinem Geschmack", erklärte Melchior von Talheim. „Die Suche nach einem geheimnisvollen Folianten, dazu die Verfolgung eines Verräters und Mörders und meine Brautfahrt, eine wahre *tour d'amour et d'aventure*. Aber sagt", wandte er sich mit einem Grinsen an die Junker. „Ihr habt beiläufig die Namen einiger Fräuleins und Frauenzimmer mit einfließen lassen. Irre ich mich oder wandelt Ihr ebenfalls auf Amors Spuren?"

„Kann man es wissen?", entgegnete Junker von Schack lässig. „Doch wenn dem so wäre, Bester von Talheim, würde ich Diskretion walten lassen und Freund Hermann sicher auch."

„Gut, dann also bleiben wir beim geheimnisvollen Schweigen", antwortete Melchior von Talheim lachend. Er hob den Becher: „Auf Liebe, Abenteuer und Leidenschaft! Auf nach Paris!"

Die Gesellschaft nahm den Trinkspruch auf: „Nach Paris!"

Der weitere Abend verging unter dem Leeren zahlreicher Becher und bei lockeren Gesprächen und allerlei heiteren Plaudereien.

Am nächsten Morgen verabschiedeten sich die Junker von Kammerherr von Erlenburg, der noch für einige Zeit seinen juristischen Geschäften nachzugehen hatte, und brachen, nach einem raschen Frühstück, mit Melchior von Talheim und Ferdinand von Montmartin gegen neun nach Paris auf. Von Talheims Kutsche war ein geräumiger, doch leichter Zweispänner. Oben auf dem Bock saßen neben dem Kutscher zwei Diener; dazu kam ein Meldereiter, den Talheim auf seinen Reisen stets mitführte, im Falle er eine eilige Botschaft abzusenden hätte.

„Welche Route nimmt der Kutscher?", fragte Carl.

„Heute fahren wir nach Wasselnheim", antwortete Melchior von Talheim, „und morgen geht es weiter bis Zabern. Die nächsten Tage führt unsere Reise über Blankenberg, Lünstadt und Nanzig bis etwa zur alten Reichsstadt Tull oder Toul, wie die Franzosen sagen. Dann sind wir eine Woche unterwegs und werden sehen, wie weit wir wirklich gekommen sind. Die Wege in Frankreich sind schlecht und überall gilt es Brückenzoll oder andere Abgaben zu entrichten."

„Eine lange Reise", seufzte Hermann Schott von Schottstein. „Ich bin es nicht gewohnt, den ganzen Tag faul herumzusitzen."

„Ihr könnt ab und zu mit dem Meldereiter tauschen", schlug Carl trocken vor. „Dann bleibt Ihr in Bewegung."

„Eine Reise", meinte von Talheim, „verkürzt man sich am besten durch die eine oder andere Geschichte. Ein wenig Abenteuer, ein wenig Hoftratsch und Kabalen, und schon ziehen die Meilen vorüber wie die Stunden eines schönen Sommertages."

„Dem kann ich nur zustimmen", sagte Carl von Schack. „Was erzählt man sich denn Neues am Ludwigsburger Hof?"

„Die Gräfin von Hohenheim baut ihren Park zu einem englischen Dörfle aus, mit Spielhaus und Jupitersäule", berichtete Talheim. „Man erzählt sich, der Herzog wolle zu ihr in eine dortige Dachmansardenwohnung ziehen, um wie ein Landedelmann mit Franziska einfach und genügsam zu leben."

„Unsere offizielle Mätresse bemüht sich sehr um das einfache Leben – und um die Hosen und Taschen des Herzogs", meinte Junker Hermann sarkastisch. „Schubart hat nicht Unrecht, wenn er sie als Donna Schmergalina tituliert."

„Sie ist die Schlechteste nicht", erwiderte Melchior von Talheim. „Da war die Reichsgräfin von Cosel weitaus geldgieriger. Selbst auf der Burg Stolpen bekam sie jährlich noch 6000 Thaler von Kurfürst August."

Das Gespräch wandte sich allgemein der Landespolitik zu, und Carl nutzte die Gelegenheit, Ferdinand von Montmartin nach Oberst von Rieger zu befragen.

„Rieger, dieser Intrigant", rief Ferdinand. „Ich verstehe nicht, warum der Herzog ihn wieder begnadigt hat. Ich glaube, der alte Fuchs brütet neue Verschwörungen aus und wartet nur darauf, sich am Herzog für seine Festungshaft zu rächen."

„Ihr scheint den Oberst wenig zu schätzen", bemerkte Hermann.

„Mein Vater hatte damals völlig recht, beim Herzog für Riegers Entlassung und Degradierung zu sorgen", eiferte sich Montmartin. „Ich bin sicher, Oberst Rieger plant etwas, doch konnte ich bislang nicht entdecken, was dies wäre oder sein könnte."

„Der Oberst lässt ebenfalls nach dem Buch suchen", informierte ihn Carl. „Das hat sicher einen Grund, doch wäre dieser besser zu beurteilen, wenn ich wüsste, was das Buch wirklich enthält. Oh, Conte Caracanti, was musstet Ihr auch so geheimnisvoll sein", rief der Junker.

„Ein eigenartiger Mann", bestätigte Ferdinand.

„Ihr kanntet den Conte?", fragte Carl überrascht.

„Ich habe den Grafen im letzten Winter kennengelernt, als ich meinen Vater besuchte", antwortete Ferdinand. „Wir saßen abends zusammen am Kamin, und der Conte erzählte allerlei seltsame Geschichten von italienischen Räuberbanden und Verschwörungen."

„Hat er dabei den Namen Giovanni Morante erwähnt?", fragte Carl gespannt.

„Morante, Morante ...", überlegte Ferdinand. „Mir ist in der Tat, als sei der Name mehrfach genannt worden. War Morante nicht der Sohn eines Räubers, der seinen Milchbruder tötete und an seine Stelle trat? Ich glaube, Caracanti und mein Vater vermuteten, dass jener Morante sich unter falschem Namen im Herzogtum aufhalte. Doch Näheres weiß ich nicht mehr."

Eine aufschlussreiche Nachricht. Carl bemühte sich, durch Fragen noch mehr Informationen von Ferdinand zu erhalten, jedoch konnte der junge Montmartin sich beim besten Willen nicht mehr an das Gesagte erinnern.

Es war später Nachmittag, als sie einen Flecken kurz vor Wasselnheim namens Zehnacker erreichten und mitten im Fahren ein Rad der Kutsche brach. Zum Glück war das Gefährt wegen einer Steige langsamer unterwegs, dennoch war der Aufenthalt ärgerlich, denn die Reparatur eines Rades kostete Zeit. Zudem fing es an, wie gestern zu gewittern, und ein kalter Regen begann zu fallen. Der Aufenthalt am Straßenrand neben der Kutsche wurde ungemütlich. Einer der Dörfler wies sie auf eine etwas entfernt vom Weiler liegende frühere Mühle hin, die jetzt als Gasthaus diente und in der des Öfteren Reisende einzukehren pflegten, wie er versicherte. Talheim schickte nach Rat des Mannes den Melder in das Nachbardorf Knoersheim, um von dort einen mit Wagenrädern erfahrenen Schmied holen zu lassen; dann machten sich die Herren in Richtung des empfohlenen Mühlenwirtshauses auf den Weg.

Bald erreichten sie, leidlich durchnässt, das Haus, an dem sich noch immer ein Mühlenrad klappernd drehte. Von außen wirkte das Haus heruntergekommen und wenig einladend. Der Regen fiel jedoch stärker, und so traten die Junker und ihre Diener rasch in den Gasthof ein. Drinnen erwartete sie eine dunkel wirkende Wirtstube, in deren Kamin allerdings ein gutes Feuer brannte, was die Reisenden im Augenblick sehr zu schätzen wussten. Der Wirt, ein feister, rotgesichtiger Geselle, eilte herbei und begrüßte die „Hohen Herrschaften", wie er sagte, mit tiefen Bücklingen. „Die Herren kommen gerade richtig", verkündete er mit einer unangenehm quäkenden Stimme. „Der Braten dreht sich seit gut einer Stunde am Spieß und wird bald fertig sein. Ein frisches Fass habe ich gleichfalls geöffnet. Wenn die hohen Herren mir bitte folgten!"

Der katzbuckelnde Wirt führte die vier an einen Tisch unweit des Feuers. „Ich bitte die Herren untertänigst Platz zu nehmen. Gleich lasse ich Kerzen bringen und Getränke, ich kümmere mich derweil um den Braten", versprach der Wirt und lief zu einer Tür, die ins Innere des Hauses führte. „Marianne, bring für die hohen Herrn Licht, aber rasch!"

Der Wirt zog sich dienernd zurück, und bald darauf kam eine nachlässig gekleidete Dirne von vielleicht achtzehn Jahren mit einem Leuchter hereingeschlurft, den sie mit träger Bewegung auf den Tisch stellte. „Was darf ich den hohen Herren zu trinken bringen?", fragte sie mit schleppender Stimme, als ob sie am Einschlafen wäre, und strich sich das lange, offene Haar aus dem Gesicht.

„Dein Wirt sagte, er habe ein frisches Fass angestochen. Dann bring uns vier Krüge Bier", befahl von Talheim. „Doch wehe, wenn es nicht frisch ist!", fügte er drohend hinzu, denn die Art und das Gehabe des Wirtsmädchens missfiel ihm.

„Ja, Herr", antwortete sie mit gesenktem Kopf und schlurfte davon.

Das Bier ward bald darauf gebracht, und erwies sich als leidlich gut, wenn es auch etwas leicht und wenig würzig gebraut war. Während sie tranken, wurde die Tür geöffnet, und drei Männer traten herein, die dem Äußeren nach ebenfalls von höherem Stande sein mochten. Sie warfen ihre nassen Mäntel auf eine Bank und schauten sich prüfend um. Zwei von ihnen trugen eine Art einfaches Jagdgewand von Hirschleder und dazu grüne Westen und einen breiten Hut. Der dritte, ein Mann von vielleicht dreißig Jahren mit wenig einnehmenden, düsteren Zügen, war sehr kostbar in Samt und Seide gekleidet. Alle drei Männer trugen Schaftstiefel und an der Seite einen Degen. Die Männer gingen, ohne zu grüßen, an den Nebentisch der Junker und setzten sich. Dort befahl der Düstere dem eilends herbeiwieselnden Wirt, Wein und etwas vom Braten zu bringen, dessen angenehmer Duft sich in der Gaststube immer stärker ausbreitete. Kurz darauf erschien die schmuddelige Dirne wieder und brachte den neuen Gästen zwei Flaschen Wein nebst Bechern.

„Ah, ein guter Trunk von zarter Hand", rief einer der jüngeren Männer, ein Rotschopf, und packte das Mädchen um die breiten Hüften, was diese sich anscheinend gerne gefallen ließ. Sie schenkte den Herren ein und verließ dann den Raum, um bald darauf mit einer großen Schüssel Klößen und einer Platte, auf der ein duftender Wildschweinschinken lag, zurückzukehren.

„Gut, da kommt schon unser Mahl", sagte Junker Hermann. „Ich bin fast am Verhungern."

Doch die Dirne lief an ihrem Tisch vorüber und brachte Braten wie Klöße an den Platz der Neuankömmlinge. Dann holte sie von einer Anrichte Zinnteller und Besteck und legte diese ebenfalls auf den Tisch der Fremden, worauf die Männer ohne ein weiteres Wort sich saftige Scheiben vom Braten herunterschnitten und von den Klößen nahmen.

Melchior von Talheim erhob sich und trat an den Tisch der drei Männer. „Verzeiht, die Herren, die Störung, doch es liegt offenbar ein Irrtum vor. Ihr habt vielleicht nicht bemerkt, dass wir bereits vor Euch im Gastraum waren und daher das ältere Recht auf den Braten besitzen."

Melchior winkte seinen Dienern, die auf einer Bank an der Türe saßen. „Bringt den Braten und die Klöße an unseren Tisch", befahl er.

„Was fällt Euch ein?", rief der Schwarzsamtträger und sprang in die Höhe. „Ihr wisst wohl nicht, mit wem Ihr es zu tun habt? Wenn Graf Geoffroy du Breuil speisen will, haben andere zu warten", erklärte er in französischer Sprache.

„Nun, das wäre näher zu besprechen, mein Herr", antwortete Melchior von Talheim mit ruhiger Stimme ebenfalls auf Französisch und legte die Hand an den Knauf seines Degens. „Melchior von Talheim ist mein Name, und ich bin gerne bereit, Euch meinen Namen mit der Spitze meines Degens näher zu erläutern."

„Talheim?", ließ sich der Rotschopf vernehmen. „Was soll das für ein Name sein?"

„Ein Deutscher ist es", sagte sein Kumpan geringschätzig und drehte an seinem dunklen Knebelbart.

Carl von Schack und Ferdinand von Montmartin erhoben sich ebenfalls und traten an Talheims Seite. „Wie lautet denn Euer Name?", wandte sich Carl an den Rotschopf und seinen Gefährten.

„Mein Name ist Joseph-Paul du Motier und das ist Valéry René d'Estaing. Doch wüsste ich nicht, mein Herr, was Euch das anginge."

„Carl von Schack wird Euch das gerne erklären", erwiderte der Junker und klopfte seinerseits auf seine Waffe.

„Und ich, Ferdinand Alexandre von Montmartin", wandte sich Ferdinand an d'Estaing und bediente sich dabei der deutschen Sprache, „helfe Euch gern dabei, deutsche Namen zu achten!"

„Gut", stimmte Graf Geoffroy du Breuil zu. „Sagen wir in einer Stunde unten am Wiesengrund. Bis dahin entschuldigt unsere Unhöflichkeit und nehmt am Tische Platz, auf dass Ihr Euch vor unserem Rencontre noch einmal stärkt. Ich will nicht, dass einer sagt, Geoffroy du Breuil hätte seinen Gegner nur deshalb besiegt, weil dieser halb verhungert und verdurstet gewesen sei. Und", fügte der Graf mit einem tadelnden Blick auf seine beiden jüngeren Gefährten auf Deutsch hinzu, „ein Herr von Stand ist überall von Adel. Sei er aus dem Elsass, Frankreich oder Deutschland. Also bitte, meine Herren, setzt Euch!"

„Meinen verbindlichsten Dank", antwortete Melchior von Talheim. „Ihr erlaubt, dass unser Freund Hermann Schott von Schottenstein sich gleichfalls hinzugesellt?"

„Schott von Schottenstein?", fragte Geoffroy du Breuil. „Gehört zu Euren Vorfahren der Freiherr Johann Christian Max Schott von Schottenstein zu Stockenfels?"

„Dem ist so", erwiderte Junker Hermann steif.

„Nun, dann sind wir im weiteren Sinne verwandt. Madame Louise-Madeleine de La Motte, eine Cousine dritten Grades meiner seligen Großmutter, ehelichte Konrad Schott von Schottenstein, zu dessen Vorfahren besagter Freiherr gehörte. Ihr seid demgemäß ein …" Der Graf, der wieder Deutsch gesprochen hatte, suchte offenbar nach dem richtigen Wort.

„Ein Vetter, nehme ich an, wollt Ihr sagen", ergänzte Junker Hermann.

„Ein Cousin, richtig", bestätigte der Graf. „Also, ‚Vetter'", er sprach das Wort mit einer eigenen Betonung, „setzt Euch und lasst es Euch schmecken. Ich denke, ein ganzes Wildschwein ist genug für uns alle."

Die Junker setzten sich. Man speiste, trank kräftig und tauschte sich dabei über das Woher und Wohin aus. Es zeigte sich, dass der Graf und seine Gefährten in der Tat auf einer Jagd gewesen waren, während der sie das Gewitter überrascht hatte, weswegen sie beschlossen, in der Mühlenschenke einzukehren. Der Graf wirkte mehr und mehr entspannt, und erzählte allerlei amüsante Anekdoten; die vorher so düstere Anspannung seines Gesichtes war einer freundlichen Heiterkeit gewichen. Anders seine beiden Begleiter, die das Gespräch mit ihren Gegnern mieden und mehr oder minder schweigsam zuhörten.

Schließlich zog der Graf eine Lépine – eine vom Uhrmacher Jean Antoine Lépine gefertigte Taschenuhr – hervor, und warf einen Blick darauf. „So, meine Herren, es ist Zeit, dass wir unsere kleinen Verabredungen einhalten. Es scheint so, als habe sich das Wetter beruhigt. Dann sollten wir uns an die Arbeit machen."

„An das Vergnügen, Graf du Breuil", korrigierte Carl von Schack mit einem Lächeln, was der Graf mit einer leichten Verbeugung erwiderte.

Die Herren traten vor das Gasthaus und wandten sich zur Seite, wo der Wiesengrund lag. Dort gab es einen flachen Sandplatz inmitten des frischen Grüns, eine Laune der Natur, der sich für das geplante Tun der Herren bestens eignete.

„Ich schlage ein Dreiertreffen vor", sagte Carl von Schack. „Wir stellen uns in einer Reihe auf, die Herren du Motier und d'Estaing sowie Graf du Breuil jeweils mir, Ferdinand und Junker Melchior gegenüber."

Man befand den Vorschlag für gut und stimmte zu. Hermann, als Freund der einen Seite und zum anderen mit Graf du Breuil verwandt, wurde zum Schiedsrichter bestimmt.

Der Regen hatte mittlerweile aufgehört, die Sonne brach soeben durch und zauberte einen wunderschönen Regenbogen. Die Herren übergaben den Dienern ihre Röcke und standen jetzt im Hemde und mit gezückten Degen einander in drei Schritte Abstand gegenüber. Hermann zählte laut bis drei und das Duell begann.

Carl von Schacks rotschopfiger Gegner Joseph-Paul du Motier ging sofort mit kräftigen Hieben zum Angriff über, um zu einer schnellen Entscheidung zu kommen. Carl ließ die Attacke ins Leere laufen, dann drängte er mit einigen präzis gesetzten Stößen den jungen Heißsporn in die Defensive.

Ferdinand von Montmartin und sein Gegner Valéry René d'Estaing waren ebenbürtige und besonnene Gegner. Im ruhigen Schlagabtausch kreuzten sie ihre Klingen, setzten Terz- und Quarthiebe, die sie mit entsprechender Parade parierten. Graf du Breuil und Melchior von Talheim dagegen fochten wie die sprichwörtlichen Teufel. Es war ein Freikampf, den die beiden Herren sich lieferten, ein Kampf unter Einsatz der freien Hand, der Füße und eines Dolches zum Parieren und Festhalten der gegnerischen Waffe. Dazu umkreisten sie sich, sprangen plötzlich mit großen Ausfallschritten nach vorne oder in die Höhe und nutzen alle Vorteile, die das Gelände ihnen bieten mochte. Gerade hechtete Melchior über einen Baumstamm, wobei er sich im Sprung drehte und einen heftigen Hieb gegen Du Breuil führte, den dieser mit einer schnellen Wendung zur Seite parierte und durch einen unterwarteten Rollsprung nun Talheim heftig bedrängte.

Aus dem Gasthaus waren mittlerweile der Wirt und einige Weiber, darunter auch die Schankdirne, zum Platze gelaufen, wo sie am Rande standen und die Kämpfenden anfeuerten. Das Geschrei störte, vor allem schien die Begeisterung immer größer zu werden, und die Bediensteten aus dem Gasthaus drängten sich derart vorwärts, dass sie, allen voran der feiste Wirt und die dralle Dirne, den Kämpfern mehr und mehr den Raum nahmen. Du Breuil und Talheim verständigten sich mit kurzem Blick, dann wechselten sie plötzlich die Kampfrichtung, und ehe es sich der Wirt versah, stand er mitten in einem Gewitter von Hieben, dass ihm angst und bange wurde.

Carl, der das Geschehen aus den Augenwinkeln verfolgt hatte, brach in ein Lachen aus. Diesen Augenblick der Unaufmerksamkeit nutzte der Rotschopf, um Carl zu umgehen und dabei wie zufällig mit einem geschickten Stoß, der Schankdirne die Gewandung zu öffnen, wodurch diese urplötzlich in ihrer naturgegebenen Fülle dastand. Die Dirne und die übrigen Weiber schrien auf und rannten, vom fröhlichen Lachen der Fechter begleitet, mitsamt dem Wirt so schnell sie konnten zum Mühlengasthaus davon.

Die Herren widmeten ihre Aufmerksamkeit wieder dem Kampf. Ferdinand von Montmartin und seinem Gegner Valéry René d'Estaing gelang es kurz darauf, sich gegenseitig derart mit der Klinge zu treffen, dass an eine Fortsetzung ihres Kampfes nicht mehr zu denken war. Jetzt ist es genug, dachte Carl, und entwaffnete mit einem geschickten Unterhieb du Motier, als dieser, noch ganz vom Eindruck seiner Entkleidungsaktion gefangen, einen Augenblick dem Junker nicht genügend Aufmerksamkeit schenkte. Carl fing den Degen seines Gegners in der Luft auf, und der Rotschopf musste sich geschlagen geben.

Rechts von ihnen kümmerten sich die Diener um die beiden Verletzten. D'Estaing hatte einen Stich in den Arm bekommen, der heftig blutete. Montmartins Verletzung im Brustbereich schien Carl allerdings gefährlicher zu sein. Er kniete sich neben Montmartin nieder und untersuchte den jungen Freund. Er öffnete das Hemd und sah, dass ein eher schmaler Stich auf der rechten oberen Brust die Stelle zeigte, wo der Degen d'Estaings eingedrungen war. Der Stich musste tiefer sein, als es von außen erkennbar war, denn Ferdinand rang um Atem, hustete und spuckte dabei Blut.

„Wir müssen ihn sofort zu einem Arzt bringen", rief Carl von Schack. Er richtete sich auf und blickte auf die Wiese, wo Du Breuil und Talheim nach wie vor wild umhersprangen und sich mit Hieben traktierten. „Aufhören!", brüllte er ihnen zu. „Ferdinand hat es bös getroffen, lasst sofort Euren unsinnigen Kampf sein und kommt her!"

Melchior von Talheim und der Graf stutzten, dann senkten sie die Degen, steckten diese in die Gürtel und kamen herbeigelaufen.

„Wir müssen Ferdinand in die Kutsche tragen und zum Arzt bringen. Fragt den Wirt, wo der nächste Doktor wohnt", wies Carl die Diener an. „Und bringt sauberes Linnen zum Verbinden mit!"

Glücklicherweise war die Kutsche inzwischen in Stand gesetzt worden und zur Abfahrt bereit. Hermann, der mit zum Gasthaus gelaufen war, kehrte mit einer der Mägde zurück, die einige saubere Tücher brachte und Ferdinand einen leichten Verband anlegte. Mit Talheims und des Grafen Hilfe trugen sie Montmartin zur Kutsche.

„Der nächste Arzt, ein Doktor Kohlmann, ist in Wasselnheim zu Hause, behauptet der Wirt", sagte Junker Hermann. „Aber er ist sich nicht sicher, ob Kohlmann noch dort wohnt. Ansonsten wäre in Zabern ein Hospital. Bis dorthin sind es zwei gute Meilen, und es wird bald dunkel; bei Nacht und ohne Ortskenntnis dauert die Fahrt sicher drei Stunden, wenn nicht mehr!"

„Ich kann kutschieren", bot Joseph-Paul du Motier an. „Ich kenne mich in der Gegend gut aus, und als Verlierer unseres Duells", er verbeugte sich vor Carl, „sollte ich eine entsprechende Entschädigung leisten."

Carl hätte nicht gedacht, dass der vorher so großmäulige Rotschopf ein solches Angebot unterbreiten würde. „Gut", sagte er, „dann fahren wir zusammen nach Zabern."

„Das kommt nicht in Frage", widersprach Melchior von Talheim. „Ferdinand ist mein Begleiter seit Ludwigsburg und daher werde ich mit Herrn du Motier nach Zabern kutschieren. Ihr nehmt am besten Pferde, damit die Kutsche leichter und damit schneller ist."

Gegen von Talheims Argumente war nichts zu sagen. Der Meldereiter wurde nach Zabern mit einem Diener des Grafen du Breuil vorausgeschickt. Die Kutsche fuhr los und in die Nacht davon. Die Diener hatten inzwischen d'Estaing ins Gasthaus getragen, wo er versorgt wurde und anderen Tags mit ihnen zum Jagdschloss des Grafen du Breuil, welches in der Nähe der Ruine des Chateau du Freudeneck lag, gebracht werden sollte.

Der Graf bot den Junkern das Pferd d'Estaings und eines seiner Bediensteten an, was die Junker dankend annahmen, denn es wäre schwierig gewesen, in der Gegend geeignete Reittiere zu finden. Seine Diener hatte Melchior angewiesen, ihm am nächsten Tag zu Fuß nach Zabern zu folgen.

Junker Hermann und Carl bezahlten die Rechnung und wollten sich vom Grafen du Breuil verabschieden, als dieser sie zurückhielt. „Meine Herren, ich habe noch eine weitere Möglichkeit für Euch ausfindig gemacht, nach Zabern zu gelangen. Der Schmied, derselbe, der Euer Rad instande setzte, hat in seiner Scheune, wie er sagte, eine Jagdkutsche stehen, die dem verstorbenen Herrn von Marlenheim gehörte. Ich habe mir den Wagen beschreiben lassen. Es ist echter Char-à-Bancs und bestens geeignet für eine nächtliche Reise. Ein Diener holt gerade den Wagen, wie wäre es, wir fahren gemeinsam nach Zabern? Zu fahren ist mitunter angenehmer als zu reiten."

„Und Eure Jagdpläne?", fragte Carl den Grafen.

„Die Jagd läuft nicht davon, aber Herr von Talheim und ich haben unsere Angelegenheit noch nicht beendet, und ich will nicht, dass es heißt, Graf du Breuil wisse nicht, was sich gehört."

Carl von Schack stimmte zu, wobei er vermutete, dass den Grafen noch andere Dinge antrieben, als das gesellschaftliche Comment.

Bald kam der Char-à-Bancs, eine Kutsche, eigens für die Jagd konstruiert, deren schweres Fahrgestell mit Elliptikfedern die Fahrt querfeldein und über Stock und Stein erleichtern sollte. Graf du Breuil und die Junker stiegen ein; von einem Diener wurde ein Korb mit Brot, Käse, Wurst und Wein gebracht. Ein anderer, der als Kutscher fungierte, stieg vorn auf, und die Fahrt ging los.

Carl sollte recht behalten, dass der Graf sich ihnen nicht ohne weitere Absichten angeschlossen hatte, denn sie waren kaum eine Viertelstunde unterwegs, da begann du Breuil wie von ungefähr ein Gespräch.

„Joseph-Paul du Motier schien Euch nicht zuzusagen, Herr von Schack", wandte er sich an Carl. „Doch schätzt ihn nicht falsch ein. Er mag manchmal ein wenig über die Stränge schlagen, und er ist dem weiblichen Geschlecht sehr geneigt, wie Ihr selbst gesehen habt ...", du Breuil lächelte und schwieg. Für einen Augenblick dachten die Herren an die Evaszene am Wiesengrund in ihrer ganzen barocken Fülle. „Aber Joseph-Paul ist von gutem Stamme und edlem Holze und, wie Ihr gesehen habt, durchaus zur Hilfe bereit. Ganz anders als sein Cousin Marie-Joseph Paul Yves Roch Gilbert du Motier, der Marquis de La Fayette, der, nachdem er sechs erfolglose Jahre in der Armee verbracht hat, angeblich zu den Rebellen nach Amerika segeln und sich ihnen mit einer Freiwilligentruppe anschließen will."

Dass Frankreich die amerikanischen Rebellen unterstützen sollte, hatte Carl schon gehört. Doch diese Art der direkten Beteiligung eines Adligen am Aufstand gegen König Georg war ihm neu und schien dem Junker auf den ersten Blick erstaunlich zu sein.

„Das hat natürlich Joseph-Pauls Stellung in Versailles betroffen. Beim letzten Maskenball war er nicht geladen, daher der kleine Jagdausflug, auf dem Ihr uns antraft. Aber was führt Euch nach Paris, Herr von Schack? Seid Ihr auch auf Brautschau wie Herr von Talheim?"

Melchior hatte an der Tafel seine Brautfahrt kurz erwähnt.

„Nein, Junker Hermann Schott von Schottenstein und ich sind einem entlaufenem Diener und Mörder eines unserer Freunde auf der Spur", antwortete Carl, ohne nähere Details zu nennen.

„Eine nicht ungefährliche Aufgabe, aber Ihr pflegt eine gute Klinge, die wird Euch sicher nützlich sein", meinte der Graf. Dann vertieften Hermann und er sich in der Betrachtung gemeinsamer Vorfahren und Verwandter. Es zeigte sich, dass die Heirat von Madame de La Motte mit Konrad Schott von Schottenstein Junker Hermann und Graf du Breuil nur sehr weitläufig verwandt oder verschwägert sein ließ.

Das störte den Grafen jedoch nicht, und vor allem, nachdem die eine oder andere Flasche aus dem wohlbestückten Korb geleert worden war, stieg seine Laune und seine Erzähl- wie Fabulierfreude immer mehr. Hofanekdoten, Klatsch und Tratsch aus Versailles schien er wie kein anderer zu kennen. Carl schwirrte der Kopf von so viel Namen und Geschichten. Inzwischen war es dunkel geworden und dem Junker fielen immer wieder die Augen zu.

„Wie geht es eigentlich Eurem Herzog Karl Eugen?", fragte Graf du Breuil so plötzlich, dass Carl zusammenfuhr. „Sind Württembergs Finanzen genauso schlecht wie die unseres Hofes in Versailles? Euer Herzog sollte reich heiraten!"

„Das ist, mit Verlaub nicht möglich, Graf du Breuil. Unser allergnädigster Herzog ist noch verehelicht", erwiderte Carl. „Und sonst …", er ließ den Satz unbeendet, sicher, dass der Graf mehr über den Ludwigsburger Hof wusste, als er zu wissen vorgab.

„Richtig, Karl Eugen hat diese Liaison mit Madame de Hohenheim. So etwas kostet eher Geld, als dass es Geld brächte; damit haben wir in Frankreich unsere eigenen Erfahrungen. Die Liste der Damen unserer Könige ist lang: Madame de Maintenon in Versailles des seligen Ludwig XIV., nebenbei eine überaus fähige Dame, auch wenn sie von Eurer pfälzischen Liselotte stets mit Namen wie alte Zott, Rompompel und alte Schump bedacht wurde. Dann Madame de Pompadour, die nackte Marie-Louise O'Murphy und die Comtesse du Barry, um nur drei der Damen am Hofe Ludwigs XV. zu nennen, die ihm teuer und lieb waren. Nun, wenigstens scheint unser jetziger König mit seiner Erzherzogin von Österreich glücklich, obwohl viel erzählt wird …"

Carl unterbrach Graf du Breuil. „Erlaubt mir eine Frage, Graf. Wie hieß die eine Mätresse, die Ihr als Begleiterin Ludwigs XV. nanntet?"

„Meint Ihr Marie-Louise O'Murphy? Sie war gerade vierzehn, da stand sie nackt Modell für François Boucher, der zwei Ölbilder von ihr malte; besonders sein Bild ‚Die blonde Odaliske' hatte es dem König angetan, und mit sechzehn, König Ludwig war dreiundvierzig, wurde sie seine Mätresse. Eine schöne Frau ...“

„Nein, ich meine die andere ‚Dame'“, entgegnete Carl rasch, bevor sich der Graf noch weiter über die Qualitäten der ‚blonden Odaliske' auslassen konnte.

„Madame de Pompadour wird es nicht sein, die geschickteste Dame dieses Metiers. Ihr meint wahrscheinlich Marie-Jeanne, die sogenannte Comtesse du Barry, eine Straßendirne, wie Ihr vielleicht wisst. Eine uneheliche Tochter einer Näherin und eines Franziskaners. Sie arbeitete im Modehaus der Madame Gourdan und später als Kurtisane. Graf du Barry wurde auf die achtzehnjährige Schönheit aufmerksam. Um seinen Einfluss am Hof zu vergrößern vermittelte er Marie-Jeanne dem König als Mätresse. Damit niemand etwas von ihrer niederen Herkunft erfuhr, fälschte du Barry kurzerhand ihre Geburtsurkunde und verheiratete sie nebenbei mit seinem Bruder. Beim Tod des Königs vor zwei Jahren wurde sie in ein Kloster verbannt, doch seit kurzem darf Madame du Barry auf Befehl Ludwigs XVI. wieder ihr Schloss Louveciennes bewohnen. Aber warum fragt Ihr, Herr von Schack?“

„Wie alt ist Madame du Barry jetzt?“, forschte Carl weiter.

„Nun, man munkelt, sie habe die Dreißig deutlich überschritten. Doch sieht man ihr das Alter beileibe nicht an. Aber sagt endlich, was interessiert Euch an der du Barry?“

„Das ist schwierig zu sagen, Graf“, begann Carl zögernd. „Ihr wisst, dass Melchior von Talheim auf Brautfahrt ist, und der Name seiner möglichen Braut, die in der Nähe von Paris lebt, lautet ...“ Wieder zögerte Carl. Vielleicht war alles ein Irrtum und ...

„Ihr meint“, rief Junker Hermann, der dem Gespräch mit wachsender Aufmerksamkeit gefolgt war, „die Comtesse Marie-Louise du Barry ist identisch mit jener Dirne und ehemaligen Geliebten des verstorbenen Königs Ludwig XV., mit Marie-Jeanne, der sogenannte Comtesse du Barry? Welch eine infame Verschwörung, wenn das wahr sein sollte!“

Mon Dieu“, rief der Graf empört. „Wenn das stimmte, dann soll Euer Freund die Rolle Jean-Baptiste Hubert Félix übernehmen, der 1739 die damalige Mätresse des Königs, Pauline-Félicité de Mailly, ehelichte. Denn um den äußeren Schein zu wahren, wollte Ludwig XV. seine Geliebte als verheiratete Frau sehen. Daher trug er Sorge, dass diese eine Ehe mit einem Mann einging, der es akzeptierte, dass Pauline-Félicité weiterhin die Mätresse Ludwigs blieb. Für eine Mitgift von zweihunderttausend Livres und für die Gunst des Königs war der Marquis de Vintimille bereit, dies zu tun."

„Um der Ehre und um unserer Freundschaft willen, müssen wir verhindern, dass Melchior in diese Falle geht", rief Hermann erregt.

„Gemach, gemach", wiegelte Junker Carl ab. „Wenn wir Melchior mit dieser Tatsache direkt konfrontieren, ziehen wir seine Ehre in Zweifel. Wir müssen sehr vorsichtig vorgehen. Ihr, Freund Hermann, wisst, wie empfindlich Melchior von Talheim in Angelegenheiten der Ehre ist. Und es könnte immer noch sein, dass Comtesse Marie-Louise du Barry nichts mit Marie-Jeanne, der sogenannten Comtesse du Barry, gemein hat, außer dem Namen."

„Das ließe sich am Hofe klären", sagte Graf du Breuil. „Ich habe Zugang zum König und zum Adelsmarschall. Meine Herren, ich werde Euch nach Paris begleiten. Vielleicht gelingt es uns auch gemeinsam, Euren entlaufenen Diener aufzuspüren, mein Degen steht Eurer Gemeinschaft zur Verfügung." Der Graf nahm einen letzten Schluck aus seinem Glas, dann warf er es mit Schwung in die Nacht hinaus. „Ich liebe Abenteuer, und ich bin sicher, wir werden einige erleben!", rief er.

Carl von Schack war nicht sicher, ob er sich über das Angebot und die Begleitung des Grafen Geoffroy du Breuil wirklich freuen sollte und freuen konnte. Denn wenn es um Mömpelgard und Frankreichs Einfluss dort ging, würden der Graf und er sicher verschiedener Meinung sein.

Eine halbe Stunde später erreichten sie endlich die Stadt Zabern. Von einer fernen Kirche schlug es elf.

8

Jagdszenen an der Maas

Die Stadt Zabern lag in der gleichnamigen Bucht, direkt an einem bedeutenden und leicht zu querenden Vogesenpass. Seit dem 12. Jahrhundert gehörte die Stadt dem Bistum Straßburg. 1414 erbauten die Straßburger Bischöfe im Ort eine Residenz, nachdem sie in der Reichsstadt Straßburg an politischem Gewicht verloren hatten. Ab 1704 hielten hier die Fürstbischöfe aus dem Haus Rohan glanzvollen Hof und ließen sich dazu ein prunkvolles Barockschloss errichten. Die Stadt selbst erstreckte sich mit malerischen Fachwerkhäusern entlang der alten Achse der Großen Hauptstraße. Das Hospital von Zabern, wohin Ferdinand gebracht worden war, befand sich im ehemaligen Franziskanerkloster des Récollets.

Gerade, als sie dort vorfuhren, kamen Melchior von Talheim und Joseph-Paul du Motier aus dem Eingang des Klosters. Die Junker und der Graf stiegen aus und begrüßten die Gefährten. Melchior berichtete, wie es mit dem jungen Montmartin stand.

„Ferdinand ist in guten Händen, Doktor Kohlmann kümmert sich persönlich um ihn. Seine Verletzung ist schwer, aber, da die Wunde rechtzeitig behandelt wird, nicht lebensgefährdend. Morgen kann der Arzt uns sagen, wie lange Ferdinand Ruhe brauchen wird."

„Gut, dann sollten wir schauen, wo wir um diese Zeit noch unterkommen", meinte Junker Carl.

„Ich kenne mich in Saverne, pardon Zabern, etwas aus", sagte Joseph-Paul du Motier. „In der Hauptstraße im ehemaligen Haus des Landschreibers Katz gibt es für Reisende eine Übernachtungsmöglichkeit, wenn wir uns nicht im Schloss der Fürstbischöfe einquartieren wollen."

„Louis-César-Constantin de Rohan-Guéménée-Montbazon lebt seit Jahren in Paris und wartet dort auf sein seliges Ende", bemerkte Graf Geoffroy du Breuil. „Sein Neffe Ludwig Renatus Eduard von Rohan-

Guéménée erwartet den Tod seines Onkels ebenfalls mit großer Ungeduld. Immerhin ist er Koadjutor des Fürstbischofs und damit der potentielle Nachfolger Louis-César-Constantins. Da Ludwig Renatus selbst in Wien weilt, ist der Palast verwaist, und wir werden uns wohl besser ins Haus Katz begeben."

Tatsächlich gelang es ihnen, trotz der späten Stunde, denn es mochte auf Mitternacht zugehen, den Hauswirt der Herberge Katz zu wecken und mit einigen Münzen davon zu überzeugen, seine eigenen Zimmer den hohen Herrschaften zur Verfügung zu stellen. Diese waren durch die flinken Hände der Hausmägde schnell hergerichtet und bezogen, sodass die Herren, müde von den Anstrengungen des Tages, ermattet in die weichen Kissen sanken und bald eingeschlafen waren.

Am nächsten Mittag, es war mittlerweile der zwanzigste Tag des Julis, saßen die Junker und Melchior von Talheim sowie ihre gestrigen Duellgegner Graf Geoffroy du Breuil und Joseph-Paul du Motier am reichlich gedeckten Tisch der Taverne Katz und überlegten gemeinsam, was zu tun wäre. Der *Zwibelsupp* war eine Geflügelleber-Terrine gefolgt, dann tischte der Katzwirt deftiges *Schlachtessensauerkrut* mit knusprigen Schweinehaxen auf. Dazu gab es einen guten Elsässer Riesling.

„Ferdinand muss mindestens acht Tage liegen, sagte der Doktor", brummte Melchior von Talheim. „So lange kann ich die Comtesse nicht warten lassen, unser Treffen ist für den fünften August angesetzt."

Bei der Nennung der du Barry sahen sich Junker Carl und Junker Hermann verlegen an. Wie konnten sie Talheim ihren Verdacht mitteilen, ohne ihn zu beleidigen?

Graf Geoffroy du Breuil, der spürte, was in ihnen vorging, ergriff rasch das Wort. „Im Hinblick auf Eure Brautschau müssen wir, denke ich, eine andere Lösung finden."

„Auch", warf Junker Carl ein, der sich wieder gefangen hatte, „weil Alessandro und seine Mitstreiter sicher nicht auf uns warten werden."

„Ich werde in Zabern bis zur Genesung Herrn von Montmartins bleiben und anschließend mit ihm Euch nach Paris folgen", sagte im festen Ton Joseph-Paul du Motier und strich sich durch sein rötliches Haar. „Ihr seid wegen uns in die Verlegenheit gekommen. Valéry René d'Estaing fällt wegen seiner Verletzung aus und Graf Geoffroy du Breuil und Melchor von Talheim haben ihr Rencontre noch nicht beendet. Doch mir schlug Herr von Schack den Degen aus der Hand, somit bin ich ihm verpflichtet – und, bei meiner Ehre, ich werde dieser Pflicht nachkommen!"

Es gab noch einiges Hin und Her, aber Herr du Motier blieb bei seinem Entschluss, und die Freunde akzeptierten seine großmütige Haltung. Man kam überein, Talheims Kutsche nebst zwei Dienern vor Ort in Zabern zu lassen, da Ferdinand sich womöglich noch schonen musste, und selbst zu Pferde weiterzureisen. Die Rösser waren schnell besorgt, und so brachen Carl von Schack, Junker Hermann, Melchior von Talheim und Graf Geoffroy du Breuil gegen ein Uhr mittags gemeinsam in Richtung Paris auf. Ihr erstes Etappenziel sollte Metz sein, doch bis zum Abend gelang es ihnen lediglich die halbe Strecke zu bewältigen. Sie machten Station in einem Flecken namens Bortenach oder Bourdonnay, der den Seigneurs von Réchicourt gehörte, die sie in ihrer Burg Marimont gastfreundlich aufnahmen.

Am nächsten Morgen ritten sie weiter auf Metz zu, das sie aufgrund der großen Hitze erst am Nachmittag erreichten. Die alte Reichsstadt war 1552 von Frankreich besetzt worden und König Henri II. hatte mit der Herrschaft über die Stadt gleichzeitig das Protektorat über die Bistümer Metz, Toul und Verdun übernommen. Um das Einvernehmen der protestantischen Reichsfürsten für seinen Einzug in die freie Stadt Metz zu bekommen, gab der König vor, die Stadt vor dem lothringischen Herzog Karl III. zu schützen. Er ließ den noch minderjährigen Herzog aus Lothringen nach Paris an den französischen Königshof bringen und setzte an seiner Stelle den Grafen von Vaudémont Nicolas de Lorraine-Mercœur als neuen Herzog ein. Jeder Versuch des Kaisers des Reiches, Karl V., die Stadt Metz zurückzuerobern, misslang. Frankreich behielt Metz in seiner Hand, bis der Westfälische Frieden 1648 die drei Bistümer dem Land offiziell und endgültig zuerkannte. Ab 1674 begann unter Leitung des Festungsbaumeisters Vauban eine Neubefestigung der Stadt, die bis 1740 durch vorgeschobene Werke im Osten und Nordwesten weiter verstärkt wurde und Metz zur stärksten Festung Frankreichs machte. Um Platz für noch weitere Ausbauten zu gewinnen, wurde ab 1742 die mittelalterliche Stadtmauer abgerissen. Zum Zeitpunkt, da die vier Reiter die Stadt erreichten, ruhten die geplanten Ausbauarbeiten aus finanziellen Gründen.

Sie fanden die Stadt in Feststimmung. Es war Markttag und der Bau des neuen Justizpalastes wurde mit einem Stadtfest gefeiert. Neben den Bauern, die ihre Feldprodukte, dazu allerlei Käsesorten, Wurst und Schinken anboten, sowie Händlern, die unterschiedliche Tuche und

Stoffe und andere Kurzwaren verkauften, gab es eine Vielzahl von Gauklern, Feuerspuckern, Komödianten und anderem fahrenden Volk. Der Graf hatte sich für einige Stunden verabschiedet, da er, wegen einer anderen Angelegenheit, ein Gespräch mit einem weitläufigen Verwandten namens Louis Jean de Gramont führen wollte, der, aus der südfranzösischen Landschaft Labourd stammend, für einige Zeit in Metz residierte. Sie verabredeten sich für den Abend in einem Gasthof in der Nähe des Stephansdoms, auch Cathedrale Saint-Étienne genannt.

Also ritten die drei Freunde allein in das Stadtzentrum und langten auf einem freien Platz, dem Jakobsplatz, an, wo wegen des Festes viele Buden und Kramstände aufgebaut waren. Besonders fiel ihnen ein größeres Brettergebäude in die Augen, aus dem lautes Gebrüll tönte. Die Fütterungsstunde der dort zur Schau stehenden wilden Tiere war herangekommen; ein Löwe ließ seine Stimme kräftig hören und ihre Pferde scheuen. Auf der Außenseite der Bude waren große, bunte Gemälde aufgetragen, die mit grellen Farben und kräftigen Bildern die Tierwelt Afrikas und Indiens zeigten: Ein grimmiger, ungeheurer Tiger sprang auf einen Mann mit Turban zu. Es schien, als wolle er diesen mit den Zähnen packen und zerfleischen. Ein Löwe stand ernst und majestätisch daneben, ganz als ob er über sein nächstes Tun nachdenken wolle. Weitere wunderliche Geschöpfe wie Nashörner, Elefanten und Giraffen weckten Aufmerksamkeit und Neugier.

Das Gedränge wurde größer und die drei Reisenden stiegen vom Pferd. Am Rande des Platzes befand sich ein Stall, in dem sie die Rösser unter Aufsicht einiger Stallburschen ließen und zum Marktgeschehen zurückkehrten. Ein Stück entfernt von der Tierschaubude war ein Podest errichtet worden, auf dem ein Jongleur und ein Feuerspucker ihre Kunst zum Besten gaben.

„Gebt auf Eure Börsen acht, Freunde", warnte Carl von Schack seine Begleiter. „Wenn die Leute gaffen und Maulaffen feilhalten, ist das die Stunde der Beutelschneider und Taschendiebe!"

Carl hatte seinen Satz kaum beendet, da erhob sich in der Menge direkt vor ihnen ein großes Geschrei. Ein dicker Mann, der guten Kleidung nach ein wohlhabender Handelsherr, rief, sein Beutel sei fort! Er sei bestohlen worden und dort, er zeigte auf einen jüngeren Mann, der gerade zwischen den Buden verschwinden wollte, laufe der Dieb. Sofort drängte die Menge in die Richtung und nur mit Mühe gelang es den Junkern, sich aus dem Menschenknäuel zu lösen.

„Ihr solltet auf den Beruf eines Propheten umsatteln, Freund Carl", lachte Hermann. „Kaum sprecht Ihr vom Beutelschneiden, schon wird ein Dieb entdeckt."

„Ja, ja", bestätigte Carl zerstreut. „Habt Ihr nicht den Eindruck, als sei Euch der Flüchtende bekannt gewesen?"

„Jetzt, wo Ihr es sagt", antwortete Junker Hermann nachdenklich. „Wir haben den Burschen nur von hinten gesehen, aber es könnte …"

„Es könnte Berthold gewesen sein", ergänzte Carl.

„Berthold!", rief Hermann. „Ihr habt Recht, das ist der Schuft. Aber wie kommt der Kerl nach Metz? Und was will er hier?"

„Der Mann ist sicher nicht allein hier, womöglich begegnen wir sogar noch Alessandro", meinte Carl. „Kommt, wir schauen uns ein wenig um. Es müsste doch mit dem Teufel zugehen, wenn die beiden uns wieder entwischten."

Sie durchforschten verschiedene Tavernen und Lokale nach dem Diener und Alessandro. Aber sei es, dass sie sich in Metz ungenügend auskannten, sei es, dass es den beiden gelungen war, sich rechtzeitig abzusetzen, oder dass Alessandro sich längst von Berthold getrennt hatte, ihrer Suche war kein Erfolg beschieden, und sie kehrten, als es dunkelte, müde in ihren Gasthof zurück.

Dort saß bereits Graf Geoffroy du Breuil bei einem Glas Wein und blätterte in einigen Schriften, die er von seinem Besuch mitgebracht hatte. Als er die Junker sah, schob er seine Papiere rasch zusammen und lud sie ein, sich zu ihm zu setzen und einen Schluck mitzutrinken. „Ich sehe Euch an, dass der Tag voller Anstrengungen war, da hilft ein edler Tropfen, sich etwas zu entspannen und zur Ruhe zu kommen."

Die Junker und Melchior von Talheim setzten sich.

„Was trinkt Ihr, Graf?", fragte Talheim.

„Ihr werdet es nicht glauben, heute bevorzuge ich den Moselwein. Der Wirt hat wohl ein ansehnliches Fässlein erworben, und wir sollten ihm helfen, dieses ein wenig zu leeren."

„Einem solchen Angebot vermag ich nicht zu widerstehen", meinte Hermann Schott von Schottenstein und zwirbelte seinen Bart.

Sie setzten sich an den Tisch. Das Gespräch kam auf den Jahrmarkt, und Carl von Schack berichtete von dem Diebstahl, den sie miterlebt, und von ihrem Verdacht.

„Das lässt sich leicht klären, ob der Dieb der von Euch gesuchte Berthold ist", sagte der Graf, als Carl seinen Bericht beendet hatte. „Der Kerl war nicht schnell genug, beziehungsweise der Teufel ist ihm nicht wohlgesonnen, denn er lief direkt der Stadtwache in die Arme. Mein Vetter bekam, als ich ging, die Meldung."

„Eine Festnahme! Dass wir davon nichts gehört haben, als wir uns in den Gasthäusern umhörten", wunderte sich Talheim. „Über so etwas sprechen doch die Leute."

„Die Festnahme erfolgte in einem Hof, der in direkter Verbindung zur Wache steht. Das Volk bekam davon nichts mit. Der Mann kannte sich in Metz offenbar nicht aus. Es muss ein Fremder sein – kein hiesiger Gauner wäre in eine derartige Mausefalle geflüchtet", erklärte du Breuil.

„Das deutet in der Tat auf Berthold hin", sagte Junker Carl. „Dann werden wir uns den Kerl morgen vornehmen und intensiv befragen. Der Vogel wird schon pfeifen, wenn man ihn richtig anpackt."

„Morgen könnte es fast zu spät sein", meinte der Graf. „Hier in Metz kennt die Obrigkeit mit derartigem Gesindel kein Pardon. Der Mann, sei er Berthold oder nicht, wird im Morgengrauen um fünf mit zwei anderen seiner Art am Galgen baumeln. Wenn Ihr ihn also befragen wollt, dann noch heute Abend!"

„Das heißt, wir müssten die Metzer Gerichtsbarkeit darum bitten, mit dem Delinquenten heute Nacht noch zu sprechen", überlegte Carl. „Wer ist für so etwas zuständig, wisst Ihr das, Graf? Ist es Euer Vetter Louis Jean de Gramont?"

„Warum so umständlich?", entgegnete lächelnd der Graf. „Wir werden einfach zur Stadtwache gehen, wo die Verbrecher eingesperrt sind. Ich spreche ein paar Worte mit dem Wachhabenden und, *voilà*, Ihr bekommt Eure ‚Audienz' mit Eurem entlaufenen Diener. Meine Herren", der Graf hob sein Glas und nahm einen tiefen Schluck. „Wir sind in Frankreich und nicht in Württemberg oder gar in Preußen."

Dagegen war nichts zu sagen, und die Runde entschied, dass es genügte, wenn Carl von Schack und der Graf allein zur Wache gingen. Das Erscheinen von vier Herren des Adels war ein Subjekt wie Berthold wahrhaftig nicht wert.

Die beiden Männer brachen auf und erreichten bald das Gebäude der Stadtwache. Wie der Graf gesagt hatte, wurden sie ohne Schwierigkeiten eingelassen. Nach einem barschen Befehl des Grafen eilte der Wachhabende, den mit Ketten gefesselten Gefangenen vorzuführen.

Kurze Zeit später wurde er in den Raum des Wachhabenden geführt, in dem du Breuil und der Junker an einem Tisch Platz genommen hatten. Es handelte sich bei dem ertappten Dieb in der Tat um Carls entlaufenen Diener Berthold. Aber wie der Mann aussah – schon vorher sehr schlank, war er jetzt dünn und geradezu ausgemergelt. Mit gebückter Haltung und hängendem Kopf stand er da, das dünne Haar ungekämmt und verfilzt, Weste und Hose zerrissen und aus dem Gesicht, das eine breite Stirnwunde zierte, war alle bisherige Schläue und Durchtriebenheit gewichen und hatte einer tiefen Angst Raum gegeben.

Kaum sah Berthold den Junker, fiel er wimmernd auf die Knie. „Gnade, Herr, Gnade", flehte er mit sich überschlagender Stimme. „Ich will nicht sterben, ich will nicht sterben!" Dabei rutschte er näher, um Carls Füße zu umfassen und zu küssen.

Der begleitende Wärter riss ihn an seiner Kette zurück.

„Hör zu Kerl", sprach ihn Carl an. „Ob ich etwas für dich tun kann, hängt ganz von dir ab und was du erzählst."

„Ich sage alles, Herr, was Ihr nur wollt, edler Herr!"

„Auch die Wahrheit?", fuhr ihn der Graf an.

„Alles, die Wahrheit und alles", winselte der Mann. „Nur, lasst mich am Leben, hohe Herren!"

„Das wird sich zeigen", erwiderte Junker Carl kalt. „Fang an zu erzählen, und zwar ganz von vorne."

Bevor der Mann beginnen konnte, erhob sich der Graf. „Ihr erlaubt, Herr von Schack, mir ist der Geruch zuwider, den der Kerl ausströmt. Auch ist es Eure Geschichte, und da will ich mich zurückziehen. Ihr werdet mir berichten, was Ihr für nötig haltet. Wir treffen uns morgen früh im Gasthof. Wenn Ihr irgendwelche Weisungen an die Wache habt", fügte er auf Französisch hinzu, „dann gebt diese nach Gutdünken. Ich habe den Wachhabenden entsprechenden Befehl erteilt."

Mit einer kurzen Verbeugung verließ Graf Geoffroy du Breuil den Raum. Auch der Wärter ging, nachdem er Bertholds Kette mit einem in der Mauer eingelassenen Ring verbunden hatte.

Der Graf ist wirklich ein Mann von nobler Gesinnung, dachte Carl. Dann wandte er sich wieder Berthold zu. „Los erzähl deine Geschichte!", befahl er.

Berthold begann weitläufig zu berichten, wie er bei einem Handelshaus als Buchhalter gearbeitet und von seinem Herrn einer Unterschlagung bezichtigt und eilends entflohen sei. Dann sei er nach Freiburg gekommen und habe dort einen Mann getroffen – nein, wie dieser ausgesehen, könne er nicht mehr sagen. „Es war ein Mann, vielleicht Mitte fünfzig, ein sehr freundlicher Herr. Er meinte, ich sei ein schlauer Bursche, das sehe er gleich. Ich hätte sicher früher mit Geldgeschäften zu tun gehabt. Ich erschrak, denn ich fürchtete, der Mann wolle mich festnehmen. Doch er lachte und gab mir einen Gulden als Handgeld und das Versprechen, mehr zu bekommen, wenn es mir gelänge, in Eure Dienste genommen zu werden. Dann wollte er mit mir Verbindung aufnehmen und mir weitere Anweisungen geben. Ich hatte Glück, ich kam mit zwei Brüdern ins Gespräch, die gerade von Herrn von Woellwarth angestellt worden waren und die mich an ihn weiterempfahlen. So gelangte ich in Eure Dienste."

„Und dann, du Schuft, hast du uns an die Wolfsbrüder verraten!"

„Nein, Herr, ich bin doch selbst fast von ihnen getötet worden. Ich habe die ganze Zeit gewartet, dass der Fremde sich meldet, doch das geschah nicht. Erst auf dem Gut des Herrn de Ville fand ich am Tag unserer Abreise einen Zettel in meiner Tasche, ich solle mich bereithalten. In Mömpelgard gelte es zu handeln und ich würde dort genaue Instruktionen erhalten."

„Hat dich Herr von Woellwarth mit jenem Fremden gesehen?", unterbrach ihn Junker Schack unvermittelt.

„Nein, gewiss nicht, Herr!", antwortete Berthold. „Ich traf den Mann einen Tag, bevor Ihr nach Freiburg kamt!"

Einen Tag vor ihrer Ankunft hatte das Treffen stattgefunden. Wirklich, die Sache schien von langer Hand vorbereitet gewesen zu sein. Wenn Maximilian aber das Treffen nicht gesehen hatte, was hatte er sonst mit dem Wort „Verrat" gemeint?, überlegte Carl und befahl dann: „Sprich weiter!"

„Als wir Mömpelgard erreichten und ich für Euch die Zimmer im Gasthaus besorgt hatte, fand ich in meiner Joppe erneut einen Zettel, auf dem stand, am Abend würde es losgehen."

„Was sollte ,losgehen'?", fragte der Junker scharf.

„Ich weiß es nicht, Herr, glaubt mir bitte!"

„Und dann?"

„Dann ward Ihr mit dem Conte und den Edelfräuleins beim Speisen. Währenddessen richtete ich die Zimmer. Ein Diener des Herzogs kam zu

mir, übergab mir ein Kuvert und wies mich an, ich solle in Eurem Auftrage sofort aufbrechen und nach Basel reiten, und dort einem Herrn Silbermann die Botschaft überbringen. Das tat ich."

„Und Alessandro? Und die Bande, der du dich angeschlossen hast?
Der Mord an Silbermann? Rede, Kerl, deine Zeit läuft ab!"

„Ich will ja alles sagen, Herr", beteuerte Berthold erneut. „Aber mit
Silbermanns Tod habe ich nichts tun. Ich ritt also los und war gerade aus
dem Tor, da sprengte mir ein Reiter nach; es war Alessandro, totenbleich
und voller tödlichem Zorn. Er packte mich und schrie, ich hätte seinen
Herrn vergiftet. Ich verteidigte mich und verwies auf die Botschaft, die
ich zu besorgen hatte und die ich ihm zeigte. Alessandro prüfte das
Schreiben, fragte noch dieses und jenes und schien mir schließlich zu
glauben. Dann wies er mich an, mein Pferd mit dem seinen zur Seite in
die Büsche zu lenken. Er sagte, er habe einen Verdacht und den wolle er
überprüfen. Wir stiegen von den Pferden, versteckten uns im Gesträuch
und warteten. Nach einer Stunde kam eine Kutsche angerollt, in der ich
das Gefährt der gnädigsten Baronesse erkannte. Wir ließen ihr einen guten Vorsprung und folgten ihr etwa eine Stunde, bis hin zu einer Brücke.
Dort hielt die Kutsche, die beiden Frauen stiegen aus, überquerten die
Brücke und verschwanden in der dunklen Nacht. Wohin sie gingen,
weiß ich nicht zu sagen. Vielleicht stiegen sie in einen Kahn und fuhren
davon, ich weiß es nicht. Die Kutsche wendete und fuhr zurück. Wir
suchten alles ab, fanden aber keine Spur von der Baronesse und ihrer
Begleitung."

Berthold war so weit mit seiner Darstellung gekommen, da erhob sich
draußen ein großes Geschrei und Gebrüll. Einer der Wächter stürzte herein. „Es brennt, Herr, kommen Sie, wir müssen das Gebäude schnells-
tens verlassen." Und schon war er wieder hinausgerannt.

„Und die Gefangenen?", rief der Junker ihm nach, aber der Mann war
schon über alle Berge. Aus der offenen Tür drang gelber Qualm herein,
und es roch nach brennenden Balken. Der Junker wollte hinaus, um zu
löschen und Hilfe zu holen, da hielt ihn ein Schrei zurück.

„Herr, lasst mich nicht zurück!", schrie Berthold. „Löst meine Ketten,
ich will nicht verbrennen. Ja, Ja! Ich habe Gotthold Silbermann getötet,
doch ich schwöre Euch, es war keine Absicht. Lasst mich nicht hier!"

„Ich schaue, was ich tun kann", sagte Junker von Schack und eilte
endlich hinaus. Wo waren die Schlüssel? Berthold war ein übler Bursche,
Betrüger und Lügner. Er hatte den alten Silbermann getötet, aber den-

noch … Carl öffnete verschiedene Türen. Doch die Schlüssel waren nirgends zu finden. Niemand war mehr in der Wache, dichter Rauch quoll jetzt von allen Seiten ihm entgegen. Er hustete, hier kam er nicht weiter. Carl rannte zum Eingang, um von draußen Hilfe zu holen. Er war gerade aus dem Tor, da hörte er ein entsetzliches Krachen, und das Haus, das er eben verlassen hatte, stürzte in sich zusammen.

Menschen mit Eimern rannten ihm entgegen. Wie betäubt schritt Carl zwischen ihnen hindurch. Berthold hatte er nicht mehr helfen können. Der Mann hatte im wahrsten Sinne des Wortes ein feuriges Ende gefunden, mochte der Himmel ihm gnädig sein.

„Halt, stehen geblieben und geholfen!", raunzte ihn jemand an.

Der Junker hielt inne und reihte sich in die Reihe der Helferkette, die Eimer um Eimer weiterreichten. Als endlich von der Stadtfeuerwache Spritzen herbeigebracht wurden, die das Löschen effektiver machten, löste sich Carl aus der monotonen Kette.

Carl kehrte ins Gasthaus zurück, wo das grässliche Geschehen bereits aufgeregt diskutiert wurde. Anscheinend war eine der Schaubuden in Brand geraten und dadurch das Dach des Wachhauses entzündet worden, ohne dass dies zunächst bemerkt worden war. Da alles an ihm nach Rauch und Brand roch, wusch sich Carl und zog frische Kleidung an.

Kurz darauf saßen sie zu dritt an einem Tisch des Schankraums, und der Junker erzählte Hermann und Melchior von seinen schrecklichen Erlebnissen.

Da wurde die Tür aufgerissen, und Graf du Breuil eilte herein. „Herr von Schack, Ihr lebt! Ich hatte schon befürchtet, Ihr wäret in dem Flammenmeer umgekommen", rief der Graf.

„Nein, mir ist nichts passiert. Aber unser Gefangener … er war angekettet, und ich konnte ihn nicht retten."

„Ein hässlicher Tod", meinte der Graf knapp. „Hat der Mann wenigstens noch geredet?"

Carl missfiel die Art, wie du Breuil das Geschehen abtat. Andererseits hatte der Graf den Mann nicht gekannt und wegen Carl selbst schien er sich wirklich Sorgen gemacht zu haben.

„Die zweite Feuerkatastrophe, aus der Ihr entkommt, Freund Carl", sagte Junker Hermann nachdenklich. „Und wie neulich im Elsass war wieder Berthold dabei, nur dass er diesmal nicht überlebte. Aber erzählt, was hat er noch gesagt?"

Hermann schien ebenfalls wenig berührt, dachte Carl. Dann berichtete der Junker, was er von Berthold erfahren hatte.

„Also hat er Silbermann doch getötet, obwohl er es erst geleugnet hat", meinte Melchior von Talheim anschließend. „Unschuldig ist der Kerl nicht gestorben. Lasst daher das Grübeln, Junker Carl. Ihr habt alles versucht, doch der Mann war nicht zu retten, die Hölle wollte ihr Opfer haben."

„Die Geschichte mit der Anwerbung kann ich glauben", überlegte Junker Hermann, „aber was Berthold über die Baronesse erzählt hat, klingt doch recht eigenartig."

„Nun, Alessandro scheint wirklich mit dem Ziel losgeritten zu sein, den Mörder Conte Caracantis zu fassen", zog Carl von Schack ein Resümee. „Das bestätigt meine erste Vermutung, dass er mit den Verbrechen nichts zu tun hat, sondern auf eine gänzlich andere Art und Weise in das Geschehen verstrickt ist. Wir sollten ihn rasch finden, dann lässt sich gewiss vieles klären."

Die Runde stellte noch einige Vermutungen an und besprach die morgige Route nach Verdun. Dann zog man sich zur Nacht zurück.

Am nächsten Morgen weckte sie der Wirt mit der Nachricht, bei dem gestrigen Brand sei aus einem Schaubudenkäfig ein Löwe entkommen. Die Bürger der Stadt hätten ihre Häuser verrammelt und Bewaffnete seien in Gruppen auf der Suche nach der afrikanischen Bestie.

„Eine Jagd auf den König der Tiere reizte mich schon", bemerkte Melchior von Talheim, „aber die Zeit für ein solches Abenteuer ist einfach zu knapp. Eine Comtesse du Barry darf ein Herr nicht warten lassen."

Da war er wieder, der Name dieser Dame, deren Ruf möglicherweise sehr zweifelhaft war, dachte Junker Carl. Vielleicht sollten sie sich doch an der Löwenjagd beteiligen, wenn sich dadurch die Ankunftszeit von Melchior derart verzögerte, dass die Comtesse ihn nicht mehr erwartete.

Graf Geoffroy du Breuil dachte ähnlich, denn er meinte, es sei doch eine einmalige Gelegenheit, die sich böte. „Wann, meine Herren, wird uns die Chance gegeben, fern von den Wüsten Afrikas eine solche Großkatze jagen und erledigen zu können?"

Allein, von Talheim war nicht umzustimmen, und so brachen die vier Männer gegen acht Uhr morgens auf.

Sie waren vielleicht anderthalb oder zwei Stunden geritten, die Sonne am wolkenlosen Himmel ließ die Temperatur schon jetzt kräftig steigen, da kreuzte ihr Weg ein schmales Tal, von dessen oberem Ende her eine einzelne Gestalt in ihre Richtung ritt. Sie zügelte das Pferd und schien zu warten, dass sich die Gruppe entfernte. Die Männer ritten weiter.

Carl von Schack war immer noch mit dem gestrigen Abend beschäftigt; vor seinem inneren Auge zeigten sich wieder und wieder die schrecklich eilenden Flammen und das sich stetig nähernde Feuer. Diese düsteren Gedanken an die Wirrnisse der Nacht umnebelten seinen Blick für den heiteren Morgen, und Wald und Wiese hatten einen eigenen, fast dunklen Anschein. Derart abgelenkt war Carl ein wenig hinter dem Trupp zurückgeblieben, als auch er das Tal passierte und die Gestalt bemerkte. Diese war näher gekommen, und Junker Carl erkannte, dass es sich um eine Reiterin handeln musste. Ihre Erscheinung erinnerte ihn an Aurelie oder auch an die Baronesse Sylvia von Korff, und unwillkürlich lenkte er sein Ross in das friedliche Tal, wo ein Bach floss und Kühle verbreitete.

Die Reiterin zügelte, als sie Carl erblickte, erneut ihr Pferd. Der Junker hatte nur kurz Gelegenheit, seinen Irrtum im Hinblick auf die Ähnlichkeit mit Aurelie oder Sylvia von Korff zu erkennen, denn seine Aufmerksamkeit wurde durch eine gänzlich andere Erscheinung gefangen genommen. Im Gebüsch des Wiesentals erblickte der Junker etwas höchst Seltsames; es war ein in dieser Landschaft fremdartiges Tier – der Löwe, wie er ihn gestern erst gemalt gesehen hatte und der beim Brand in Metz dem Käfig entkommen war.

Die wilde Bestie sprang mit weiten Sätzen auf die Reiterin zu.

„Flieht!", schrie der Junker laut. „Flieht um Euer Leben!"

Die Unbekannte warf einen Blick zur Seite, erkannte den Löwen und wandte ihr Pferd um, der oberen Talseite zu, von der sie vor kurzem gekommen war. Der Junker aber ritt dem Tier direkt entgegen, zog eine seiner Reiterpistolen aus dem Gürtel und schoss, als er sicher war, die Bestie zu treffen.

Doch im Eifer und aufgrund einer plötzlichen Bewegung seines Pferdes fehlte er. Der Löwe sprang weiter und folgte unbeirrt der Reiterin, deren hell flatterndes Gewand ihn reizte. Diese gab ihrem Tier die Sporen und sprengte, was das Pferd vermochte, einen seitlichen Anstieg empor. Doch ihr Reittier, ein herrlicher Grauschimmel, trat an dem steilen Hang fehl, knickte ein und stürzte, wild um sich schlagend, zu Boden. Seiner schönen Reiterin gelang es zum Glück, den Hufschlägen zu entgehen und sich entschlossen und gewandt auf die Füße zu stellen.

Doch schon nahte der Löwe mit großer Schnelligkeit. Allein, der Junker flog geradezu hinter ihm her. Beide erreichten zugleich den Platz, wo die Dame aufrecht stehend die Gefahr mutig erwartete. Der Löwe setzte zum Sprung an, da beugte sich Carl, der sich jetzt leicht vor dem riesigen Tier befand, die Linke fest im Zügel, mit einer Drehung zu diesem hinab und schoss mit der zweiten Pistole der Bestie durch das Auge direkt in das mächtige Haupt. Der Löwe bäumte sich brüllend auf und wandte sich voll entsetzlicher Wut gegen Carl, um diesen mit seinen Pranken zu zerfleischen.

Der Junker riss das Pferd zur Seite, da stürzte die grimmige Raubkatze, die endlich den Todesschuss spürte, nieder, und blieb mit bebenden Flanken liegen. Der Junker sprang rasch vom Pferd und kniete auf dem Löwen, dämpfte seine letzten Bewegungen, wobei er ihm mit der Rechten das Messer kraftvoll in den zuckenden Leib stieß.

„Stoßt zu, stoßt zu!", rief die fremde Dame mit zitternder, doch melodischer Stimme. „Ich fürchte, das Tier erhebt sich wieder und beschädigt Euch mit seinen grässlichen Krallen."

„Sorgt Euch nicht, schönste Dame!", erwiderte der Junker. „Der Löwe ist endgültig tot, und ich möchte sein Fell, das ich Euch als Trophäe zu Füßen legen will, nicht durch weitere Wunden verderben."

Von den Schüssen alarmiert, erschienen jetzt Junker Hermann, Melchior von Talheim und der Graf von der Wegseite her sowie ein größerer Trupp von Dienern und Bewaffneten vom Tal her auf dem Schauplatz der sonderbaren Jagd.

Kaum erblickte Graf Geoffroy du Breuil die schöne Unbekannte, da sprang er vom Pferd und kniete vor ihr nieder. „Majestät, Ihr hier an diesem Ort. Verzeiht meinen Freunden, sie sind Fremde und haben Eure gnädigste Majestät hier weder erwartet noch erkannt."

Verwirrt vom Tun des Grafen ließen sich Melchior von Talheim und Hermann Schott von Schottenstein ebenfalls von ihren Rössern gleiten und knieten nieder. Carl warf einen Blick der Überraschung und des Erkennens auf das Gesicht der Fremden, dann senkte er den Kopf und beugte seinerseits die Knie. Vor ihm stand Marie Antoinette, fünfzehntes Kind von Maria Theresia und Kaiser Franz I., seit sechs Jahren Gemahlin Ludwigs XVI. und seit zwei Jahren mit ihm Regentin Frankreichs. Und Carl hatte mit ihr gesprochen, als sei sie irgendeine Dame vom Stand.

Mittlerweile war auch die andere Truppe, die Begleitmannschaft Marie Antoinettes, herangekommen und umzingelte die vier mit gezogenen Waffen, wobei sie gleichzeitig ihre Königin zu schützen suchten.

„Majestät, was ist geschehen?", rief ein stattlicher Mann, der der Anführer der Truppe zu sein schien. „Haben diese Menschen Euch behelligt?" Dabei drängte er sein Pferd unmittelbar an die Knienden. Dann erblickte er den toten Löwen und stutzte. „Majestät ..."

„Ihr seht, Graf de Polignac, wenn Ihr Eure Königin nicht schützt, müssen andere einspringen", antwortete ihm Marie Antoinette in spöttischem Ton. „Lasst also die Fremden! Und Ihr, mein Herr", wandte sie sich an Carl von Schack, „steht auf und stellt Euch vor. Der Retter Frankreichs braucht nicht zu knien, wenn andere auf hohem Rosse sitzen. Auch Eure Freunde mögen sich erheben!"

Carl von Schack erhob sich langsam. „Gnädigste Majestät", sprach er und neigte den Kopf, „verzeihen Sie meine Kühnheit, mit der ich Ihre Majestät vorhin ansprach. Doch im Augenblicke der Gefahr ..."

„... konntet Ihr nicht anders handeln, ich weiß", vollendete die Königin lächelnd seinen Satz. „Aber Ihr habt Euch immer noch nicht vorgestellt, mein Herr!"

„Majestät, mein Name ist Junker Carl von Schack und ich bin Kammerherr am Hofe meines allergnädigsten Landesherrn Herzog Karl Eugen von Württemberg und mit meinen Freunden auf dem Wege nach Paris."

Die Königin lächelte erneut und zeigte mit einer kurzen Geste auf die anderen der Gruppe. Carl konnte nicht umhin zu bemerken, wie jung Frankreichs Herrscherin war. Sie konnte kaum zwanzig Jahre alt sein, und in ihrer Reitkleidung, die wenig den höfischen Gepflogenheiten entsprach, und in der Hitze des Augenblicks hatte Marie Antoinette eher wie ein junges Mädchen gewirkt und nicht wie jemand, der von Kindesbeinen an im Schatten des steifen Zeremoniells des Habsburger Hofes erzogen und jetzt an das von Versailles gewöhnt worden war.

Junker Hermann und Melchior von Talheim wurden ebenfalls vorgestellt, der Graf hingegen schien der Königin bekannt, wobei Carl nicht richtig einzuschätzen vermochte, ob dieser bei Ihrer Majestät in Gnade stand oder nicht.

Graf de Polignac, der die Vorstellungsrunde mit finsterer Miene verfolgt hatte, näherte sich wieder der Königin. „Majestät, wir müssen weiter", drängte er „Denkt an das Treffen mit Henri-Louis-René des Nos, dem Bischof von Verdun."

Die Königin verzog das Gesicht und nickte. „Ihr erlaubt, Graf de Polignac, dass ich mein Gespräch noch beende." Auf Deutsch wandte sie sich an Carl: „Herr von Schack, ich verdanke Euch mein Leben und, mein Herr, seid sicher, dass ich dies nie vergesse. Das Fell des toten Löwen, den Ihr mir zu Füßen legtet, wird mich stets daran erinnern. Aber jetzt ist nicht die Zeit, Euch meinen Dank in der angemessenen Form zu erzeigen. Doch da Ihr, wie Ihr sagt, auf der Reise nach Paris seid, erwarte ich Euch in acht Tagen zum morgendlichen *Lever!*"

Ein Raunen ging durch die Menge ihrer Begleiter, was Marie Antoinette ignorierte. „Und jetzt, mein Herr, seid so gut und entfernt Euch mit Euren Freunden. Ich habe mit meiner Entourage noch zu reden."

Der Junker und seine Begleiter sahen sich entlassen und zogen sich mit ihren Pferden zum Ausgang des Tales zurück. Dort bestiegen sie die Rösser und ritten, ohne zunächst über das Geschehen zu sprechen, die Straße weiter in Richtung Verdun.

Am späten Abend erreichten sie endlich die Stadt Verdun und nahmen Quartier im Gasthaus „Du Coq" direkt am Ufer der Maas. Bald saßen sie bei einem Pot-au-Feu mit Schweinespeck und Schweinefleisch und tranken einen Gris de Toul. Anschließend gab es eine Pâté lorrain, Beignets rapés und zum Abschluss Lothringer Käse, einen Munsterkäse.

„Da ist Euch das Schicksal wirklich hold gewesen, Junker von Schack", nahm Geoffroy du Breuil das Wort. „So eben im Vorüberreiten die Königin von Frankreich zu retten, indem Ihr einen Löwen erlegt. Ich gratuliere Euch, Junker! Wenn Ihr an den Hof wollt, ist in Versailles Euer Glück gemacht. Aber", seine Miene verfinsterte sich, „Ihr werdet Neider haben. Und vor dem Grafen de Polignac müsst Ihr Euch hüten. Er wird es Euch nicht vergessen, dass ihn die Königin derart zurechtgewiesen hat. Der Gatte der Gräfin de Polignac ist dabei, durch das Wirken von Yolande Martine Gabrielle, mächtig zu werden. Erst letztes Jahr ist die Gräfin an den Hof gekommen, und es gelang ihr umgehend, die Gunst der Königin zu gewinnen. Auch Ludwig schätzt die Gräfin, und es sieht so aus, als habe sie die frühere Vertraute Marie Antoinettes, Marie-Louise de Savoie-Carignan, die Fürstin von Lamballe, fast verdrängt.

Also hütet Euch, Konkurrenz von außen, zumal von einem Deutschen, wird in Versailles nicht geschätzt."

Geoffroy du Breuil endete, und Carl hatte den Eindruck, als gäbe es noch mehr, was der Graf über das Hofleben und über die Familie de Polignac zu sagen hätte, im Augenblick aber lieber verschweigen wolle.

„Nun nehmt unserem Junker nicht gleich den Mut", warf Melchior von Talheim ein. „Lasst uns lieber seinen Erfolg feiern. An einem Tag einen Löwen töten und sich die Königin von Frankreich für immer verpflichten, wer kann schon sagen, dass ihm solches gelungen wäre!"

Sie hoben ihre Becher und stießen auf den „Löwentöter", wie Junker Hermann Carl nannte, kraftvoll an. Der Abend verlief ausgelassen mit vielen Geschichten und in weinfreudiger Heiterkeit.

Am nächsten Morgen ging es weiter auf Paris zu. Erst führte sie der Ritt durch breite Waldungen, dann zeigte sich links und rechts des Weges eine eintönige Landschaft mit riesigen, gelben Weizenfeldern und breiten Viehweiden. Der Himmel war wolkenlos und wieder wurde der Tag sehr heiß.

Unterwegs verlor Melchior von Talheims Pferd ein Hufeisen, und so nahmen die Reisenden bereits am Nachmittag Quartier in einem unbedeutenden Flecken namens Valmy. Das Dörfchen schien recht arm zu sein und bot dem Quartett außer einer Unterkunft für die Nacht wenig Komfort. Insbesondere der Bauer, bei dem sie sich einquartiert hatten, klagte umständlich über den allgemeinen Mangel und die Nöte der Zeit. Nach einigen Hin- und Widerreden und nachdem einige Münzen in die runzlige Bauernhand gewandert waren, zeigte es sich aber, dass das Haus einen schönen, wohlbestellten Keller besaß. Der Bauer und Junker Hermann stiegen gemeinsam hinab – unten fanden sich mehrere Fässer auf Lager und verschiedene Abteilungen in Sand gelegter, gut gefüllter Flaschen.

So bot der Abend doch noch eine gewisse Abwechslung; dies umso mehr, da Geoffroy du Breuil einige Anekdoten vom Versailler Hof erzählte, die ein kräftiges Maß an Pfeffer enthielten. Das Leben am königlichen Hof schien ein einziges Intrigenspiel zu sein. Im Umfeld Marie Antoinettes kämpften die Schwestern des Königs, die verschiedenen Hofdamen und zahlreiche Mätressen um Einfluss und Macht und vor allem um die Gunst des Königs. Eine der bestimmenden Figuren am Hofe war lange Zeit die vierte Tochter Ludwigs XV., Marie Adélaide de

Bourbon, genannt Madame Adélaide, gewesen. Adélaide war seit ihrer frühesten Jugend überaus selbstbewusst und dickköpfig. Im Gegensatz zu ihren Schwestern Victoire, Sophie, Therese Felizitas und Louise Marie, die auf Rat des Kardinals Fleury in der Abtei Fontevrault erzogen wurden, durfte sie als Kind in Versailles bleiben und wurde ihres Vaters besonderer Liebling. Adélaide de Bourbon galt als Schönheit, und sie war stolz bis zum Hochmut und absolut eitel. In ihrer Jugend hatte sie sämtliche Heiratsanträge abgelehnt, die ihr gemacht worden waren, darunter auch die von Prinzen aus regierenden Dynastien, denn in ihren Augen war ihr kein Prinz von Rang nur im Entferntesten ebenbürtig. Mit elf Jahren wurde die kleine Adélaide ertappt, wie sie mit einer Anzahl beim Kartenspiel gewonnen Louisdors in der Tasche des Nachts heimlich Versailles verlassen wollte. Gefragt, was sie vorhabe, antwortete sie stolz, dass sie nach England fahren, mit den Lords schlafen und dann diesen die Köpfe abschlagen wolle, um sie dem König zu bringen. Jetzt war aber aus der einstigen Schönheit, obwohl erst vierundvierzigjährig, eine alte Jungfer geworden – ohne Freunde und bei der Hofgesellschaft wegen ihren Eitelkeiten sehr unbeliebt. Dies war sie auch deswegen, da sie Marie Antoinette, als diese mit vierzehn völlig ahnungslos an den Hof kam, geschickt in ihr Intrigennetz einbezogen und lange Zeit gelenkt hatte.

„Vor allem für ihren Kampf gegen Madame du Barry, die Mätresse ihres Vaters, hat Madame Adélaide die Königin zu nutzen gewusst. Die Prinzessin hasste die du Barry wegen ihrer Herkunft aus dem Pariser Milieu und setzte alles daran, die Frau vom Hofe zu entfernen", erzählte der Graf und stockte plötzlich, als er merkte, welcher Fauxpas ihm widerfahren war.

„Was habt Ihr gesagt?", fragte Melchior von Talheim. „Madame du Barry sei eine Frau von zweifelhaftem Ruf? Versteht Ihr unter dieser ‚Dame‘ die Comtesse Marie-Louise du Barry? Gebt Antwort, Graf!"

„Ich meine", antwortete Geoffroy du Breuil mit fester Stimme, „das, was ich gesagt habe. Die sogenannte Comtesse Marie-Jeanne du Barry war und ist eine Dirne, die …"

Melchior von Talheim sprang auf, dass sein Stuhl umfiel. „Ihr beleidigt mich, Graf", rief er laut „Meine Braut heißt du Barry, und wer sie eine Hure nennt …" Seine Stimme überschlug sich vor Zorn.

„Mein Herr", entgegnete der Graf ruhig. „Wir haben noch eine Forderung ausstehen, und ich bin bereit, dieser zu genügen, und stehe Euch zur Verfügung."

„Ja, das sollt Ihr", gab von Talheim zurück. „Am besten klären wir die Angelegenheit sofort, derlei Geschäfte aufzuschieben ist selten gut, wie wir sehen. Nennt mir Eure Waffe!"

„Diesmal sollten wir zur Pistole greifen, dann ist das Ergebnis eindeutig, Herr von Talheim", erwiderte du Breuil kalt. „Morgen früh bei Sonnenaufgang, ist es Euch recht?"

Nach diesen Worten war nach den Gesetzen der Ehre eine friedliche Lösung nicht mehr möglich; die Wahl der Waffe und der Zeitpunkt wurden angenommen. Man kam überein, dass Hermann Schott von Schottenstein aufgrund seiner entfernten Verwandtschaft Sekundant des Grafen sein sollte, während Melchior von Talheim durch Junker Carl begleitet werden würde.

Es war gegen halb sechs, als die Sonne im Osten am Himmel emporstieg. Die vier Herren begaben sich auf eine Wiese, die abseits des Fleckens, durch ein Wäldchen abgeschirmt, lag, und gingen auf ihre Positionen.

Melchior von Talheim und Graf Geoffroy du Breuil standen, die Röcke abgelegt, beide in Kniebundhose und weißem Hemd, bereit. Carl hatte seine Reiterpistolen zur Verfügung gestellt und die Kontrahenten wählten ihre Waffen. Dann nahmen sie bedächtig ihre Stellungen ein, die Junker Hermann zuvor ausgemessen hatte, zwanzig Schritt voneinander entfernt.

Ein kühler Wind wehte, aus den Büschen am Rande der Wiese stieg mit schrillem Ruf ein fremdartiger Vogel steil in die Luft. Dann legte sich Schweigen über die Szene. Carl und Hermann zählten laut bis drei. Der Graf und Talheim hoben fast gleichzeitig die Waffen, zielten und feuerten. Die Schüsse krachten und eine Schar Raben flog krächzend auf.

Einen kurzen Augenblick schien es, als hätten beide Schützen gefehlt, denn sowohl Melchior als auch Geoffroy du Breuil standen unbeweglich da. Doch dann griff sich von Talheim mit der Linken an die Brust und sank in einer Drehbewegung ins feuchte Gras. Carl eilte zu dem Freund, um Hilfe zu leisten. Graf du Breuil, der dem Fall seines Gegners regungslos zugesehen hatte, drehte sich um und ging mit großen Schritten davon. Plötzlich blieb er mitten in der Bewegung stehen und brach dann ebenfalls zusammen.

Die Wunde Melchiors blutete stark, war aber auf den ersten Blick eher leichterer, wenn sicher auch schmerzhafter Natur; Graf Geoffroy du Breuils Verletzung schien jedoch tiefer und gefährlicher zu sein. Sie verbanden die Wunden so gut es eben ging. Carl blieb bei den Verletzten, während Junker Hermann ins Dorf eilte, um Hilfe zu holen. Carl bettete den Kopf des Grafen auf dessen Rock und tat das Gleiche für Melchior.

„Wie geht es Geoffroy du Breuil?", fragte Melchior mit zusammengebissenen Zähnen, während Carl sich um ihn kümmerte. „Ist er tot?" Melchior versuchte sich aufzurichten, sank aber gleich mit einem Stöhnen zurück.

„Es sieht für ihn schlechter aus als für Euch, Freund Melchior", erwiderte Carl.

„Dann kümmert Euch um den Grafen", stieß Talheim hervor. „Aber sagt mir nur eins, ist es wahr, was du Breuil über meine Braut erzählte?"

„Es spricht viel dafür, dass der Graf die Wahrheit sagt", antwortete Carl, „aber es besteht natürlich immer die Möglichkeit, dass eine Verwechslung vorliegt."

„Versucht nicht, mich zu beruhigen", entgegnete von Talheim. „Ich glaube, ich weiß jetzt Bescheid. Geht, versorgt Geoffroy du Breuil!"

In der Tat ging es dem Grafen schlecht. Er hatte die Augen geschlossen und atmete schwer. Carl eilte zu einem Bach und schöpfte mit seinem Hut Wasser, das er du Breuil brachte. Gierig trank der Verwundete vom kühlen Nass.

„Ich danke Euch, Junker", sagte er so leise und matt, dass Carl ihn kaum verstand. „Ich fürchte, meine Wunde ist schwerer, als Ihr denkt. Darum beugt Euch zu mir. Ich muss Euch etwas sagen, das Ihr wissen solltet." Seine Stimme war bei den letzten Worten zu einem Flüstern geworden.

„Ich weiß, weswegen Ihr unterwegs seid. Auch andere wissen von Eurer Mission und wollen verhindern, dass Ihr Erfolg habt. Wenn Ihr in Paris seid, geht in die Straße St. Honoré zum dem Haus, welches einstmals zu den Zeiten Ludwigs XIV. und der Maintenon die Dichterin Magdaleine bewohnte. Dort klopft und fragt nach Monsieur Martiniere, dann werdet Ihr Näheres erfahren." Nach diesen, fast nur noch gehauchten Worten sank der Kopf du Breuils zur Seite, und ein Blutschwall quoll ihm aus dem Mund.

Carl von Schack fürchtete das Schlimmste, doch schien der Graf zu atmen, sodass noch Hoffnung war. „St. Honoré" und „Monsieur Martiniere", dieselbe Straße und denselben Namen hatte ihnen in Straßburg der Orgelbauer genannt! Carl fand keine Zeit, weiter über dieses neue Geheimnis nachzugrübeln, denn eben kam Junker Hermann mit einigen Bauern und einem alten Kutschwagen zurück, den diese mit Decken polsterten und dann die Verwundeten aufluden.

Sie fuhren in das kleine Örtchen Auve, das knapp eine Meile südwestlich von Valmy lag und wo glücklicherweise ein Arzt namens Jean-Jacques Bauhin lebte. Nach einer Stunde war der Ort erreicht und der Graf und Melchior wurden ins Haus Bauhins gebracht.

Der Arzt, ein älterer, bärtiger Mann, äußerlich wie ein Bauer wirkend, war wie nur wenige seiner Profession ein wahrer Könner seines Faches; schon ein Vorfahr von ihm, Jean Bauhin, war bereits in jungen Jahren der Leibarzt Johanna von Albrets, der Königin von Navarra, gewesen. Er untersuchte die beiden Kontrahenten kopfschüttelnd und wies dann seine Magd, ein hübsches Mädchen und in ärztlichen Dingen wohl erfahren, an, sogleich eine Liege und alles sonst Nötige für eine Operation vorzubereiten.

„Der erste Patient hat eine tiefe, aber ungefährliche Fleischwunde erhalten. Der Schuss muss ihn lediglich gestreift haben. Ein fester Verband sowie drei Tage Ruhe und Ihr Gefährte ist wieder auf den Beinen. Aber um den anderen Herrn mache ich mir ernsthaft Sorgen. Tief in seiner Brust steckt eine Kugel, ich muss sie entfernen, oder er wird den Wundbrand bekommen und binnen achtundvierzig Stunden tot sein", erklärte Bauhin den Junkern. „Gib ihm Branntwein zu trinken und binde seine Hände und Füße", befahl er dann der Magd. „Und Ihr, edle Herrn, solltet mich jetzt allein lassen, denn Ihr versteht nichts von meiner Kunst und würdet mich nur stören und die Operation gefährden."

Mit gemischten Gefühlen verließen die Junker den Raum. Sie setzten sich vor dem Haus auf eine Bank, um auf den Ausgang des ärztlichen Tuns zu warten, und verwünschten alle königlichen Mätressen und sonstigen Huren Frankreichs.

„Wegen eines solchen Weibes haben sich zwei edle Männer duelliert, von denen der eine vielleicht sterben wird. Der Teufel soll diese du Barry holen", fluchte Junker Hermann.

„Wer weiß", antwortete Carl. „Vielleicht wird sie eines Tages um einen *petit moment* flehen, um ihre Sünden bereuen zu können."

Von drinnen erklang ein lauter Schrei, der in tiefes Stöhnen überging. Kurz darauf öffnete sich die Tür und Jean-Jacques Bauhin trat heraus. Er trug eine blutbefleckte Schürze, in der er wie ein schauerlicher Metzger wirkte. Mit der rechten Hand hielt er triumphierend eine Art Zange in die Höhe, in deren Backen eine Kugel zu sehen war. „Ich habe sie!", rief er voller Stolz. „Nun muss nur noch die Wunde genäht und mit Kräutern versorgt werden, und in vier Wochen ist Euer Begleiter für neue Abenteuer bereit."

Der Arzt verschwand wieder im Haus und die Tür klappte zu. Carl und Hermann schauten sich in die blassen Gesichter und lachten vor Erleichterung.

„Ich dachte nicht, dass Graf Geoffroy die Operation überstehen würde", gestand Hermann seinem Freund.

„Und ich bin heilfroh, dass dieses widersinnige Duell keinen Toten gefordert hat, wenigstens hoffe ich es", antwortete Carl. „Doch wir sollten überlegen, wie es weitergeht, vier Wochen können wir hier nicht bleiben."

Schon bald wurde die Tür erneut geöffnet, und diesmal erschien die junge Magd. Sie trat schüchtern an die Bank und bat die Herren, dass sie ins Haus zu Herrn von Talheim kommen möchten. Drinnen führte sie die Junker in ein kleines Zimmer, in dem Melchior von Talheim, mittlerweile gut verbunden, in einem frisch bezogenen Bett lag und ihnen matt mit der Hand zuwinkte.

„Wie geht es, Melchior?", fragte Junker Carl. „Der Arzt sagt, in drei, vier Tagen wäret Ihr wieder auf den Beinen und könntet weiterreisen."

„Ach, die Ärzte", meinte Melchior und versuchte zu grinsen. „Drei oder vier Tage sind zu lang, um hier zu warten. In drei Tagen solltet Ihr längst in Paris beim Empfang der Königin sein. Lasst mich zurück, ich werde ohnehin bleiben, denn ich kann Graf Geoffroy du Breuil nicht allein lassen. Dafür, dass er mir die Wahrheit sagte, eine unangenehme, schmerzende Wahrheit, aber die Wahrheit, habe ich ihm eine Kugel verpasst, die ihn die nächsten Wochen niederstreckt, wie mir die Magd – nebenbei, ein nettes Ding – erzählte. Nein, Freunde, wartet nicht auf mich. Ich werde hier bleiben und mich um du Breuil kümmern. Das bin ich ihm schuldig; bedenkt auch, wie Joseph-Paul du Motier gegenüber Ferdinand gehandelt hat. In Sachen Ehre und Haltung soll keiner sagen, dass Melchior von Talheim nicht ebenso ehrenvoll handeln könne wie ein Franzose."

Carl von Schack konnte nicht umhin, Melchiors Haltung zu bewundern. Immerhin hatte Geoffroy du Breuils „Wahrheit" ihn um Braut und Hochzeit gebracht, und die Kugel des Grafen war ebenfalls gut gezielt gewesen. Aber natürlich kam Carl und Hermann die Entscheidung Melchiors sehr gelegen. Die Zeit drängte, sie mussten spätestens morgen nach Paris aufbrechen; wobei es Carl weniger um das Lever der Königin als um das Kräuterbuch ging und um den Besuch der Adresse, die ihm der Graf und Silbermann genannt hatten.

Sie regelten, was zu regeln war, und ließen am nächsten Morgen Geoffroy du Breuil und Melchior in den erfahrenen Händen Doktor Bauhins und seiner flinken Magd zurück.

Die Pferde griffen kräftig aus, sodass die beiden Reiter, ohne größere Pausen einzulegen, am Abend Reims erreichten. Reims war das Zentrum der Champagne und lag an der Vesle, einem Zufluss der Aisne. Im Jahre 497 oder 498 taufte Bischof Remigius hier den Merowingerkönig Chlodwig und der Aufstieg des Frankenreichs begann. Reims wurde zur Krönungsstadt, 816 erfolgte hier die Kaiserkrönung Ludwig des Frommen, der seinem Vater Karl dem Großen folgte. Seit dem 13. Jahrhundert krönte der Erzbischof der riesigen Kathedrale Notre-Dame die Könige Frankreichs, und Reims – nicht Paris – war das eigentliche Herz des Königreichs.

Die Junker fanden in der Nähe des Place du Parvis eine passende Unterkunft, aßen eine Kleinigkeit und legten sich bald müde zur Ruhe.

Am nächsten Tag führte sie der Ritt über staubige Straßen weiter auf Paris zu, ohne dass sich etwas Nennenswertes ereignete. Am Abend fanden sie Quartier in einem Gehöft eines kleinen Weilers rund zwei Meilen westlich von Château-Thierry, dem Geburtsort des Schriftstellers Jean de La Fontaine. Der Bauer, ein kräftiger Mann um die vierzig, und seine Frau nahmen sie voller Gastfreude auf. Das durchaus wohlhabend wirkende Paar lebte mit seinen drei halberwachsenen Kindern und einigen Knechten und Mägden weitab von allen Geschehnissen und war begierig, etwas von der weiten Welt zu erfahren.

Die Bäuerin, ein gutes Jahrzehnt jünger als ihr Mann und von stattlichem Wuchs, trug den Junkern an einem eigens für sie gedeckten Tisch auf, was Küche und Keller zu bieten hatten. „Aber erzählt", bat sie, „erzählt uns von dem, was in der Welt geschieht. Ich war in jungen Jahren mit meinem Manne einmal in Reims einen fernen Verwandten besuchen. Wir wollten auch nach Paris, doch für uns Bauern schickt sich das Reisen nicht, und die Stadt ist gar zu groß und gefährlich. Und der Priester sagt, dort herrsche große Untugend und Prasserei."

„Nun", antwortete Junker Hermann lachend, den die einfältigen Reden der Bäuerin amüsierten. „Wir reisen nach Paris und hoffen, die Stadt morgen oder übermorgen noch zu erreichen. Was die Untugenden betrifft, so meint euer Priester wohl die Kleidung der Weiber und Frauen von Paris, die mitunter sehr locker und offen erscheinen mag. Ansonsten gibt es dort eine Vielzahl herrlicher Bauten und Häuser und manche Straßen scheinen wie aus Gold gemacht."

„Das klingt wie das, was mir der krumme Jean von seinem Cousin erzählte, der es wiederum von einem alten Freund seines Vaters hatte", meinte der Bauer. „Der ist in seiner Jugend als Matrose mit einem Schiff über den großen Ozean in ferne Länder gefahren. Einmal war er im Lande der Mexikaner, wo es geflügelte Pferde gibt und Seen aus Silber und voller süßem Wein. Die Bäume riechen nach Weihrauch und der Boden duftet nach Moschus und Amber. Keiner muss arbeiten, denn die Früchte der Bäume ernähren einen jeden nach seinem Bedarf."

„Ja, dem ist so, und wenn einer unter einem Busch schläft, muss er gut aufpassen, denn dort pflegen die Hühner fertige Eier zu legen, die gekocht oder als heißes Bratei durchaus Schaden anrichten können", nickte Junker Hermann ernsthaft. „Ferner habe ich gehört, dass es dort mitten im Lande Seen gibt, so groß wie halb Frankreich, in denen leben riesige Walfische, welche ungelogen der Länge nach wenigstens drei Meilen messen. Die Eingeborenen, welche sich nur mit Federn kleiden, warten, bis so ein Fisch eingeschlafen ist, denn diese pflegen mit offenem Maule zu ruhen, und fahren dann mit ihren Booten ins Innere, wo sie allerlei Dinge des täglichen Gebrauchs von gesunkenen und vom Walfisch verschlungenen Schiffen bergen und diese mit nach draußen nehmen."

Unter solchen und ähnlich unsinnigen Reden verging der Abend, und Carl musste immer wieder staunen, was Junker Hermann als wahrer Münchhausen den braven Menschen alles an Lügengeschichten auftischte, und wie diese begierig seinen Worten lauschten, alles schluckten und glaubten, als predige ihnen ein geistlicher Herr persönlich den Katechismus. Aber wahrscheinlich war es in der Sache auch das Gleiche.

Am Abend des 28. Juli erreichten die beiden Junker endlich Paris. Die Stadt zählte etwa 500 000 Menschen und war ein wahrer Moloch aus Kirchen und Palästen, Theatern und Märkten, grünenden Parks, breiten Adelspalais und finsteren Häuserblöcken mit Straßen, in die nie ein Sonnenstrahl fiel.

Es war die Stunde, in der alle Kirchenglocken innerhalb der Altstadt, Südstadt, des Quartier Latin und der Nordstadt mit lautem Schalle den Abend einläuteten. Die Menschen der Stadt drängten sich in den Gassen und nach der Brücke Pont Neuf zu, die zur Île de la Cité führte, auf der sich die Kathedrale Notre-Dame-de-Paris, der Sitz des Erzbischofs, befand.

Junker Carl und Hermann stellten ihre braven Pferde im Stall eines Wirtshauses im Quartier Latin ein und liefen zu Fuß über die Pont Neuf zur Kathedrale, um das Wunderwerk der Baukunst selbst zu beschauen. Auch auf der Brücke war großes Gedränge, und eine zierliche Glasbaukutsche, eben im Begriffe zum Collège des Quatre Nations, also zum Rive Gauche genannten, dem Louvre gegenüberliegenden Ufer der Seine zu fahren, war derart in der gaffenden Menge verkeilt, dass es für den Kutscher kaum mehr möglich war, weiter vorwärtszukommen. Schließlich gelang es ihm, Raum zu gewinnen, und die Kutsche passierte die beiden Junker.

Dabei fiel Carl von Schacks Blick auf die Insassen des Gefährts, und er blieb wie vom Blitz getroffen stehen. Im Innern saßen die Baronesse von Korff und Josepha von Ellrichshausen sowie eine männliche Person, die Carl in der Eile nicht zu erkennen vermochte. Schon war die Kutsche vorüber und nahm, da das Ufer erreicht war und der Andrang weniger wurde, rasch Fahrt auf. Carl von Schack wollte ihr nacheilen, da stieß er an einen Mann, den er in der Eile nicht hatte kommen sehen, sodass dieser fast stürzte.

„Ihr seid unhöflich, mein Herr", fuhr ihn der Fremde an. „Bittet um Verzeihung oder mein Degen wird Euch lehren, was es heißt François de Bernajoux zu touchieren."

Carl erkannte aufblickend einen der Höflinge aus der Begleitung Marie Antoinettes, einen geschniegelten, sehr modisch gekleideten Gecken in seinem Alter, und direkt daneben den ebenso herausgeputzten Grafen de Polignac.

„Ah, der Löwenjäger", sagte dieser und lächelte böse. „Gleich werden wir wissen, ob Ihr mit dem Degen ebenso flink seid wie mit der Reiterpistole. Zieht, Bernajoux!", forderte er seinen Gefährten auf, während er bereits auf Carl eindrang.

Hermann, der herangekommen war, zog ebenfalls blank und trat dem Freund zur Seite. Im Nu bildete sich um die Gruppe ein freier Raum, gesäumt von einer guten Anzahl von Zuschauern. De Polignac stürzte sofort auf seinen Gegner los und hoffte, ihn durch seine Schnelligkeit leicht einzuschüchtern.

Carl von Schack aber, der durch die Worte des Grafen an seinen Sieg über den Löwen erinnert wurde, war fest entschlossen, nicht einen Fuß zurückzuweichen.

Die zwei Degen trafen sich auch sogleich, und da der Junker seine Stellung gut behauptete, trat sein Gegner unwillkürlich einen Schritt zurück. Carl nutzte den Augenblick, in dem die Klinge des Grafen bei dieser Bewegung von der Linie abwich, zog seine Klinge rasch zurück und führte einen Streich von oben herab, der seinen Gegner an der rechten Schulter traf.

Auch Hermann hatte bei Bernajoux einen Treffer landen können, doch da dieser nicht stürzte und sich auch nicht für überwunden erklärte, sondern sich nur zurückzog, setzte ihm der Junker weiter lebhaft zu, zumal er nicht wusste, wie schwer er Bernajoux wirklich verwundet hatte. Während sie kämpften, kam auf den Lärm, den die Streitenden und vor allem die Zuschauer machten, ein Trupp Gardesoldaten mit Schusswaffen herbeigelaufen, sodass es Carl und Hermann vorzogen, die Degen einzustecken und in der Menge auf der Pont Neuf unterzutauchen.

Sie liefen am Palais de la Cité mit der Conciergerie vorbei, durchquerten die Insel und wechselten über die Petit Pont wieder zum Rive Gauche. Mit einigen Haken, denn sie vermieden es, den zahlreich durch die Straßen patrouillierenden Soldaten zu nahe zu kommen, erreichten sie ihr Gasthaus in der Rue de la Montagne Sainte-Geneviève.

Dort bestellten sie ein Abendessen. Carl erzählte Junker Hermann, dass er sicher sei, die Baronesse gesehen zu haben, und beide Männer beratschlagten, wie sie weiter vorgehen sollten.

„Die Situation ist verfahren", meinte Carl. „Der Graf de Polignac wird sich für unser Rencontre revanchieren wollen und uns suchen lassen; spätestens beim Lever der Königin begegnen wir ihm wieder und der Mann wird die Gelegenheit sicher zu einer erneuten Provokation nutzen. Bis dahin sind es jedenfalls noch drei Tage, und wir sind eigentlich wegen des Kräuterbuches nach Paris gekommen. Morgen sollten wir die Straße aufsuchen, die uns Silbermann nannte. Wenn wir das Buch bekommen, könnte sich vielleicht das eine oder andere klären. Ob die Baronesse wegen der gleiche Angelegenheit hier ist?"

„Seid Ihr denn wirklich sicher, dass Ihr Sylvia von Korff gesehen habt?", fragte Hermann skeptisch.

„Es war die Baronesse und Euer Fräulein von Ellrichshausen", antwortete Carl bestimmt. „Dazu ein Begleiter, den ich aber nicht erkennen konnte. Ich frage mich, was die Baronesse in Paris macht? Hat sie etwas mit der Geschichte zu tun oder handelt es sich um einen Zufall?"

„An Zufälle glaube ich gar nicht", meinte Junker Hermann.

„Ich auch nicht", bestätigte Carl. „Und, erinnert Euch, der Conte bezog bei unsrem letzten Gespräch die Baronesse in die Überlegungen und Pläne, die er hatte, mit ein. Irgendetwas weiß sie oder besitzt sie, das möglicherweise mit der Lösung der Mömpelgarder Affäre in Verbindung steht."

„Wir werden das Rätsel heute Abend nicht mehr lösen", sagte Hermann, leerte seinen Becher und gähnte. „Entschuldige, Freund Carl. Ich bin müde wie ein Hund und gehe gleich in meine Kammer. Das tätet Ihr am besten auch. Morgen sieht die Welt ganz anders und sicher besser aus. Gute Nacht!" Junker Hermann stand auf und ging nach oben in seine Schlafstube.

Carl indes blieb sitzen. Die Bilder der vergangenen Wochen zogen durch seinen Kopf, und so sehr er sich auch bemühte, gelang es ihm nicht, den roten Faden im Geschehen zu entdecken.

Während er so grübelte, trat der Wirt an seinen Tisch. „Herr", sprach er den Junker an. „Da ist ein Brief für Euch abgegeben worden." Damit reichte er Carl ein fliederfarbenes Kuvert.

„Wer gab dir den Brief, Kerl?", fuhr der Junker auf.

„Ein Diener, denke ich, aber wie er aussah ..." Der Wirt kratzte sich am Kopf. „Nein, Herr, mehr kann ich nicht sagen."

„Und wann war das?", hakte Carl nach.

„Vor vielleicht einer halben Stunde, Herr", antwortete der Mann.

„Geh, du Tölpel!", befahl Carl ungeduldig.

Der Wirt schlurfte davon und der Junker riss den Umschlag auf. Dort standen in einer Schrift von weiblicher Hand die folgenden Worte geschrieben:

Junker von Schack!
Ich wusste nicht, dass Ihr nach Paris fahren würdet. Doch Euer Hiersein ist
gut, denn ich brauche dringend Euren Rat und Eure Hilfe. Kurz, ich muss
Euch noch heute Abend sehen. Geht schlag elfe zur Rue Cassette, der Wirt
mag Euch sagen, wo diese liegt. Dort ist ein Haus, welches unter Lauben von
Maulbeerbäumen und Rebwinden versteckt ist und wo Ihr erwartet werdet.
Folgt der am Hause wartenden Gestalt. Sie führt Euch zur Rue St. Honoré,
wo Ihr alles erfahren werdet.
Gezeichnet S.v.K

S. v. K., also doch Sylvia von Korff? Was sollte dieser Brief von ihr? Aber
es war nicht die Handschrift der Baronesse; vielleicht hatte Fräulein von
Ellrichshausen für sie das Schreiben verfasst.

Doch aus welchem Grund? War das möglicherweise eine Falle, die
ihm gestellt wurde? Erneut wurde die Rue St. Honoré genannt, schon
die dritte Person, die von der Straße und ihrer Bedeutung zu wissen
schien.

Fragen über Fragen, auf die Carl keine Antwort fand – ganz gleich, er
würde das Abenteuer wagen! Ein Junker von Schack fürchtete nur Gott
und sonst nichts auf der Welt. Carl stand auf und bat den Wirt, ihm den
Weg zu erklären, was dieser in aller Umständlichkeit tat.

Dann warf der Junker seinen Mantel um, setzte den Hut auf und trat,
die Hand am Degen, hinaus in die Nacht.

9

Pariser Abenteuer

Paris war seit gut einer Stunde düster, und die Straßen, die der Junker betrat, schienen öde und verlassen. Es schlug gerade elf Uhr auf allen Uhren von Saint-Germain; der Mond schien am wolkenlosen Himmel und die Nacht war warm und mild. Junker Carl verlor sich, trotz der Beschreibung des Wirtes, bald in eine Gasse, die in der Nähe von Gärten liegen musste. Er atmete die balsamischen Wohlgerüche, die der Wind von der Rue de Vaugirard und den anstoßenden Gärten wehte. Als er, nach einigem Umherirren, die Rue Cassette, wo ein kleiner Platz lag, erreichte, erkannte Carl gleich das als Treffpunkt genannte Haus, welches unter Lauben von Maulbeerbäumen und Rebwinden versteckt lag, die darüber ein Dickicht bildeten. Hier gewahrte er eine Schattengestalt, die sich aus der Rue Servandoni näherte.

Rasch verbarg sich Carl im Dunkeln eines Hauseingangs, um zunächst ungesehen zu bleiben und selbst beobachten zu können. Die Gestalt war in einen weiten Kapuzenmantel gehüllt, und der Junker glaubte anfangs, es handle sich um einen Mann. Doch erkannte er an der Schlankheit des Leibes und der Art des Gangs und der Bewegung bald, dass ein weibliches Wesen unter dem Mantel verborgen sein musste. Die Frau schaute hin und her, als sei sie nicht sicher, welches Haus sie suche. Dann blieb sie stehen, wandte sich erneut um, ging einige Schritte vorwärts und wich schließlich wieder zurück.

Carl wurde aus der Erscheinung nicht schlau. Es ist sicher eine Frau, die ihren Liebhaber treffen will, dachte er. Ein nächtliches Rendezvous, da sollte ich nicht stören. Die Frau lief weiter an den Häusern entlang und schien diese genauer zu betrachten. Schließlich blieb sie stehen und blickte forschend zu Carls Versteck. Daraufhin trat er hervor. Sie winkte ihm mit der Hand, näher zu ihr zu kommen. Zögernd folgte er ihrer Aufforderung und schritt langsam auf die Gestalt zu. Diese löste ihre Kapuze und im Licht des Mondes zeigte sich das ihm bekannte, herrliche Blondhaar der Baronesse – vor ihm stand Sylvia von Korff.

„Junker Carl", sagte sie leise. „Ich freue mich, Euch endlich wiederzusehen." Sie tat einen weiteren Schritt auf ihn zu, berührte mit der Rechten sanft seine Hand und war ihm dann ganz nah. Carl war es, als flösse Feuer durch seine Adern.

Sylvia sah ihn an, lächelte, legte sacht ihre Arme um ihn und zog Carl sanft, aber bestimmt an sich. Der Junker roch den Duft ihres Haars, fühlte ihre warme, seine Sinne immer mehr verwirrende Nähe, spürte mit einem Mal ihre zarten, weichen Lippen auf seinem Mund. Ein Kuss voller Leidenschaft und eigenartiger Kühle folgte, und dann – ein plötzlicher Schmerz in seinem Kopf. Alles wurde dunkel um ihn.

„Carl! Carl! Kommt zu Euch, was ist Euch passiert?"

Mühsam öffnete der Junker die Augen und sah vor sich im Schein einer Laterne das Gesicht seines Freundes Hermann.

„Was ist geschehen …?", fragte Carl und versuchte sich aufzurichten. Da durchschoss ihn ein stechender Schmerz, und er hielt mit einem Stöhnen inne. Links und rechts wurde er an den Armen gepackt, Hermann war offenbar nicht allein, und zurück zum Gasthof gebracht.

Dort trugen Hermann und sein Helfer den Junker in seine Kammer und legten ihn aufs Lager.

„Ihr wurdet niedergeschlagen, doch zum Glück kamen wir dazu und verhinderten, dass Übleres geschah."

„*Wir*?", fragte Carl mit matter Stimme. „Wer half Euch?"

„Ich erzähle Euch morgen alles", versprach Hermann dem Freund. „Jetzt schlaft, damit Ihr morgen wieder hergestellt seid und wir gemeinsam der Sache nachgehen können."

Carl wollte noch etwas erwidern, aber vor Erschöpfung fielen ihm die Augen zu und er schlief augenblicklich ein.

Als er in der Frühe wieder erwachte, schmerzte der Kopf noch leicht, doch sonst fühlte er sich wohl, denn seine kräftige Natur war es gewohnt, körperliche Anstrengungen und derartige „Unfälle" wie den gestrigen leicht wegzustecken. Unten im von der Morgensonne durchfluteten Gastraum fand er Junker Hermann bereits an einem Tisch sitzen und neben ihm sah er den Helfer der letzten Nacht – es war Alessandro, der Zögling des ermordeten Conte Caracanti! Das Gesicht des Jünglings wies deutliche Zeichen einer tiefen Erschöpfung auf. Alessandro wirkte, als habe er seit Tagen weder geschlafen noch gegessen. Zudem schien er ziemlich heruntergekommen. Das Haar hing in wirren Strähnen herab, seine Kleidung war unordentlich und vielfach zerrissen. Das eine Augenlid zitterte ständig und eine frische, noch wenig verheilte Narbe zog sich quer über seine linke Wange.

„Alessandro, Euch hätte ich nicht erwartet", begrüßte der Junker den lang Verschwundenen. „Wo habt Ihr die ganze Zeit gesteckt und was ist Euch eigentlich passiert?"

„Langsam, langsam", meinte Hermann. „Setzt Euch erst einmal, esst und trinkt etwas. Alessandro isst mit uns und wird später alles in Ruhe erzählen. Aber zunächst sollt Ihr wissen, Carl, dass Ihr, wenn Alessandro mich nicht gestern geweckt und alarmiert hätte, womöglich nicht mehr am Leben wäret!"

Hermann erzählte, dass er gestern bereits geschlafen habe, als er durch ein lautes Klopfen wieder geweckt wurde. Erst habe er gedacht, er träume, doch das Pochen an der Tür ließ nicht nach, sodass er aufgestanden sei, um zu öffnen. Draußen habe zu seiner Überraschung Alessandro gestanden, der inständig bat, der Junker solle ihn begleiten und sofort mit ihm aufbrechen, denn es gelte, Junker von Schacks Leben zu retten. Wegen der Dringlichkeit, die er aus Alessandros Worten gespürt habe, sei er diesem ohne weitere Fragen gefolgt.

„Wir liefen durch düstere Gassen, wo genau wir uns entlang bewegten, kann ich nicht sagen; nur einmal roch es stark nach Blumen. Schließlich kamen wir an einen schmalen Platz mit einem Haus, welches Maulbeerbäume und Rebwinden verdeckten. Gerade ein Stück weiter standen im Mondschein ein eng umschlungen ein Mann und eine Frau mit langem blondem Haar. Wir zögerten, denn wir wollten das Pärchen nicht stören. Da passierte es: Plötzlich springt wie aus der Erde herauf eine dunkle Gestalt und schlägt mit einem Knüppel den Mann nieder, dass dieser wie vom Blitz gefällt stürzt. Ich erkenne in dem Fallenden Euch und renne vorwärts, um den Kerl zu ergreifen, da verwickle ich mich in den Mantel und falle ebenfalls hin, wobei Alessandro, der sich unmittelbar hinter mir befand, über mich stolperte." Hermann machte eine Pause. „Wir waren gleich wieder auf den Beinen und zogen die Degen, doch sowohl die Frau als auch der Angreifer waren verschwunden. Den Rest wisst Ihr. Sagt Carl, wer war die Frau, etwa Sylvia von Korff?"

Carl antwortete nicht gleich, denn er war mit seinen Gedanken noch bei Hermanns Schilderung. Ein Unbekannter also hatte ihn niedergeschlagen, so musste es sich zugetragen haben. Doch was war mit der Baronesse, wo war sie geblieben? War sie voller Angst und Panik geflüchtet oder hatte der Angreifer sie entführt? Aber dann hätte sich die Baronesse doch gewehrt? Deutlich sah er das Bild vor sich, wie Sylvia von Korff damals beim Kutschenüberfall im Elsass einen der Angreifer mit einem Pistol niederstreckte. Wenn sie aber nicht entführt worden, sondern geflohen war – war sie geflohen, weil sie hinter dem nächtlichen Abenteuer steckte?

Hermann schien immer noch auf Antwort zu warten.

„Ja, es war die Baronesse von Korff", gab Carl widerwillig zu. Er wartete auf keine weiteren Fragen, sondern wandte sich gleich an Alessandro. „Das gestrige Ereignis ist, wie so vieles in den letzten Wochen, merkwürdig und verworren. Könnt Ihr Licht in das Geschehen bringen? Wie kamt Ihr dazu, mich warnen zu wollen? Hattet Ihr Informationen darüber, was geplant war?"

Alessandro wollte gerade mit einer Erklärung ansetzen, doch Carl von Schack schüttelte den Kopf. „Nein, wartet. Erzählt uns erst, was seit Eurer Abreise aus der Grafschaft Mömpelgard passiert ist. Wir wissen, dass Ihr Berthold hinterher rittet, als dieser als angeblicher Bote das Schloss Héricout nachts verließ, und dann mit ihm gemeinsam der Kutsche der Baronesse folgtet. Was geschah weiter?"

„Das ist eine lange Geschichte", meinte Alessandro.

„Das denke ich mir", erwiderte Junker von Schack. „Doch Ihr solltet sie erzählen, damit wir endlich wissen, was sich ereignet hat und ob wir Euch trauen können."

Alessandro nickte, überlegte einen Augenblick, dann begann er seinen Bericht. „Ihr erinnert Euch der Geschichte des Conte Caracanti, die von Italien, Giovanni Morante und seinem Milchbruder Vittorio Alfieri handelte. Baronesse von Korff meinte, als sie diese hörte, es könne sich bei dem falschen Vittorio Alfieri um den später in Dresden auftretenden Cavaliere Alfiere gehandelt haben. Gleichzeitig bezweifelte sie, dass der Abkömmling eines italienischen Räubers hinter all den Anschlägen und Intrigen stecke, die Ihr, Herr von Schack, bis dahin erlebt hattet. Das war in der Tat die Wahrheit, denn der Kopf der Verschwörung war und ist nicht Morante oder Alfiere, sondern jemand ganz anderes."

„Wer ist es denn?", rief Junker Carl, „sagt, wer?"

„Lasst mich erst erzählen, was ich erlebt und herausgefunden habe", bat Alessandro. „Sonst schenkt Ihr mir vielleicht keinen Glauben. Nachdem der Conte vergiftet worden war, alarmierte ich die Wache und suchte nach Eurem Diener Berthold. Doch ich fand seine Kammer leer und sah dort Zeichen eines hastigen Aufbruchs. Ich schrieb Euch jenen Brief, in dem ich mitteilte, was ich vom Conte über seine Absichten und das spezielle Buch wusste. Berthold war mir zwar verdächtig, aber ich tat so, als würde ich mit ihm im Einverständnis reisen, um von meinen eigentlichen Absichten abzulenken. Mir gelang es, Berthold einzuholen. Ich stellte fest, was ich fast vermutet hatte, dass er unter Vorspiegelung falscher Tatsachen weggelockt worden war. Dann zeigte sich die Kutsche der Baronesse, der wir folgten, doch die Spur verlor sich."

„Warum folgtet Ihr der Baronesse?", fragte Junker Hermann.

„Mir kam ihr rascher nächtlicher Aufbruch seltsam vor", antwortete Alessandro. „Wie gesagt, die Verfolgung scheiterte, und ich entschied, nach Basel zu reiten, wohin, so nahm ich an, sich auch die Baronesse gewandt hatte. Wir erreichten in knapp drei Tagen die Stadt. Ich hörte mich gleich nach unserer Ankunft in den Gasthöfen um, ob die Baronesse irgendwo Quartier genommen habe. Berthold sollte währenddessen einzelne Buchläden aufsuchen und nach dem Buche forschen. Meine Befragungen waren vergeblich, und als ich am Nachmittag zurück in unsere Unterkunft kam, war Berthold mit meinen Sachen und den Pferden verschwunden. Zum Glück führe ich meinen Beutel stets mit mir, sodass ich nicht ohne Mittel dastand. Während ich also den Diebstahl feststellte, sah ich, als ich zufällig aus dem Fenster meiner Kammer schaute, auf der Gasse Berthold mit einigen Galgengesichtern im vertraulichen Gespräch. Ich eilte hinunter, um ihn zur Rede zu stellen, da fiel mir beim Hinaustreten auf, dass einer der Kerle Conte Caracantis Beschreibung des falschen Alfiere entsprach. Ich hielt inne und zog mich in den Schatten zurück. Ich wollte sehen, was geschähe, um mich dann an die Fersen der Strolche zu heften. Die Bande löste sich auf und ich folgte dem Mann, den ich für Giovanni Morante hielt. Dieser führte mich kreuz und quer durch die Gassen der Stadt, bis er schließlich an einem respektablen Bürgerhaus am Spalenberg klopfte und sofort eingelassen wurde. Ich wartete, mittlerweile war es Abend geworden, in einer seitlichen Einfahrt. Endlich, es mochten zwei Stunden vergangen sein, öffnete sich die Tür und eine Frau schaute heraus und blickte prüfend die Gasse entlang. Dann ließ sie Morante hinaus und verschloss die Tür."

„Ihr folgtet dem Mann wieder?", fragte Junker Carl, dem die Geschichte immer undurchsichtiger zu werden schien.

„Nein, das tat ich nicht", erwiderte Alessandro. „Nicht nachdem, was ich gesehen hatte. In der Frau, die die Tür öffnete und den Italiener hinausließ erkannte ich im Licht, das aus dem Haus fiel, Fräulein von Ellrichshausen."

„Nicht möglich!", rief Hermann aus. „Das Fräulein im Bund mit einem Straßenräuber, das glaube ich nicht!"

„Ob Ihr's glaubt oder nicht, mir ging es ähnlich. Ich war wie vor den Kopf gestoßen. Zwar hatte ich den nächtlichen Aufbruch verdächtig gefunden, aber diese Verbindung überstieg meine Vorstellung. Ich überlegte, was ich tun sollte, da öffnete sich die Tür erneut, und ein Diener trat heraus, der einen Brief in der Hand trug. Er lief ein Stück die Straße hinunter, ich folgte, dann blieb er stehen. Der Mann blickte sich um, als suche er jemanden. Schon wollte ich mich verbergen, doch er hatte mich bereits entdeckt. ‚Guter Mann', rief er, ‚kommt einmal her, ich habe hier etwas zu besorgen.' Ich näherte mich ihm wie selbstverständlich, und er fragte, ob ich einen Brief zu einem Hause am Münsterplatz bringen könne. Ich bejahte und er drückte mir das Schreiben und eine Münze in die Hand. Er sagte, ich würde dort ebenfalls Lohn erhalten, wenn ich den Brief brav übergäbe. Ich nickte und rannte eilfertig los. Das Schreiben war versiegelt, doch ich bin in diesen Dingen erfahren und öffnete es ohne Mühe und ohne das Siegel zu beschädigen."

„Was stand in dem Schreiben?", wollte Carl ungeduldig wissen.

„Nur wenige Worte: *Geht nach Arlesheim ins Haus Silbermann*", antwortete Alessandro.

Carl von Schack nickte. Jetzt fügten sich die Teile des Mosaiks langsam zu einem Ganzen zusammen.

„Ich verschloss das Schreiben wieder und brachte den Brief zum Haus am Münsterplatz. Dort wurde mir auf mein Klopfen von einem Diener geöffnet, der den Brief in Empfang nahm und die Tür gleich wieder schließen wollte. Ich rief, mir sei gesagt worden, dass ich vom Empfänger der Botschaft Lohn bekäme, denn ich wollte doch sehen, wer dies sei. Der Diener bemerkte nur hochnäsig, der Herr Oberst habe für so etwas keine Zeit, und knallte mir die Tür vor der Nase zu."

„Der Herr Oberst", wiederholte Carl nachdenklich. „Oberst von Rieger hat den Buchdruckersohn Werner beauftragt, ihm Matthiolis Kräuterbuch zu besorgen. Ist es möglich, dass er auch in Basel war? Erzählt weiter, Alessandro, allmählich wird es spannend!"

„Ich besorgte mir ein Pferd, wechselte mein Quartier, es wurde Nacht und ich ging zu Bett, sagte aber meinem Wirt, dass ich früh um sechs geweckt werden wolle. Das geschah, und ich ritt direkt nach Arlesheim. Ein Bauer wies mich zum Hause Silbermann. Als ich ankam, war die Tür offen. Ich ging ins Haus und fand den Alten in seinem Blute. Er lebte noch und flüsterte mir zu, ich solle nach Straßburg gehen, zu seinem Vetter, dort sei das Buch – dann starb er. Papier und Tinte waren im Raum. Ich schrieb mir rasch einen Empfehlungsbrief für den Vetter und siegelte mit Silbermanns Ring. Ich hörte Leute kommen und verschwand über die Rückseite des Hauses."

Da war Hufgetrampel zu hören gewesen, erinnerte sich Carl, gerade, als sie Silbermanns Haus erreicht hatten.

„Warum seid Ihr davon geritten?", fragte Junker Hermann.

„Ich fürchtete, die Mörder würden zurückkehren. Auch dachte ich, ich könnte Eure Gruppe treffen. Doch dann bin ich Berthold und der Bande direkt in die Arme geritten. Sie umringten mich und nahmen mich sofort in die Mitte, um mir auf den Zahn zu fühlen, wie Berthold hämisch meinte. Sie führten etwas im Schilde, ich weiß aber nicht, was das war. Ich wurde in einen Heustadel gebracht und gebunden. Dann verschwand die Bande. Mein Wächter leerte eine Flasche Branntwein und schlief voller Trunkenheit ein; es gelang mir, die Fesseln zu lösen und zu entfliehen. Zum Glück hatte man mir nicht die Taschen geleert, sodass ich sowohl das Geld als auch den Brief noch besaß. Ich besorgte mir ein frisches Pferd und ritt eilig nach Straßburg zum Hause des Johann Andreas Silbermann. Vergeblich, wie Ihr sicher wisst, denn er hatte das Buch inzwischen weitergereicht."

„Wir haben von Eurem Besuch im Hause des Orgelbauers erfahren", bestätigte Carl. „Aber Ihr habt sicher noch mehr erlebt und nicht gerade Gutes Eurem Äußeren nach, wenn ich meinen Augen trauen darf."

Alessandro wollte antworten, doch in diesem Augenblick wurde die Wirtshaustür aufgerissen und ein Trupp Wachsoldaten stürmte in den Schankraum. „Da sind die Spione", rief eine Stimme, in der Junker von Schack die des Grafen de Polignac erkannte. „Nehmt sie fest!"

Alessandro sprang auf und zog seinen Degen.

„Lasst", wollte der Junker noch rufen, da knallte schon ein Schuss und Alessandro, an der Schulter getroffen, brach zusammen.

„Alessandro!", rief Carl und zog wie Hermann seinen Degen.

„Sofort das Feuer einstellen", brüllte der Graf. „Ich habe keinen Schießbefehl gegeben", fügte er zornig hinzu. „Ich will die Spione lebend, tote Spione können nichts mehr erzählen! Gebt auf, Herr von Schack und Herr Schott von Schottenstein! Ihr habt keine Chance!"

Angesichts der Überzahl und der auf sie gerichteten Schusswaffen ergaben sich die Junker und senkten ihre Degen. Alessandro, der wie leblos am Boden lag, wohl aber noch atmete, riss man grob empor, und zwei Soldaten schleppten den Verwundeten davon. Die Junker selbst wurden unter strenger Bewachung abgeführt. Graf de Polignacs Hass auf Carl von Schack musste groß sein, denn er ließ es sich nicht nehmen, den Zug selbst ein Stück zu Pferde zu begleiten.

„Wohin bringt Ihr uns, Graf de Polignac?", rief ihm der Junker zu. „Und wessen klagt man uns an?"

„Das werdet Ihr bald erfahren, Junker Löwenbändiger", spottete der Graf. „In der Bastille wird Euch alles Notwendige mitgeteilt werden. Glaubt mir, das ist ein guter und sicherer Ort für Befragungen." Er gab dem Anführer des Trupps einige Anweisungen und verabschiedete sich dann mit einer spöttischen Verbeugung von den Junkern. „Lebt wohl, meine Herren. Ich denke, dass wir uns so schnell nicht mehr sehen werden. Ein anderer wird Euch befragen, und ich fürchte, das wird kein besonders freundliches Gespräch werden." Graf de Polignac gab seinem Ross die Sporen und galoppierte, ungeachtet der auf den Straßen sich bewegenden Menge, davon.

Man brachte sie also zur Bastille, dachte Carl, wohl um sie jedweder Öffentlichkeit zu entziehen und von aller möglichen Hilfe abzuschneiden. Er wusste, dass die Bastille im Volk sehr gefürchtet war. König Charles V. hatte das riesige und massive Gebäude im Hundertjährigen Krieg als einen Eckpfeiler der Befestigungsanlagen von Paris gegen Angriffe der englischen Truppen bauen lassen. Henri IV. nutzte die Festung dagegen als riesigen Tresor und ließ den königlichen Schatz in der Bastille aufbewahren. Im Jahr 1610 befand sich die gewaltige Summe von fünfzehn Millionen in Gold in der gewölbten Kammer, gut verwahrt in Kisten und breiten Fässern. Seit der Zeit Ludwigs XIII. diente die Bastille mit ihren zum Teil unterirdisch liegenden Kerkern aber vor allem als Staatsgefängnis und nebenbei als Waffenmagazin.

Die Festung besaß acht dicke, mit vielen Kanonen besetzte Türme, die eigene Namen trugen. Zwischen dem Basinièreturm und dem Grafschaftsturm lag südlich der Eingang mit Zugbrücke. Das Gebäude war zusätzlich von einem mit Wasser gefüllten Festungsgraben umgeben. Ein Entkommen schien unmöglich. Das Gefängnis selbst wurde als ein gepachtetes Unternehmen geführt. Wer Geld hatte, wohnte in den besseren Etagen und das Wachpersonal machte für ihn Besorgungen nach Wunsch. Durch längere Haft verarmte Gefangene kamen in immer tiefere Zellen. Die schrecklichsten und unmenschlichsten Haftbedingungen herrschten in den Tiefen der Keller.

In diesen Kerkern saßen häufig Gefangene, die Opfer abscheulicher Racheakte und Intrigen geworden waren. Wurde irgendein Mächtiger von einem Niederen, einem Mitstreiter am Hofe oder von einem Bürger im Mindesten beleidigt oder stand dieser ihm bei seinen Wünschen und Zielen im Weg, so verschaffte er sich durch Einfluss, Geld oder Protektion einen *lettre de cachet*, und sein Gegner kam auf Lebenszeit in die Tiefen der Bastille, wo er zwischen feuchten Mauern und in stinkender Luft oft bei lebendigem Leib verfaulte. Der berühmteste Gefangene der Bastille war der angebliche Zwillingsbruder Ludwigs XIV., der Mann mit der eisernen Maske, der Gefangene Nummer 64389000, der von 1669 bis zu seinem Tode im Jahre 1703 in der Bastille eingesperrt gewesen war. Auch der Schriftsteller Voltaire hatte zweimal die zweifelhafte Ehre gehabt, seine Wohnung in der Bastille nehmen zu müssen.

Nein, dorthin sollte man sie nicht bringen, einmal in der Festung drin, würde es kaum einen Ausweg für sie geben, dachte Carl von Schack. Er blickte sich vorsichtig um.

Der Trupp war gerade auf der Pont de la Tournelle, die zur Île Saint-Louis führte, über die ihr Weg zur Bastille ging. Das Gedränge wurde größer und die Soldaten hatten, trotz ihrer Grobheit, Probleme, der Gruppe Platz zu verschaffen. Die Gelegenheit schien günstig – Carl beschloss, die Flucht zu wagen. Dies war umso einfacher, da man sie ungebunden gelassen und mit Wächtern umgeben hatte. Carl warf einen Blick zu Hermann, dem Ähnliches durch den Kopf zu gehen schien. Der Freund nickte kurz, dann stieß er den linken und den vorderen Soldaten mit aller Kraft zur Seite und tauchte mit einer raschen Bewegung in der Menge unter.

Carls Fluchtmöglichkeiten waren schlechter, da er rechts von Hermann am Brückenrand geführt wurde. Es blieb ihm daher nur eine

Chance. Er trat dem neben ihm gehenden Soldaten, der von Hermanns Flucht abgelenkt, nicht auf Carl achtete, heftig gegen die Beine, so dass dieser unversehens stürzte. Dann schwang er sich über die Brüstung und sprang kopfüber in die träge dahin fließende Seine. Der Aufprall war hart und raubte ihm fast die Besinnung. Aber es gelang ihm, mit großer Willenskraft bei Bewusstsein zu bleiben und unter der Brücke abzutauchen. Schüsse krachten, doch vermuteten ihn die Soldaten auf der falschen Seite und zielten auf irgendwelche im Wasser treibende Dinge, die unter dem Jubel der Schützen versanken.

Am anderen Ufer lagen, wie Carl beim Betreten der Brücke gesehen hatte, mehrere Boote und Schiffe, die jetzt sein Ziel waren. Größtenteils tauchend gelang es dem Schwimmer ungesehen einen Lastkahn zu erreichen, an dem er sich im Schutz anderer Boote an einem Seil an Bord ziehen konnte.

Das Glück war ihm weiter hold – das Schiff zeigte sich ohne Mannschaft. Er schlüpfte in einen Verschlag, der wohl dem Kapitän als Kabine diente. Dort fanden sich eine alte Hose und ein Überrock, sodass Carl die nasse Kleidung wechseln konnte. Sein Geld, das er in einem Lederbeutel am Leib trug, hatte den Sprung ebenfalls überstanden. Mit einem Lappen rieb er sich das Haar trocken und verließ dann vorsichtig den Verschlag.

Teils unter Nutzung der Planken, teils springend, bewegte sich Carl von Schiff zu Schiff und erreichte bald das Ufer. Dort sah er sich vorsichtig um. Die Gegend schien weitgehend leer, bis auf eine Horde zerlumpter Kinder, die mit Hölzern spielten, war niemand zu sehen. Der Junker setzte sich in den Schatten eines Baumes und überlegte, was jetzt zu tun wäre. Die Männer des Grafen würden überall nach ihm suchen, vor allem in den Gasthäusern und Weinschenken. Er selbst musste herausfinden, wohin Alessandro verschleppt worden und ob Hermanns Flucht ebenfalls gelungen war.

Heute war der 29. Juli, in zwei Tagen sollte er beim Empfang der Königin erscheinen, was Graf de Polignac offenbar mit allen Mitteln zu verhindern suchte. Steckte Polignac womöglich auch hinter dem Überfall des gestrigen Abends? Nein, das glaubte Carl nicht, der Graf verfügte über andere Mittel. Die Angelegenheit schien eher mit Sylvia von Korff zu tun zu haben. Wieder stellte sich Carl die Frage, welche Rolle die schöne Baronesse in dem ganzen Geschehen spielte. Nachdem, was Alessandro erzählt hatte, sah es so aus, als ob Fräulein von Korff schon immer ihre eigenen Pläne verfolgt habe. Das Treffen am gestrigen Abend schien ebenfalls ein Teil der Pläne gewesen zu sein. In ihrem Lockschreiben hatte die Baronesse die Rue St. Honoré erwähnt. Was wusste Sylvia von Korff über die Angelegenheit, welche Ziele hatte sie? Und der Kuss, hatte der Kuss nur als Mittel zum Zweck gedient? War er wie ein verliebter Gimpel auf Sylvias Künste hereingefallen? Carl schüttelte den Kopf. Daran wollte er jetzt nicht denken.

Jedenfalls musste er unbedingt diesen Monsieur Martiniere in der Rue St. Honoré aufsuchen, obwohl er befürchtete, dass sich das Kräuterbuch längst nicht mehr dort befand und seine Suche munter weiterging. Der Junker seufzte und bedauerte, dass Geoffroy du Breuil und Melchior von Talheim in diesem Nest Auve zurückgeblieben waren. Wie gut hätte er ihren Rat und ihren Beistand jetzt brauchen können, aber dieses unsinnige Duell hatte ihn ihrer Hilfe beraubt. Schritte ertönten und störten seine Gedanken; Carl schaute auf.

Ein Bettler schlurfte langsam heran, warf einen forschenden Blick auf Carl und kam dann direkt auf ihn zu. „Ich bin ein armer Mann, habe ein Weib und sieben Kinder. Gebt mir ein Almosen, edler Herr, der Himmel wird es Euch danken!", flehte er mit kreischender Stimme, in der Carl überrascht die seines Freundes erkannte.

„Hermann!", rief der Junker aus. „Wie kommt Ihr hierher?"

„Leise, seid nicht so laut", raunte der „Bettelmann". „Wir müssen vorsichtig sein, dass niemand auf uns aufmerksam wird."

Er kauerte sich neben Carl nieder und erzählte, wie er sich gleich nach dem Untertauchen in der Menge neben einem Bettler hatte fallen lassen und dem Manne gegen eine kleine Münze dessen schmutzigen Umhang abgehandelt habe. „Die Soldaten eilten wohl ein Dutzend Mal vorüber, aber sie erkannten mich nicht. Ich bekam mit, wie die Burschen wild ins Wasser schossen. Da ich Euch kenne, war ich sicher, Ihr wäret zur anderen Seite getaucht. Dann verschwanden die Kerle und ich spähte vorsichtig über das Geländer und sah drüben am Ufer die Schiffe liegen. Ein gutes Versteck für Euch, dachte ich und ging auf die Suche. Ihr seht, ich habe Euch gefunden. Was machen wir nun, Freund Carl?"

„Wir müssen zunächst herausfinden, wohin sie Alessandro gebracht haben", erwiderte Carl. „Er hat mich heute Nacht gerettet, jetzt retten wir ihn, das bin ich ihm schuldig."

„Einer der Wächter nannte einen Namen, wohin sie ihn gebracht hätten, irgendein Hotel oder so", sagte Hermann.

„Ihr meint das Hôtel-Dieu auf der Südseite der Île de la Cité", korrigierte Carl. „In diesem Gebäude befindet sich das Hospital von Paris! Wir sollten schauen, ob Alessandro wirklich dort eingeliefert wurde."

Die beiden Männer machten sich auf den Weg. Hermann ging in seinem schmutzigen Umhang gut als Bettler durch und Carl war mit seinen wirren Haaren und in der Schifferkleidung ebenfalls kaum wiederzuerkennen. Nach einem längeren Fußmarsch erreichten sie das Hospital und blieben überrascht stehen. Vor dem Eingang waren Wachsoldaten aufgezogen, die jeden, der ein- oder ausging, streng kontrollierten.

„Wir hätten uns denken können, dass das Hôtel-Dieu bewacht wird", sagte Carl. „Dort kommen wir jetzt nicht hinein, schon gar nicht bei unserem verwilderten Aussehen. Wahrscheinlich lässt der Graf auch Alessandro durch weitere Soldaten zusätzlich bewachen, eine Befreiung kann nur nachts erfolgen und wenn wir die Ablösezeiten kennen. Am besten, wir setzen uns in ein Wirtshaus und überlegen in Ruhe, wie wir weiter vorgehen."

Die beiden Junker liefen langsam weiter und überquerten die Pont Neuf. Da hielt plötzlich neben ihnen eine Kutsche und eine wohlbekannte Stimme rief ihren Namen. Überrascht sah Carl zum Kutschenfenster, wo er zu seinem Erstaunen seinen Freund, den Kammerherrn August von Erlenburg, erblickte.

„Ei, Freund Carl", ertönte Erlenburgs spöttische Stimme. „Wie seht Ihr denn aus? Und der Bettler neben Euch, sollte das der ahnenstolze Hermann Schott von Schottenstein sein? Ihr scheint in Schwierigkeiten zu stecken, steigt ein und erzählt, was seit unserer Trennung passiert ist und dankt dem Schicksal, dass ich Euch überhaupt entdeckt und erkannt habe."

Rasch kamen sie Erlenburgs Aufforderung nach und kletterten ins Innere der Kutsche. Sie fuhren zu Erlenburgs Quartier, einem noblen Adelshaus in der Nähe des Jardin du Luxembourg, in dem der Gesandte Württembergs residierte. Unterwegs erzählte Junker von Schack seinem Freund in groben Umrissen, was sie seit ihrer Trennung in Straßburg erlebt hatten und was sonst alles passiert war.

„Ihr habt also der Königin das Leben gerettet und Euch gleichzeitig den Grafen de Polignac zum Feind gemacht. Das kann für Euch sehr gefährlich werden, denn der Graf hat, wie Ihr wohl schon gemerkt habt, großen Einfluss und Macht", meinte Erlenburg. „Und dass Oberst von

Rieger in irgendeiner Weise beteiligt ist, macht die Angelegenheit auch nicht einfacher. Dennoch, es könnte womöglich eine diplomatische Lösung geben – gut, dass ich nach Beendigung meiner Straßburger Angelegenheiten ebenfalls nach Paris gereist bin und mich der Sache annehmen kann. Ich denke, es ist das Beste, wir gehen die Probleme von zwei Seiten an. Ich werde auf meiner Ebene agieren und den Gesandten einschalten, um Alessandro frei zu bekommen. Ihr bleibt solange hier und ..."

„Wir werden", unterbrach ihn Carl, der Anweisungen dieser Art wenig schätzte und dem Erlenburgs überhebliche Art heute auf die Nerven ging, „endlich Monsieur Martiniere in der Rue St. Honoré aufsuchen, um von ihm das Buch zu erbitten, dem wir, seit wir Mömpelgard verlassen haben, hinterherjagen!"

„Gut, tut das", entgegnete Erlenburg leicht verstimmt darüber, dass Carl seinen Rat einfach beiseitegeschoben hatte. „Ich werde derweil mit Graf von Weilingen über das weitere Vorgehen konferieren."

„Ihr wollt mit Graf von Weiligen sprechen?", rief Carl von Schack überrascht. „Ist der Graf in Paris?"

„Wusstet Ihr nicht, dass von Weiligen vor Kurzem zu unserem offiziellen Pariser Gesandten ernannt wurde?", fragte Erlenburg erstaunt. „Wahrscheinlich wart Ihr da bereits unterwegs. Seine Tochter Aurelie jedenfalls ehelichte im Juni den Herzog von Worshire, und der Graf verließ nach den Feiern England und trat seine neue Aufgabe am Versailler Hof an. Wart Ihr nicht einmal mit der neuen Herzogin bekannt?", meinte Erlenburg unbekümmert. „Aber das ist wohl lange her."

Carl nickte benommen und schwieg. Das war die Nachricht, die er schon lange befürchtet und im Eigentlichen geahnt hatte. Aurelie war die Frau eines anderen geworden.

Und er selbst? Ihm trat das Bild Sylvia von Korffs vor Augen und wie er sie am letzten Abend in den Armen gehalten hatte, und er wusste nicht, ob er sich über die neuerliche Wendung freuen oder trauern sollte. Doch es blieb keine Zeit für lange Überlegungen.

Im Palais zogen die Junker sich um, ließen sich Degen, Hut und Mantel reichen und steckten aufgrund der Erfahrungen der letzten Tage jeder ein Paar Pistolen ein. Dann verließen sie das Gebäude und begaben sich in die Rue St. Honoré.

Hier erwartete sie eine große Enttäuschung. Monsieur Martiniere sei vor einigen Tagen umgezogen, erklärte ihnen eine alte Frau, die dort als Hausbesorgerin fungierte. Seine große Armut habe ihn gezwungen, in ein weniger gut beleumundetes Viertel umzuziehen. Er lebe jetzt in einem Gasthof, der den Namen „Au lapin blanc" trage, erzählte sie weiter. Dieser liege irgendwo in der Nähe von Notre-Dame, wo aber genau, das wisse sie nicht.

Carl dankte der Alten und gab ihr eine Münze, dann machten Hermann und er sich auf den Weg in das Viertel um Notre-Dame.

Sie fragten da und dort nach besagtem Gasthof und wurden schließlich in das Gewirr der finsteren, engen Gässchen zwischen Notre-Dame und dem Palais de la Cité verwiesen. Dort mitten in der Rue des Poix befand sich das gesuchte Gasthaus. Das „Au lapin blanc" nahm das Erdgeschoss eines hohen Hauses ein, dessen Fassade aus schlechtem Stein und mehreren Fallbeilfenstern bestand. Es handelte sich bei dem „Weißen Kaninchen" mehr um ein übles Loch als um ein normales Wirtshaus, das sah man daran, welches Gesindel dort ein- und ausging. Monsieur Martiniere musste es wirklich sehr schlecht gehen, wenn er hierher gezogen war. Als sie nach ihm fragten, erfuhren sie von einer kränklich aussehenden Dirne, dass Monsieur Martiniere fortgegangen sei und vor zehn Uhr abends mit ihm nicht zu rechnen sei.

Jetzt war es sechs, die Zeit bis zehn nutzten sie, um sich endlich die Kathedrale Notre-Dame anzuschauen und dem Vortrag der neuesten Kompositionen des Organisten Benaut zu lauschen.

Schließlich wurde es Abend und die Junker kehrten zur Rue des Poix zurück. Inzwischen war ein Wetter aufgezogen und der Himmel verdunkelte sich zusehends. Dann begann es zu regnen und heftig zu stürmen. In dem schwärzlichen Wasser, welches in der Mitte der Gasse floss, spiegelte sich das matte Licht schaukelnder Laternen. Aus der Ferne schlug es zehn. Carl sah sich vorsichtig um, die Gegend wirkte noch übler als am Tage. Unter den niedrigen, gewölbten Türen der Häuser, die zu finsteren Wohnhöhlen führten, hockten da und dort in Lumpen gehüllte Weiber, die mit halblauter Stimme Lieder vor sich hin trällerten und wohl auf Kundschaft warteten. Dann erreichten sie das „Wirtshaus" und traten ein.

Die Gaststube war ein breiter, doch niedriger Raum mit verräucherter Decke und von Rauch geschwärzten Balken. Das rötliche Licht eines

Leuchters und einiger Unschlittkerzen vermochte das herrschende Dunkel kaum zu erhellen. An jeder Seite des Schankraums stand ein halbes Dutzend schlecht gefertigter Tische, die wie die dazugehörigen Bänke mit Metallklammern an der Wand festgemacht waren. Im Hintergrund führte eine schmale Tür zur Küche; eine andere führte rechts vom Schanktisch auf den Flur und ins Treppenhaus hinaus, von wo es zu den oberen Etagen ging.

Auf dem Schanktisch standen zwischen den Kerzen verschiedene Becher und Krüge und auf einem Wandbrett Gläser mit Likören von grünlicher, rötlicher und auch goldgelber Farbe. Die Dirne vom Mittag war verschwunden und ihre Stelle hatte die Wirtsfrau eingenommen. Sie war eine üble Vettel von vielleicht vierzig oder fünfundvierzig Jahren; groß, fett, mit starken Armen sowie groben Händen und mit einem Bartflaum im Gesicht, das von reichlichem Schnapsgenuss eine Kupferfarbe bekommen hatte.

Neben der Wirtin hockte eine ebenfalls fette, rote Katze mit bösen gelben Augen, die der Hausteufel der Lokalität war. Gäste waren kaum zu sehen, nur zwei Kerle von üblem Aussehen, mit struppigen Bärten und völlig verlumpt saßen an einem Tisch bei einem Schnapskrug und waren in leiser Unterhaltung begriffen. Weiter hinten gab es ein paar Weiber der untersten Volksschicht, die stumpfsinnig vor sich hinstarrten und ebenfalls Fusel tranken. Die Wirtin musterte die beiden Junker scharf und erkannte unschwer, dass die neuen Gäste nicht zu den normalen Besuchern ihres Hauses gehörten.

Carl, der sich umgesehen hatte und den das Ganze anwiderte, beschloss kurzen Prozess zu machen. „Hört, Frau Wirtin", sprach er. „Wir suchen einen Monsieur Martiniere. Heute Mittag wurde uns gesagt, dass er hier wohne. Wenn Ihr uns rasch zu ihm führt, ist dieses Geldstück das Eure. Sonst ..." Der Junker klopfte auf seinen Degen.

Die Wirtsfrau, die einen Blick voller Gier auf die Münze geworfen hatte, versuchte ein Grinsen, wobei sie eine Reihe von schwarzen Zähnen enthüllte. „Gebt mir das Geld und geht dann nach oben in den dritten Stock und steigt durch die Luke auf den Boden, wo Monsieur Martiniere in seiner Kammer zu finden ist", antworte sie mit tiefer Stimme.

Carl warf ihr die Münze zu, welche sie geschickt auffing und mit den Zähnen prüfte, und dann wies sie mit der Hand auf die hintere Tür.

Carl ergriff eine der Kerzen und die beiden Männer traten durch die Tür in das Treppenhaus, wo sie eilig in den dritten Stock und weiter durch eine schmale Luke nach oben stiegen. Hier war es stockdunkel, das Licht der Kerze durchdrang kaum die Finsternis.

Nach einigem Suchen auf dem mit Gerümpel vollgestopften Dachboden fanden sie endlich in der hintersten Ecke eine schmale Stube, ein übles Loch, in dem auf einem schmutzigen Strohlager ein alter Mann wie ohnmächtig lag.

„Monsieur Martiniere", rief Carl und rüttelte ihn. „Wacht auf!"

Der Alte öffnete die Augen und stierte sie an. „Habt Ihr Schnaps?", fragte er mit heiserer Stimme. „Gebt mir Schnaps!"

„Ihr sollt Schnaps haben so viel Ihr wollt, guter Mann", versprach Carl dem Trinker. „Aber sagt uns erst, wo das Buch ist, das Euch der Orgelbauer Silbermann aus Straßburg geschickt hat."

„Das Buch? Ihr meint das Kräuterbuch? Das habe ich verkauft."

„Wem habt Ihr es verkauft? Antwortet, Monsieur Martiniere!", forderte Carl ihn auf.

„Das habe ich vergessen", brummte der Alte. „Vielleicht habe ich das Buch auch verbrannt. Ich weiß es nicht mehr. Lasst mich in Ruhe, wenn Ihr keinen Schnaps habt, ich will schlafen."

„Kommt Carl, dieses alte, versoffene Wrack stiehlt uns nur die Zeit", meinte Hermann.

Carl schüttelte den Kopf und wollte noch einen Versuch starten, da krachte es draußen laut; jemand schien durch die Luke gekommen und im Dunkeln gestolpert zu sein. Sie verließen hastig den Raum.

Im matten Licht der Kerze sahen sie einen Mann am Boden liegen, der sich fluchend sein Bein hielt, ein zweiter kam gerade zur Luke herauf. Carl sprang vor und gab dem Kerl einen Tritt, dass dieser mit einem Schrei nach unten stürzte und, den Geräuschen nach, weitere Einsteiger mit sich riss. Zornige Rufe wurden laut, ein Schuss krachte und eine Kugel pfiff an ihnen vorbei.

Carl schob einen breiten Balken, der rechts der Luke lag, mit einiger Anstrengung auf diese. Hermann hatte inzwischen den ersten der Männer mit dessen Gürtel gebunden und in eine Ecke gezogen.

„Kommt, Hermann, und helft", rief Carl. „Wir verrammeln den Zugang, bevor wir noch mehr ‚Besuch' bekommen. Die fette Alte und ihre Handlanger denken, hier oben leichte Beute zu machen."

Sie verklemmten den Balken mit einem Holz und fügten weitere sperrige Gegenstände hinzu, sodass es wohl einige Zeit dauern mochte, bis jemand die Barriere würde räumen können.

„Was jetzt?", fragte Hermann. „Der Zugang ist versperrt, aber wie kommen wir hier raus?"

„Wir brechen direkt durch das Dach", sagte Carl grinsend. „Dort gibt es häufig Laufwege für die Kaminkehrer, ansonsten müssen wir ein wenig klettern."

Er griff nach einer Eisenstange, die aus dem schier unglaublichen Gewirr von Dingen, die auf dem Boden lagerten, ragte, und schlug mit ihr gegen die von innen sichtbaren Ziegel. Im Nu war so eine Öffnung geschaffen, durch die Carl vorauskletterte. Wie er erwartet hatte, gab es zwischen den Kaminen eine Art abgeflachten Steg, über den sie, schwankenden Fußes und nicht ohne die Gefahr abzustürzen, denn der Regen hatte die Ziegel mit rutschiger Nässe überzogen, das nächste Haus erreichten.

Hier vollzog Carl mit der Eisenstange die umgekehrte Operation, und sie stiegen bald in den benachbarten Dachboden ein.

„Ich habe nicht geahnt, dass Ihr derartige Einbrecherfähigkeiten besitzt", stieß Hermann keuchend hervor, den der ungewohnte Weg angestrengt hatte.

„Wenn man sich mit Verbrechern beschäftigen muss, lernt man das eine oder andere", meinte Carl.

Im Nachbarhaus trafen sie glücklicherweise niemanden an und eilten ungestört die Treppe nach unten. Kurze Zeit später traten sie vorsichtig in das dunkle Zwielicht der Rue des Poix hinaus.

Es gelang ihnen, ohne groß aufzufallen, das Palais in der Nähe des Jardin du Luxembourg zu erreichen, wo Erlenburg bereits auf sie wartete. Als er von ihrem Misserfolg erfuhr, grinste der Freund.

„Ich bedauere, dass Ihr Euch erfolglos bemüht habt. Doch Ihr erinnert Euch, dass ich sagte, mit Diplomatie gehe alles leichter. Mir ist es, während Ihr über schmutzige Dächer krocht, mit einigen wohlgewählten, an richtiger Stelle platzierten Worten gelungen, Euren Alessandro aus dem Hôtel-Dieu hierherbringen zu lassen. Aber er braucht Ruhe, vor morgen solltet Ihr nicht mit ihm sprechen und, ehrlich gesagt, Ihr solltet gleichfalls zur Ruhe gehen!"

Junker Carl von Schack dankte dem Freund für seine Hilfe und nahm diesmal gern seinen Rat an; Hermann und er zogen sich zurück. Auch dieser Tag war anstrengend gewesen und sie bedurften in der Tat dringend des Schlafes.

Am nächsten Morgen, nachdem sie eine Kleinigkeit zu sich genommen hatten, begaben sich die Junker und Erlenburg zu Alessandro, damit er ihnen weiter erzähle, was er erlebt hatte, und erläutere, was es aus seiner Sicht mit der Baronesse für eine Bewandtnis habe.

Alessandro, dem der Schlaf gut getan hatte, und der wieder etwas zu Kräften gekommen war, erzählte umständlich, wie er von Straßburg aus nach Paris geritten und unterwegs in der Gegend von Metz überraschenderweise auf Morante und seine Bande gestoßen sei, die ihn sogleich verfolgt habe. Dabei seien sie alle einer größeren Truppe von Soldaten sozusagen in die Arme gelaufen, welche mit allen Beteiligten kurzen Prozess machten. Einzig er und wohl auch Giovanni Morante seien dem Gemetzel entkommen, denn diesem sei er, ohne dass dieser es gemerkt habe, wieder in Paris begegnet.

„Ich war in Notre-Dame, um zu beten, denn ich bin von meiner Mutter selig im katholischen Glauben erzogen worden. Ich kniete also dort in der Kirche und senkte mein Haupt demütig zu Boden, als ich, nicht weit von mir entfernt, eine vertraute Frauenstimme Euren Namen, Junker von Schack, nennen hörte. Vorsichtig blickte ich auf und schaute in die Richtung, wo Euer Name gefallen war. Dort in der Bank saßen zwei weiß gekleidete Damen, beide tief verschleiert, und neben ihnen stand, an eine Säule gelehnt, Giovanni Morante, gekleidet wie ein Edelmann und auch mit dem Ausdruck und der Haltung eines solchen. Vorsichtig, um nicht aufzufallen, näherte ich mich der Gruppe, indem ich tat, als wolle ich meine Gebete direkt an der marmornen Pietà verrichten. ‚Heute Abend also, Alfiere‘, sagte die größere der beiden Frauen zu dem Mann, und ich will mein Seelenheil darauf verwetten, dass es die Baronesse von Korff war, ‚werde ich ihn aus dem Quartier in die Gasse Cassette locken und dann – Ihr wisst Bescheid‘. Mehr hörte ich nicht, denn Menschen kamen und verdeckten die Gruppe, und als sie die Sicht wieder freigaben, waren die Dame und Morante verschwunden. Ich machte mich auf, Euch zu suchen und durchstöberte das ganze Quartier Latin, bis ich Junker Schott von Schottenstein, fast zu spät, doch noch aufspürte und Euch mit ihm nacheilte. Das ist meine Geschichte", schloss Alessandro seine Darstellung, „soweit diese Euch persönlich betrifft."

Junker Carl von Schack hatte Alessandros Worten stumm gelauscht, doch seine Gedanken überstürzten sich. Wenn stimmte, was des Contes Zögling erzählte, war die Baronesse im Bund mit Morante, und damit mit dem Mann, den Caracanti für den Mörder seines Mentors, des Grafen von Gersdorf gehalten hatte. Möglicherweise hatte sie auch mit Oberst von Rieger und dessen Intrigen und Morden zu tun – und war vielleicht gar diejenige gewesen, die in Héricourt den Conte vergiftet hatte! Nein, er konnte es nicht glauben, Sylvia von Korff konnte keine Mörderin und Verbündete von Verbrechern sein – Alessandro musste sich irren. Andererseits schien alles zu passen und Carl war für die Baronesse möglicherweise nur eine Figur auf ihrem Schachbrett gewesen. So oder so, er musste einen sicheren Beweis dafür finden, ob Sylvia von Korff wirklich schuldig oder, wie er immer noch hoffte, doch unschuldig und alles eine Verwechselung war!

Kammerherr von Erlenburg betrachtete den Freund aufmerksam. „Ihr wisst nicht, was Ihr glauben sollt, Freund Schack. Ich fürchte, die Baronesse und ihr Goldhaar haben Euch zu sehr den Kopf verdreht. Aber es gibt eine Möglichkeit, wie Ihr erfahren könnt, was die Wahrheit ist. Morgen ist das Lever der Königin. Ich weiß, dass die Baronesse ebenfalls zum Empfang zugelassen ist. Ich werde verbreiten, dass Ihr das Buch gefunden habt und mit Euch führt. Wenn sein Inhalt wirklich wichtig ist und die Baronesse dem Buch ebenfalls nachjagt, wird Sylvia von Korff alles daran setzen, Euch das Werk mit List, mit Liebe oder durch Gewalt abzunehmen."

Carl nickte langsam. Erlenburg hatte recht, doch was war, wenn die Baronesse nichts unternahm?

„Kann ich Sylvia von Korff für unschuldig ansehen, wenn sie nicht reagiert?", fragte er.

„Das wird sich zeigen", meinte der Kammerherr. „Jedenfalls müsst Ihr den Köder spielen, was riskant sein mag."

„Vielleicht aber auch amüsant", warf Junker Hermann ein. „Wer möchte nicht für Sylvia von Korff den Lockvogel spielen?", fragte er mit treuherzigem Blick, womit er ein befreiendes Lachen auslöste.

„Gut", sagte Carl mit einem Seufzer, „dann warten wir darauf, was das morgige Lever der Königin an Klarheit bringen mag."

Am nächsten Morgen brach Carl von Schack in Begleitung seiner Freunde Hermann Schott von Schottenstein und August von Erlenburg schon vor Morgengrauen nach Versailles zum Lever der Königin auf.

Das Schloss Versailles war ursprünglich ein Jagdschloss Ludwigs XIII. gewesen. Ludwig XIV. ließ es ab 1661 durch den Baumeister Louis Le Vau in mehreren Abschnitten um- und ausbauen. Charles Lebrun, der

Direktor der Gobelin-Manufaktur sowie Rektor und Kanzler der Académie royale de peinture et de sculpture schuf die Innenausstattung, die riesigen Gartenanlagen stammten vom obersten Gartenarchitekten André Le Nôtre. Die Flügel des Versailler Schlosses und seiner Nebengebäude gruppierten sich um drei in einer Achse gelegene Hofplätze. Diese bildeten eine nahezu zusammenhängende Fläche und zeigten vom Zentrum des Schlosses in Richtung der Stadt.

Versailles war sowohl königliche Residenz als auch der Regierungssitz. Daher brauchte man Platz für die Hofbeamten, denn der Hofstaat umfasste an die zehntausend Personen, von denen bis zu fünftausend direkt im Schloss lebten.

Die eigentlichen Höflinge machten rund tausend Personen aus, hinzu kamen die Schar der Kammerfrauen, eine Vielzahl von Köchen, die Leibwachen und ein wahres Heer anderer Bediensteter.

Der Palast war eine richtige Stadt, überall auf den Höfen und sogar in den Gängen priesen Händler Waren an. Auch das gewöhnliche Volk hatte Zugang, selbst Menschen in den ärmlichsten Lumpen spazierten unbeobachtet und ungeniert durch den Palast. Das Schloss war stark belegt, und der Adel, wenn er nicht direkt zur königlichen Familie gehörte, war oft verarmt und nutzte selbst die engen Dachkammern der oberen Geschosse als Wohnung. Je höher der Rang des Besuchers war, desto weiter durfte er in das Innere des Schlosses gelangen.

Der freie Zugang bedeutete aber nicht, dass man mit den dort lebenden Personen einfach sprechen konnte. Bittsteller oder Bewerber für ein Amt mussten bei Hofe vorgestellt werden, was ohne die Fürsprache eines Höflings nicht möglich war.

Trotz allen Prunks war Versailles insgesamt ein sehr wenig komfortables Schloss. Die hohen Räume ließen sich schlecht heizen, auch die große Spiegelgalerie besaß weder Öfen noch Kamine. Selbst das Schlafzimmer Ludwigs XIV. war so kalt, dass der König nach der Zeremonie des *Coucher* ein zweites, wärmeres Schlafzimmer zum Schlafen aufsuchte und dieses erst am nächsten Morgen zum *Lever* wieder verließ.

Es gab im ganzen Schloss weder Bäder noch Toiletten. Die Bewohner benutzten vor allem Nachttöpfe, deren Inhalte in Sickergruben unmittelbar in der Nähe des Schlosses geleert wurden. Aller Parfum- oder Blumenduft konnte nicht verdecken, dass es in der Nähe des Schlosses besonders in der warmen Jahreszeit stark nach Fäkalien stank. Erst

Ludwig XVI. ließ sich ein Wasserklosett mit Toilettenspülung einbauen und im Untergeschoss mehrere Badegemächer einrichten.

Das Leben in Versailles bedeutete für alle Schlossbewohner den völligen Verzicht auf ihre Privatsphäre. Der König und seine Familie speisten öffentlich, und selbst Geburten waren traditionell öffentliche Ereignisse, an denen der Hof teilzunehmen pflegte.

Der eigentliche Herrscher des Schlosses war nicht der König, sondern die Etikette. Die Etikette regelte und beschrieb jeden Vorgang, von großen Festen und Empfängen bis hin zu alltäglichen Dingen. Selbst für Krankheit und Tod gab es detaillierte Regeln. Oberstes Gebot war, dem König und damit Frankreich zu dienen. Es war eine Ehre, ihm beim Aufstehen, beim *Lever*, behilflich zu sein, ihm Wasser oder ein Hemd zu überreichen.

Dies waren Dienste, die über den weiteren Aufstieg oder den plötzlichen Fall bei Hofe entscheiden konnten. Ob ein Höfling in der Gegenwart des Königs sitzen oder stehen durfte, sprechen konnte oder zu schweigen hatte und durch welche Tür er das königliche Schlafzimmer betrat, war ein klares Zeichen des eigenen Rangs und diesen zu ändern das Ziel zahlreicher Intrigen und Verschwörungen.

Das Lever der Königin, zu dem Junker von Schack geladen war, vollzog sich wie das Lever des Königs, jede Handreichung galt als Besonderheit. Der Junker und seine Begleiter wurden durch einen Diener, dem er seinen Namen nannte, unter großer Ehrerbietung durch verschiedene Salons zu den königlichen Wohnräumen geführt. Über den Spiegelsaal gelangte man in die Appartements des Königspaares; genau in der Mitte des Saals lagen die Übergänge zum mittleren Schlafzimmer, wo das morgendliche Lever der Königin stattfand. Vor dem Raum, dessen Eingang noch geschlossen war, herrschte ein großes Gedränge von Höflingen und Bittstellern.

Die Tür öffnete sich, eine Hofdame trat hervor und blickte sich suchend in der Menge um. „Herr von Schack", rief sie.

Ein Raunen ging durch die Anwesenden. „Das ist die Marquise von Taverney", flüsterte ihm Kammerherr von Erlenburg rasch zu.

Carl verbeugte sich vor der Marquise. „Madame la Marquise, Junker von Schack, zu Euren Diensten!"

„Folgt mir, Junker", entgegnete die Marquise knapp und zog den Junker durch die Tür in das Schlafgemach von Marie Antoinette.

Hermann Schott von Schottenstein und August von Erlenburg starrten draußen auf die Tür, hinter der Carl verschwunden war.

Das Raunen wurde stärker und die unterschiedlichsten Bemerkungen drangen an ihr Ohr. „Ungeheuerlich! Ein Herr von Schack wird als Erster von der Königin empfangen!" – „Ein neuer Liebhaber?" – „Er soll Marie Antoinette vor einem Tiger gerettet haben." – „Vor einem Löwen!" – „Was sagt der König?" – „Und Graf de Polignac?"

Junker von Schack stand im Zimmer der Königin und betrachtete staunend das Zeremoniell, dass sich vor seinen Augen vollzog. Die Gräfin Yolande Martine Gabrielle de Polastron hatte heute als Hofdame vom Dienst das Recht, der Königin beim Ankleiden das Hemd zu reichen. Ihre Kammerfrau Jeanne-Louise-Henriette Campan hielt das Hemd und hatte es soeben der Hofdame präsentiert, die es nahm und gerade der Königin geben wollte, als Marie-Louise de Savoie-Carignan, die Fürstin von Lamballe, durch eine Seitentüre eintrat. Madame de Polastron gab das Seidenhemd sogleich an die Kammerfrau zurück, da jetzt der ranghöheren Fürstin von Lamballe der Hemdendienst zustand. Die Campan reichte das Hemd also nun an Marie-Louise de Savoie-Carignan. Diese nahm es und dann, direkt aus den Händen der Fürstin, erhielt die Königin endlich ihr Hemd.

Die ganze Zeit über, während das königliche Hemd in den Händen der Damen hin und her wanderte, hatte Marie Antoinette im Evakostüm stehen und frierend der komplizierten Transaktion zusehen müssen, bevor sie sich schließlich wieder bedecken konnte. Zum Abschluss zog ihr Madame de Guise, die bislang im Hintergrund gestanden hatte, mit Hilfe der Marquise von Taverney den Unterrock und das Kleid an. Nun schritt die Königin, als ob Junker von Schack, der mit großen Augen die Vorgänge beobachtet hatte, eben erst den Raum betreten hätte, auf ihn zu und begrüßte ihn lächelnd.

Carl von Schack vollzog die zeremonielle Verbeugung, worauf ihn die Königin an der Hand nahm und zur Seite zog. „Ihr seid ein gefährlicher Mann, Herr von Schack, wie mir Graf de Polignac berichtete, ein Mann des schnellen Degens und, wie der Graf sagte, ein Spion. Seid Ihr ein Spion, Herr von Schack? Mir könnt Ihr es sagen, denn ich bin Euch unendlich gewogen."

„Gnädigste Königin", hub Carl an.

Doch Marie Antoinette unterbrach ihn: „Sagt als mein Retter einfach Madame zu mir, ich bitt Euch, Herr von Schack."

„Die Bitte der Königin von Frankreich", antwortete Carl mit einer Verbeugung, „ist mir mehr als ein Befehl, Madame", fuhr er fort. „Ich bin mit meinen Freunden auf der Suche nach einem Buch nach Paris gekommen, und ich will nicht verhehlen, dass ich dieses Buch im Interesse meines Landes finden wollte; es geht in diesem um die Zukunft der Grafschaft Mömpelgard."

„Ah, Herr von Schack, das klingt nach Politik und Politik langweilt mich."

„Keineswegs, Madame. Denn es war und ist eine abenteuerliche Geschichte, die meine Freunde und ich erlebten und erleben."

„Dann, mein Herr, erzählt mir diese Geschichte. Doch nicht jetzt, denn meine Hofdamen beginnen schon zu uns herüberzuschauen. Trefft mich heute Mittag um drei im Petit Trianon und erzählt mir dort Eure Geschichte. Ich werde sehen, was ich vielleicht für Euch tun kann. Aber, hütet Euch vor Graf de Polignac, er ist voller Eifer- und Rachsucht und Euch nicht besonders wohlgesinnt."

Mit einem Wink ward Carl entlassen und fand sich, immer noch verwirrt von dem Gespräch und dem Ablauf des Levers im Spiegelsaal bei seinen Freunden wieder.

Zusammen mit Junker Hermann und dem Kammerherrn verließ Carl von Schack das Schloss. Sie traten in den Cour de Marbre und spazierten von dort in den Park hinein. Der Junker erzählte in Umrissen von seinem Empfang und der neuen Verabredung.

Kammerherr von Erlenburg war ausnehmend entzückt. „Erst das Lever mit Vortritt vor allen anderen, nun ein Besuch im Privatschloss der Königin, in das selbst der König nicht ohne Einladung erscheint, das ist eine ungeheure Auszeichnung und wird Eure Beliebtheit unter den Höflingen nicht steigern, wohl aber bei den Hofdamen. Aber, Freund, ich rate zur Vorsicht! Im Hofleben neigt man zu Missgunst, Bosheit und Falschheit. Ihr solltet bei uns bleiben und Euch nicht vom Schlosse entfernen, die Warnung Ihrer Majestät im Hinblick auf Graf de Polignac war deutlich."

„Ich fürchte den Grafen nicht", rief der Junker, den eine ganz eigene Lebensfreude gepackt hatte. „Seht, bester Freund, die Sonne scheint, wir stehen im fantastischsten Schlosspark der Welt, und heute Mittag bin ich in die Privatgemächer einer jungen und reizenden Königin geladen, einer wirklich schönen Frau, wie ich Euch versichern kann, und ich weiß, wovon ich spreche."

„Still, Herr von Schack. Denkt daran, was ich Euch vor Wochen im Ludwigsburger Park sagte. Hier haben Wände und Büsche Ohren."

Sie waren ein Stück weiter in den Park gewandert. Überall standen Brunnen und Skulpturengruppen, die Gärten stiegen, durch Terrassen gegliedert, zum Schloss an, sternförmige Wegkreuzungen führten in alle Richtungen und ringsum wuchsen wohlgeordnete Hecken und Bäume.

„Manche Hecken haben auch blonde Haare", meinte Junker Hermann trocken und wies auf eine Gruppe rechts des Weges.

„Junker, Junker", rief mit heller Stimme die Baronesse von Korff und trat leichtfüßig aus ihrem Versteck. „Jetzt habt Ihr mich verraten und mir die Freude verdorben, Herrn von Schack überraschen zu dürfen. Aber vielleicht wollen die Herren uns Gesellschaft leisten? Josepha von Ellrichshausen hat Euch, Herr Schott von Schottenstein, schmerzlich vermisst. Und meine Freundin hier, die Gräfin von Aiguillon, würde sich freuen, Eure Bekanntschaft zu machen, Herr von Erlenburg."

Die Baronesse wies hinter sich und die genannten Damen, traten, in feinste Gewänder von raffiniertem Schnitt gekleidet, lächelnd aus ihrem Versteck hervor.

„Es geht los, Freund", raunte Erlenburg Carl zu. „Seid auf der Hut!"

„Seid unbesorgt", antwortete Junker von Schack. „Ich werde meine Rolle zu spielen wissen."

Bald liefen die Paare, munter plaudernd, durch den herrlichen, von Blumenduft durchzogenen Park. Die Gräfin von Aiguillon, Erlenburgs Begleiterin, war eine hübsche, schlanke Frau von vielleicht zwanzig Jahren, deren auffälliges rotes Haar in der Sonne wie Feuer leuchtete. Erlenburg fand sie amüsant und angenehm, aber auch durchtrieben; denn wie von ungefähr lenkte das Fräulein sein Gespräch auf die Tagespolitik und des Kammerherrn Aufgabe, welche ihn nach Versailles geführt habe. Er antwortete vorsichtiger und merkte bald, dass auch das Verhalten der Gräfin leicht abkühlte.

Hermann Schott von Schottenstein unterhielt sich ebenfalls recht ungezwungen mit Josepha von Ellrichshausen. Doch fiel ihm auf, wie viel feiner geschnitten das Gesicht Elisabeth Silbermanns gewesen war und dass das Fräulein an seiner Seite deutlich mehr an Jahren zählte, als er zunächst angenommen.

Carl von Schack ließ Sylvia von Korff reden und gab auf ihre Fragen nach seinem Tun und Lassen der letzten Tage mehr oder minder ausweichende Antworten, auch darauf, wie er sich befinde und fühle. Die Baronesse ließ sich von seiner Einsilbigkeit anscheinend nicht abschrecken.

„Ich sehe wohl, Junker, Ihr wollt mir nichts erzählen", sprach sie mit sanfter Stimme, „und das ist bedauerlich. Vielleicht haltet Ihr mich für neugierig, doch wisst, Ihr und Eure Angelegenheiten liegen mir sehr am Herzen, daher rührt mein Bedürfnis, das eine oder andere zu erfahren."

„Ich danke für Euer Interesse, mein Fräulein", erwiderte der Junker unverbindlich und schwieg.

Einige Zeit liefen sie so nebeneinander her.

Endlich nahm die Baronesse das Gespräch wieder auf. „Heute früh seid Ihr allein von der Königin empfangen worden, was ich mit eigenen Augen sehen konnte, denn ich befand mich mit anderen Damen des Hofes vor der Tür und hatte zu warten. Eine große Ehre, die Marie Antoinette höchst selten gewährt!" Die Baronesse blickte Carl von der Seite prüfend an; der Junker nickte nur. Eine kleine Unmutsfalte zeigte sich kurz auf ihrer Stirn, dann sprach sie weiter. „Ein schöner Triumph und mit Eurer Suche nach dem Buch sollt Ihr ebenfalls erfolgreich gewesen sein, sagt man."

„So", antwortete der Junker brüsk, „sagt man das?"

Sylvia von Korff blieb verärgert stehen und stapfte mit ihrem wohlgeformten Fuß auf. „Ihr seid unhöflich, Junker Carl! Ihr wollt mich nicht verstehen, wollt mir nichts erzählen und nichts sagen – nichts von dem Buch und nichts von Euch. Fühlt Ihr nicht, wie sehr ich Euch gewogen bin? Habt Ihr den Kuss von neulich Nacht denn schon so schnell vergessen?", fragte sie und berührte ihn mit ihrer zarten Hand am linken Arm.

Ein Schauer durchlief Carl, und er spürte in Gedanken noch einmal, wie sie ihn geküsst, aber es war anders als an jenem Abend, irgendwie traurig und dunkel. Carl ließ sich nichts von seiner Bewegung und seinen Gefühlen anmerken.

„Es ist wahr, ich müsste lügen, wenn ich Euren Kuss vergessen hätte", entgegnete er ruhig. „Aber ich erinnere mich auch des Schlages, der dem Kuss folgte. Ein hässliches Gefühl, Baronesse."

„Ihr glaubt doch nicht etwa, ich hätte mit dem Überfall etwas zu tun?", rief die Baronesse jetzt voller Empörung. „Als der Schlag kam und Ihr fielt, sprang ich vor Angst davon, da ich um mein Leben fürchtete. Ich führe keinen Degen wie Ihr, Junker, ich hätte mich roher Gewalt nicht erwehren können; das ist Euch doch bekannt." Sie schwieg und senkte den Blick zu Boden.

Als sie ihn wieder hob, hatte Sylvia von Korff Tränen in den Augen, und sie atmete heftig. Nun trat sie dicht an Carl, dass er ihre warme Nähe spürte und sah ihm tief in die Augen. Gleichzeitig fasste sie seine Hand. „Oh, Carl, wie könnt Ihr nur so von mir denken, wie könnt Ihr glauben, dass – doch nein", sagte sie mit Nachdruck, „es seid nicht Ihr, bester Carl, der so denkt: Ein anderer war es, ist es, der mich verleumdet hat. Die Kreatur des Conte, dieser abscheuliche Alessandro oder … Hermann? Nein, der Gute ist doch gar zu plump. Erlenburg ist es, Euer sogenannter Freund, der neidische Intrigant. Wahrscheinlich hat er behauptet, dass ich einzig hinter dem Buch her sei, welches Ihr in Basel und Straßburg vergeblich gesucht und jetzt gefunden habt. Doch ist es nicht recht und billig, wenn ich auch wissen will, was Anlass ist für all das Ungemach, das Euch und mich betroffen hat?"

Carl schwieg zu den Vorwürfen und wartete, was die Baronesse noch sagen würde; zu wissen schien sie viel.

„Ihr schweigt, Freund? Also ist es wahr, Ihr vertraut mir nicht, glaubt jenen falschen Freunden und nicht mir. Da heißt es scheiden", rief sie aus, wobei in ihrer Stimme ein Schluchzen mitschwang. „Ade, mein Freund, ade!"

Abrupt drehte sich die Baronesse um und winkte ihren Freundinnen, die gerade mit Junker Hermann und dem Kammerherrn zurückgeschlendert kamen. Die Damen eilten rasch an ihre Seite.

„Kommt, Gräfin, kommt liebe Josepha. Man schätzt unsere Gesellschaft hier nicht, wir wollen gehen!"

Bevor die Baronesse mit den beiden davoneilte, drehte sich sie noch einmal zu Carl. „Ihr weist meine Hand zurück und lasst mich wirklich gehen? Das werde ich Euch nie vergessen, Herr von Schack! Und glaubt nicht, dass ich einen solchen Stoffel wie Euch gern küsste", zischte sie. Ohne ein weiteres Wort des Abschieds rauschten Sylvia von Korff und ihre beiden Fräulein auf und davon.

Carl von Schack starrte der Gruppe sprachlos nach. „ Beinah hätte ich ihr geglaubt", sagte er leise und schüttelte den Kopf. „Beinah!"

„Beruhigt Euch, Freund Carl", tröstete ihn Junker Hermann. „Ich möchte meinen, dass Ihr das Fräulein nicht zum letzten Mal gesehen habt. So schnell wird die Baronesse nicht aufgeben. Sie wird sich neue Fallen ausdenken."

„Das glaube ich auch", meinte Erlenburg. „Nur fürchte ich, der nächste ‚Angriff' wird nicht mit weiblichen Waffen erfolgen."

Bis zu Carls Verabredung mit der Königin blieben sie jedoch unbehelligt, und nachdem Junker Hermann und Kammerherr von Erlenburg Carl zum Petit Trianon geleitet hatten, verabschiedeten sie sich voneinander und verabredeten sich für den späten Abend im Palais am Jardin du Luxembourg.

Das Petit Trianon lag nordwestlich von Versailles und war ein eigenes Lustschloss, das noch Ludwig XV. für Madame de Pompadour hatte bauen lassen. 1774 schenkte sein Nachfolger Ludwig XVI. das kleine Schloss seiner jungen Frau Marie Antoinette. Die äußere Gestalt des Baus stand ganz in der Tradition des französischen Barocks und wies ruhige und strenge Formen auf. Die Fassaden selbst waren aus Sandstein und mit unterschiedlichen Schmuckformen ausgestaltet. Das Schloss war derart in den umgebenden Garten eingefügt, dass es auf zwei Seiten zwei- und auf den übrigen Seiten dreistöckig erschien.

Petit Trianon war, wie der Name sagte, von eher bescheidener Größe, trotzdem beherbergte das Schloss eine Vielzahl von Räumen. Das Erdgeschoss diente als Wirtschaftsbereich, wobei sich dort, neben der Küche, den Vorratsräumen und der Gardenkammer, auch ein Billardzimmer befand. Das erste Geschoss, das an zwei Seiten ebenerdig betreten werden konnte, beherbergte die verschiedenen Salons und Kabinette sowie das Appartement der Königin. Ganz oben befanden sich die Gästezimmer sowie eine Zimmerflucht für den König.

Marie Antoinette hatte das Schlösschen ganz nach ihrem Geschmack herrichten lassen; die Salons und Kabinette wurden mit exquisiten Möbeln, zahlreichen zeitgenössischen Gemälden, antikisierenden Statuen und anderen Kunstwerken ausgestattet, wobei sie selbst Einfluss auf die Anfertigung der hergestellten Gegenstände nahm und deren Aussehen maßgeblich mitbestimmte. Die Moden, die die Königin für ihr Schloss entwarf, und die Ausstattung, mit der sie es dekorierte, wurden vom gesamten Hofstaat kopiert und imitiert.

Oft flüchtete die Königin vor der Hofetikette ins Petit Trianon. Dort setzte sie die herrschenden strengen Formen weitgehend außer Kraft. So musste sich zum Beispiel niemand erheben, wenn sie in eines der Zimmer trat. Dazu umgab sich die Königin in Petit Trianon nur mit Freunden und ausgewählten Vertrauten, während sie ihr unliebsame Personen bewusst mied und durch Nichteinladung brüskierte.

Das Petit Trianon war von einem eigenen Park umgeben, der sich in einen Französischen Garten mit einem Pavillon und dem Theater sowie den Englischen Garten gliederte. In diesem Teil des Parks war die Landschaft wie natürlich gewachsen, ein kleiner Bach floss hindurch, Baumgruppen, ein Musiksalon und ein Liebestempel schmückten den Garten. Inmitten dieser rousseauschen Idylle lag das Hameau de la Reine, das Dorf der Königin. Um einen See waren mehrere Bauernhäuser angeordnet, deren Inneres aber nichts Bäuerliches hatte und aufs Kostbarste ausgeschmückt war.

Petit Trianon war somit die höchst eigene Welt der Königin, und die Einladung an Junker von Schack bedeutete eine außergewöhnliche Ehre und Auszeichnung und zeigte die besondere Wertschätzung und Dankbarkeit, welche Marie Antoinette Carl entgegenbrachte.

Schlag drei war der Junker am Schloss und wurde sofort von einem Diener über einige Treppen nach oben in einen kleinen Salon geführt, wo die Königin, die an einem Marmortisch saß, bereits auf ihn zu warten schien.

„Nehmt an meiner Seite Platz, Junker von Schack, und leistet der Königin ein wenig Gesellschaft."

Sie wartete einen Augenblick, bis der Diener, der heiße Schokolade und Mandelgebäck servierte, wieder den Raum verlassen hatte. „Ihr spracht heute früh von Abenteuern, die Ihr erlebtet", nahm Marie Antoinette den Gesprächsfaden vom Morgen wieder auf. „Ich bitte Euch, Junker, erzählt mir die Abenteuer und schenkt mir ein wenig von der Freiheit der Welt. Eine Königin ist zumeist Gefangene ihres Standes."

Junker von Schack neigte den Kopf und begann dann, der Königin die Geschichte der letzten Wochen zu erzählen. Von Ludwigsburg und dem Mord am See berichtete er, vom geheimnisvollen Grafen Caracanti, von Tübingen und der Bücherwelt, von den Wölfen im Elsass und dem Tode des Junkers Maximilian. Carl schilderte den Überfall auf die Baronesse von Korff, sprach von Mömpelgard und erzählte vom Giftmord an dem Conte. Weiter ging es von Basel nach Straßburg, nach Zabern und Metz; endlich endete der Junker, indem er seine letzten nächtlichen Abenteuer in Paris ausführlich beschrieb, freilich ohne die Kussszene des ersten Abends näher zu erwähnen.

Da und dort unterbrach ihn Marie Antoinette, fragte nach und wollte einzelne Details genauer erzählt und erklärt haben. Als Junker Carl von Schack endlich endete, hatte die Königin von Frankreich rote Wangen bekommen und sprang vor Aufregung wie ein junges Reh von ihrem Sessel auf.

Sofort erhob sich der Junker, doch Marie Antoinette wehrte ab. „Bleibt sitzen, mein Herr. Doch lasst mich ein wenig umherlaufen, dass ich mich nach diesen aufregenden Geschichten zu beruhigen vermag!"

Sie lief einige Male im Zimmer auf und ab, bis sie sich wieder gefangen hatte. „Was für ein Abenteuer, nein, welch eine Kette von Abenteuern. Oh, wäre ich ein Mann und hätte mit Euch reiten können!"

„Majestät, Ihr seid die Königin!", entgegnete der Junker erschrocken.

Die Königin setzte sich wieder und schüttelte mit einer gewissen Wehmut ihr Haupt. „Gewiss, Junker von Schack. Ich bin die Herrscherin Frankreichs, aber doch nur ein Weib!"

„Ihr seid nicht nur die Herrscherin Frankreichs", rief Carl aus und wusste selbst nicht, was ihn antrieb. „Ihr seid die schönste Dame, die je auf einem Thron saß und sitzen wird!"

„Junker, echauffiert Euch nicht", erwiderte die Königin mit einem Lächeln, „und vergesst nicht, wer ich bin." Sie erhob sich und beschaute sich für einen Augenblick sinnend im großen Kristallspiegel, der über dem Marmorkamin hing.

Dann drehte sie sich, noch immer lächelnd, langsam um und betrachtete den Junker ruhig, ließ den Blick über seinen hohen, kräftigen Wuchs gleiten, sah sein dunkelblond gelocktes Haar, das kantige Gesicht mit der offenen, heiteren und hochgewölbten Stirn und blickte sinnend auf seinen launigen Mund, der so gut erzählt hatte. Wieder sah sie die Szene vor sich, wie Carl in jenem Tal den wilden Löwen getötet und auf dessen Flanke gesprungen war.

Hier saß der Junker, ganz in ihrer Nähe, ein stolzer und kühner Mann, der sie gerettet hatte und dem sie sich auf immer verbunden fühlte. Ihr Herz begann stärker zu pochen und sie atmete schneller. Sie hob die Hand an die Brust und presste sie dorthin, wo ihr Herz nun wie rasend schlug. Tief atmete sie ein und aus; kurz bildete sich auf ihrer schönen Stirn eine schmale Falte und glättete sich wieder. Dann schüttelte Marie Antoinette, wie bedauernd, das stolze Haupt und wandte den Blick ab vom Junker.

Nun straffte sich die Königin und trat langsam zurück zum Tisch, wo sie sich wieder im Sessel niederließ. Carl, der trotz ihres Gebotes ebenfalls aufgestanden war und der mit allen Sinnen fühlte, dass Unglaubliches geschah, blieb vier Schritte entfernt von ihr stehen und wartete, wobei er eine ganz eigene Unruhe verspürte. Die Königin schwieg eine Weile und betrachtete nachdenklich den Junker, der immer noch stand.

„Euer Buch, das Ihr suchtet, ist verloren, Junker?", sagte sie schließlich und ihr Gesichtsausdruck war ernst geworden. „Und damit sind der Bestand und die Sicherheit der Grafschaft gefährdet? Ich habe mich erkundigt, Junker von Schack, und glaube nun zu wissen, wer seine Hand nach Mömpelgard ausstreckt. Es ist nicht Frankreich allein, denn Paul von Russland möchte mit der Vermählung mit Sophie Dorothee von Württemberg ebenfalls die Grafschaft und mit ihr einen künftigen Pfahl im Fleische Frankreichs gewinnen. Der Herzog von Choiseul, Étienne-François, dem ich sehr vertraue, hat mir alles genau erklärt. Die Euch bekannte Baronesse von Korff sei, so sagte mir der Herzog, in Pauls Auftrag und Lohn unterwegs, was sicher vieles erklärt."

Wieder schwieg die Königin; dann stand sie plötzlich auf und machte drei Schritte auf Carl zu, sodass sie sich direkt vor ihm befand. „Hört, Junker Carl, ich verspreche Euch, solange ich Königin bin", sagte sie mit energischer Stimme, „wird Mömpelgard württembergisch bleiben, ganz gleich wie die Interessen Frankreichs sein mögen. Herzog Karl Eugen hat dies allein Euch zu danken, ich hoffe, er wird es nicht vergessen."

Sie strich Carl mit einer fast zärtlichen Geste übers Haar und dann über sein Gesicht und ihre Hand zitterte dabei leicht. „Ich jedenfalls werde mich an Eure Kühnheit und Gewandtheit immer erinnern und Ihr dürft auf meinen Dank lebenslänglich rechnen. Doch nun geht, Junker von Schack, geht! Dass die Königin Euch nicht länger Euer Gemüt verwirrt. Und", fügte sie leise, wie für sich, hinzu: „Ihr nicht länger das Herz Marie Antoinettes."

Carl verließ das Petit Trianon. Draußen ward ihm sein Pferd gebracht. Er stieg auf und ritt wie in Trance zurück zur Gesandtschaft des Herzogtums. Vor seinem inneren Auge sah er immer wieder die eben erlebte Szene. Die Königin direkt vor ihm, ihre zitternde Hand. Das Gesicht und die Augen Marie Antoinettes, der volle Mund und die bebenden Lippen, ihre Blicke – und wie er sie am Morgen beim Lever gesehen. Wenn er doch konnte, wie er wünschte und wollte – mein Gott, dachte der Junker, wohin verstieg er sich da? Das waren Traumgebilde, verbotene Wünsche, Chimären aus Wolken und Nichts – ähnlich seinen verlorenen Träumen, die er so lange mit Blick auf Aurelie gehegt hatte. Ein leeres Hoffen, leer wie der Kuss, mit dem ihn die Baronesse zu ködern versuchte. Ein Minnesänger war er, ein träumerischer Narr, der nach den Sternen griff und dem letztlich nur ein Duft, ein schwacher Hauch der Liebe blieb. Am besten, er verließ umgehend Paris und kehrte niemals mehr in diese Stadt zurück.

Der August des Jahres 1776 neigte sich dem Ende zu. Im Lande Württemberg war die Weizenernte überaus gut geraten und die Obstbäume versprachen ebenfalls reiche Ernte. Auch die landesherrlichen Gärten trugen späte Blüten und gediehen kräftig. Die Beete prunkten in allen Blumenfarben und zeigten die vielfältigsten Formen. Rosenfelder legten noch immer ihren schweren Duft über die bekiesten Wege und die zahlreichen großen und kleinen Brunnen plätscherten oder ließen Fontänen springen. Bäume säumten die Symmetrie der Wege und alles stand in sattem Grün.

Durch den Park von Schloss Ludwigsburg schritten am Abend des 28. August drei adlige Herren, die Herren Carl von Schack, Hermann Schott von Schottenstein und August von Erlenburg. Die drei Freunde waren ganz ins Gespräch vertieft und nahmen mit keinem Blick die sie umgebende Natur wahr.

„Was für ein Fülle von Intrigen, Freund Carl", rief der Kammerherr.

„Und was für ein Abenteuer", fügte Junker Hermann hinzu. „Ich bin wirklich froh darüber, Euch begleitet zu haben. Degenkämpfe, Duelle und schöne Frauen, das war doch einmal etwas anderes, als diese ewigen Hofgesellschaften und höfischen Scharaden. Und wir kehrten heil und ohne weiter behelligt zu werden ins heimische Schwabenland zurück, ein wahres Wunder. Ihr habt in der Königin wahrhaftig eine machtvolle Beschützerin gewonnen, Carl. Aber sagt, wie hat der Herzog Euren Reisebericht aufgenommen? Hat Karl Eugen einen Griff in die Kasse der Landstände getan und Euren Erfolg mit klingender Münze belohnt?"

„Ihr kennt doch unseren allergnädigsten Landesherrn", entgegnete Junker Carl lachend. „Mit Geld für andere ist er knauserig. Wo ich denn so lange gesteckt habe, fragte er mich. Die Affäre Mömpelgard sei längst erledigt, habe ihm unser Pariser Gesandter mitgeteilt. Der König selbst habe in einem geheimen Schreiben eine Bestandsgarantie für die Grafschaft abgegeben. Karl Eugen habe mich für die Klärung wichtiger Probleme dringend gebraucht, und ich sei in Paris gewesen, na, er wisse schon warum: *Cherchez la femme!* Und dann fragte er mich, abrupt das Thema wechselnd, was er mit diesem Schiller tun solle. Der Knabe treibe es mit seiner Dichterei allmählich zu weit. Ein junger Mensch solle sich nicht mit solch Alfanzereien beschäftigen."

„Was gabt Ihr zur Antwort?", fragte Junker Hermann.

„Schiller werde früher oder später sicher eine treffliche Eloge auf seinen Landesvater schreiben und diesen für alle Zeiten verewigen. Damit war Karl Eugen aufs Erste zufrieden und ich in Gnade entlassen."

„So, so, eine Eloge", meinte Erlenburg. „Wir werden sehen. Eher bietet Euer Abenteuer unserem Musensohn Stoff für ein Drama oder einen Roman. All die Kabalen und vielfältigen Lieben, die schönen Frauen und die verräterischen Verführerinnen – womit wir bei Sylvia von Korff wären", sagte er mit einem Blick auf Carl, der die Lippen zusammenkniff. „Ich hätte nie gedacht, dass sich die Baronesse als russische Spionin entpuppen würde, andererseits stammt sie aus dem Baltikum, das würde einiges erklären. Mömpelgard als russische Exklave, als Revanche für Karl Eugens Knickrigkeit, was für ein Projekt! Und parallel dazu die Intrige des Oberst von Rieger, mit dem Ziel, Mömpelgard, aus Rache für seine Festungshaft, Frankreich zu übereignen – verrückt! Daher bezweifele ich übrigens, dass Fräulein von Korff mit ihm in Verbindung stand, die Interessen der beiden waren doch zu unterschiedlich."

„Das mag sein", entgegnete Junker von Schack. „Den Mord an Caracanti setze ich aber auf die Rechnung der Baronesse; sie fürchtete wohl, dass der Conte früher oder später ihre wahren Absichten aufdecken würde – und Gift ist für Frauen eine wahrhaft typische Waffe", fügte er bitter hinzu. „Zur Methode selbst kann ich nur Vermutungen anstellen. Ich denke, sie oder ihre Gehilfin Josepha von Ellrichshausen ließen dem Conte in einem unbeobachteten Augenblick eine Giftkapsel ins Glas fallen. Die beiden müssen in diesen Dingen eine große Geschicklichkeit entwickelt haben, denn wir haben den Mord direkt miterlebt und nicht bemerkt, wie und wann Conte Caracanti das tödliche Gift zugeführt worden ist."

„Eure Sylvia von Korff scheint eine zweite Marquise de Brinvillier zu sein", meinte Kammerherr von Erlenburg.

„Da mögt Ihr recht haben", stimmte ihm der Junker düster zu.

„Und die Verbindung zu Morante?", fragte Junker Hermann. „Alessandros Beobachtungen weisen darauf hin, dass die beiden einander kannten."

„Für den Kontakt der Baronesse zu Giovanni Morante, dem mutmaßlichen Mörder meines Mentors, haben wir nur das Wort Alessandros – und der ist erneut verschwunden", erwiderte Junker Carl, „wie dieser Morante auch. Ich denke eher, dass der Italiener im Sold des Oberst von Rieger stand. Ich glaube, dass es Giovanni war, der in Basel auf mich geschossen hat. Der Fall Morante ist für mich jedenfalls nicht abgeschlossen, und ich werde alles daransetzen, den Lumpen dingfest zu machen und seiner Strafe zuzuführen."

„Was ist mit der schönen Toten vom See, deren Anblick den Secondlieutenant von Neipperg so bewegte?", fragte Hermann weiter.

„Der Tod der Baronesse Melissa geht sicher auf das Konto des Oberst, nur beweisen kann ich ihm weder den Mord noch die Verschwörung an sich", meinte Junker Carl düster. „Auch der Auftrag Riegers an den Esslinger Buchhändler Werner, das Kräuterbuch zu suchen, ist für sich genommen kein stichhaltiger Beweis. Und unser allergnädigster Landesherr Herzog Karl Eugen will von derartigen Dingen nichts hören. Ich muss, wie gesagt, noch einiges klären, ganz scheint mir die *Affäre Mömpelgard* nicht erledigt zu sein. Das Schwerste habe ich allerdings hinter mich gebracht. Hermann und ich", erklärte Carl dem Kammerherrn, „sind vor einigen Tagen bei der Familie Maximilians von Woellwarth gewesen und haben erzählt, wie tapfer kämpfend unser Freund gestorben ist und wo sich sein Grab befindet."

Der Junker schwieg und blieb stehen. Er blickte längere Zeit sinnend auf das tanzende Wasserspiel eines Springbrunnens; dann hellte sich seine Miene langsam wieder auf. „Es gibt auch Gutes zu vermelden, Freunde", fuhr er fort. „Melchior von Talheim und Ferdinand von Montmartin sind aus Frankreich zurück und haben Graf Geoffroy du Breuil mitgebracht, der wieder genesen ist. Melchior will übermorgen, anlässlich seines Geburtstages, ein großes Rückkehrfest feiern", erzählte er weiter. „Er tat schrecklich geheimnisvoll und sagte, er habe uns etwas Wichtiges mitzuteilen."

„Vielleicht hat er eine neue Braut gefunden", meinte Herr von Erlenburg lächelnd. „In Frankreich soll es bekanntlich von heiratswilligen und verführerischen Damen nur so wimmeln. Wie steht es eigentlich mit

Eurem Herzen, Junker Hermann? Zieht es Euch noch immer in die freie Schweiz?"

Darüber wolle er nicht sprechen, wehrte Junker Hermann ab. Er werde allerdings in Bälde in Basel zu tun haben. Ansonsten komme sicher Zeit wie Rat. Carl von Schack, der Hermanns Haltung gut nachfühlen konnte, nickte bestätigend.

„Im Prinzip ist also alles geklärt", meinte Kammerherr von Erlenburg unbekümmert. „Nur, was in dem geheimnisvollen Kräuterbuch stand, das Ihr so eifrig suchtet, werden wir nie erfahren."

„Wer weiß?", entgegnete Carl von Schack. „Manches, das man für immer verloren hielt, kehrt auf die sonderbarste Weise zurück oder wird überraschend gefunden. Das Schicksal geht oft sehr eigene Wege."

„Mag sein oder auch nicht", meinte Erlenburg zweifelnd. „Fest steht jedenfalls, dass der Dank des Herzogs, bester Carl, für Euren Einsatz und Euer Tun wahrhaftig wenig fürstlich ausgefallen ist."

„Nun", erwiderte der Junker lächelnd, „es wird sicher wieder eine Gelegenheit geben, dass unser Herzog sich meiner erinnern und mich dringend um Hilfe bitten wird. Die Zeiten wechseln, wie man in Amerika sieht. Vielleicht werden auch einmal in Europa die Menschen das Tun der Herrscher kritischer betrachten."

„Aber nicht in unserem braven Schwabenländle", wehrte Erlenburg ab, „und bedenkt, Freund, auch wir gehören mit zu den Herrschenden."

„Wir werden sehen, wie alles noch werden wird", meinte Carl von Schack nachdenklich. „Grün ist die Hoffnung und das ganze Leben liegt noch vor uns."